KB253582

에메랄드 백조

The Emerald Swan

The Emerald Swan
by
Jane Feather

Copyright ⓒ 1998 by Jane Feather
All rights reserved.

Korean Translation Copyright ⓒ 2001 by Big Tree Publishing Co.
Korean edition is published by arrangement with Bantam Books,
a division of Bantam Dell Publishing Group,
a division of Random House, Inc.
through Imprima Korea Agency.

에메랄드 백조

제인 페더 | 나채성 옮김

큰나무

나 채 성

이화여자대학교 졸업. 역서로 『사로잡힌 신부』,
『사랑의 텍사스』, 『너무도 아름다운 사랑』, 『베르사유의 전설』,
『페가수스의 전설』, 『내 마음을 사로잡은 기사』,
『꿈결처럼 다가온 사랑』, 『내 품안의 이방인』, 『바이올렛』,
『내가 사랑한 악당』, 『당신 품에 안겨』, 『거부할 수 없는 유혹』,
『다이아몬드 슬리퍼』, 『꿈이 시작되는 곳』, 『운명보다 깊은 사랑』 외 다수

에메랄드 백조

초판 인쇄 / 2001년 3월 30일
초판 발행 / 2001년 4월 10일

지은이 / 제인 페더
옮긴이 / 나채성
펴낸이 / 한익수
펴낸곳 / 도서출판 큰나무

등록 / 1993년 11월 30일(제5-396호)
주소 / 120-837 서울시 서대문구 충정로 3가 3-95 2층
전화 / 02) 365-1845 · 1846 팩스 / 02) 365-1847
통신 / 천리안 큰나무북 e-mail / btreepub@chollian.net
홈페이지 / www.bigtreepub.co.kr

값 8,500원

ISBN 89-7891-113-7 03840

마음을 가득 채우는 찬란함……

그 이름은 당신입니다.

　우선 독자 여러분의 이해를 돕기 위해 몇 가지를 설명해 드리고자
한다.
　성 바르톨로메오 축일의 대학살이란 역사적으로도 유명한 사건으로,
샤를 9세의 여동생 마르그리트 드 발루아와 나바르의 왕 앙리가 정략
적으로 결혼한 직후 발생했다. 그 당시 프랑스를 지배했던 구교도인들
이 앙리 왕의 결혼식에 참석하기 위해 대거 입성한 신교(위그노)도들을
학살한 사건이었다. 그 후에 앙리 왕은 궁정에 연금되어 가톨릭으로
개종할 것을 강요받았고, 4년 뒤에 간신히 탈출하여 고향으로 되돌아
갔다. 그곳에서 신교도의 수령으로 활약하다가 1585년 신교도 군을 이
끌고 북상하여 파리를 포위공격했다. 그 앙리가 1589년 앙리 3세의 뒤
를 이어 프랑스 왕으로 즉위한 앙리 4세인데, 호쾌하고 활달한 성격으
로 검술과 전술에도 뛰어난 인물로 알려져 있다. 역사적으로 프랑스에
서 가장 사랑 받은 왕의 한 사람이라고 한다.

　남자들의 의상 중에 더블릿(doublet)이라는 것이 있다. 두꺼운 견직이
나 가죽 소재로 만들었고, 슬래시를 넣어 안이 들여다보이게 하거나
리본 장식을 달기도 했으며 소매와 상체에 꼭 끼게 입었다. 허리 밑에
스커트 같은 짧은 자락이 붙어 있는 것이 보통의 형태였다.
　트렁크호스(trunkhose)는 반바지의 일종으로 형태와 길이가 다양했다.
짧게 부푼 바지 밑에 바지와 연결된 스타킹을 끼워 신었다.
　여자들의 의상에도 슬래시가 들어가 예쁜 속옷이 엿보이게 했으며,

치마 안에는 페티코트의 일종인 파딩게일을 입었다. 몸통은 꼭 끼게 입고 치마는 바닥까지 길게 늘어져 옆으로 퍼지는 형태였다.

엘리자베스 여왕 시대에 가장 특징적인 것은 웃옷의 주름깃(ruff)이었다. 레이스 주름을 잡아 빳빳하게 세워 뒤쪽에 부채 벌린 모양으로 활짝 펼쳐졌다. 얼굴이 파묻힐 정도로 거대했다고 하는데, 엘리자베스 여왕의 초상화를 한 번 찾아보면 금방 이해하실 수 있을 것이다.

이 책에는 1500년대 후반의 생활상이 사실적으로 그려져 있다. 얼마나 사실적으로 표현했는지 흡사 영화를 보는 듯 여러 편의 풍경이 떠오를 정도이다. 귀족들의 예법이나 행동거지, 옷차림, 여왕을 대하는 격식, 혹은 평민과 귀족 간의 격차 등등……. 그 시대 사람들의 생활이 너무나 잘 나타나 있어 감탄스럽기도 하고 놀랍기도 하다.

그래서일까, 이 책을 번역하는 동안 꿈에서까지 주인공을 만나보았다. 여주인공은 이 책 속의 주인공 그대로, 남주인공은 내가 아는 사람 중에서 가장 남주인공의 캐릭터와 비슷한 사람으로. 무대의 배경이 약간 달라져서 도버항이나 템스강이나 궁궐은 등장하지 않았지만 로맨스의 내용은 거의 흡사했던 것 같다. 마음은 있으면서도 내색하지 못하고 조심조심 다가서는 그런 사랑…….

나채성

프롤로그

1572년 8월 24일, 파리

교회 종소리가 자정을 알리는 순간, 조용하고 텅 빈 거리에 소리 없이 사람들이 모이기 시작했다. 칼이나 화승총을 손에 들고 모자에 하얀 십자가를 그려넣은 사람들.

그들이 루브르 성채 주위의 좁은 거리로 움직여갔다.

일주일 전, 바로 그 성에서 프랑스 왕의 누이동생 마르그리트 공주와 나바르(프랑스 남서부에서 스페인 북부에 걸쳐 있었던 옛 왕국)의 앙리와의 결혼식이 열려 화려한 불빛과 음악 속에서 술잔치가 벌어졌었다. 가톨릭과 개신교 간의 분쟁을 종결시킬 목적으로 거행된 결혼식이었다.

하지만 성 바르톨로메오 축일인 오늘밤, 그 결혼은 젊은 왕을 보필하여 파리에 도착한 수천 명의 위그노 파를 파멸시키는 미끼로 변질되었다.

교회 종소리가 이어지는 동안, 남자들은 하얀 십자가가 그려진 집집마다 문을 두드리며 이동했다. 집 밖으로 나온 사람들까지 하나둘씩 합류하면서 무리는 점점 커졌고, 그 커다란 물결은 개신교도들이 사는 저택을 향하여 떼지어 행군해갔다.

첫번째 총성, 진홍빛으로 폭발하는 불길, 길게 이어지는 비명소리, 그것이 바로 대학살의 신호탄이었다. 죽여도죽여도 다시 생겨나는 히드라의 머리처럼 폭도들의 행렬이 비좁은 도시의 거리를 누비고 다녔다. 하얀 십자가가 그려지지 않은 집들의 문을 깨부수고 침입하여 그 안의 사람들을 창문과 발코니 밖으로 내던졌다. 밖으로 내던져진 사람들은 거리에서 기다리던 다른 폭도들에 의해 처참하게 죽어갔다.

피냄새와 화약냄새가 진동했다. 불타는 집과 횃불들의 빨간 불길이 하늘까지 치솟았다. 피투성이가 된 채 달아나는 사람들을 짓밟는 폭도들의 고함소리는 흡사 지옥에서 들려오는 악마들의 소리였다.

한 여자가 강으로 이어진 좁은 골목에서 헐떡이며 몸을 떨고 있었다. 숨을 들이쉴 때마다 미친 듯이 두근대는 심장 때문에 가슴이 터질 듯했다. 맨발은 돌바닥에 찢겨 피가 흐르고, 등에 걸린 망토는 땀으로 흠뻑 젖었다. 공포에 질린 얼굴로 양쪽 팔에 안은 아기들의 울음소리가 새나가지 않도록 그 작은 얼굴들을 어깨에 힘껏 파묻었다.

골목에서 폭도의 횃불들이 나타났다. 그들의 외침소리가 드높게 울려퍼졌다. 그녀는 고통스레 흐느끼며 아기들을 꼭 끌어안고 강을 따라 다시 달리기 시작했다. 한 걸음 내딛을 때마다 아기들의 무게가 점점 무거워졌다. 그녀의 뒤에서 묵직한 부츠소리들이 가까워졌다. 마침내 숨쉬는 것조차 힘들어지자 천천히 피할 수 없는 절망감이 찾아들었다. 도망칠 수 없다. 아기들을 구하기 위해서라고는 해도 이보다 더 빨리 달릴 수는 없었다. 이 잔악한 만행을 즐거움으로 여기는 사내들이 그녀의 뒤로 밀려들었다.

그녀는 발을 멈추고 아기를 꼭 안은 채로 돌아섰다. 갓난아기 하나가 꿈틀거리며 머리를 들어올리려 했다. 다른 아기는 언제나처럼 조용하고 얌전했다. 태어난 지 열 달밖에 되지 않았지만 그 쌍둥이는 너무나 달랐다.

광기에 휩싸인 폭도들이 주위로 밀려드는 동안 그녀는 궁지에 몰린 사슴처럼 헐떡이며 서 있었다. 눈앞의 얼굴 모두가 증오로 가득한 것 같았다. 잔인한 늑대처럼 드러난 이와 충혈된 눈동자들. 그들의 칼과 손과 옷에는 온통 피가 배었다. 그들이 서서히 접근하기 시작하자 그 땀냄새와 시큼한 입냄새, 그리고 증오의 냄새가 맡아지는 듯했다.

"개종하라……. 개종하라……."

그 단조로운 중얼거림이 살아 있는 생명체처럼 그녀를 조여왔다. 개종에는 관심 없이 그녀의 피에만 관심 있는 자들이 그녀를 조롱하고 있었다.

"개종하라……. 개종하라……."

"할게요."

그녀가 털썩 무릎을 꿇었다.

"아기들만은 해치지 말아 주세요……. 개종할게요, 기도문을 외울게요."

그녀는 증오로 가득찬 얼굴들을 바라보지 않으려 하늘을 우러러보며, 라틴어로 가톨릭의 기도문을 중얼거리기 시작했다.

그 기도문이 끝나기도 전에 이미 피로 물들어 있던 칼날이 그녀의 목을 그었다. 그녀의 목에 빨간 핏물이 생겨나면서 그 목소리는 가르랑거림으로 사그라들었다. 뽀얀 목 위로 핏물이 넓게 번지고 여자는 자갈바닥으로 풀썩 고꾸라졌다. 아기의 가냘픈 울부짖음만이 순간적인 정적을 내갈랐다.

"루브르로…… 루브르로 가자!"

지붕 위에서 한 사내가 소리치자, 한 가지 생각밖에 없는 폭도들은 방향을 바꾸어 움직였다.

“루브르…… 루브르로.”

까만 강물이 여자의 응고된 피처럼 활기 없이 흘러갔다. 여자의 시체 밑에서 무언가가 꿈틀거렸다. 아기 하나가 자지러지게 울어대며 숨막히는 엄마의 품속에서 빠져나왔다. 끔찍한 피냄새를 피해 거미처럼 두 손과 발로 엉금엉금 기어나갔다.

프랜시스가 아내를 찾아낸 것은 그로부터 10분이 지난 후였다. 골목에서 튀어나온 그의 얼굴이 창백하게 달빛 속에 드러났다.

“엘레나!”

그가 시체의 옆에 무릎을 꿇고 앉아 아내의 몸을 가슴으로 들어올렸다. 비통한 신음을 흘려내면서……. 다음 순간 그는 땅바닥에 누운 아기를 보았다. 엄마의 피로 얼룩진 채, 그 작은 입술로 미약하게 울부짖는 아기.

“오, 주여…….”

그는 아내를 안지 않은 다른 쪽 팔로 아기를 끌어안았다. 그리고는 비통한 눈으로 주위를 둘러보았다. 다른 아이는 어디 있을까? 오늘밤 살해당한 다른 아이들처럼 잔인한 살인자들이 그 아기마저도 죽여버린 것일까? 그렇다면 그 시체는 어디 있을까? 그들이 시체까지 가져간 걸까?

뒤에서 들리는 발소리에 그가 격하게 고개를 돌렸다. 그의 하인들이 간신히 학살을 피해 다가오고 있었다.

그 중 한 명이 공작에게서 아이를 받아들었다. 공작은 말없이 아기를 넘겨준 후 아내의 시신을 끌어안고 비통하게 흔들어댔다.

“나리, 마님과 아기씨를 모셔가야지요.”

아기를 안은 사내가 다급하게 속삭였다.

“놈들이 다시 올지도 모릅니다. 서두르셔야 합니다.”

프랜시스는 아내의 머리를 무릎에 받히고서 그 공허한 눈을 감겨주었다. 그리고 부드럽게 그녀의 손을 들어올렸다. 그 가녀린 손목에 뱀 모양의 금팔찌가 감겨 있었다. 섬세한 금줄에는 에메랄드가 박힌 장식품이 대롱대롱 매달렸다. 그의 눈물이 그 백조 모양의 장식으로 뚝 떨어졌다. 그는 엘레나에게 약혼선물로 주었던 팔찌를 풀어 더블릿에 밀어넣었다. 그런 다음 아내를 안고 비틀비틀 일어섰다.

아기가 배고픔과 두려움으로 계속 울부짖었다. 하인은 아기의 얼굴을 어깨에 누르며 죽은 마님과 주인 나리의 뒤로 따라붙었다. 그들의 모습이 이내 깜깜한 어둠 속으로 사라졌다.

1

1591 년 영국의 도버

세상에, 저렇게 똑같을 수가…….

가레스 하코트는 구경꾼들 사이를 뚫고 앞으로 나아갔다. 항구의 임시 무대에서 곡예단의 공연이 진행중이었다.

똑같은 하늘빛의 눈동자, 똑같은 크림색의 피부, 똑같이 짙은 갈색으로 빛나는 머리카락……. 지금은 햇빛을 받아 그 머리가 적갈색으로 반짝거렸다. 하지만 다른 점도 물론 있었다. 모드의 머리가 정성스런 단장으로 구름처럼 곱슬거리는 반면, 그 여자의 머리는 단발이었다.

작은 몸집의 여자가 높은 기둥 위에 올려진 가느다란 장대에서 재주를 선보이고 있었다. 15센티미터 정도의 좁은 폭의 장대에서 재주넘기를 하고 물구나무서서 걷고 현란하게 뒤로 껑충껑충 제비를 돌아 관중들의 감탄사를 자아냈다.

모드의 몸은 휘청거릴 정도로 가냘픈데 비해 주황색 치마를 머리에 뒤집어쓴 채 물구나무 서 있는 여자는 딱 달라붙는 바지 속에 탄탄하게 단련된 종아리를 드러내고 있었다. 그 몸을 받치고 있는 두 팔도 튼튼해 보였다. 여자가 한 손을 들어 관중들에게 손을 흔들어 보인 다음, 다시 장대를 붙잡고 회전불꽃처럼 주황색 치마를 펄럭이며 옆으로 빙글빙글 돌았다.

한순간 멈췄다가 다시 뒤쪽으로 공중제비를 선보이고는 깔끔하게 바닥으로 착지했다. 거기서 멈추지 않고 다시 한 번 활처럼 몸을 구부려 재주를 넘은 후에야 똑바로 일어서서 자랑스레 관중들에게 절을 올렸다.

탄성과 박수갈채가 터져나오는 동안 그녀는 발갛게 달아오른 두 뺨과 땀 밴 이마 사이로 눈을 반짝이며 미소지어 보였다. 그녀가 두 손가락을 입을 대고 휘익 휘파람을 불자 어디선가 빨간 재킷에 주황색 깃털 달린 모자 차림의 원숭이가 불쑥 튀어나왔다.

그 원숭이가 모자를 벗어 구경꾼들 사이로 껑충 뛰어내렸고, 사람들이 은색 동전을 모자에 던져줄 때마다 감사의 표시로 경례를 해 보였다.

무대의 끝 쪽에 앉아 있던 6-7세 정도의 남자아이가 여자에게 열심히 손을 흔들어대며 한쪽 다리를 질질 끌며 앞으로 나아갔다. 여자가 아이를 번쩍 안아들고 춤을 추며 무대 위를 뛰어다녔다.

여자는 그 불쌍한 아이에게 자신의 우아함과 날렵함을 불어넣어주려는 듯했다. 아이의 얼굴이 기쁨으로 환하게 밝아졌다. 활기 있게 무대 위를 돌아다니다가 여자는 다시 구석의 간이의자에 아이를 내려놓았다. 그러자 아이의 웅크린 몸은 다시 생명력 없이 흐릿해졌다.

여자가 모자 속의 동전들을 허리춤 주머니에 챙겨넣고는 관중들에게 키스를 날려보내며 원숭이에게 모자를 푹 눌러씌웠다. 그리고는 무대에서 훌쩍 뛰어 내려갔다.

'소름끼칠 정도로 닮았어.'

가레스는 또다시 그 생각에 빠져들었다.

'물론 외모 면에서만……'

그의 사촌인 모드는 언제나 기운 없고 비실비실한 여자였다. 쿠션을 댄 의자에 앉아 종교 서적을 읽으며 대부분의 시간을 보내고, 운동을 해야 한다고 끈질기게 설득할 경우에는 신경안정제와 오만가지 약냄새를 풍기며 스카프와 숄을 둘러쓴 채 산책하는 것이 고작이었다. 다른 사람들에게 말을 건넬 때면 언제나 숨죽이고 들어야 할만큼 작은 목소리로 중얼거리다가 그것마저도 완성된 문장이 되기 전에 사그라들었다.

하지만 겉으로 보이는 그 연약함과 달리, 그 안에는 강철 같은 의지가 담겨 있었다. 자신의 두통을 상황에 맞게 이용할 줄도 알았고, 감정적인 공격에는 절대로 흔들리는 법이 없었다. 그래서 이모겐에게 만만치 않은 상대가 되기도 했다. 또한 가레스에게도…….

이제 간이무대에는 플루트, 오보에, 류트를 든 세 명의 악단이 올라섰다. 뒤돌아서려던 가레스의 눈에 또다시 그 여자의 모습이 들어왔다. 그녀가 손에 무언가를 들고 악단 뒤로 살금살금 다가서고 있었다. 그 어깨에 올라앉은 원숭이는 대단히 심각한 소식이라도 전하는 듯 그녀의 귀에 재잘대고 있었다.

음악가들이 몇 번 음을 맞추고 나서 경쾌한 음악을 연주하기 시작했다. 원숭이가 훌쩍 뛰어내려 음악에 맞춰 덩실덩실 춤을 추자 관객들은 웃음을 터트리며 손과 발로 쿵쿵짝짝 리듬을 맞췄다.

가레스가 지켜보는 가운데 그 여자는 음악가들 바로 옆으로 다가서서 그들을 쳐다보며 무언가를 입으로 가져갔다. 그의 얼굴에 씨익 웃음이 번졌다.

'심술궂은 마녀로군!'

그녀가 플루트 연주자를 빤히 쳐다보며 레몬을 빨아먹고 있었다. 그 순간 간이의자에 앉은 꼬마가 깔깔 웃음을 터트렸다. 아마도 그 꼬마를 위해 벌인 간막극인 모양이었다.

가레스는 다음에 벌어질 일을 홀린 듯이 지켜보았다. 플루트의 선율이 중단되더니 연주자가 입에 고인 침을 꿀꺽 삼켰다. 그러자 지켜보던 아이가 배를 움켜잡고 웃어댔다.

갑자기 플루트 연주자가 돌진하여 여자의 귀에 강한 일격을 가했다. 여자는 잽싸게 옆으로 재주넘기를 하여 도망쳤다. 그것을 공연의 일종으로 생각한 관중들이 왁자지껄하게 웃어젖혔다. 하지만 가레스의 발치에서 발딱 일어섰을 때 여자의 눈에는 눈물이 고여 있었다.

여자가 윙윙거리는 귀를 문지르며 다른 손으로 눈물을 닦아냈다.

"충분히 빠르질 못했소."

가레스가 한마디 입을 열었다.

그녀는 씨익 웃어보이며 고개저었다.

"평소에는 더 빨라요. 로비를 웃게 만든 다음에 버트 주위로 빙글빙글 돌 수도 있어요. 이번에는 칩 때문에 잠깐 방심했던 거예요."

"칩이라니?"

"내 원숭이요."

그녀가 입에 손가락을 대고 휘익 휘파람을 불자, 원숭이가 흥겨운 춤을 포기하고 주인의 어깨로 냉큼 뛰어올랐다.

'특이한 목소리로군.'

날렵한 몸매에서 나왔다고 믿기지 않을 만큼 깊은 목소리, 게다가 노래하는 듯한 울림까지 깃들었다. 알아차리기 어려울 정도의 미약한 외지 악센트도 가미되었다. 가레스가 관심 있게 살피는 동안, 그녀는 연주 후에 이어지는 공 던지기 묘기를 비판적으로 지켜보고 있었다.

갑자기 원숭이가 그녀의 어깨에서 팔짝팔짝 뛰면서 미친 듯이 꽥꽥대며 무대 쪽을 손가락질했다.

"오, 이런, 진작에 내뺐어야 하는 건데."

그녀가 중얼거리는 사이, 어마어마하게 커다란 덩치의 여자가 모습을 드러냈다. 밝은 갈색의 옷 목선에는 수레바퀴 같은 주름 칼라가 혼들거렸고 머리에는 커다란 모자를 걸쳐 몇 겹의 턱에 실크 리본으로 동여맸다. 모자 꼭대기의 금색 깃털들이 바닷바람을 맞아 경쾌하게 팔랑거렸다.

"미란다!"

덩치만큼이나 우렁찬 목소리였다. 그 쩌렁쩌렁한 소리가 다시 울려퍼졌다.

"미란다!"

"아이고, 야단났네."

원숭이가 꽥꽥거리며 바닥으로 내려서는 동시에 여자가 다급하게 가레스의 뒤로 숨어들었다.

"저 아줌마가 지나갈 때까지만 꼼짝 말고 계셔 주시면 정말 고맙겠습니다, 나리."

가레스는 그 부탁대로 꼼짝 않고 서서 앞만 쳐다보았다. 다음 순간 자신의 망토 안으로 찰싹 달라붙는 그녀의 느낌에 숨을 들이켰다. 그의 실크 망토에 거의 주름이 잡히지 않을 정도로 호리호리한 몸이었지만 관능적인 감각이 전해지기에는 충분했다.

원숭이가 덩치 큰 여자 앞으로 뛰어가 꽥꽥거리며 덩실덩실 춤을 추기 시작했다. 그리고는 조롱하듯 누런 이를 드러내며 웃어보이고는 사람들 속으로 냅다 달아났다. 여자가 고래고래 고함을 치며 지팡이 쥔 망치 같은 주먹을 휘두르며 그 뒤를 쫓아갔다.

원숭이와 여자의 숨바꼭질이 웃음을 유발할 정도는 아니었지만 주인의 안전을 지키려는 원숭이의 목적은 그런 대로 달성된 듯했다.

"감사합니다, 나리."

여자가 그의 망토에서 빠져나오며 미소를 던졌다.

"지금은 거트루드 아줌마한테 잡히기 싫거든요. 세상에서 제일 맘씨 좋은 사람이긴 하지만, 막무가내로 날 며느리삼으려고 해요. 루크도 나쁜 애는 아니에요. 하지만 프레드를 다루는 것 말고는 매사에 너무 바보 같아요. 루크하고 공연하는 것도 싫은데, 나더러 어떻게 결혼까지 하라는 걸까요?”

“도움이 됐다니 다행이오.”

가레스는 그녀의 재잘거림에 별다른 대꾸 없이 중얼거렸다. 사실 어째서 자신이 이런 여자에게 육체적인 감각을 느꼈는지 이해할 수 없었다. 하지만 아직까지도 등가죽이 얼얼한 느낌이었다.

미란다가 주위를 휘익 둘러보았다. 연주와 공던지기 묘기는 이미 끝이 났고, 경쾌한 테리어 개 한 마리와 화려한 더블릿 차림의 젊은 남자가 무대 위로 올랐다.

“쟤네들이 루크와 프레드예요. 보이시죠? 루크는 프레드를 아주 잘 다뤄요. 무슨 일이든 시킬 수 있어요. 저 불고리 안으로 뛰어들게 하는 것 좀 보세요……. 하지만 루크의 머리가 비었다는 게 슬픈 사실이죠. 저런 남자와 결혼해서 사는 건 내 운명이 아닌 것 같아요.”

가레스는 젊은 남자의 얼빠진 표정과 여자의 영리하게 반짝이는 눈을 확인하고 나서 그 말이 옳다는 걸 알았다.

“이제 칩을 찾으러 가야겠어요. 거트루드 아줌마한테 붙잡히진 않았겠지만, 그 녀석이 무슨 말썽을 부릴지도 모르거든요.”

여자는 기운차게 손을 흔들어 보인 다음 주황색 치마를 펄럭이며 사람들 속으로 사라졌다.

가레스는 다소 멍한 기분이었음에도 불구하고 스르르 미소지었다. 무대를 다시 돌아보았을 때 간이의자에 앉은 소년은 버려진 아이마냥 쓸쓸한 표정이었다.

거트루드라는 여자가 대단히 불쾌한 표정으로 성큼성큼 되돌아오고 있었다.

“망할 놈의 계집애……. 개똥벌레처럼 사방으로 싸돌아다닌다니까.

내 아들이 뭐가 어떻다는 거야? 한 번 물어나 봅시다, 점잖은 나리.”

그녀가 가레스에게 성난 시선을 던졌다.

“착실하고 성실한 데다 저렇게 잘생겼는데 내 아들한테 무슨 흠이 있다는 겁니까? 정신 똑바른 여자라면 얼씨구나 하고 달려들어야 하지 않겠어요?”

그녀는 마치 그 책임이 가레스에게 있는 것처럼 그를 매섭게 노려보았다. 다음 순간 어깨를 으쓱이고는 또다시 투덜거리며 걸어갔다. 그녀가 움직일 때마다 갈색 드레스 안의 거대한 젖무덤이 격랑에 빠진 뱃머리처럼 출렁거렸다.

그때쯤 루크가 공연을 끝내고 관객들에게 인사를 올렸다. 그 즉시 관객들이 사방으로 흩어지기 시작했다.

거트루드가 그 부담스런 체구에 어울리지 않게 날렵한 동작으로 무대에 뛰어올랐다.

“모자를 돌리지 않았잖아! 내려가서 돈을 받으란 말이야.”

여자의 지팡이가 불쌍한 청년을 내리쳤다.

“사람들이 다 가버리잖아! 미란다가 하는 거 못 봤어? 이 멍청아!”

청년이 무대 밑으로 뛰어내려 애절한 표정으로 모자를 내밀면서 흩어지는 군중 사이를 돌아다니기 시작했다. 하지만 이미 그는 타이밍을 놓쳐버렸다. 사람들이 그의 애원과 모자를 무시하며 무관심하게 지나쳐갔다. 가레스가 그 모자 안에 일 실링을 던져주자 청년의 입이 헤벌어졌다.

“고맙습니다, 나리. 고맙습니다.”

“어디서 온 극단인가?”

가레스는 두 명의 사내들이 해체하고 있는 무대를 슬쩍 손짓해 보였다.

“프랑스에서 왔습니다요, 나리.”

루크는 재빠르게 사라져가는 손님들을 바라보며 어물쩡하게 서 있었다. 마지막 희망이라도 붙잡아 사람들을 쫓아가야 할지, 아니면 관대하게 돈을 내준 귀족 나리의 질문에 대답해야 할지 갈등하는 듯했다.

"오후에는 칼레로 떠날 거예요."

청년이 자진해서 설명을 덧붙였다.

가레스가 이만 됐다는 듯 고개를 끄덕여 보이자, 루크는 손님들의 뒤꽁무니를 다급하게 쫓아나갔다. 백작은 잠시 무대가 없어지는 광경을 지켜보다가 절벽 밑에 위치한 마을 쪽으로 방향을 돌렸다.

그도 바다의 강풍을 견뎌낸 후 오늘 새벽에야 프랑스에서 이곳 도버에 도착한 참이었다. 여기서 하룻밤을 묵고 내일 아침 런던 외곽에 있는 자신의 집으로 출발할 생각이었다.

누이의 집요한 잔소리와 모드의 고집을 다루기 위해 서둘러 돌아갈 필요가 없다는 점도 그 결정에 한몫을 차지했다. 차라리 바다에서 폭풍우를 맞이하는 쪽이 훨씬 즐거우리라.

가레스는 수놓인 은색 더블릿 안쪽으로 손을 넣어 팔찌가 들어 있는 벨벳 주머니를 매만져보았다. 장래 신부감에게 보내는 앙리의 선물…… 밀봉한 편지봉투도 고이 간직되어 있었다. 그의 손가락이 프랑스 왕 앙리 4세의 인장자국을 쓰다듬었다. 프랑스 가톨릭교도들이 개신교 군주를 기꺼이 받아들이지 않는지라 아직까지는 나바르의 앙리가 명목상의 프랑스 왕일 뿐이지만 일단 그 까다로운 가신들을 제압하고 나면 훨씬 더 강력하게 드넓은 영토를 다스리게 될 터였다. 프랑스 왕의 위치에 비하면 나바르 왕의 지위는 새 발의 피에 불과했다.

그리고 프랑스 왕실과 연결되면 한때 하코트 가문이 지녔던 권력과 영토를 되찾을 길이 열리는 셈이었다.

권력에 굶주린 누이조차도 감히 상상하지 못할 만큼 찬란한 영광의 길.

이 청혼서에 대한 누이의 반응을 생각하며 가레스의 입술에 냉소적인 미소가 떠올랐다. 샬럿이 죽은 후로 가레스의 무기력한 냉담함이 깨진 일은 거의 없었다고 해도 과언이 아니었다. 하지만 이 엄청난 행운이 그의 구미를 당겼다. 예전에 그의 일상을 차지했던 정치적인 포부가 꿈틀꿈틀 되살아났다.

하지만 우선은 이 일을 순순히 받아들일 리 없는 자신의 피후견인 모드를 설득해야 하리라.

누이의 잔소리에 못 이겨 프랑스 행 배에 올랐을 때는 이보다 훨씬 못한 혼담을 염두에 두고 있었다. 왕의 충신이자 최측근인 로이시 공작에게 하코트 백작의 친척이며 드 알바르 공작의 딸인 모드를 신부감으로 제안할 생각이었다. 그런데 상황이 예상치도 않은 쪽으로 돌아갔다.

가레스는 몸을 돌려 해협의 물살을 막아주고 있는 제방벽을 응시했다. 파라다이스 항구라는 이름에 걸맞는 아름답고 평화로운 풍경이었다. 파리의 앙리 왕 캠프에서 일어나는 험악한 소용돌이와는 전혀 다른 풍경…….

그가 앙리 왕의 캠프로 들어섰을 때는 4월의 저녁 무렵이었다. 봄이라는 계절에 어울리지 않게 차가운 빗발까지 내리는 고약한 날씨였다. 수행원을 거느리고 다니면 사람들의 시선을 끌 것이기에 그는 혼자서 말을 달려갔다. 식량부족에도 불구하고 파리 시민들은 앙리 왕의 포위 공격에 맞서 싸우며 이교도 찬탈자를 군주로 받아들이지 않으려 맹렬히 투쟁중이었다.

캠프로 들어서기까지 하코트 경은 여러 번 위병들에게 강력한 제지를 받아야 했다. 안으로 받아들여진 후에도 두 시간 동안 왕의 텐트 옆에서 추위를 피하기 위해 발을 구르며 기다려야 했다. 왕을 알현하러 들어가는 장교와 가신과 하인들은 흠뻑 젖은 망토에 진흙투성이 부츠차림의 그에게 눈길 한번 보내지 않았다.

왕의 앞으로 불려 들어갔을 때도 상황은 그리 나아지지 않았다. 15

세부터 38살이 된 지금까지 군인으로 지내온 앙리 왕은 편안함을 경멸하는 전사였다. 명색이 왕의 숙소인데도 음산한 화로 하나와 차가운 바닥에 침대 삼아 깔아놓은 짚더미가 가구의 전부였다.

예의바른 미소로 하코트 경을 맞이했지만 왕의 눈동자에는 의심과 날카로움이 배어 있었다. 성 바르톨로메오 축일의 대학살을 겪은 후로 우정의 손길에 배반이 섞일 수 있음을 알아차렸던 탓이리라. 이 도시에서 자신의 백성 수천 명이 도살당했다. 그는 지금 누구보다 차갑고 교묘한 복종에 굶주린 사내가 되어 있었다.

그렇다 해도 가레스의 신뢰성은 의심할 여지없이 확실했다. 그 운명의 결혼식 날 그의 부친이 앙리 옆에 있었고, 모드의 아버지 드 알바르 공작도 그 학살에서 아내와 딸 하나를 잃었다. 그 살해당한 부인이 결혼 전에 바로 하코트 가의 한 사람이었다. 그러므로 면밀한 조사를 거치고 나서 하코트 백작은 같은 편으로 받아들여져 왕의 저녁 식탁에까지 초대받았다. 그리고 그곳에서 혼담에 대한 이야기가 오고갔다.

떫은 포도주와 빵, 악취를 없애기 위해 양념을 잔뜩 뿌린 고기가 고작이었지만, 굶주린 시민들에게는 하늘의 양식과도 같을 음식이었다. 앙리는 그 초라한 식사를 불평 한마디 없이 양껏 먹고 마셨다. 포도주병이 바닥났을 때쯤에는 코끝이 약간 빨개졌을 정도였다. 마침내 그가 손등으로 입술을 닦고 턱수염에 붙은 부스러기들을 털어 낸 다음 레이디 모드의 초상화를 보고 싶다는 요청을 했다. 사랑하는 가신의 아내로서 적당한지 살펴야겠다는 농담반 진담반의 설명이었다.

가레스가 모드의 초상화를 왕께 보여드렸다. 모드의 창백한 피부와 푸른 눈동자, 거기에 많은 여자들이 미의 조건으로 여기는 연약한 분위기까지 잘 드러나 있는 초상화였다. 똑바로 앞을 응시하는 하늘색 눈동자가 그녀의 강한 성격을 짐작케 했다. 피부는 너무나 하얀 나머지 병약하다 싶을 정도였고, 백조처럼 긴 목에 터키석 목걸이가 그 아름다움을 강조하며 매달려 있었다. 그 초상화를 보자마자 앙리의 눈살이 한껏 찌푸려졌다. 그리고는 날카로운 시선으로 로이시를 흘깃 쳐다보았다.

"뭐가 잘못됐습니까, 폐하?"

로이시가 놀란 표정으로 그 초상화를 보려고 목을 길게 뽑았다.

"아니, 아니야. 이 레이디는 무척이나 사랑스럽군."

굳은살 박힌 손끝으로 초상화를 톡톡 두들기는 앙리의 표정이 묘하게 멍해졌다.

"모친 없이 자라야 했으니 얼마나 큰 비극이었겠나. 나도 엘레나를 잘 기억하고 있다네."

그가 가레스에게 시선을 돌렸다.

"자네와도 친한 사이였겠지?"

가레스는 간신히 고개를 끄덕였다. 그녀의 죽음은 그에게도 크나큰 슬픔이었다.

앙리가 아랫입술을 빨며 계속해서 모드의 초상화를 쳐다보았다.

"나무랄 데 없는 결혼이 되겠어."

로이시가 다소 성마르게 입을 열었다.

"그렇습니다, 폐하. 드 알바르 가와 로이시 가는 오랫동안 동맹관계였지요. 하코트 가도 마찬가지구요."

"그래, 그래……. 로이시 가에게 좋은 제안이야. 하지만 왕에게도 나쁜 조건은 아니지 않겠나?"

왕이 씨익 웃으며 사람들을 둘러보았다.

"자네의 사촌이 내 마음에 드네, 하코트 경. 게다가 나에게는 개신교 아내가 절실하게 필요하다네."

잠시 놀란 침묵이 흐른 뒤, 로이시가 입을 열었다.

"하지만 폐하께는 이미 아내가 있지 않습니까?"

앙리가 웃음을 터트렸다.

"그래, 가톨릭 아내지. 마르그리트와 난 친구 사이라네. 우린 몇 년

간 따로 지냈어. 그녀에게는 다른 애인이 있고 나에게도 마찬가지야. 그녀는 내가 요구할 때면 언제든 이혼해주기로 약속했다네."

그의 반짝이는 시선이 가레스에게 향했다.

"자네의 피후견인을 내가 맞아들이고 싶네, 하코트. 그녀를 직접 보고 난 후에도 내 마음에 든다면 로이시는 다른 신부감을 찾아야 할 걸세."

물론 장애물이 없는 것은 아니었다. 이 시점에서 왕이 파리를 떠나 영국을 여행할 수는 없었다. 하지만 앙리의 결심은 단호했다. 또한 굶주린 시민들을 굴복시키기에는 피비린내나는 전투나 교활한 전략이 필요치 않으니 몇 달 정도는 왕이 없더라도 공격을 계속할 수 있을 것이다. 슬쩍 빠져나가 하코트 백작의 호의를 받으며 사랑스러운 레이디 모드를 만나보는 것은 어렵지 않았다. 그리고 그녀를 어울릴 만한 신부감이라고 판단할 경우 왕이 직접 청혼하게 될 것이다.

에메랄드 백조 장식이 달린 그 중세풍의 팔찌는 원래 모드의 어머니 것이었다. 대단히 특이하고 귀한 보석 장신구……. 그것이 어떻게 왕의 손에 들어갔는지 알 수 없었으나, 가레스는 프랜시스 드 알바르가 그것을 왕께 바쳤으리라 짐작했다. 드 알바르의 딸에게 그보다 더 값진 약혼 선물은 없을 것이다.

그렇게 해서 지금 그 팔찌가 가레스의 품에 들어와 있었다, 이모겐에게 기쁨과 경악을 선사할 청혼서와 함께. 하지만 모드가 어떤 반응을 보일지는 오직 신만이 알고 계시리라.

가레스는 부서진 성문을 통과하여 마을로 들어섰다. 절벽 위의 성과 세 곳의 요새에 의해 철통같이 수비되는 마을이지만 끊임없는 바닷물의 공격에 맞서 성벽들이 무너지는 것을 막아내기란 불가능했던 모양이었다. 그는 예배당 거리 쪽으로 돌아 '아담과 이브' 여인숙으로 향했다. 다른 여인숙 주인들은 독방을 내주겠노라고 다짐에 다짐을 하고 나서도 한밤중에 은근슬쩍 다른 손님을 밀어넣는 경향이 있었다.

그가 여인숙의 낮은 문틀에 고개 숙여 들어가려던 찰나, 스너게이트 거리에서 커다란 고함소리가 들려왔다. 다음 순간 주황색의 흐릿한 형체가 쏜살같이 그의 곁을 지나쳐갔다.

"도둑이야! 거기 서라, 도둑년아!"

소리치는 무리들이 우르르 그 뒤로 쫓아갔다.

그는 그 도둑이 당하게 될 처벌에 그다지 신경 쓰지 않았다. 법을 어긴 자에게 매질과 돌세례가 퍼부어지는 것은 흔히 일어나는 일상사 중의 하나였다. 그 여자가 도둑일 가능성도 높았다. 그런 생활을 하는 부류들은 다른 사람의 재산에 대해서 다소 느슨한 태도를 갖고 있으니까.

선술집에서의 담배와 맥주 한잔을 기대하며 발을 옮기던 그의 발걸음이 순간 멈칫했다. 그 여자가 정말 도둑질을 했을까? 아무 죄가 없는데도 사람들한테 매질을 당하게 된다면……. 일단 붙잡히고 나면 결백을 주장할 겨를조차 없을 것이다. 설사 죄가 있다 하더라도 그녀가 그런 식으로 핍박받는 것은 왠지 혐오스러웠다.

그는 거리로 돌아서서 성큼성큼 고함소리가 나는 쪽으로 따라갔다. 그 소리가 그치지 않는 것으로 보아 아직 그녀를 붙잡지는 못한 듯했다.

2

끼끼거리는 칩을 목에 매단 채로 미란다는 두 집 사이의 비좁은 틈새로 달려들어갔다. 그녀의 마른 몸집에도 불구하고 벽 사이에 옆으로 서서 간신히 숨만 쉴 수 있을 정도의 좁은 공간이었다. 집안의 오물과 쓰레기를 버리는 장소인 듯 지독한 악취가 코를 찔렀다.

칩이 그녀의 목을 끌어안은 채 바들바들 떨고 있었다. 원숭이의 머리와 목을 쓰다듬어 주면서, 그녀는 반짝이는 물건을 좋아하는 그 원숭이에게 맘속으로 욕설을 퍼부었다. 칩이 그 빗을 훔치려는 건 아니었는데 아무도 그녀에게 설명할 기회를 주지 않았다.

반짝이는 물건에 홀려서 칩이 여자의 어깨에 폴짝 뛰어오르자 그 여자는 졸도 직전 상태로 비명을 질러댔다. 칩이 사교적으로 안심시켜 주려 재잘거리면서 그녀의 정교한 머리장식에서 빗을 빼내려 했다. 칩의 입장에서는 좀더 자세히 살펴보고 싶을 뿐이었다고는 해도 이 잡듯이 머리 속을 뒤지는 원숭이 때문에 히스테리가 일어난 여자에게 무슨 말을 할 수 있단 말인가?

미란다가 원숭이를 떼어내려 달려가자 사람들은 즉시 그녀를 공모자로 취급하여 붙잡으려 했고, 그 순간 평생 거리에서 자라온 미란다로서는 당장 사라지는 게 최선이라는 판단을 내렸던 것이다.

이제 성난 무리들이 그녀의 은신처 옆으로 소리치며 지나갔다. 칩이 더 격렬하게 몸을 떨어대며 그녀의 귓속에 두려움을 털어놓았다.

"조용히 해."

그녀는 원숭이를 안아주면서 쿵쿵거리는 발소리가 멀리 사라질 때까지 기다렸다가 슬그머니 거리로 빠져나왔다.

"저 사람들 쉽게 포기할 것 같지가 않군."

나른한 갈색 눈동자가 흥미롭게 그녀를 쳐다보고 있었다. 그의 커다란 입술이 하얀 이를 드러내며 씨익 미소지었다.

그녀도 무의식적으로 미소를 돌려보냈다.

"우린 도둑질하지 않았어요, 나리. 칩이 반짝이는 걸 좋아해서 그저 자세히 보려고 했던 것뿐이에요."

가레스가 이해한다는 듯이 고개를 끄덕였다.

"그렇군, 원숭이의 관찰대상이 된 가엾은 사람도 한 명 있었겠지?"

미란다가 피식 웃었다.

"바보 같은 여자예요. 끓는 기름에 던져진 것처럼 비명을 질러대더라구요. 그 빗, 진짜 보석도 아니었으면서."

순간 가레스는 소스라치게 놀랐을 그 여자가 가엾어졌다.

"머리에 원숭이를 올려놓고 다니는 취향이 아니었던 거겠지."

"그런가봐요. 하지만 칩은 아주 깨끗하고 착하다구요. 아무 피해도 끼치지 않았어요."

"그 관심의 대상은 그걸 깨닫지 못했던가 보오."

미란다가 키득키득 웃음을 터트렸다. 이 느긋하고 친절한 신사와 함께 있으니 지금의 곤경도 그리 심각한 것 같지 않았다.

"전 그냥 칩을 떼어주려고 했던 건데 사람들이 덤벼들잖아요. 그래서 도망쳤어요. 그게 죄를 지은 것처럼 보였던 거예요.”

“흐음, 그랬겠지. 하지만 당신에게도 다른 선택이 없었던 것 같소.”

“맞아요.”

문득 미란다가 고개를 갸우뚱하며 다시 들리기 시작하는 고함소리에 귀를 기울였다.

“얼른 여기서 빠져나갑시다. 그 주황색 옷은 너무 눈에 띄어.”

신사가 다급하게 중얼거렸다.

미란다는 잠시 망설였다. 본능적으로는 다시 전속력으로 달아나야 할 것 같은데, 어느샌가 남자의 손에 이끌려가고 있었다.

“왜 저 때문에 이런 수고를 하시는 건가요, 나리?”

그의 걸음을 따라잡으려 종종걸음치며 그녀가 호기심어린 눈을 들어올렸다.

좋은 질문이었다. 하지만 가레스로선 아직 대답할 준비가 되어 있지 않은 질문이기도 했다. 이 여자에게는 그의 마음을 움직이는 이상한 매력이 있었다. 그녀에게 이런 위험을 피할 능력이 충분하리라 짐작하면서도 성난 군중들에게 쫓기도록 내버려둘 수가 없었다.

“이쪽으로.”

그가 그녀의 등을 밀어 아담과 이브 여인숙의 어두운 실내로 이끌었다. 얇은 옷감 밑으로 따뜻한 체온이 느껴졌다. 갈색의 머리카락 사이로 나 있는 가리마선이 눈부실 정도로 하얘 보였다. 무심결에 그 가리마를 살짝 매만지자, 그녀는 움찔하며 그를 돌아보았다. 그가 흠흠 목기침을 하고 나서 입을 열었다.

“그 원숭이 잘 간수하시오. 여기에도 반짝이는 물건들이 있을지 모르니까.”

스치는 듯했던 그 감촉은 그녀의 상상이었을까? 그녀는 애매한 기분으로 주위를 둘러보았다.

“칩이 좋아할 물건은 없어보이네요. 먼지투성이인 걸요.”

"그래도 잘 붙잡으라구."

"하코트 나리."

여인숙 주인이 뒤쪽의 좁은 통로에서 눈을 반짝이며 뛰어나왔다.

"말 보관소에 좋은 말이 하나 있습니다요. 엥, 이게 뭐야? 야, 너 당장 그 지저분한 짐승을 데리고 나가지 못해!"

그가 원숭이 쪽으로 성난 손가락질을 했다. 이제 칩은 침착을 되찾아 미란다의 어깨에서 이리저리 주위를 살피는 중이었다.

"진정하게, 몰튼. 이 아가씨는 내가 데려왔어. 원숭이도 말썽을 부리진 않을 거라네."

가레스가 선술집 안으로 걸음을 옮겼다.

"담배하고 맥주 한 잔 갖다주게. 아참, 두 잔 가져와야겠군."

"도대체 왜들 원숭이를 무서워하는지 알 수가 없어요."

골목이 내다보이는 작은 창문으로 다가가며 미란다가 중얼거렸다. 그녀가 소맷자락으로 지저분한 유리를 박박 문질러 비교적 깨끗한 공간을 만들어냈다. 그리고는 은근슬쩍 자신의 구세주를 살펴보았다. 바카운터에 기대어 앉은 모습이 느긋하고 편안한 분위기를 풍겨냈다.

"도와주셔서 감사해요, 나리. 저를 알지도 못하시는 분한테 많은 폐를 끼쳤어요."

"이상하게도, 난 당신을 잘 알아가기 시작하는 느낌이라오."

그가 비꼬듯이 한마디 덧붙였다.

"내 의지와는 상관없이."

미란다는 고개를 돌려 유리창에 코를 박았다. 왜 상처 입은 기분이 드는 걸까? 이런 느낌 따위는 가당치도 않았다. 어차피 잠깐 동안 그녀의 인생에 끼어들었다가 사라져 버릴 사람인데.

"이젠 나가도 될 것 같아요. 더 이상 폐 끼치지 않을게요, 나리."

그 깊은 목소리에 날카로움이 깃든 것을 알아차리며, 가레스가 놀란 표정을 지었다.

"좋을 대로 하시오. 나는 당신이 더 오래 있어도 상관없다오."

"감사하지만, 이만 가봐야 해요."

그녀가 문 쪽으로 향했다.

"도와주신 거 다시 한 번 감사드립니다, 나리."

그녀가 고개를 까딱 숙여 보인 다음 밖으로 나갔다. 다시 그녀의 어깨에 올라탄 원숭이가 가레스에게 호전적으로 주먹질을 하며 꽥꽥거렸다.

'배은망덕한 짐승이로군.'

가레스는 그저 파이프를 빨아들일 뿐이었다. 하지만 그 여자가 모드와 신기할 정도로 닮았다는 사실이 뇌리에서 떠나지 않았다. 세상에 똑같이 생긴 사람들이 있다는 말을 들어봤지만 눈으로 직접 보기는 처음이었다.

"저녁 식사 올릴까요, 나리?"

"한 시간 후에 하겠네."

가레스가 담배와 맥주를 마저 들이켰다.

"가서 말을 골라봐야겠어. 침실 하나 마련해 주게. 소란스럽지 않은 독방으로."

"세탁장 위에 아주 좋은 일인용 방이 있습죠, 나리."

몰튼이 무릎까지 닿을 정도로 고개를 숙였다.

"그런데 가격이 좀 비쌉니다요. 세 사람은 받을 수 있는 방이거든요."

가레스가 눈썹을 치켜들었다.

"일인용 방이라고 하지 않았던가?"

"일인용이긴 하지만, 세 사람까지 받을 수 있습니다요."

"아, 무슨 말인지 충분히 알아들었네."

가레스는 카운터에 놓아둔 장갑을 집어들었다.

"내 소지품들을 그 방으로 옮겨놓게."

연신 절을 해대는 몰튼을 뒤로하고 가레스는 밖으로 걸어나갔다.

말 보관소에는 쓰러지기 직전의 늙은 말 하나뿐이었다. 하지만 급하게 달릴 필요도 없으니, 잘 먹이기만 하면 런던까지 갈 수는 있을 듯했다. 지금쯤 이모겐은 안달이 나 있을 테고, 마일즈는 그 불평의 맹공격을 피하려 숨을 곳을 찾아헤매고 있을 것이다. 도착했을 때 듣게 될 누이의 흥분한 비명소리가 벌써부터 귓가에 울려퍼지는 것 같았다. 그 현실을 서둘러 맞이할 마음은 전혀 없었다.

처음부터 그랬던 것은 아니었다. 가레스 자신이 그런 상황을 만든 것이다. 샬럿에게 끔찍한 재앙이 생긴 후로 그는 남모르는 죄책감에 빠져 무기력해졌고 그가 상황을 알아차리기도 전에 이모겐과 그녀의 전 식솔, 게다가 지독히도 짜증스러운 모드까지 그의 집에 들어앉아 버렸다. 그의 집을 관리하고 그의 슬픔을 달래주겠다는 이모겐의 투철한 사명감 때문이었지만 5년이 지난 이제껏 그들은 여전히 그의 집에 남아 있었다.

이모겐이 까다롭고 불같은 성질을 지니고 있다고 해도 그녀의 행동은 모두 남동생의 행복을 위해서였다. 어머니가 돌아가신 후로 그녀는 열 살짜리 남동생을 보살피는 일을 일생의 과업처럼 여겼다. 12살 많은 그 누이의 애정은 그의 숨을 틀어막을 정도였다. 하지만 숨이 막혀 죽을 지경이라 해도, 가레스는 누이의 마음을 다치게 하고 싶지 않았다. 물론 그녀의 단점들을 모르는 바는 아니었다. 하코트 가문에 대한 야망, 격한 성미, 하인이나 가족들에게 사려 깊지 못한 태도, 사치스런 취향. 하지만 그렇다 해도 누이를 그의 인생에서 내몰 수는 없었다.

동생의 행복을 바라는 이모겐의 열망은 이제 샬럿의 자리를 메워줄 만한 신부감을 찾아내기까지에 이르렀다. 레이디 메리 애버내시, 20대 후반의 자식 없는 미망인. 흠잡을 데 없는 여자이긴 했다. 이모겐의 말에 따르면 절대 잘못된 길로 들어서지 않을 여자라고 했다. 레이디 하코트로서의 역할을 잘 해낼 것이며 자신의 의무에 소홀하지도 않을 거라고.

가레스의 입술이 피식 뒤틀렸다. 레이디 메리가 어떤 상황에서든 의무를 소홀히 한다는 건 상상도 되지 않았다. 의무감이라는 개념조차 몰랐던 샬럿과는 달랐다. 하지만 샬럿이 화려하고 활기 넘치는 여자였던 것에 비하여 메리는 설화석고 동상처럼 창백하고 조용했다. 첫번째 결혼은 그에게 비참함과 수치심, 그리고 죄의식만을 남겨놓았다. 메리가 아찔한 행복감을 전해주지는 못한다 해도 그를 수치심과 절망 속으로 밀어넣지는 않을 것이다. 인간에게 단 한 번의 행복만이 허락되는 거라면 그는 이미 그 기회를 낭비해 버렸다. 그러니 지금쯤은 적막한 평화에 안주할 준비가 되어 있어야 마땅했다.

그의 입술이 또다시 뒤틀렸다. 왠지 그런 식으로 합리화시켜 가다보면 언제나 이런 반응이 터져나왔다. 그런 가정적인 평화가 가까운 미래에 생겨날 것 같지는 않았다. 이모겐이 앙리 왕과 모드의 결혼을 무사히 치러낸 후라면 또 모르지만.

공식적으로는 가레스 하코트가 모드의 후견인이었지만 실질적인 책임은 언제나 이모겐이 짊어졌다. 최근까지도 그는 집구석에 사는 그림자 같은 존재를 거의 깨닫지도 못했었다. 이모겐이 모드의 장래 문제로 그를 압박했을 때에야 비로소 관심을 기울이기 시작했을 뿐이었다. 그런데 불행히도 그의 피후견인은 길고 긴 고질병과 노새 같은 고집으로만 설명할 수 있는 여자였다. 그녀를 위해 준비한 이 미래도 좀처럼 쉽게 받아들이려 하지 않을 것이다.

그는 말 보관소를 떠나 기분 좋은 8월의 오후를 느끼며 부두로 걸어갔다. 저녁 식사하기 전에 바닷바람으로 식욕을 일으켜볼 생각이었다. 장밋빛의 저녁노을을 배경으로 백색의 절벽과 항구의 부드러운 물살이 펼쳐지고 그 위에서 갈매기들이 빙빙 원을 그리며 울어대는 평화로운 광경이었다. 회색 방파제에 기대앉은 주황색의 번득임을 볼 때까지는…… 피할 수 없다는 감각이, 무언가 운명과도 같은 감각이 그의 목뒤로 스멀스멀 기어올랐다.

그녀의 옆에 앉은 원숭이는 열심히 자신의 손을 살펴보는 중이었다. 여자는 다리를 흔들어 규칙적으로 돌벽에 나막신을 부딪히며 조용한 항구를 바라보고 있었다.

몇 척의 보트들만 닻에 걸려 흔들릴 뿐 조수가 빠르게 빠져나가고 있었다. 곡예단의 흔적은 보이지 않았다.

그가 그녀의 옆으로 다가섰다.

"오늘 일진이 안 좋은 것 같군."

그녀가 수심에 잠긴 얼굴을 들어올렸다.

"아침에 딱정벌레를 봤을 때부터 짐작했어야 했어요."

"딱정벌레?"

"그 커다란 벌레가 우유 속에서 헤엄치고 있더라구요. 그건 아주 재수 없는 징조거든요."

그가 돌벽에 편안하게 기대어 섰다.

"당신만 남겨두고 다들 떠난 거요?"

미란다가 고개를 끄덕였다.

"그 배를 놓치면 안 되거든요. 난 칩을 쫓아다니느라고 시간이 얼마나 흘렀는지도 몰랐어요."

그녀의 시선이 물끄러미 바다를 응시했다.

가레스 또한 잠시 조용하게 바다를 내다보았다. 그녀의 존재와 그 곁에 있음으로 인해 일어나는 기분 좋은 감각을 의식하면서.

"이젠 어쩔 셈이오?"

이윽고 그가 입을 열었다.

"다음 배를 타야 돼요. 하지만 아침에 번 돈을 버트에게 다 줘버렸기 때문에 지금 전 빈털터리예요. 뱃삯을 벌어야 하는데 아까 그런 소란을 피우고 나서 뭘 할 수 있겠어요?"

가레스의 시선은 서서히 수평선 밑으로 침몰하는 태양에 고정되어 있었다.

하지만 마음속에서는 일말의 흥분이 일어났다. 예상치 못했던 해결책이 눈앞으로 다가온 듯한 흥분감이었다.

"내가 제안 한 가지 하고 싶은데, 어떻소?"

그녀의 푸른 눈동자가 갑작스레 조심스러워졌다. 그는 느긋한 미소를 띤 채 침착하게 그녀를 마주보았다.

"무슨 제안인가요?"

"저녁은 먹었소?"

"저녁을 어떻게 먹었겠어요?"

그녀가 다소 날카롭게 대꾸했다.

"돈 한 푼 없다고 말씀드렸잖아요."

사실 그녀는 새벽녘에 아침을 먹은 후로 음식 구경도 하지 못했다. 오후 조류에 맞춰 배를 타려고 점심 식사도 거른 채 공연해야 했기 때문에 지금은 거의 아사하기 직전이었다. 돈 한 푼 없고 묵을 거처도 없으니, 이젠 굶주린 배를 끌어안고 아무 데서나 밤을 보내는 것이 피할 수 없는 운명인 듯했다.

"그럼 나하고 같이 식사하겠소?"

"조건이 뭔가요?"

그녀가 메마른 입술에 침을 축였다. 대답을 기다리는 동안 그녀의 눈동자가 불안하게 긴장되었다.

가레스는 그녀의 상황이 절박하다는 걸 알았다. 하지만 그녀는 섣불리 낯선 남자의 자비에 자신을 내던지지는 않을 모양이었다. 거리에서 흔히 일어나는 식으로 자신의 몸을 대가로 지불할 생각은 없는 듯했다. 물론 그가 그런 것을 바란 것도 아니었지만.

"당신에게 제안할 일이 한 가지 있소. 저녁 식사하면서 그 얘기를 하고 싶은 것뿐이라오."

그는 그녀에게 안심과 결단을 북돋아주기 위해 살짝 미소짓고는 돌아서서 마을로 걸어가기 시작했다.

　미란다는 잠시 망설이다가 재빨리 제방 벽에서 뛰어내렸다. 배를 든 든하게 채워두는 것이 상황을 개선시킬 여지도 있는데다가 본능적으로 그 신사를 신뢰해도 괜찮을 것 같았다. 칩을 어깨에 앉히고서 그녀는 백작의 뒤로 따라붙었다.

3

"도대체 가레스가 왜 안 오는 거죠? 벌써 넉 달이나 지났잖아요."

레이디 이모겐 듀포트는 불만스런 입을 지닌 키 크고 비쩍 마른 여자였다.

"프랑스에서 건너오기가 쉽지 않을 거라오."

그녀의 남편은 그 진부한 대답이 아내의 짜증만 드높일 뿐이라는 걸 알면서도 나지막하게 중얼거렸다. 25년 간을 함께 생활해 오면서 이모겐의 성미를 가라앉힐 방법이 없다는 건 이미 터득한 지 오래였다. 그렇다 해도 노력은 해봐야 했다. 그가 불안하게 듬성한 회색 머리카락을 매만졌다.

"누가 쉽댔어요?"

레이디 이모겐이 쏘아붙였다.

"하지만 지금은 1월이 아니라 8월이라구요. 이맘때는 바다도 훨씬 잔잔하고, 앙리 왕도 나바르가 아니라 파리 외곽에 있잖아요. 반토막의 의지만 가진 사람이래도 벌써 만나봤을 거예요."

회랑 끝 쪽에서 홱 돌아서자 그녀의 넓은 치마테가 작은 의자를 쓰러뜨렸다.

그 덜그럭거리는 소리에 아랑곳없이 그녀는 계속해서 울분을 터트렸다.

"가레스는 일광욕하는 도마뱀처럼 게으르기 짝이 없어요. 내가 없었으면 이 가문은 벌써 어둠 속으로 사라졌을 거라구요! 이번이 정말 완벽한 기회인데…… 가레스의 게으름 때문에 날아가게 생겼잖아요."

그녀가 분투적으로 부채질을 해댔다. 두 뺨에 나타난 붉은 기운이 얽힌 자국을 더욱 강조했다.

"아, 내가 남자였더라면 좋았을걸! 내가 직접 이 일을 성사시켰을 텐데!"

마일즈는 턱수염을 매만지며 생각에 잠긴 척해 보였다. 아내의 통렬한 비난이 사실 동생에 대한 걱정 때문임을 잘 알고 있었다. 이모겐은 애정을 표현할 줄 모르는 성격인지라 동생을 향한 사랑이 격한 비난으로 나타나기 일쑤였다. 그녀의 걱정이나 사랑이 깊어질수록 그녀의 태도는 더욱 비판적이고 부정적인 쪽으로 흘러갔다.

"그래도 가레스가 앙리 왕에게 찾아가긴 했잖소, 부인."

마침내 그가 입을 열었다.

"그래요, 하지만 그게 누구 덕분이죠? 내가 간절히 기도하고 애원하지 않았다면 그애가 꼼짝이라도 했을까요? 내가 몇 달 동안이나 무릎이 닳도록 빌었잖아요."

거기에 대답할 말은 없었다. 하코트 경은 결코 설득하기 쉬운 사내가 아니었다. 마일즈로서는 처남이 누이의 집요한 괴롭힘을 견뎌내는 것이 경이로울 지경이었다. 몇 양동이의 눈물과 공포스런 분노, 끈질긴 잔소리……. 그것도 모두 그의 무관심을 깨뜨리지 못하는 듯했다. 물론 외면적인 무관심일 뿐이라고 믿어 의심치 않았지만.

하지만 마침내 가레스도 모드와 관련된 이 일에 대해서만은 관심을 보였다. 처음 이모겐이 로이시 공작과 모드를 결혼시키자고 제안했을 때, 마일즈는 늘상 있어 왔던 과정을 예상했었다. 가레스가 누이의 잔소리를 끝까지 견뎌낸 다음에 부드럽고도 단호하게 거절하리라고. 그런데 이번 경우에는 처남의 눈에 번득임이 생기더니 누이의 열렬한 연설에 말려들어갔다.

가레스도 그 결혼이 하코트 가에 유리하다는 것을 깨달은 것 같았다. 하코트 가문은 성 바르톨로메오 축일 이후 앙리에게 충성한 대가로 너무나 많은 것을 잃어버렸다. 앙리가 프랑스에서 승리한 지금 그 보상을 바라는 것도 어찌 보면 당연한 일이리라.

"모드와 얘기해 보았소, 여보?"

마일즈는 손가락의 반지를 빙빙 돌리고 선술집에서의 즐거운 카드 게임을 열망하면서 물어보았다.

"그 배은망덕한 계집애가 내 뜻에 동의하기 전까지는 더 이상 아무 말도 하지 않을 거예요. 어서 그애한테서 손떼고 싶을 뿐이에요."

이모겐이 탁탁 손을 털어보이는 시늉을 했다. 하지만 마일즈는 그런 손짓에 속지 않았다. 자신의 아내가 쉽사리 포기할 리 없다는 걸 알기 때문이었다.

다시 흥분해서 걷기 시작하던 이모겐이 갑자기 문으로 방향을 바꿨다. 그리고는 문을 활짝 열어젖히며 빠져나갔다.

마일즈는 그 뒤로 신중하게 뒤따라가다가 아내가 동쪽 날개건물로 향하는 것을 알아차리고는 조용히 고개를 끄덕였다. 가엾은 모드가 또다시 괴롭힘을 당할 모양이었다. 그래도 그 자신은 이 집에서 빠져나갈 자유가 생긴 것이 다행스러웠다.

이모겐은 자신의 사촌이 하루의 대부분을 보내는 작은 응접실로 행진해 들어갔다.

"나가!"

이글이글 타오르는 화롯가의 늙은 여자에게 그녀가 명령을 내렸다. 그 응접실은 숨막힐 정도로 더운 데다가 레이디 모드의 가슴께에 추위를 막기 위해 발라놓은 돼지기름 때문에 고약한 냄새까지 풍겼다.

늙은 여자는 수틀을 집어들며 화롯가 가까운 의자에 누워 있는 아가씨와 성마르게 한 발을 굴려대며 서 있는 레이디 이모겐을 번갈아 쳐다보았다.

"내 말 안 들려? 나가란 말이야!"

레이디 모드의 유모가 서둘러 예를 갖춘 다음 물러갔다.

"어서 오세요, 이모겐."

의자 위에 겹겹이 쌓인 숄과 러그 더미 밑에서 미약한 목소리가 흘러나왔다.

이모겐은 성큼성큼 그 의자로 다가섰다. 누워 있는 모드가 진지하면서도 한 점 두려움 없이 그녀를 바라보았다. 짙은 갈색의 머리에는 광택이 결여되었고, 안색도 신선한 공기와 운동이 부족한 사람답게 생기 없이 창백했다. 하지만 눈동자만은 눈부신 푸른색이었다.

"더 이상 너의 헛소리를 참아주진 않을 거다. 알겠니?"

이모겐이 고개 숙여 창백한 여자의 얼굴에 분노를 쏟아냈다.

모드는 움찔하며 고개를 돌렸다.

"난 내 믿음이 인도하는 대로 따를 수밖에 없어요."

"그놈의 믿음! 그게 이 일과 무슨 상관이냐?"

"당신이 믿음의 힘을 모른다고는 생각지 않아요. 당신도 자신의 믿음대로 행동하는 거잖아요."

이모겐의 얼굴이 빨갛게 달아올랐다. 그 말을 인정한다면 꼼짝없이 궁지에 몰릴 터였다.

"넌 내 말대로 해야 돼. 널 책임지는 사람들의 명령대로 따라야 한다구. 너의 순종을 얻어내기 위해서 나는 무슨 짓이든 할 거다."

그녀가 문 쪽으로 홱 돌아섰다.

"당신이 아무리 다그친다 해도, 난 내 믿음에 위배되는 일을 하지 않을 거예요."

그 미약한 목소리가 방 밖으로까지 이모겐을 따라나왔다. 그녀는 짜증스레 이를 갈았다. 이런 일은 가레스가 맡아야 마땅했다. 모드의 공식적인 후견인은 가레스였다. 하지만 그는 언제나 모든 일을 누이에게 맡겨버렸다.

모드의 끊임없는 병치레를 보살펴 준 것은 누구였던가? 그녀의 교육을 담당했던 사람은? 그녀에게 사회적인 지위와 가문에 대한 책임을 가르쳐 준 것은 또 누구였던가? 그 배은망덕한 계집애를 떠맡아 온 것이 다 누구였던가?

이모겐은 허공에다 그 과장된 질문들을 연달아 쏟아부으며 분통을 터트렸다. 그 젊은 친척의 건강을 위해 육체적으로 봉사한 시간만도 두 손가락으로 다 헤아릴 수 없을 정도였다.

이제 혼자 남은 모드는 무릎에 놓인 숄의 실을 꼬고 있었다. 그녀의 연약한 얼굴과는 달리 푸른 눈에는 단호한 의지가 서렸다.

"베르트."

늙은 유모가 되돌아오자 그녀는 시선을 들지도 않고 입을 열었다.

"오늘밤 신부님을 모셔와. 당장 개종해야겠어. 그럼 나한테 더 이상 강요하지 못할 거야. 개신교 왕의 가신이 가톨릭교도와 결혼하려 들리 없어."

"정말 확신이 서신 건가요, 아가씨?"

베르트가 모드의 이마에 손을 대보며 물었다.

"이젠 준비가 됐어. 하코트 경이 돌아오기 전에 날 이 일의 노리개로 만들지 못하도록 확실히 할 거야."

"그럼 제가 데미안 신부님을 모셔올게요."

베르트는 아가씨의 머리를 쓰다듬으며 미소지었다. 그녀의 가장 큰 소망이 이루어지려는 순간이었다. 20년 간 자식처럼 알뜰살뜰 보살피

면서 아가씨의 영혼을 구하기 위해 얼마나 노력해 왔던가. 가톨릭교도
가 핍박받는 이 나라에서 개종이란 결코 쉬운 결단이 아니었지만 이제
그 일이 코앞으로 닥쳐왔다.
　유모의 다정한 손길을 받으며 모드는 눈을 감았다. 레이디 이모겐이
미친 듯이 날뛰리라는 것은 분명했다. 하지만 그녀도 결국에는 젊은
사촌이 어떤 핍박에도 굴하지 않음을 알게 되리라. 그들 모두에게 진
정한 용기가 무엇인지 보여줄 것이다.

　여인숙 주인은 또다시 원숭이가 등장한 것을 달가워하지 않았다.
　"그 짐승이 아무 데나 돌아다니면 곤란합니다요, 나리."
　"별 문제 없을 거라네."
　가레스가 대답했다.
　"아까 얘기했던 그 방으로 안내하게. 2인분의 저녁 식사도 올려보내
주고."
　그가 미란다에게 앞서가라고 손짓했다.
　몰튼은 비쭉 입을 내밀면서도 그들의 앞으로 계단을 달려올라갔다.
　"저 사람 입, 닭 궁둥이처럼 생겼어요."
　미란다가 낮은 목소리로 한마디했다.
　다행히도 그 말을 듣지 못한 주인장의 뒤로 하코트 경이 부드럽게
그녀를 재촉했다.
　"여깁니다요, 나리. 깨끗하게 청소해 놨습죠."
　몰튼이 걸쇠를 들어올린 후 과장되이 문을 활짝 열었다.
　"조용하기도 하죠. 거리나 술집에서 떨어져 있거든요. 수요일까지는
세탁장에 드나들 사람도 없습니다요."
　가레스가 방 안을 둘러보았다. 문틀이 너무 낮아 고개를 숙여야 했
지만 침대는 넓고 편해 보였다. 좁은 창턱으로 장식한 작은 창문 옆에
동그란 테이블과 두 개의 의자가 놓여 있었다. 아래층의 세탁장에서

풍겨나는 동물지방으로 만든 비누 냄새와 잿물 냄새가 배어 공기가 탁했지만 여인숙의 본채와 떨어져 있어 충분히 조용할 것 같았다.

"됐네."

그가 장갑을 벗었다.

"이제 저녁 식사와 포도주 두 병을 보내주게."

"네, 나리."

몰튼이 절을 올리고 나서 문 옆에 서 있는 미란다를 흘깃 쳐다보았다.

"저 여자애도 여기서 자는 거겠지요?"

그의 어조에 음탕함이 배어났다.

가레스가 천천히 몸을 돌려 방금 전의 느긋함은 완전히 사라진 시선으로 그를 응시했다. 몰튼이 즉시 뒤로 물러나며 방에서 빠져나갔다.

미란다는 갑자기 말라버린 입술에 침을 축였다. 주인 남자의 질문과 하코트 경이 굳이 부인하지 않았다는 사실 때문에 허기도 사라져 버렸다. 아까의 경계심이 되살아났다. 이 낯선 남자를 어쩌자고 덜컥 믿어버렸을까? 보기에는 분명 점잖아 보이지만 부드러운 얼굴이 가면일 수도 있다고, 특히나 귀족들은 더하다고 거트루드가 수없이 말하지 않았던가.

그녀가 칩을 잡지 않은 다른 손으로 문고리를 붙잡았다.

"사실…… 나리의 제안에는 관심이 없어요. 그러니 저녁을 얻어먹으면 안 될 것 같아요."

가레스가 눈살을 찌푸렸다.

"잠깐!"

그가 그녀의 손목을 잡아 다시 방 안으로 끌어들였다. 미란다의 눈동자에 즉시 경계의 불꽃이 일었다. 손을 잡아빼려 했지만 손목을 잡은 힘이 더 강해졌을 뿐이었다. 갑자기 칩이 으르렁거리며 그에게 달려들려고 했다.

"이런 맙소사!"

가레스는 짜증 섞인 웃음을 터트리며 그녀의 손을 풀어놓았다. 그 원숭이는 꽤나 무시무시한 경호원이었다.

"나에게 아무런 흑심이 없다는 걸 분명히 밝혀두겠소. 그저 식사나 하면서 한 가지 제안을 하고 싶을 뿐이오."

그가 방 안으로 깊숙이 걸어들어갔다. 그녀의 모습이 흡사 강둑에 선 새끼사슴을 연상시켰다. 경계하면서도 물 마실 용기를 끌어올리려는 것처럼.

그는 의자에 앉아 턱에다 손을 괴고 그녀를 바라보았다. 방 안의 침묵이 길어졌다. 다음 순간 그녀가 문고리를 잡은 채로 기대어서서 의연하게 입을 열었다.

"극단 사람들은 내 가족이에요. 거기 남자들은 포주가 아니고, 거기 여자들도 창녀가 아니에요."

"그렇겠지."

그가 진지하게 동의했다.

"사람들이 곡예단을 어떻게 생각하는지는 알지만……."

"친애하는 미란다, 다른 사람들의 생각이 어떤지는 모르겠지만 난 함부로 추측하는 타입이 아니라오."

미란다는 고개를 갸우뚱하며 그를 응시했다. 갑작스런 노크소리에 그녀의 몸이 펄쩍 튕겨올랐다. 그녀가 옆으로 비켜서자 두 명의 종업원들이 쟁반을 들고 들어섰다. 그 맛있는 냄새에 이끌려 그녀는 자신도 모르게 테이블로 뒤따라갔다.

두 여자가 쟁반을 내려놓은 다음 흘깃흘깃 그녀를 쳐다보면서 밖으로 나갔다. 그들의 생각이 어느 쪽으로 흘러가는지는 짐작하고도 남았다. 하지만 그들이 술과 함께 몸까지 파는 자신들의 처지 때문에 다른 사람도 똑같으리라 생각한다고 해서 화낼 필요는 없으리라.

그녀가 칩의 손을 놓아주자마자, 원숭이는 즉시 침대 위로 뛰어올랐다.

미란다가 황홀하게 테이블의 음식을 살펴보았다.

"흰 빵이네요."

흰 빵은 바다 근처의 서민들이 흔히 먹을 수 있는 것이 아니었다. 그녀는 의자에 앉아 너무 걸신들린 사람처럼 보이지 않도록 가레스가 먼저 식사하기를 기다렸다.

"이건 토끼고기인 것 같군."

가레스가 스튜단지의 냄새를 가늠해보고 나서 나이프로 풍성한 육질을 베어냈다. 한 입 맛을 본 후 그가 고개를 끄덕였다.

"맛있군."

그가 그녀에게 어서 들라는 손짓을 해 보이며 흰 빵 한 덩이를 잘라냈다.

미란다에게 더 이상의 재촉은 필요 없었다. 그녀는 손으로 먹으려다가 문득 귀족 나리가 나이프를 사용했던 것을 기억해냈다. 떠돌아다니는 사람들에게 어울리는 습성은 아니었지만 자신도 귀족 나리를 본받아서 행동했다.

가레스는 백랍술잔에 포도주를 따르며 은근슬쩍 여자의 먹는 모습을 살펴보고는 그녀가 꽤나 고상하게 식사한다는 것을 알아차렸다. 육즙이 묻은 손가락을 빨아먹는 대신 깨끗하게 빵에 닦았고, 입을 다물고 오물오물 씹어먹었다.

한순간 칩이 훌쩍 테이블 끝으로 내려앉아 슬픈 듯 고개를 갸우뚱했다.

"얘는 고기를 싫어해요."

미란다가 빵 조각을 원숭이에게 건네주며 설명했다.

"과일이나 땅콩 종류를 좋아하죠. 하지만 오늘은 빵으로 만족해야겠어요."

"건포도와 사과도 가져오라고 할 걸 그랬군."

가레스가 살짝 인상을 찌푸렸다.

"이 녀석을 테이블에서 내려가게 할 수 있겠소? 아무리 얌전하다 해
도 짐승과 같이 식사하고 싶지는 않다오."

미란다가 칩을 테이블 밑으로 내려보냈지만 녀석은 냉큼 그녀의 어
깨로 올라앉았다.

"멀리 쫓아낼 수는 없겠는 걸요."

가레스가 체념적으로 어깨를 으쓱거렸다.

"테이블에 올라앉지 않게만 해주시오."

그가 술잔을 집어들었다.

"당신 가족은 프랑스 태생이오?"

미란다는 그 단순한 질문에 대한 대답을 오랫동안 공들여 생각했다.

"곡예단 사람들은 프랑스, 영국, 이탈리아, 스페인 여러 군데 출신이
에요. 그걸 물어보신 건가요?"

"당신 가족은?"

"그건 몰라요. 전 주워온 아이거든요."

그녀가 와인을 홀짝였다. 가족이 없어서 슬퍼해 본 적은 없었지만
주워온 아이임을 밝힐 때마다 항상 당혹스러웠다.

하지만 하코트 경은 별다른 내색을 드러내지 않았다.

"어디서?"

"파리 어딘가에서요. 제가 갓난아기였을 때였어요."

그가 고개를 끄덕였다.

"지금 몇 살이오?"

"정확히 몰라요. 거트루드 아줌마가 스무 살쯤 됐을 거라고 했어요.
빵 굽는 가게에서 저를 봤는데, 부모가 없는 것 같아서 데려왔대요. 이
젠 날 루크와 결혼시키려 하구요. 그게 말이 되는 소리라고 생각하세
요? 루크는 친오빠와 같다구요. 자기 오빠와 결혼하는 사람이 어디 있

어요?”

“목사들의 생각은 다를 거요.”

미란다가 씨익 웃었다.

“제 말뜻 아시잖아요.”

그가 웃으며 그녀의 술잔을 채워주었다.

“그럼 그 곡예단이 당신이 아는 유일한 가족이로군. 그런데도 영어
에 아주 능숙한걸.”

“여기저기 떠돌아다니면서 배웠어요. 우리들은 다들 그래요……. 어
머나, 칩!”

그녀가 화들짝 놀라며 원숭이를 움켜잡았다. 하지만 이미 녀석의 손
이 스튜단지 안으로 쏙 들어간 후였다. 칩은 당근 한 조각을 멋지게
꺼내서 기분 좋게 입 안으로 밀어넣었다.

“죄송해요, 나리. 이 녀석이 야채가 있는 걸 봐버렸어요.”

미란다의 얼굴이 민망하게 일그러졌다.

“그래도 손은 아주 깨끗해요. 정말이에요.”

가레스는 그다지 안심하지 못하는 표정이었다.

“다행이로군. 하지만 난 이미 식사를 끝냈으니, 마음대로 먹여도 상
관없소.”

“칩에게까지 먹을 걸 주시다니 너무나 친절하세요, 나리.”

이제 칩은 마음껏 단지 안을 습격해 들어갔다.

“전요, 사람들이 왜 그렇게 원숭이를 무서워하는지 이해할 수가 없
어요.”

“곡예단 사람들은 아마 다를 거라 믿소.”

“그 중에서도 애를 싫어하는 사람이 있어요. 하지만 자기 밥벌이는
하는 걸요. 손님들이 좋아하는 데다가 공연 끝나고 나서 돈 거둬들이
는 일도 잘해내요……. 로비도 애를 좋아하구요.”

그녀의 사랑스런 눈동자에 문득 슬픔이 드리워졌다.

"그 절름거리던 아이 말인가?"

그녀가 고개를 끄덕였다.

"한쪽 다리가 다른 쪽보다 짧아요. 그래서 공연하기에는 무리가 있죠. 하지만 내 몫을 나눠주면 되구요, 그애도 나름대로 할 일은 해요."

"부모가 있소?"

"아뇨, 문 앞에 버려져 있는 걸 제가 발견했어요."

그는 그 간단한 말 뒤에 숨겨진 인간적인 감정과 관대함에 깊은 인상을 받았다. 내줄 것이 많지 않은데도 자기보다 덜 가진 자에게 기꺼이 내어주는 마음이라니. 그는 샬럿의 배신을 알게 된 후로 자신의 인간적인 마음이 다 사라졌다고 믿었다. 남들에게 아무것도 기대하지 않는 인생이 훨씬 더 편안한 것 같았다. 그런데 이 자그마한 부랑아가 그런 냉소주의를 무색하게 만들었다.

"저한테 하실 제안이라는 게 뭔가요, 나리?"

그녀가 한쪽 손으로는 칩의 재킷을 단단히 붙잡고, 다른 손으로 턱을 괴며 주제를 바꿨다.

"당신이 어떤 사람을 대신해 주었으면 하오."

그가 천천히 입을 열었다.

"런던 외곽에 있는 내 집에 그리 건강하지 못한 친척이 한 명 있소. 당신하고 아주 비슷하게 생겼지……. 사실은 놀라울 정도로 똑같소. 내가 우려하는 상황이 생겼을 때 당신이 그 자리를 대신해주면 도움이 될 것 같다오."

미란다가 놀라워하며 눈을 깜박였다.

"저더러 다른 사람인 척하라구요?"

"그렇소."

"하지만 그분이…… 반대하지 않으실까요? 전 그런 거 잘 못하는데요."

그의 얼굴에 냉소적인 미소가 떠올랐다. 그의 얼굴에서 그런 표정을 본 적이 없었으므로 미란다는 잠시 멍해졌다.

"이 상황에서는 모드도 싫어하지 않을 거요."

"몹쓸 병에라도 걸렸나요?"

그의 냉소적인 미소는 여전히 사라지지 않았다.

"아니, 스스로를 환자로 상상하는 쪽이라고 말할 수 있소."

"우려하시는 상황이란 어떤 건가요?"

'프랑스 왕이 레이디 모드에게 구애하려고 찾아오는 상황.'

가레스는 턱을 매만지며 말없이 미란다를 응시했다. 그것이 그녀를 불안하게 만들었다. 방금 전까지 너무나 편안했던 남자가 갑자기 낯설게 돌변해버린 듯했다.

이윽고 그가 대답했다.

"지금으로서는 밝힐 수가 없소. 당신이 모드를 대신해야 할 상황이 닥칠지도 아직 확실치 않소. 그게 필요하지 않을 수도 있고……. 하지만 일단 당신이 내 집으로 가서 한동안 레이디 모드로서 행동하는 연습을 해주었으면 하오."

미란다의 시선이 테이블로 떨어졌다. 아주 이상한 말인데다가 솔직한 것 같지도 않았다.

"저더러 사기치는 연습을 하라는 건가요, 나리?"

"당신 입장에서는 그렇게 말할 수도 있겠군. 하지만 장담하건대, 누구에게도 피해를 끼치지 않는 일이라오. 오히려 그 반대로 많은 사람들에게 호의를 베푸는 셈이오."

"기간은 얼마나 걸릴까요?"

"그것도 정확히 모르겠소."

"하지만 전 칼레로 건너가서 식구들을 찾아야 돼요. 일이 주 정도야 절 기다려 주겠지만, 그 후에는 다시 출발할 거라구요. 그럼 영원히 못 만나게 될지도 몰라요."

강요해봤자 역효과가 날 것임을 알아차리며 가레스는 아무 대꾸도

하지 않았다.

"2주일 후에 제가 그만두겠다고 한다면……?"

그녀의 말에 가레스가 고개를 흔들었다.

"안 되오, 당신은 그 일이 끝날 때까지 머물러 있어야 하오. 그럼 내가 50로즈노블(에드워드 4세 때 발행된 영국의 옛 금화)을 주겠소."

"50로즈노블!"

그녀의 눈이 접시만큼 휘둥그래졌다. 지금껏 1로즈노블도 만져본 적이 없는 그녀였다.

"그냥 다른 사람인 척만 하는데 그 돈을 주겠다는 거예요?"

"그 일에 동의하는 값이오. 아직은 그 역할을 하게 될지도 확실치 않으니까."

"어머나."

그녀의 눈썹 사이로 깊은 주름이 잡혔다.

"하지만 그 원숭이는 데려가지 말아야 할 거요."

그 말에 대한 그녀의 반응은 즉각적이었다.

"그건 안 돼요. 그럼 이 일을 하지 않을래요."

"원숭이 한 마리 때문에 50로즈노블을 내던질 셈이오?"

가레스는 경악하며 신중하게 유지했던 침착성을 잃어버렸다.

미란다의 입술이 단호하게 굳어졌다.

"칩은 내 원숭이예요. 내가 가는 곳에 칩도 함께 가야 해요."

그 입술선이 그에게 확신을 심어주었다. 모드의 얼굴에서 저 하늘빛 눈동자의 완강함이나 단호한 입 모양을 얼마나 많이 봐왔던가. 앙리 왕은 결코 두 여자를 구별하지 못하리라.

그는 이 한 가지 장애물이 있다 해도 최후통첩을 받아들이기로 했다.

"좋소, 하지만 저 녀석에 대한 이모겐의 반응은 단단히 각오해야 할 거요."

"이모겐이 누구예요?"

"나의 누이요. 당신이 그녀를 좋아할 것 같진 않다오."

그가 자리에서 일어났다.

"그럼 이 일에 동의하는 거겠지, 미란다?"

50로즈노블 정도면 하고 싶은 일을 다 할 수 있었다. 로비에게 특수 신발을 사줄 수도 있었다. 볼로뉴에 있는 구두장이가 절름발이용 신발을 만들어 주겠다면서 5기니를 내라고 했었다. 하지만 방랑하는 곡예사가 무슨 수로 5기니를 손에 쥘 수 있겠는가? 불가능한 일이었다, 지금까지는.

그녀가 시선을 들어 그의 검은 눈동자를 마주보았다. 웃음기 없이 진지한 시선…… . 그녀는 다시 한 번 그 느긋한 자세에서 안전하리라는 느낌을 받았다.

그가 손을 내밀자 그녀는 일어서며 그 손을 마주잡았다.

"좋아요, 할게요, 나리."

그가 따뜻하게 미소지었다.

"우리 둘 다 유익한 거래를 했다고 믿소. 오늘밤은 여기서 자고 새벽에 일찌감치 출발합시다. 내일은 피곤한 하루가 될 거요."

그가 그녀의 지저분한 손을 입술로 들어올렸다.

"좋은 꿈 꾸시오, 미란다."

그녀는 그의 입술이 스친 부분을 매만지며 경이로움과 당혹감에 사로잡혔다. 지금까지 그녀의 손에 입을 맞춰준 사람은 한 명도 없었다.

그녀가 잘 자라는 인사를 되돌리기도 전에 그의 뒤로 문이 닫혔다.

4

그로부터 2시간 후, 하코트 백작은 럼펀치잔을 내려놓고 선술집을 나서 세탁장 위의 침실로 향했다. 손에 든 촛불이 회반죽한 벽으로 그의 그림자를 길게 늘였다. 방문 앞에 식사한 접시들이 깔끔하게 쌓여 있었다. 미란다에게 정리하는 습관도 있는 모양이었다.

작은 창문 사이로 달빛만이 스며들 뿐 방 안은 어둑어둑했다. 그는 촛불을 내려놓고 다소 초점이 흐려진 눈으로 주위를 둘러보았다. 럼펀치의 도수가 강했던 데다가 술집의 흥겨운 분위기에 이끌려 조금 과하게 마셔버렸다.

그는 몇 번쯤 눈을 깜박였다. 방 안이 텅 비어 있는 듯했다. 다음 순간 그의 시선이 침대 귀퉁이에 봉긋하게 솟아오른 이불더미에 고정되었다.

다시 촛불을 집어들고 침대로 다가갔다. 노란 불빛이 베개 위에 올려진 하얀 팔뚝과 어깨, 그리고 미란다의 목덜미에 매달려 있는 원숭이의 험악한 눈동자를 드러냈다.

가레스는 멍하니 미란다를 내려다보았다. 그녀에게 잠잘 자리를 마련해 주었어야 했는데 미처 그것까지 생각하지 못했었다. 그가 침실을 둘러보았다. 방바닥과 좁은 창턱 말고는 침대가 유일한 선택이었으리라.

'편안한 침대를 기대했던 것이 너무 무리였나보군.'

그는 한탄스레 생각하며 그녀의 머리맡에서 베개를 빼내려 했다.

미란다는 한참 기분 좋은 꿈속에 빠져 있었다. 깃털 침대로 평생에 드문 호사를 누리며 눕자마자 곧바로 잠이 들어버렸다. 하지만 가레스가 베개를 빼내는 순간 퍼뜩 잠에서 깨어났다. 노란 불빛에 눈을 깜박거리며 그녀는 잠시 자신을 내려다보고 있는 얼굴을 깨닫지 못했다.

다음 순간 기억이 났다. 그녀가 불빛을 가리려 눈 위로 팔을 들어올렸다.

"무슨 일 생겼어요, 나리?"

"그저 당신이 내 침대에 있을 줄 예상치 못했던 것뿐이오."

드디어 그녀의 머리 밑에서 베개가 빠져나왔다.

미란다가 엉겁결에 일어나 앉으면서 허리까지 이불이 흘러내려 작고 완벽한 젖가슴과 날씬한 상체를 드러냈다.

"다른 곳에 누울 데가 없었어요. 하지만 전 아주 얌전하게 자는 편이에요. 신경 쓰이지 않으실 거예요."

가레스는 그 점을 그다지 확신할 수 없었다. 벌거벗은 여자와 한 침대를 쓰는 경우, 그는 충분히 신경을 쓸 수밖에 없으리라.

"그 말을 믿겠소."

그가 침대 가운데에 베개를 세로로 옮겨놓았다.

"하지만 내 잠버릇이 당신처럼 얌전치 않을 수도 있으니 경계선을 긋도록 합시다."

"제가 할게요."

그녀가 이불을 젖히고 발딱 일어나서 베개의 위치를 잡아놓고 시트를 탁탁 펼쳤다.

가레스는 가슴이 두근거리는 걸 느끼며 침대에서 몇 걸음 물러났다. 자그맣고도 동그랗게 솟은 젖가슴, 날씬한 허리와 엉덩이까지 이어지는 곡선. 풍만한 몸매는 아니었지만 그 탱탱한 육체 밑에서 유연하게 움직이는 근육이 탁월하게 구성된 기계를 연상시켰다.

지금껏 가레스가 생각해온 이상적인 여자의 몸매는 샬럿처럼 젖가슴과 엉덩이가 풍만한 스타일이었다. 출렁이는 금발 머리와 빨간 입술, 남자를 정열의 소용돌이로 깊이 끌어당기는 눈동자……. 샬럿은 자신의 아름다움을 잘 알았고 그 사용법도 정확히 아는 여자였다.

하지만 미란다는 자신의 나신에 그리 신경 쓰지 않는 듯했다. 그 자연스런 태연함이 샬럿의 의미심장한 유혹보다 훨씬 유혹적으로 느껴지는 것은 왜일까.

'럼펀치를 너무 마신 탓이야.'

그는 돌아서며 다소 쉰 목소리로 중얼거렸다.

"그만 됐소. 감기라도 들기 전에 어서 이불 속으로 들어가시오."

미란다가 즉시 그 명령에 따랐다. 열린 창문으로 불어드는 밤바람이 차갑게 느껴지긴 했었다. 그녀는 턱까지 이불을 올리며 사교적으로 물었다.

"즐거운 시간 보내셨어요, 나리?"

가레스는 웅얼웅얼 대답했을 뿐 더 이상 대화할 용기를 북돋아주지 않았다.

달빛이 잠시 구름에 가려진 사이를 틈타 가레스는 후욱 촛불을 불어 끄고 서둘러 옷을 벗었다. 되는 대로 옷가지를 바닥에 떨어뜨려놓고 침대로 기어들었다. 그의 무게에 매트리스가 푹 패이자 미란다의 가벼운 몸이 가운데 베개 쪽으로 굴러왔다. 몸이 닿지 않았는데도 가레스는 그녀의 따뜻한 체온을 느낄 수가 있었다. 그녀의 살갗과 머리에서 풍겨나는 소박하면서도 묘하게 순결한 냄새도 맡을 수 있었다.

미란다가 옆으로 돌아누웠다.

"안녕히 주무세요, 나리."

"잘 자요, 미란다."

하지만 가레스가 잠 속으로 빠져든 것은 꽤 오랜 시간이 지난 후였다.

햇살이 얼굴에 와닿는 것을 느끼며 그는 잠에서 깨어났다. 하품과 함께 쭈욱 기지개를 켜고 나서 이불을 걷고 일어났다. 불안정한 꿈에 시달린데다 짧은 시간 잠잤을 뿐인데도 놀라울 만큼 상쾌한 기분이었다. 미란다와 원숭이의 모습이 보이지 않았다. 창턱에 놓인 미란다의 주황색 드레스를 알아차리자 방금 전의 상쾌감이 다소 가라앉았다. 그녀가 이 방 안에 없는 것은 분명했다. 그렇다면 옷도 입지 않은 채 어딜 갔단 말인가?

그 순간 창 밖에서 요란한 박수갈채와 휘파람소리가 울려퍼졌다. 그가 창으로 걸어가 바깥을 이리저리 살펴보고 나서 입을 떡 벌린 채 한 지점을 노려보았다. 그의 오른쪽, 가파르게 경사진 빨간 타일 지붕 위에 슈미즈와 가죽바지만 걸친 맨발의 미란다가 아래쪽 관중들에게 곡예를 펼쳐보이고 있었다.

두 손으로 서서, 아니 한 손만 바닥에 대고 거꾸로 서서 다른 손을 관중들에게 흔들어대는 중이었다. 칩이 그녀의 발바닥에 올라 경례하듯이 모자를 들어올렸다.

가레스는 그 아슬아슬한 균형이 깨어질까봐 두려워 성난 고함소리를 간신히 참아냈다. 그녀가 좁디좁은 지붕에서 펄쩍 뒤로 뛰었다가 기적적으로 두 발로 내려서는 모습을 숨죽인 채 지켜보았다. 하지만 그 후에도 그녀의 두 팔과 다리가 허공에서 물레처럼 돌던 영상이 그의 뇌리에서 떠나지 않았다. 한참 아래의 자갈바닥으로 떨어져 헝겊인형처럼 널브러진 채, 그 머리 밑으로 빨간 핏물이 스며나오고 목도 기이한 각도로 비틀어지게 될 수도 있다는 생각에……

'샬럿……. 아니, 저 여자는 샬럿이 아니다.'

그럼에도 불구하고 그는 창턱에서 뒤로 굴러 그의 발치로 떨어지던 샬럿의 모습과 그 비명소리가 되살아나는 듯했다. 쓰러진 몸뚱이를 안았을 때의 그 온기가 여전히 두 손에 느껴지는 것 같았다.

가레스는 그 환각들을 쫓아내려 고개를 흔들었다. 자신의 하얗고 강인한 손을 내려다보았다. 그 끔찍했던 오후에 그녀의 죽음을 확인하고 그 눈을 감겨주던 손…….

그의 손이 양쪽 옆구리로 떨어져내렸다. 지금 걱정해야 할 사람은 샬럿이 아니었다. 그가 한껏 창 밖으로 몸을 내밀었다.

"미란다."

거리에서 인사하는 것처럼 침착하게 낮은 목소리로 여자를 불렀다.

"안녕히 주무셨어요, 나리?"

그녀는 한 손으로 발목을 붙잡고 다른 손과 발목을 머리 위로 들어올려 팽팽한 삼각형 자세를 취하며 경쾌하게 대꾸했다.

"들어오시오."

목으로 심장이 튀어나올 지경임에도 그는 조용히 명령했다. 그녀가 까르르 웃어대자 그의 두려움이 격렬한 분노로 바뀌었다.

"당장 들어오시오!"

그 성난 어조를 들었으면서도 미란다는 그가 화내는 이유를 알 수 없었다. 걱정스럽기 때문이라는 생각은 들지 않았다. 어렸을 때부터 이런 곡예를 해왔으므로 위험하다고 생각한 적은 없었다. 가끔가다 삐끗하는 경우가 생기긴 했어도 목숨까지 위태로운 일은 아니라고 믿었다. 그녀는 가레스의 명령을 무시하고 계속 몸을 놀렸다. 아래쪽의 관객을 위해서가 아니라 자신이 즐기기 위해서.

그녀가 자신의 말에 신경 쓰지 않음을 알아차리자 가레스는 방 안으로 되돌아왔다. 더 이상 지켜볼 수가 없었다. 가방 안에서 깨끗한 셔츠를 찾아내 재빠르게 입기 시작했다. 밖에서 들리는 환호소리만이 미란다가 실수 없이 공연하고 있음을 알려주었다. 하지만 그 박수소리는 그의 분노를 더욱 북돋을 뿐이었다.

셔츠단추를 다 잠갔을 무렵, 박수소리가 그치고 미란다가 날렵하게 창문으로 뛰어들어 바닥에 착지했다.

"도대체 이게 무슨 짓이오?"

그의 목소리가 불길할 정도로 나지막했다.

"연습했어요. 매일 연습해야 하거든요. 지붕 위가 제일 적당한 장소인 것 같았구요."

그녀는 바닥에 두 손바닥을 눌러 종아리 근육을 풀어주며 계속 재잘거렸다.

"칩도 나가고 싶어했어요……. 아래층에 내려가면 무슨 소동이 벌어질지 모르잖아요. 그러니 지붕밖에 연습할 곳이 없더라구요."

가레스는 질끈 눈을 감았다. 미란다가 몸을 펴고 그의 굳어진 얼굴을 쳐다보았다.

"화나셨군요."

그제서야 그녀가 상황을 알아차리며 놀라워했다.

그 한마디가 그의 마지막 인내심을 산산조각냈다.

"물론 화가 났소! 당신이 목숨 걸고 지붕 위를 뛰어다녔잖소. 그 원숭이한테 모자라도 돌리게 할 셈이었나?"

미란다는 당황스런 표정이었다.

"아뇨, 전 그냥 연습하려고……. 매일 연습을 해야 하거든요. 사람들은 상관없어요."

그는 뒷목덜미를 주무르며 짜증스레 그녀를 쳐다보았다.

"목이 부러질 수도 있다는 생각은 들지 않던가?"

미란다의 표정이 더욱 당황스러워졌다.

"제가…… 떨어질까봐 걱정하셨던 거예요?"

"빌어먹을! 당연하잖소!"

그가 버럭 고함쳤다.

"하지만 전 그런 실수를 하지 않아요."

가레스는 어이없이 그녀를 바라보았다. 그녀의 눈에 깃든 확신이나 그 턱의 단호함이 절대적인 그녀의 믿음을 드러냈다. 그녀는 지붕 위에서도 완벽하게 안전하다고 믿는 것이다. 다음 순간 그는 약간의 의심이나 망설임으로도 치명적일 수 있음을 알아차렸다. 그런 모험을 감행하려면 당연히 자신의 능력을 믿어야만 하리라.

서서히 숨을 토해내며 그의 어조가 바뀌었다.

"내 신발 좀 건네주겠소? 당신도 어서 옷을 입으시오."

미란다는 무의식적으로 그 부츠의 부드러운 가죽을 만져보았다. 이렇게 고급스런 물건은 만져본 적이 없었다. 그에게 부츠를 건네주며 그녀가 애매하게 미소지어 보였다. 이상한 느낌이었다, 이 남자가 자신의 안전을 걱정했다는 것이.

지금까지 그녀의 안전을 걱정해 주었던 사람이 있었던가? 곡예단 식구들은 그것을 당연하게 여겼을 뿐이었다. 그녀는 묘하게 마음이 따뜻해지면서도 이 상황에 어떤 식으로 반응을 보여야 할지 알 수 없었다.

'저 미소에 배겨날 수가 없겠군.'

가레스는 체념적으로 그 사실을 알아차렸다. 그녀의 슈미즈 앞자락이 부분적으로만 묶여 있어 뽀얀 젖가슴의 곡선이 가느다란 리본 사이로 고개를 내밀었다. 슈미즈가 바지 허리춤으로 풍성하게 말아넣어진 모습도 왠지 매력적으로 보였다.

그는 아무 생각 없이 그 허리춤에서 슈미즈를 빼낸 다음 보디스의 끈을 단단히 묶어주었다.

"단정하질 못하군. 목숨을 거는 것만으로도 모자라서 사내놈들한테 반쯤 벗은 몸까지 보여주어야 했나?"

"죄송해요."

미란다는 온순하게 중얼거리며, 보디스의 작은 구멍 사이로 능숙하게 움직여 가는 그의 손가락을 내려다보았다.

이윽고 그녀가 머리 위로 주황색 드레스를 뒤집어썼다. 사실 그것은 완벽한 드레스라기보다 몸을 가려주는 겉옷에 불과했다. 소매도 팔꿈치까지만 내려와 슈미즈의 소매가 길게 드러났다. 그녀는 지저분해진 소맷자락을 알아차리며 귀족 나리의 깔끔한 셔츠를 불편하게 바라보았다.

"제가 레이디 모드인 척하려면 다른 옷이 있어야겠어요."

민망함을 숨기기 위해 그녀가 입을 열었다.

"그래야겠지. 그 머리가 자랄 때까지 옷을 준비할 시간은 충분할 거요."

미란다는 자신의 짧은 머리를 두 손으로 매만졌다.

"재주를 넘을 때는 긴 머리가 성가셔요."

"하지만 내 사촌인 척하는 동안에는 재주넘을 일이 없다오."

그가 부츠를 끼워신으며 대꾸했다.

"그렇겠군요. 당신 사촌이 곡예기술을 익혔을 리는 없겠죠."

미란다도 자신의 나막신을 신고 나서 문으로 향했다.

"더운물을 올려보내라고 할까요?"

"그러시오. 말 보관소에 사람을 보내서 한 시간 내로 출발할 준비를 해달라고 부탁해 주시오."

"런던까지 말을 타고 가나요?"

"그렇소."

그가 그녀의 의심스러워하는 표정을 알아차렸다.

"말을 탈 줄 모르오?"

"짐말하고 노새는 타봤어요. 하지만 런던까지 노새를 타고 갈 수는 없겠죠?"

"안장을 올리면 될 거요. 그것도 말해두시오."

미란다는 경쾌하게 좁은 계단으로 걸음을 옮겼다. 칩이 깡충깡충 앞서가다가 그녀의 휘파람소리를 듣자마자 품안으로 뛰어들어왔다. 지붕 위에서의 공연을 보고 난 후라 부엌 사람들이 그녀를 기분 좋게 환대해주었다. 그녀는 귀족 나리의 지시사항을 전달한 다음 화장실 쪽으로 갔다.

운 좋게도 옥외 화장실은 그녀만을 위해 남겨져 있었다. 오늘 하루 재수가 좋으리라는 징조였다. 동료들과 같이 엉덩이와 엉덩이를 붙인 채 앉아 있는 것이 그리 싫었던 것은 아니지만, 혼자만의 느긋한 시간도 꽤나 즐거웠다. 길바닥에서 뒹굴며 살아가는 인생들에게는 감히 기대할 수 없는 즐거움이기도 했다.

지금쯤 다른 식구들은 프랑스 해안에 도착해 그녀가 어디에서 뭘 하고 있을지 걱정하고 있을 것이다. 거트루드 아줌마, 버트 아저씨, 루크. 로비도 아마 많이 슬퍼하고 있으리라. 루크가 로비의 끼니를 챙겨주긴 하겠지만, 아이가 피곤해하는 것까지 눈여겨보지는 않을 텐데……. 로비는 절대로 피곤하다는 것을 인정하는 법이 없었다. 그래서 아이의 반대를 무릅쓰고라도 억지로 소지품 가득한 수레 위로 올려주는 사람은 언제나 미란다였다.

그녀가 화장실에서 나서자마자 헛간 지붕에서 기다리고 있던 칩이 폴짝 그녀의 어깨로 뛰어내렸다. 부엌 뜰로 돌아가면서 그녀는 다소 외롭고 쓸쓸한 기분이었다. 하코트 나리가 바라는 대로 정말 이 일을 할 수 있을까? 런던에서의 생활은 어떤 것일까? 어떤 사람들을 만나게 될까? 지금까지는 알지 못했던 낯선 세상이리라. 익숙한 얼굴과 목소리들, 낯익은 생활방식이 갑작스레 너무나 소중히 느껴졌다.

그녀는 빗물받이통 앞에 멈춰 서서 얼굴을 씻고 젖은 손가락으로 머리카락을 쓸어내렸다. 소매에 묻은 때를 빨아보려 노력했지만 별 효과가 없었다. 하코트 나리는 깨끗하게 면도를 하고 깨끗한 셔츠를 입고 아침 식탁에 앉을 터인데 그녀는 거리의 부랑아처럼 불결한 모습이었다.

가레스는 부엌 뜰로 들어서다 그녀가 머리를 빗어내리며 치맛자락으로 얼굴을 닦고 한탄스레 소맷자락을 쳐다보는 모습을 모두 지켜보았다.

다시 분투적으로 소맷자락을 빨아보고 나서야 그녀가 시선을 들어 그를 알아차렸다.

"죄송해요, 나리. 저 때문에 기다리셨어요?"

그녀가 서둘러 그의 곁으로 종종걸음치며 슬프게 중얼거렸다.

"말끔하게 씻어보려고 했는데 별 성과가 없네요."

"그렇군."

그는 언제나 그녀를 안심시켜주는 그 반짝이는 미소를 지어보였다

"하지만 아직 약속한 일을 시작한 것도 아니잖소. 이제, 식사나 하러 갑시다."

그가 그녀의 어깨에 손을 올리고 부엌을 통과하여 선술집으로 이끌어갔다. 긴 테이블에 접시를 내려놓는 몇몇 종업원들 외에는 텅 비어 있었다.

삶은 계란과 소고기, 빵과 치즈가 펼쳐진 식탁을 보며 미란다의 입에 침이 고였다. 그녀는 걱정과 쓸쓸함이 사라지는 걸 느끼며 의자에 걸터앉았다.

"배고파요."

"새벽부터 그런 운동을 했으니 놀랄 일도 아니겠지."

가레스가 나이프를 집어들었다.

"치즈 먹겠소? 아니면 고기?"

"둘 다요."

그녀가 덜어달라는 뜻으로 빵 접시를 내밀고 나서 계란요리에 스푼을 넣었다.

종업원이 맥주잔을 내려놓고 물러가자 그들은 말없이 식사를 시작

했다. 문득 미란다의 손놀림이 정지되었다.

"아참, 칩은 어디 있는 걸까요?"

"나도 왜 이렇게 식탁이 평화로운지 궁금해하던 참이었소."

가레스가 중얼거렸다.

미란다는 벌떡 일어나 창가로 향했다. 거리에서 파이 파는 청년이 지나쳐가고, 그 뒤로 한 남자가 양파와 양배추를 실은 손수레를 끌고 갔다. 위층 여자가 길바닥의 하수구로 집안 쓰레기들을 쏟아부으려 했다. '비켜요' 하는 외침소리에 맞춰 미란다가 얼른 쏟아지는 오물을 피해 뒷걸음질쳤다. 매일 아침마다 벌어지는 거리의 풍경이었다. 하지만 칩의 흔적은 보이지 않았다.

이제 미란다의 식욕은 사라져 버렸다.

"나가서 찾아봐야겠어요. 아직 부엌 뜰에 있는지도 몰라요."

가레스는 상냥하게 고개를 끄덕여 보이고 나서 다시 맥주잔을 집어 들었다.

갑작스레 찢어질 듯한 비명소리가 울려퍼지자 그가 맥주잔을 뒤엎으며 벌떡 일어났다. 부엌문으로 반쯤 달려갔을 때 그것이 인간의 소리가 아니라는 걸 알았다. 그리고 문을 통과해 나갔을 무렵 짐승의 비명소리와 미란다의 드높은 목소리가 뒤섞였다.

그는 문 주위에 몰려 있는 사람들을 밀치며 나아갔다. 뜰에서 그의 발걸음이 멈춰 섰다. 꼬리에 불붙은 나무조각을 매단 채 칩이 자지러지게 소리치며 펄쩍펄쩍 뛰어다녔고 미란다가 그 원숭이를 붙잡으려 쫓아다녔다. 몇몇 아이들이 멍청한 짐승과 여자에게 말똥과 돌을 던지며 웃어대고 있었다.

"미란다, 그렇게 뛰어다니면 잡을 수가 없소."

가레스가 앞으로 달려가 그녀의 어깨를 붙잡았다.

"침착하게 말을 거시오."

"하지만 지금 불이 붙어 있잖아요."

그녀가 하얗게 질린 얼굴로 울부짖었다.

가레스가 펌프 옆의 양동이를 집어 비명을 지르는 원숭이에게 물을 쏟아부었다. 그리고는 웃어대는 아이들에게 돌아서서 한 손으로는 검을 쥐고 다른 손으로는 허리띠를 풀어냈다. 그가 검과 허리띠를 휘둘러대자 이젠 아이들이 비명을 지르며 냅다 줄행랑을 쳤다.

아이들이 사라지고 나자 가레스의 빙빙 돌아가던 손놀림이 천천히 잦아들었다. 허리띠를 다시 묶고 검을 찬 다음 미란다에게 돌아섰다. 그녀는 좀더 침착해진 모습으로 흠뻑 젖은 칩을 끌어안으며 꼬리의 나무조각을 풀어주었다. 불에 탄 원숭이의 꼬리를 살펴보고 나서 그녀가 눈물 젖은 얼굴을 들어올렸다.

"그놈들을 때려줬어야 했어요! 혼쭐을 내줬어야 했어요."

지난 몇 년을 통틀어 가장 격한 분노에 사로잡혔던 가레스는 그들이 도망친 것을 차라리 다행스럽게 여겼다.

"얼마나 다쳤소?"

"불에 조금 그을렸어요. 하지만 겁에 질려버렸다구요. 힘없는 짐승에게 어떻게 이런 짓을 할 수 있는 거죠?"

그녀의 눈에 다시 그렁그렁 눈물이 맺혔다.

"내가 멍청했어요. 물을 뿌렸어야 했는데……. 하지만 그때는 아무 생각도 안 났어요."

그가 그녀의 뺨에 달라붙은 머리카락을 쓸어넘겨 주었다.

"안으로 들어갑시다."

원숭이가 미란다의 품에서 고개를 내밀어 물기 젖은 눈으로 가레스를 살펴보았다. 그리고는 그에게 손가락을 내밀며 나지막이 재잘거렸다.

"고맙다는 거예요."

미란다가 말해주었다.

"언제나 당신을 믿으며 영원히 당신의 친구가 되겠다는군요."

“영광스럽게 받아들여야 하는 거겠지?”

가레스가 한마디 중얼거리자 미란다는 떨리는 미소를 지어보인 다음 다시 칩을 보듬어 안았다. 고개 숙인 그녀의 목덜미에서 머리채가 둘로 나뉘어져 흔들거렸다. 가레스는 이제 익숙해져가는 습관대로 그녀를 재촉하기 위해 어깨에 손을 올리려 했다. 문득 그의 손이 멈칫하면서 그녀의 목덜미로 움직여 그곳에 흐릿하게 자리하고 있는 초승달 모양 흔적을 매만졌다.

“이 자국은 뭐요?”

“무슨 자국이요?”

그녀가 고개를 돌려 그를 바라보았다.

“이 초승달 모양.”

그가 그녀의 머리를 되돌려놓고 더 유심히 살펴보았다. 갑자기 그의 혈관 속으로 핏줄기가 용솟음치는 듯했다.

미란다는 그가 말한 부위를 손으로 만져보았다.

“모르겠어요. 본 적이 없는 걸요……. 뒤통수에 눈이 달린 것도 아니잖아요.”

불안감을 숨기려 그녀가 애써 웃음지었다. 목에 닿은 긴장된 그의 손가락을 느끼며 여지껏 자신이 알지도 못하는 혐오스런 낙인을 지니고 다녔다는 사실에 불쾌감이 생겨나기 시작했다.

“칼에 베인 적 있었소, 아니면 높은 데서 떨어졌거나?”

“아뇨.”

그녀가 고개를 흔들었다.

“그게 뭔지는 모르지만…… 그렇게 혐오스러워 보이나요?”

무심한 척, 태연한 척 물어보려 했음에도 그녀의 목소리는 떨려나왔다.

“그렇진 않소. 아주 희미한데다 대개는 머리에 가려져 있으니.”

그가 손을 떼어내고 그녀가 고개를 들자 다시 그 흔적은 머리카락

속으로 가리워졌다.

"이제 들어갑시다."

하지만 그녀를 여인숙으로 들여보낸 후에도 그는 잠시 뜰에 남아 있었다. 맙소사……. 이제 그는 그 곡예사가 모드와 단순하게 닮은 것만이 아니라는 것을 절대적으로 확신했다.

5

8월의 맑은 아침인데도 도버의 마을 감옥은 음침하기 짝이 없었다. 감옥 위쪽의 가느다란 틈 사이로 한줄기 햇살이 스며들 뿐이었다. 길고 추운 밤이 드디어 끝났음을 알아차리며 거트루드는 축축한 돌벽에서 몸을 떼어냈다. 부르르 몸을 떨며 숄을 바짝 여미고 조용히 짚더미 위에 누운 사람들의 수를 세어나갔다. 밤 사이에 누구 하나 이 두꺼운 돌벽을 뚫고 나갔을 리 없는데도 그 확인작업은 그녀에게 위로가 되었다.

감옥 한가운데 악취 나는 배수로가 있고 구석의 나무양동이가 화장실 대용이었다.

미란다를 제외하고 모두 그대로였다. 그들이 부랑아나 도둑 누명을 쓰고 감옥에서 하룻밤을 묵는 게 처음은 아니라 해도 이번 경우는 전적으로 미란다의 잘못이었다. 미란다와 그놈의 원숭이 때문에…… 그 두 녀석이 마을에서 한바탕 소란을 일으켜놓고 종적을 감춰버렸다. 그 결과 칼레행 배를 타려던 그들이 공모자로 붙잡혀 이 고약한 감방에

간혀버린 것이었다.

버트가 배수구에 카악 침을 뱉으며 일어나 앉았다.

"빌어먹을, 우리가 왜 여기 들어와 있는 거야?"

"곧 나가게 될 거예요."

거트루드가 대꾸했다.

"우린 아무 죄도 없어요. 미란다가 무슨 짓을 벌였든, 우리하곤 상관없는 일이라구요."

"미란다가 도둑질했을 리는 없어."

버트는 차가운 돌바닥에서 몇 시간을 보낸 탓에 삐그덕거리는 몸뚱이를 비틀비틀 일으켜 세웠다.

"당연하지, 하지만 여기 놈들이 그걸 알아줘야 말이지."

울퉁불퉁한 팔뚝을 이리저리 굽혀보면서 라울이 다른 사람들 위로 우뚝 솟아올랐다

"미란다를 찾아서 잡아 족치려 들 텐데……. 원숭이도 같이 있었다잖아."

로비가 흐느끼며 입을 열었다.

"그 사람들이 미란다를 죽이려고 할까요?"

"그럴려면 우선 붙잡아야지, 꼬마야."

"미란다는 뱀장어보다도 더 잽싸."

루크가 자랑스러운 어조로 끼어들었다. 그도 말라비틀어진 몸을 똑바로 펴고 일어났다.

"아직도 못 잡았으면 계속 못 잡을걸."

라울이 양동이에 소변을 갈기며 고개를 끄덕였다.

"그래, 하지만 우리도 지금 남 걱정할 처지가 아니야. 판사 앞에 끌려가면 광장에서 채찍을 맞게 될 게 뻔하다구."

로비가 훌쩍거리며 참을 수 없이 아픈 다리를 주물렀다.

"이게 다 망할 놈의 원숭이 때문이야."

구석진 곳에서 목소리 하나가 중얼거렸다.

"처음 봤을 때 확 목을 비틀어버렸어야 하는 건데."

거트루드가 좁은 공간이 쩌렁쩌렁 울릴 정도로 웃음을 터트렸다. 그녀의 거대한 젖무덤이 흐물흐물한 젤리처럼 출렁거렸다.

"어디 한 번 해보라구요, 제베디아! 그 원숭이를 골려주려다가 풍각쟁이가 미란다한테 혼쭐난 거 못 봤어요? 미친 여우처럼 욕을 퍼붓고는 그 영감의 풍금을 똥통에 던져 버렸잖아요."

"그거 참 볼 만했었지."

버트가 낄낄거렸다.

"그 원숭이한테 잘못했다간 미란다한테 뼈도 못 추릴걸."

"으휴, 난 햇빛이나 좀 봤으면 좋겠어. 여기서 나갈 수만 있으면 놈들이 원숭이를 죽이든말든 상관없어."

간수의 묵직한 발소리가 뚜벅뚜벅 들려오자 모두들 대화를 멈추고 육중한 나무문으로 동시에 고개를 돌렸다.

환한 아침에 보니 가레스가 구해놓았던 늙은 말은 어제 저녁보다 훨씬 한심해 보였다. 짐과 두 명의 사람까지 태우고 과연 어느 정도나 달릴 수 있을지 심히 의심스러웠다. 110킬로미터 거리의 런던까지 못 가리라는 것만은 분명했다.

안장이 너무 낡아서 안장받침을 더해주려고 했지만 미란다는 그 말총으로 만든 받침이 고슴도치 가시처럼 따갑다며 거절해 버렸다. 그래도 마구간 뜰을 나서면서 그녀는 가레스의 뒤에서 쉽사리 균형을 잡아가고 있었다.

마을을 빠져나가 절벽 쪽으로 이어진 비탈길을 오르기 시작했을 때, 그녀가 불쑥 입을 열었다.

"난 사기당하는 거 정말 싫어요."

가레스가 한숨을 내쉬었다. 사실 왜 이렇게 조용할까 궁금해하던 참이었다. 외눈박이 대머리인 말 보관소 주인이 그 늙은 말과 안장에 턱없이 높은 값을 불렀을 때 미란다의 놀란 숨소리를 듣긴 했었다. 하지만 그는 불쾌한 사내와 흥정을 벌이고 싶지 않았다. 부유한 신사에게 받아낼 수 있을 만큼 받아내자는 것이 그들 세계의 암묵적인 규칙 중 하나였다.

"그리 큰 액수는 아니라오."

가레스가 입을 열었다.

"다른 사람들한테는 커요."

미란다가 혼잣말처럼 중얼거렸다.

가레스는 불편하고 어색한 기분이었다. 미란다의 견해가 자신과 아주 많이 다르다는 것을 인정해야 하리라.

늙은 말이 도버 성으로 이어진 가파른 길에서 돌부리에 걸려 비틀거리자, 가레스는 본능적으로 한 손을 뒤로 돌려 미란다의 몸을 붙잡아주었다.

"떨어지지 않을 테니까 걱정 마세요, 나리. 하지만 아무래도 여기선 걸어가는 게 낫겠어요."

늙은 말의 숨소리가 점점 더 거칠어지고 있었다. 미란다는 허락을 기다리지 않고 말 등에서 뛰어내려 치맛자락을 걷어올리며 깡충깡충 앞으로 달려갔다. 아니, 그것은 걷는 것도 뛰는 것도 아니었다. 춤추는 쪽에 더 가까웠다. 칩도 그녀의 품에서 빠져나가 이따금씩 관심을 끄는 물건들을 관찰하며 돌과 돌 사이를 뛰어다녔다.

바람에 나부끼는 그녀의 머리카락과 우아하고 날렵한 움직임을 지켜보면서 가레스는 처음으로 이 속임수가 제대로 될지 의심스러워지기 시작했다. 모드를 본 적이 있거나 아는 사람들이 그 차이를 구별하지 못할 리가 없었다.

미란다에게 모드의 역할을 맡기게 된다면 앙리 왕이 머무는 동안 모드를 내보이면 안 될 듯했다. 이전에 모드가 사교계에 나간 적이 없다는 게 그나마 다행이었다. 앙리가 도착하기 전에 미란다를 모드로서 데뷔시켜야 하리라. 모드의 병약하고 은둔적인 성격을 아는 사람들에게 어떻게든 그녀가 변했다는 걸 확인시켜야 할 것이다. 그것이 이모젠의 할 일이었다. 거기에 이 일의 성공여부가 달렸다 해도 과언이 아니었다.

앙리가 미가엘 축일 전에 도착하겠다고 했으니 겨우 5주밖에 남지 않았다. 그 짧은 시간 안에 미란다를 준비시킬 수 있을까? 물론 가능하리라. 드 알바르 가의 후손으로서 그 귀족적인 품격이 잠재해 있을 테니까. 미란다는 적응력이 뛰어나고 머리도 둔해 보이지 않았다. 물에 적응해가는 오리처럼 그녀가 새로운 인생에 금세 적응하리라는 것을 믿어 의심치 않았다.

그녀가 성큼성큼 나아가 길 위쪽에 멈춰 서서 눈 위로 손을 두르고 아래쪽 풍경을 내려다보았다. 절벽 근처에 다닥다닥 붙어 있는 집들과 파라다이스 항구의 평화로운 수면, 그 너머로 하얀 포말을 일으키는 바다가 펼쳐졌다.

"전, 런던에 가본 적이 없어요."

옆으로 다가서는 그에게 그녀가 입을 열었다.

우울해하는 기색은 아니었지만 그는 그녀의 시선이 바다 건너 프랑스 쪽으로 향해 있음을 알아차렸다. 그녀가 아는 유일한 가족들이 곧 도착하게 될 나라. 그녀의 눈에 언뜻 눈물이 비친 것 같았다. 하지만 미란다는 더 이상 순회하는 곡예사가 아닌 드 알바르 가의 일원이었다. 이제 과거는 과거로 남겨두어야만 했다.

"그럼 큰 도시의 즐거움을 맛볼 때가 되었겠군."

그가 용기를 북돋듯이 말했다.

"갑시다. 이제부터는 길이 곧으니 우리 둘 다 말에 타도 되겠소."

미란다는 그가 내민 손을 붙잡고 그의 뒤로 올라앉았다. 그녀가 휘익 휘파람을 불자 칩이 한 움큼의 잎사귀를 움켜쥔 채 즐겁게 재잘거리며 가시금작화 덤불에서 빠져나왔다.

"먹을거리를 찾아냈구나."

미란다가 품으로 뛰어드는 원숭이를 안아주었다.

"우린 어디서 식사하나요, 나리?"

아침 식사한 것이 아주 오래 전인 듯했다.

"로체스터에서. 거기 말 보관소에서 이 한심한 녀석을 좀더 팔팔한 놈으로 바꿀 생각이오. 그렇게만 되면 내일 일정은 훨씬 편안하고 빨라질 거요."

"당신의 누이에 대해서 말씀해 주세요. 왜 제가 그분을 좋아하지 않을 거라고 하셨어요?"

"직접 보면 알게 될 거요. 하지만 그 원숭이에게 절대 친절하지 않을 거라는 건 경고해두겠소."

"칩은 얌전하게 굴 거예요. 그분, 결혼하셨나요?"

"했소. 마일즈 듀포트 경이 그녀의 남편이오."

"그분은 제가 좋아할 만한가요?"

"못된 사람은 아니오. 약간 공처가지."

"네에."

그녀가 잠시 입술을 깨물었다.

"집은 얼마나 큰가요? 궁궐 같은가요?"

그가 살짝 미소지었다.

"축소판이라고 할 순 있겠지. 하지만 길을 잃지는 않을 거요."

"여왕님이 찾아오신 적도 있나요?"

"가끔은."

"저도 여왕님을 만나게 되나요?"

"내 사촌의 역할을 맡게 되면 그럴 가능성이 있소."

"그 당신의 사촌이…… 절 좋아할까요?"

그녀가 그의 어깨에 손을 올리며 걱정스레 물었다. 그녀의 몸이 그의 등에 너무 근접해 있었다. 찰싹 달라붙은 것은 아니라 해도 아주 가까웠다.

"글쎄, 그건 대답하기가 힘들군."

그는 뒤쪽의 유연한 신체에 반응하지 않으려 애쓰며 무덤덤하게 대꾸했다.

"사실 난 그녀의 마음상태는 물론이고 그녀에 대해서도 잘 모르오."

"저에 대해서도 모르시기는 마찬가지잖아요."

미란다가 다시 살짝 몸을 꿈틀대며 중얼거렸다.

"하지만 당신이 물어보시면 뭐든지 말씀드릴 수 있어요."

"나중에."

가레스는 더 이상 견디기가 힘들어졌다.

"그렇게 가까이 앉을 필요가 있을까? 조금 덥게 느껴진다오."

"자꾸 미끄러져서 그래요."

그렇게 해명하면서도 그녀는 조금 뒤쪽으로 유순하게 물러났다.

"이곳에 달라붙어 있도록 노력할게요."

"고맙소."

그의 얼굴에 스르르 미소가 떠올랐다. 냉소적인 비웃음 대신 진짜 즐거워서 웃어본 적이 언제였던가. 결혼하고 몇 달이 지난 뒤부터는 거의 그런 적이 없었다.

"하나님, 감사합니다!"

버트가 머리를 뒤로 젖히며 비교적 신선한 거리의 공기를 들이켰다. 그들의 뒤로 거대한 철문이 덜커덩 닫혔다.

"나도 죽는 줄 알았어. 하지만 여기도 그리 깨끗해 보이진 않는걸."

라울이 으르렁거렸다.

"어서 움직이자구."

거트루드가 입을 열었다.

"우리 물건을 챙긴 다음에 미란다를 찾아봐야 돼. 그 후에는 포크스턴으로 가서 배를 타는 거야. 그렇게만 하면 이 지긋지긋한 땅의 먼지를 털어버릴 수 있어."

"도버의 인구 절반이 미란다를 못 찾았는데 우리가 어떻게 찾을 수 있겠어?"

제베디아가 언제나처럼 반대의견을 제시했다.

"찾을 수 있어요."

루크가 다른 사람들보다 먼저 앞으로 걸어나갔다.

"내가 술집하고 시장을 다녀보면서 물어볼게요. 누군가 그녀를 본 사람이 있을 거예요."

"나도 같이 갈래, 루크."

로비가 그의 뒤로 절룩거리며 따라붙었다.

"너랑 같이 가면 시간만 더 걸려."

하지만 루크는 그 아이의 걱정스런 표정을 불쌍히 여길 만큼 착한 사내였다.

"그래, 좋아. 나한테 업혀라."

그가 쭈그려 앉자 로비가 어색하게 그의 등에 달라붙었다. 아이의 가벼운 몸을 들쳐업고서 그가 마을 쪽으로 달리기 시작했다. 남은 사람들은 친절하게도 그들의 짐을 맡아주었던 어부를 찾으러 부둣가로 발길을 옮겼다.

6

"어이, 하코트 아닌가. 그 동안 어디 갔었어? 자네를 본 지가 한참 된 것 같은데."

그 쾌활한 목소리에 휙 몸을 돌리며, 가레스는 소리 없이 욕설을 중얼거렸다. 두 사내가 말 보관소의 안뜰을 가로질러오고 있었다.

"이 친구, 유령이라도 본 것 같은 얼굴이네."

둘 중에서 키 큰 남자가 보석 박힌 장갑으로 가레스의 어깨를 툭 건드렸다.

"달거리하는 여자처럼 창백한데……. 그렇지, 킵?"

그가 껄껄 웃으면서 동료에게 확인을 구했다.

"가레스, 그 동안 별고 없었나?"

킵 로시터가 미소지으며 아는 체했다.

"브라이언이 하는 말에는 신경 쓰지 말라구. 하고 싶은 말은 해버리는 성격이잖아."

'그래서 비밀을 지키지도 못하지.'

가레스는 태연스레 입을 열었다.

"이틀 전에야 프랑스에서 돌아왔어. 지금은 올해 안에 집에 돌아갈 수 있도록 이 한심한 말을 바꾸려는 참이라네."

그가 평화로이 건초를 씹어먹는 말 쪽으로 손가락질했다.

"맙소사, 정말 저 허약해빠진 말을 타고 온 건가? 차라리 걸어오는 편이 나았겠어."

"한두 번 그런 마음이 들기도 하더군."

그 말에 동의하면서 가레스는 은근슬쩍 시선을 돌려 미란다의 모습을 찾아보았다.

"여긴 무슨 일들인가?"

"메이드스톤에 사는 늙은이한테 갔다오는 길이야. 의무적인 방문이지."

브라이언이 적갈색 턱수염을 매만지며 대답했다. 로시터 형제들이 늙고 괴팍하지만 돈 많은 친척에게 공을 들인다는 것은 이미 알려진 사실이었다.

킵이 한마디 거들었다.

"그래, 잘 다독여놔야지. 얼마 못 살 텐데……. 식사는 했나, 가레스? 우리가 근사한 식사를 주문했네. 그 늙은이 집에서 거지 같은 죽하고 말라빠진 닭고기밖에 못 먹었거든. 술도 한잔 해야지."

킵이 친근한 척 가레스의 어깨에 팔을 둘렀다.

"그 후에는 마을로 나갈 거라네. 일주일 간 수도승처럼 살았더니 몸이 근질거려서 미치겠어. 교회에서 싫어하는 아주 괜찮은 집이 있다더군."

가레스는 재빠르게 머리를 굴렸다. 그가 말 교환을 협상하는 동안 미란다는 화장실에 다니러 간 참이었다. 이 두 친구들이 그녀를 보게 된다면 모드와의 닮은 점을 금세 알아차릴 터였다.

"자네들 먼저 가 있게. 난 여기 일을 마무리짓고 나서 따라가겠네."

“여기 주인더러 여인숙으로 오라고 하면 되잖아.”

브라이언이 대단히 친한 사이인 척 가레스의 다른 쪽 어깨에 한 팔을 걸쳤다.

“가자구, 난 지금 노처녀 젖꼭지처럼 목이 말라붙었어.”

그 순간 여인숙 모퉁이에서 나타난 미란다가 그를 부르려고 반쯤 손을 들어올리다가 갑자기 빙글 돌아서서 왔던 길로 되돌아갔다.

가레스는 천천히 안도의 한숨을 토해냈다. 두 친구들은 등을 돌리고 있었기 때문에 그녀를 보지 못했다.

‘역시 드 알바르 가의 후손답게 눈치가 빠르군.’

“곧 뒤따라가겠네. 우선은 좀 씻고 옷을 갈아입어야겠어.”

로시터 형제들이 30분 후에 만나자며 떠나자, 그는 서둘러 예약해 놓았던 침실로 올라갔다.

미란다는 어두운 방 안에서 다리를 흔들며 침대에 앉아 있었다. 백작이 다른 남자들과 같이 있는 걸 보았을 때 반사적으로 행동한 게 분명 잘한 일이었음은 의심하지 않았다. 하지만 조금쯤 쓸쓸하고 외로운 기분이었다. 층계참에서 백작의 발소리가 들리고 곧이어 그가 방으로 들어서서 어둠 속을 살펴보았다.

“왜 어두운 데 앉아 있소, 미란다?”

“모르겠어요. 그냥 숨어 있어야 할 것 같아서요.”

그녀가 침대에서 내려와 양초에 불을 밝혔다. 노란 불빛이 그녀의 갈색 머리카락에 닿아 붉은 기운을 덧붙였다.

‘자기 엄마와 똑같군.’

가레스는 엘레나가 화장대 앞에서 머리를 빗을 때 그녀의 머리채도 저렇게 똑같은 빛으로 반짝거렸던 것을 기억했다.

“왜 그렇게 갑자기 사라졌소?”

그는 경대에 기대서서 엉덩이 양쪽으로 손을 갖다대며 물었다.

“우리 계획대로 하려면 제가 당신이 아는 사람들 눈에 띄지 말아야 할 것 같았어요."

"모든 사람이 그렇게 영리하고 재빠른 건 아니지…… 잘 했소."

그가 미소지었다.

그 칭찬에 미란다의 얼굴이 빨갛게 달아올랐다.

"그 사람들이 당신의 사촌을 아나요?"

"몇 번 본 적이 있소…… 다른 사람들보다 더 자주."

그는 검이 묶인 허리띠를 풀어 의자에 내려놓고 나서 망토를 벗으며 세면대로 향했다.

"틀림없이 당신과 그녀의 닮은 점을 알아차렸을 거요."

"제가 머리도 짧고 이렇게 지저분한 차림인데도요?"

그가 그녀의 모습을 쓰윽 훑어보았다.

"시간이 좀 걸렸겠지, 아마도."

미란다가 피식 미소지었다.

"그럼 전 이 방에서 꼼짝 말고 있어야겠군요."

"식사도 여기서 해야 할 거요. 너무 외롭진 않겠소?"

그녀는 고개를 저어보였다. 그렇지만 외롭긴 하리라. 혼자 있는데 익숙하지 않으니까.

가레스는 잠시 망설이면서도 달리 선택의 여지가 없다는 걸 알았다. 더블릿을 벗어가면서 그의 손가락은 하루에도 몇 번씩 그랬던 것처럼 안쪽 주머니의 물건들이 제대로 있는지를 확인했다. 밀봉된 편지와 팔찌가 담긴 주머니. 그는 창가로 걸어가 밖을 내다보는 미란다에게 흘깃 시선을 보냈다.

꼿꼿한 등과 백조처럼 길고 섬세한 목선이 또다시 그녀의 생모인 엘레나를 연상시켰다. 엘레나도 언제나 곧은 자세로 우아하게 움직였었다. 그리고 그녀의 가느다란 손목을 돋보이게 해주었던 그 팔찌가 그 딸에게도 잘 어울리리라. 저 남루한 차림새의 소녀가 아름다운 여인으로 변모하게 될 장면을 그는 어렵지 않게 상상할 수 있었다. 그녀는 틀림없는 엘레나의 딸이었다.

그는 셔츠의 소매를 말아올리며 세면대로 걸어갔다.

그 즈음 미란다가 창가에서 돌아섰다. 그가 자신의 길고 우아한 손가락으로 팔꿈치까지 소매를 걷어올리며 강인한 손목과 근육질의 팔뚝을 드러냈다. 양초의 불빛이 팔뚝에 난 검은 털들을 비춰주었다. 순간, 그녀는 맥박이 빨라지기 시작하면서 아랫배가 파득거리고 사타구니가 묘하게 가득 차 오르는 느낌에 휩싸였다. 한 번도 경험해본 적이 없는 이상한 감각이었다.

"내 가방에서 깨끗한 셔츠 좀 찾아주겠소? 아까 미친 듯이 달렸더니 이 옷에 땀냄새와 말냄새가 배어버렸다오."

가레스가 얼굴에 물을 적셨다. 미란다는 그 등의 곡선과 엉덩이, 단단한 허벅지를 홀린 듯이 지켜보았다. 아랫배의 이상한 감각이 더 강해지면서 얼굴이 달아올랐다.

그녀는 꿀꺽 침을 삼키며 허둥지둥 그의 셔츠를 찾기 위해 가방으로 관심을 돌렸다.

가레스가 그 셔츠를 받아 침대에 걸쳐놓고는 머리 위로 셔츠를 벗어냈다. 구릿빛 목보다 더 하얀 살결의 넓은 가슴이 나타났다. 윗팔뚝에 울퉁불퉁하게 불거진 근육은 곡예단에서 가장 힘 좋은 라울과 비슷했다.

미란다의 시선이 그의 검과 묵직한 벨트로 옮겨갔다. 아담과 이브 여인숙에서 그가 그 둘을 휘두르던 모습이 떠올랐다. 하코트 백작이 궁정 신하이긴 해도 약한 남자는 아니라는 게 분명한 듯했다.

가레스는 라벤더 향이 나는 셔츠를 입고서 허리춤으로 셔츠자락을 밀어넣었다. 그런 다음 침대기둥에 기대서서 미란다에게 한쪽 눈썹을 들어보였다.

"당신도 씻어야 할 것 같소."

"깨끗한 옷이 있으면, 아니 깨끗한 속옷만이라도 있으면 좋겠어요.

지금쯤 제 물건들은 프랑스로 건너가 버렸을 거예요."

그녀가 슬프게 중얼거렸다.

"런던에 도착해서 그 상황을 개선해보기로 합시다."

그가 그녀의 턱을 손가락으로 들어올렸다.

"그렇게 슬픈 표정 짓지 마시오. 내가 특별한 저녁 식사를 올려보내라고 말해두겠소……. 난 아무래도 늦을 것 같소. 하지만 당신 침대는 이미 주문해 두었다오."

그가 그녀의 턱을 놓아주고는 소매 없는 더블릿을 집어들고 방을 빠져나갔다.

미란다는 다시 침대에 걸터앉았다. 품으로 안겨드는 원숭이를 쓰다듬어주며 왜 이렇게 쓸쓸한 걸까 생각해 보았다. 만난 지 이틀밖에 되지 않았다는 게 믿기지 않을 정도로 그 귀족 나리와 함께 있는 것이 너무나 편안하고 자연스러워져 버렸다.

가레스는 테이블 밑으로 긴 다리를 쭉 뻗으며 꿀술이 든 잔을 집어들었다. 여자들의 열성적인 목소리와 술에 취한 남자들의 거친 목소리가 함께 어우러지면서, 음탕한 웃음소리들이 검게 그을린 천장까지 번져올라갔다.

야윈 얼굴의 하녀가 꿀술 단지를 들고 그의 옆에 나타났다. 술잔을 채워준 다음 그가 손이라도 움켜쥐거나 엉덩이라도 때리기를 기대하는 듯이 머뭇머뭇 물러갔다. 하지만 가레스는 자신도 놀라울 정도로 이곳 여자들에게 흥미가 생기지 않았다. 주위에서는 이리저리 뜯어보는 남자들과 가슴을 드러내 보이는 여자들이 협상을 끝내고 난 뒤 짝을 지어 커튼 쳐진 으슥한 곳으로 숨어 들어가느라 분주했다.

화려한 주황색 드레스 차림의 포주가 북적거리는 홀을 가로질러 그에게 다가왔다.

"마음에 드시는 애가 없으신가요, 나리?"

그의 옆에 내려앉아 계산적인 눈으로 살피며 그녀가 미소지었다.

"친구분들은 아주 만족해 하시던데요."

가레스는 고개를 끄덕이며 술을 들이켰다.

"오늘밤은 기분이 나질 않소."

"저희는 손님들의 어떤 취향이라도 만족시켜 드릴 수가 있답니다. 어떤 명령에든 따를 준비가 되어 있지요."

그녀가 눈을 찡긋해 보였다.

"엘리."

포주는 방금 커튼 뒤에서 빠져나온 젊은 여자를 불러들였다.

"이 아이는 대단히 특별하답니다."

주인 여자의 위협적인 눈짓을 받자마자 엘리는 즉시 백작의 목을 끌어안으며 그의 귀에 유혹의 말을 속삭였다. 창녀들에게서 늘상 풍겨나는 다른 남자의 냄새를 가리기 위해 뿌리는 사향 냄새가 그녀에게서도 풍겨나왔다.

샬럿도 이와 똑같은 냄새를 풍기곤 했었다. 그녀를 원하는 어떤 남자에게건 몸을 맡기고 돌아오는 날이면 그녀는 언제나 술에 취한 상태로 탐욕스런 정욕에 불타는 눈동자를 번들거렸다. 그리고 지금의 이 창녀처럼 그에게 몸을 비벼대면서 음탕한 말들을 속삭였다. 그 풍만한 육체와 격렬한 욕망의 유혹을 거부했던 사내는 그녀의 남편뿐이었다.

가레스는 격한 욕설을 내뱉으며 의자를 밀고 일어났다. 그에게 몸을 비벼대던 창녀가 비틀비틀 뒷걸음질쳤고 포주는 벌떡 일어나 엘리에게 비난을 퍼부었다.

"멍청한 년, 좀더 기술적으로 교묘하게 못하니? 몇 번이나 말해야 알겠어?"

"그 여자 잘못이 아니오."

가레스는 포주와 창녀 사이를 자신의 몸으로 가로막았다.

"이거 받으시오."

포주에게 일 기니를 건네주고 나서 그는 시원한 밤 공기를 마시기 위해 문으로 향했다.

"가레스, 어디 가는 거야? 아직 초저녁이라구."

브라이언이 셔츠를 풀어헤치고 허리띠도 묶지 않은 상태로 달려왔다.

"난 이만 여인숙으로 돌아가야겠네."

가레스가 무뚝뚝하게 대꾸했다.

"자네들이나 실컷 즐기게. 런던에서 보자구."

"내일 우리하고 같이 가지 않을 건가?"

"난 새벽에 떠날 거야. 그땐 자네들이 눈도 뜨지 못할 걸."

브라이언이 낄낄거렸다.

"그때까지 눈을 붙이게 된다면 말이지."

가레스는 한 손을 들어올려 인사한 다음 조용한 거리로 나섰다. 성당의 긴 그림자를 따라 여인숙으로 걸어갔다. 밤 공기에 머리가 맑아지면서 씁쓸한 기억들이 조금씩 사라지는 느낌이었다.

샬럿이 죽은 후로 그는 자발적으로 안겨드는 욕구불만에 빠진 유부녀들이나 외로운 과부, 가끔은 창녀들과 감정이 섞이지 않은 관계만을 추구해왔다. 그렇게 평생을 보내게 될 운명이라고도 생각했었다. 물론 메리가 성실하긴 하겠지만, 그런 방면에 정열적이길 기대하지는 않았다. 샬럿을 겪고 난 지금, 그에게는 그저 나무토막처럼 누워 있다가 그 행위가 끝났음을 다행스러워하며 아이나 낳아주는 그런 아내가 필요할 뿐이었다.

그런 생각에 냉소적으로 입술을 뒤틀며 여인숙으로 들어섰다. 랜턴 불빛에 자신의 일그러진 윤곽이 드러나는 것도, 침실 창가에서 거리를 내려다보던 사람이 있다는 것도 알아차리지 못했다.

미란다는 재빨리 창턱에서 뛰어내려 침대 속으로 파고들었다. 그의 표정이 얼마나 이상했던가. 그 차갑게 일그러진 표정은 그녀가 알고 있던 남자와 전혀 달라 보였다.

하지만 그녀가 그를 아는 것도 아니지 않은가? 만난 지 이틀밖에 안 된 그를 어떻게 알고 있다고 말할 수 있겠는가? 그는 그녀가 전혀 알지 못하는 세상 사람이었다. 단지 그녀는 혼자 잠드는 데 익숙지 않았고 침실이 너무 휑하니 음침한 것만 같아 그를 기다렸을 뿐이었다. 칩의 존재조차도 충분한 위로가 되지 못했다. 하지만 문이 열리는 소리를 들으면서 그녀는 낯선 남자가 방 안으로 침입해 들어오는 것처럼 가슴이 철렁 내려앉았다.

그녀는 눈을 꼭 감고 고르게 숨을 내쉬는 데 정신을 집중시켰다. 그가 그녀의 침대로 다가와 쳐다보는 것이 느껴졌다.

가레스는 창으로 불어드는 바람에 감기가 걸리지 않도록 그녀의 목까지 이불을 올려주었다. 왠지 원숭이의 존재도 무시하면 안 될 것만 같아 손가락으로 목덜미를 긁어주고 나서, 침대 발치의 상자 위로 옷을 툭툭 내던지며 벗어갔다.

침대에 드러눕자 묵직한 피로감이 엄습해왔다. 샬럿과의 짧았던 행복이 끝난 이후로 늘상 그를 괴롭혀왔던 피곤함이 꿈속으로까지 찾아올 것 같아 두려워졌다.

미란다는 백작의 숨소리가 고르게 깊어지는 것을 듣고 나서야 자신도 잠을 청했다. 하지만 한밤중의 어느 때인가 화들짝 깨어났다. 발딱 일어나 앉자마자 창턱에서 걱정스레 쫑알거리는 원숭이를 알아차렸다.

커다란 침대 위의 남자가 이리저리 뒤척이고 있었다. 거칠게 숨을 몰아쉬며 무슨 말인지 이해할 수도 없는 소리들을 중얼거렸다.

미란다는 이불을 밀치고 일어나 조심조심 커다란 침대로 다가갔다. 백작의 몸이 뒤엉킨 시트에 둘둘 말려 있었다. 하지만 그녀를 더 놀라게 만들었던 것은 달빛에 드러난 그의 얼굴이었다. 그의 입술 주위로 깊은 주름이 패이고 콧잔등을 따라 얼굴 전체가 일그러졌다.

그녀는 결연하게 백작의 어깨를 붙잡고 흔들었다. 악몽을 꾸던 로비에게 하던 것처럼 괜찮다고, 아무 문제 없을 거라고…… 그러니 이제 눈을 떠야 한다고 나지막이 속삭여주었다.

가레스의 눈이 번쩍 뜨였다. 그리고 걱정스러워하는 푸른 눈동자를 초점 없이 바라보았다. 부드럽고 달콤한 목소리가 계속되자 천천히 그 말들이 그의 귓속으로 파고들면서 밤의 망령들이 사라져갔다. 그의 시선이 또렷해지자 그녀는 시트자락으로 그의 땀 밴 이마를 닦아주었다.

"이제 정신이 드세요?"

그가 일어나 앉았다. 허벅지까지 시트가 내려진 것을 알아차리며 허리 위로 이불을 끌어올리고는 베개에 기대어 거친 심장박동과 숨결이 잦아들기를 기다렸다.

잠시 후에 그의 말문이 열렸다.

"나 때문에 깼소? 미안하오."

"로비가 가끔 악몽에 시달렸기 때문에 이런 일엔 익숙해요. 뭐, 필요하신 거 있으세요?"

"내 안장주머니에 브랜디가……."

미란다가 안장주머니를 찾아왔다.

"고맙소."

그는 마개를 열어 술병을 입으로 가져갔다. 독한 액체가 목구멍을 타고 넘어가 차디찬 뱃속에 뜨끈하게 자리잡았다.

"자주 이러세요?"

미란다가 조용히 물었다.

"아니오."

그가 다시 술을 들이켰다.

이 순진한 얼굴의 여자가 살아가기 위해 필요한 물이나 음식처럼 성욕에 매달렸던 한 여자의 광기를 어찌 알 수 있겠는가? 미란다는 한 때 사랑했던 여자가 그 잔인한 병으로 인해 파멸되는 과정을 무기력하게 지켜보아야 했던 남자의 심정을 결코 알지 못하리라…… 샬럿이 죽어야만 자유로워질 수 있으리라 생각했던 남자의 심정도.

미란다가 그런 일을 어떻게 이해할 수 있겠는가? 아름답고 생기 넘치는 여자의 생명이 드디어 끝났음을 직접 확인했을 때 환희의 함성을 외치고 싶었던 그 끔찍한 순간을 어떻게 이해할 수 있을까? 그 고통에서 풀려날 수 있도록 매일 아내의 죽음을 기도하면서 그 사건이 기도의 응답이라고 생각했던 것도, 그 비밀을 무덤까지 갖고 가려는 남자에 대해서 그녀가 어찌 알 수 있을까?

미란다는 창턱에 붙어 있는 칩을 향해 돌아섰다. 하코트 경이 악몽에 대해서 말하고 싶어하지 않는다면 그냥 내버려두는 편이 나으리라. 로비와 마찬가지로 그도 그 꿈을 이해하지 못하거나 왜 그런 꿈을 꾸었는지조차 모를 수도 있었다. 그녀는 창 밖으로 고개를 내밀어 동쪽의 희미한 새벽 그림자를 살펴보았다.

"이제 곧 동이 틀 것 같아요."

가레스가 술병을 테이블에 내려놓았다.

"그럼 난 한 시간 정도 더 잠을 청해야겠소. 당신도 그렇게 하시오."

미란다는 잠시 창가에 남아 있다가 침대로 돌아갔다. 하지만 더 이상 잠이 오지 않았다. 그저 천천히 밝아지는 어둠을 응시하면서 새로운 날을 알리며 즐겁게 노래부르는 새들의 합창소리에 귀 기울였다. 오늘 저녁때쯤에는 어떤 곳에 도착해 있을까? 런던의 어느 장소이겠지, 그녀가 알게 되리라 예상도 못했던 그런 세상. 어쩌자고 자신이 런던의 레이디처럼 행동할 수 있으리라고 생각했을까? 그녀는 단지 떠돌이 곡예단의 곡예사일 뿐이었다. 다른 사람인 척할 수 없었다. 하지만 백작 나리는 정말로 그 일이 가능하다고 믿는 것 같았다.

칩이 침실에서 빠져나가 창 밖의 목련 나무 가지 속으로 뛰어들어갔다.

더 이상 잠들려고 노력해봐야 소용 없는 일이었다. 미란다도 이불을 걷고 일어나 쭈욱 기지개를 켰다. 조용하게 옷을 입은 다음 방 안을 둘러보았다. 귀족 나리의 옷가지가 침대 발치의 상자와 바닥에 흩어져 있었다. 그 더블릿과 셔츠를 집어올리다가 그녀는 문득 코를 찡그렸다. 마을에서 밤을 새고 돌아왔을 때 라울에게서 나던 냄새와 똑같았다.

"창녀촌에 갔다왔구나, 라울."

어느 날 아침 라울이 술기운에 거트루드를 번쩍 들어올리려 했을 때 그녀가 투덜거리며 했던 말이었다.

남자와 창녀촌은 자연스럽게 결부되는 생활의 일부분이었다. 하지만 이 귀족 나리가 그런 곳에 드나들었다는 사실이 미란다는 이상하게도 실망스러웠다.

그녀는 짜증스럽게 옷가지를 툭툭 털어냈다. 더블릿 안쪽에서 무언가가 바닥으로 떨어져내렸다. 그 작은 벨벳 주머니를 집어들고 끈을 풀어보자 안에서 금빛이 번득였다.

더블릿과 셔츠를 깔끔하게 개서 상자에 내려놓은 다음, 주머니의 내용물을 손바닥에 털어냈다. 구불구불한 뱀 모양으로 만들어진 팔찌였다. 그 물건을 빛에 들어올려보자 뱀의 입 속에 물려진 진주 사과가 눈에 띄었다. 또한 그 금사슬에 완벽한 에메랄드들이 박힌 백조가 한 마리 매달려 있었다. 대단히 아름다우면서도 왠지 무시무시한 느낌의 보석이었다. 꿈틀거리는 뱀 모양이 사악해 보이는 것에 반하여, 이른 아침 햇살에 투명한 바닷물처럼 보이는 초록색 백조는 순수함의 극치인 듯했다.

미란다의 등으로 왠지 모를 전율이 흘러내렸다. 정체를 알 수 없는 두려움과 함께, 한편으로는 이렇게 귀한 물건을 본 적이 없음에도 낯설지 않은 듯한 느낌도……

"뭐 하는 거요, 미란다?"

그녀가 화들짝 돌아섰다.

"나리의 옷을 털다가 이게 떨어졌어요."

그리고는 들리지 않을 정도로 나지막이 중얼거렸다.

"창녀집에 다녀오신 냄새가 나요."

가레스가 머리 뒤로 두 팔을 끼우며 나른하게 미소지었다.

"거기 갔었다면 어쩔 거요?"

미란다가 어깨를 으쓱였다.

"하는 수 없죠, 뭐."

가레스의 눈동자가 웃음기로 반짝거렸다.

"아하, 어느새 얌전한 아가씨가 되어버렸나?"

아무 대답 없이 미란다의 뺨이 살짝 붉어졌다.

가레스는 그녀의 당황스러움을 이해하며 주제를 바꿨다.

"그거 이리 가져오시오."

미란다가 다가서자, 그는 그 팔찌를 받아 그녀의 손목에 채워주었다. 그녀는 반쯤 홀린 듯이 보석이 채워진 손목을 들어 햇빛에 비춰보았다. 에메랄드들이 짙은 초록으로 빛을 뿜어내고 진주들은 부드럽게 반짝거렸다. 또다시, 두려운 예감과 낯설지 않은 감각이 찾아들었다.

"아름다운 물건이긴 하지만, 전 끼고 싶지 않아요."

가레스는 눈살을 찌푸리며 그녀의 손목을 잡아 직접 팔찌를 살펴보았다.

"잘 어울리는데."

기억 속의 어딘가를 더듬는 듯 그의 시선이 흐려졌다. 엘레나도 이 팔찌가 잘 어울렸었다. 그녀의 손목도 미란다처럼 가늘었고 손가락도 똑같이 길고 갸름했었다. 미란다의 손이 더 강인하다는 것만 다를 뿐.

그가 그 팔찌를 처음 본 것은 엘레나의 약혼식 날이었다. 프랜시스가 약혼녀의 손목에 그 팔찌를 끼워주었다. 샬럿이 얼마나 그걸 탐내하던지 노골적으로 그 팔찌를 칭찬하고 만져보면서 하룻밤만 빌려달라고 애원했었다. 파리와 런던 거리를 뒤지면서 그 비슷한 팔찌를 구해보려 노력했지만, 샬럿은 그가 사다주는 것마다 모두 무성의하게 밀쳐버리기만 했었다.

"전 싫어요."

미란다가 거의 필사적인 목소리로 중얼거리며 팔찌의 정교한 버클을 풀어내려 했다.

"거참 이상하군."

가레스는 팔찌를 풀어 자신의 손바닥에 감아쥐었다.

"이건 대단히 독특하고 아름다운 물건이라오. 당신이 맡은 역할을 하려면 이걸 차야 할 거요."

'지금 그녀에게 진실을 말해주면 어떨까? 그것이 맡은 역할만이 아니라고 한다면? 그럼 그녀가 더 편해질까 아니면 더 불편해할까?'

그는 잠시 그런 생각에 빠져들었다.

"글쎄요, 제 상상이 지나친 건지도 모르죠. 아마 여러 모로 걱정되는 일이 많아서 그럴 거예요."

'충격이 클 거야.'

그것이 그의 결론이었다. 그녀가 새로운 생활에 적응하고 난 후라야 진실을 받아들이기가 더 수월하리라. 미란다가 겁을 집어먹고 달아나기라도 하면 큰일이었다. 게다가 너무 엄청난 이야기라 터무니없다고 일축해 버릴 가능성도 있었다.

"걱정할 거 없소."

그가 기운을 북돋아주었다.

"어려운 일은 요구하지 않을 테니까. 하루 이틀쯤 지나면 걱정했던 게 오히려 우스워질 거요."

미란다는 그 말을 믿기 위해 최선을 다했다.

7

"어디 두고보자구요! 모드가 검은 빵에 멀건 죽과 물만 먹고 얼마나 버틸지."

레이디 이모겐이 자주색 드레스자락을 펄럭이며 긴 회랑을 걸어다녔다. 손바닥에 부채를 탁탁 내리치며, 그렇지 않아도 가느다란 입술을 앙다문 채 조약돌 같은 눈동자를 단호하게 번쩍였다.

"이런 말하기 미안하지만 아무래도 모드는 순교자 역할을 즐길 것 같다오."

듀포트 경이 안전한 문가에서 과감하게 몸을 떼어냈다.

"말도 안 돼요!"

그녀가 빙글 돌아서서 부채를 탁탁 내리치며 그에게 다가섰다.

"온기와 평소의 안락함도 없이 며칠을 갇혀 지내다보면 금세 지쳐버릴 거라구요."

마일즈로서는 그다지 확신이 들지 않았다. 사실 레이디 모드는 이전의 어느 때보다 완강하고 건강해 보였다. 어쩌면 그녀의 결의에 찬 눈동자가 창백한 안색을 무마시킨 탓인지도 모르지만.

"가레스가 돌아오기 전에 항복을 받아낼 거예요. 하지만 가레스가 대체 어디 있냐구요? 그걸 알아야 말이죠."

이모겐은 높은 철책과 건물로 둘러싸인 뜰이 내다보이는 긴 아치형 창 앞에 멈춰 섰다. 거리로 말과 수레, 마차들이 끊임없이 덜그럭거리며 지나쳐갔다. 집 뒤의 강 쪽에서는 뱃사공들의 외침소리와 함께 거룻배의 출발신호가 울려퍼졌다.

하지만 이모겐의 눈에는 그 어느 것도 들어오지 않았다. 두려울 뿐이었다. 가레스에게 무슨 일이라도 생겼으면 어쩌지? 해협을 건너다 혹시라도 배가 침몰했다면 어쩌지? 강도에게 공격당한 것일까? 아니면 군사들에게? 프랑스에는 지금 전쟁이 한창이었고 무법자들이 곳곳에 판을 치고 있었다.

가레스에게 재난이 닥친다면 그것은 그녀의 탓일 수도 있다. 그를 그리로 보낸 사람은 그녀였다. 가고 싶어하지 않는 가레스를 그녀가 억지로 고집하고 애원하여 떠나보냈다. 하지만 그녀는 동생에게 인생의 목적을 심어주고 싶었다. 너무 오랫동안 빠져 있었던 그 냉소적인 무기력에서 빠져나오게 하고, 다시 한 번 동생의 날카로운 눈동자와 활기찬 몸짓을 보기 위해서…… 불행한 결혼으로 인해 사라진 예전의 그 성격을 돌이켜보고자 노력했던 것이다.

샬럿이 나타나기 전에는 가레스가 그 야망과 성격으로 가문의 부에 어울리는 영향력 있는 남자로 우뚝 설 것임을 단 한 번도 의심한 적이 없었다. 그녀는 동생의 행복과 그 앞에 펼쳐질 찬란한 미래만을 생각하며 그를 키워왔다. 그녀의 믿음대로 가레스는 여왕의 궁궐에서 정치적인 일에도 깊이 관여하며 하코트 가의 문제를 절묘하게 처리해 나갔다. 내색하진 않았지만 그녀는 그 모습을 자랑스레 지켜보았다. 어머니가 돌아가신 후로 그녀가 한 일은 모두 다 가레스를 위해서였고, 그녀의 생각과 계획들은 모두 남동생과 직결되어 있었다. 그의 잠재력을 알기에, 그가 마땅히 받아야 할 명예를 알기에 정성스레 노력해왔었다. 그리고 그 노력은 점차 결실을 맺어갔다.

샬럿의 광기에서 뿜어내는 독이 가레스에게 서서히 스며들기 전까지는……. 그는 그 아름답고 치명적인 아내에게 너무 깊이 빠져 버렸고, 이모겐은 그저 무기력하게 동생이 세상에서 조금씩 움츠러드는 모습을 지켜볼 수밖에 없었다. 그녀의 어떤 말이나 행동도 소용없었다. 그녀의 영향력은 남아 있지 않았다. 물론 그의 수치심을 이해할 수는 있었다. 하지만 동생이 왜 수치스러운 여자를 내치지 못 했는지 이해할 수 없었다. 가레스가 아내를 어딘가 외딴 곳에 가둬버린다 해도 비난할 사람은 없었으리라. 이혼을 한다 해도 마찬가지였다. 그런데 그는 샬럿이 자신을 파멸시키기까지 아무런 행동도 취하지 않았다. 겉으로는 태연하게 보였을지라도 이모겐은 분노와 슬픔의 눈물을 흘리고 있었다. 자신이 키워온 남자와 그의 야망이 몰락해 가는 것을 지켜보며 처절하게 벌어져 가는 상처를 끌어안아야 했다.

샬럿이 죽은 후에도 동생은 여전했다. 아니, 오히려 점점 더 위축되는 것 같았다. 그에 따라 이모겐의 고통도 커져갔다. 일단 그 근본 원인이 사라지고 나면 가레스의 상처도 치료될 거라고 믿었는데, 그래서 잘못된 일을 바로잡기 위해 해야 할 일을 했던 건데……. 그것조차 소용이 없었다.

아내의 등을 응시하면서 마일즈는 그 마음속의 생각들을 알아차렸다. 이모겐의 애정과 자부심이 오로지 가레스에게 향해 있음을 받아들인 지는 이미 오래였다. 그러므로 남동생의 오랜 부재가 그녀에게 얼마나 큰 고통일지 알고도 남았다. 하지만 그녀의 고통이 주위 사람들의 생활을 더 힘들게 만든다는 사실은 불행한 일이었다.

그는 한쪽 발을 뻗으며 코르크가 박힌 신발굽을 만족스레 내려다보았다. 그 신발이 종아리의 곡선과 함께 검정과 금색의 스타킹을 멋지게 돋보여주었다. 다음 순간 그의 시선이 아내의 경멸스런 눈동자와 마주쳤다.

"당신도 새로운 유행을 따라보면 어떻겠소? 굽을 높이면 더욱 위엄 있어 보인다오."

그가 시험삼아 입을 열었다.

레이디 이모겐의 눈살이 다소 펴졌다. 그녀가 남편의 본능과 지식을 믿는 분야가 있다면 바로 유행에 관해서였다.

"정말 그렇게 생각해요?"

잠시나마 아내의 신경이 분산된 것을 다행스러워하며 그가 자신 있게 고개를 끄덕였다.

"여왕 폐하께서도 이런 신발을 주문하셨다고 들었소……. 가죽, 장미색 능직 그리고 푸른 새틴으로 만든 거."

레이디 이모겐은 생각에 잠긴 채, 누런 양피지 같은 목덜미를 손톱으로 긁어댔다.

"그럼 나도 하나 주문해야겠군요. 새로 맞춘 까만 드레스에 어울리려면 진홍색이 낫겠죠?"

"탁월한 선택이오, 부인."

마일즈가 고개를 숙여보였다.

"오늘 저녁에 손님들이 오시기로 했던가?"

"당신 여동생하고 그 촌스런 남편이 오기로 한 거 알잖아요. 그 남자는 항상 분별력 없이 마셔대요. 당신의 바보 같은 동생은 세련된 대화가 불가능할 정도로 낑낑거리기만 하구요."

의견일치의 순간은 금세 끝나버렸다.

"내 동생을 목사님 옆으로 앉히면 되겠구려."

"당연하죠, 다른 누가 그런 고행을 감수하겠어요?"

이모겐이 다시 뜰 아래쪽으로 뚱한 시선을 돌렸다.

"친애하는 이모겐, 다행히도 집에 계셨군요. 듀포트 경, 안녕하세요."

레이디 메리 애버내시가 들어서서 듀포트 경에게 예를 갖춘 다음 레이디 이모겐에게 뺨을 부볐다.

"여왕 폐하께서 세실 경과 계시는 동안 잠시 짬을 내서 찾아왔어요. 어서 가봐야 해요. 하코트 경에게는 아직 별다른 소식이 없으셨나요?"

그녀가 걱정스레 이모겐을 바라보았다.

"너무 오랫동안 떠나계시니 걱정이 되기 시작한답니다."

"아직 소식이 없답니다."

이모겐이 고개를 흔들었다. 그녀가 메리 애버내시를 가레스의 신부 감으로 선택한 것은 권세가의 아내에 어울릴 만한 탁월한 가문과 외모를 지녔다는 이유도 있었지만, 자신이 이 레이디를 조정할 수 있으리라는 믿음과 가레스에 대한 자신의 영향력에 방해되지 않으리라는 확신 때문이기도 했다. 게다가 자신에게 감사하는 마음도 거기에 힘을 덧붙일 것이었다.

그녀가 안심하라는 듯이 메리의 손을 토닥였다.

"걱정해봐야 무슨 소용있겠어요? 기도하면서 기다려보자구요."

마일즈는 턱을 쓰다듬으며 생각에 잠겼다. 레이디 메리로서는 지금 충분히 걱정해야 할 만한 상황이었다. 번듯한 결혼을 하려면 가레스가 그녀의 마지막 희망이었다. 결혼한 지 일 년도 안 되어 천연두로 남편을 잃고 홀로 남겨진 이십대 후반의 미망인. 남편의 재산은 그의 남동생이 상속받았고, 미망인에게 남겨진 재산도 재혼할 때 지참금으로 주겠다는 명목상의 이유로 그녀의 삼촌이 거둬가버렸다. 여왕 폐하께서 침실 레이디라는 낮은 직책을 하나 내주었지만, 몇 년이 지나는 동안 그녀는 구애 한 번 받지 못한 채 여왕의 곁에서 시들어가고 있었다. 그 레이디의 삼촌이 지참금을 주리라 믿을 만큼 어리석은 남자는 없었으므로, 결과적으로 지참금 없는 그녀는 매력 없는 신부감일 수밖에 없었다.

그런데 이모겐이 그녀를 가레스의 신부감으로 점찍어주었다. 가레

스는 무심하게 청혼만 했을 뿐 자신의 누이에게 모든 일을 맡겨버렸
다. 샬럿을 겪고 난 후로 가레스가 다른 여자에게 감정이 생기지 않으
리라는 것은 분명했다. 하지만 아내가 있긴 해야 했으므로 누이의 선
택을 받아들인 것이다.

"도버에 도착하시면 곧바로 연락을 보내시겠지요?"

그녀의 목소리에는 전에 듣지 못했던 애원의 기색까지 담겨 있었다.
마일즈는 그것이 대단히 거슬렸다.

"연락이 오는 대로 당신에게도 알려줄게요."

이모겐의 확실한 대답을 듣자, 레이디 메리는 부채살 뒤로 힘없는
미소를 보냈다.

"그분이 안전하게 돌아오시기를 밤마다 무릎 꿇고 기도한답니다."

"우리 모두 마찬가지예요. 혹시 오늘 저녁에 우리와 같이 식사하실
수 있겠어요? 여왕 폐하께서 허락해 주실까요?"

메리의 얼굴이 다소 밝아졌다. 듀포트 부부와의 식사가 여왕의 레이
디들과 함께 식사하는 것보다 훨씬 유쾌하리라는 것은 장담해도 좋았
다. 그녀보다 어린 레이디들은 순진한 눈으로 본 처녀들의 세상과 소
문에 대해서만 속닥거릴 뿐이었고, 다른 레이디들은 모두 남편이 있으
며 나름대로의 영향력을 지닌 인물들이었다. 메리는 그 두 부류에게
동정과 경멸의 대상이었다.

"가능할 거예요. 초대해 주셔서 기뻐요."

듀포트 경에게 예를 갖추고 이모겐에게 키스를 날리며, 레이디 메리
는 거룻배가 기다리고 있는 수문 쪽으로 종종걸음쳐갔다.

이모겐이 다시 회랑을 걸어다니기 시작하자, 마일즈는 아내의 성미
가 폭발하기 전에 조용히 물러나기로 결심했다. 그가 막 돌아서려는
순간 정문의 파수대에서 긴 뿔피리 소리가 울려퍼졌다. 이모겐의 발걸
음이 즉시 얼어붙었다.

"당신의 기도에 응답이 온 모양이구려."

마일즈가 창가로 다가가서 주인을 맞이하기 위해 밖으로 달려나가
는 하인들을 내려다보았다.

"하나님, 감사합니다. 가레스가 돌아왔어요."

이모겐은 잠시 두 손을 맞잡고 안도하는 표정으로 서 있었다. 다음
순간 그녀의 표정이 변하는 걸 보며 마일즈는 그녀의 생각이 흐르는
쪽을 알아차렸다.

"일이 잘 성사됐어야 할 텐데."

그녀가 나지막이 중얼거렸다.

"당장 만나봐야겠어요."

그리고는 남편의 옆을 홱 지나치며 밖으로 빠져나갔다.

마일즈는 자신이 나설 때가 아니라고 판단하며 창가로 되돌아갔다.
그의 처남이 커다란 회색말을 타고 정문을 통과해오는 중이었다. 4개
월 가까이 여행했던 사람답지 않게 지친 기색 하나 없이 언제나처럼
편안하고 느긋한 모습이었다.

백작이 땅으로 내려섰을 때, 마일즈의 시선이 날카로워졌다. 창턱에
두 손을 대고서 앞쪽으로 몸을 기울였다. 백작의 뒤쪽에서 작은 형체
가 날렵하게 뛰어내렸다. 초라한 주황색 드레스 차림의 여자. 그것도
놀라운 일이었지만, 다음 순간 마일즈의 입은 훨씬 더 벌어졌다. 그의
눈이 착각을 일으킨 것이 아니라면, 분명히 빨간 재킷을 입고 깃털 달
린 모자를 쓴 원숭이가 여자의 어깨에 올라타 있었다.

"어이쿠, 세상에!"

마일즈가 중얼거리는 사이 그의 아내가 동생에게 손을 내밀며 뜰을
가로질러갔다. 마일즈는 기대감과 걱정이 뒤섞인 눈으로 숨죽인 채 지
켜보았다. 동생 이외의 존재를 알아차리자마자 이모겐의 손이 옆으로
툭 떨어졌다.

무슨 말을 하는지 들리지는 않았어도 가레스가 소개를 시키는 것처
럼 그 여자의 손을 잡아 앞으로 이끌었다. 이모겐이 주춤 뒤로 물러서

고, 원숭이는 거리의 구경꾼들에게 하듯이 땅으로 폴짝 내려서서 출싹
출싹 춤을 추기 시작했다.

"이 역겨운 짐승을 당장 쫓아버려!"
마침내 이모겐이 목소리를 되찾았다. 그녀가 낄낄대고 있던 하인들
에게 매서운 눈길을 쏘아보냈다.
"없애버려! 목을 비틀든지 물에 처넣어!"
"그게 오랜만에 보는 동생에게 하는 인사인가요, 누이?"
가레스가 피식 미소지었고, 미란다는 얼른 좋알거리는 원숭이를 안
아들었다.
"이 녀석은 얌전한 짐승이에요."
"가레스, 어쩌자고 이런 기생충을 집으로 데려온 거니? 네가 돌아와
서 너무나 기쁘긴 하다만……"
"칩은 기생충이 아니에요."
미란다가 더 이상 참지 못하고 반박했다.
"벼룩이 들끓을 거야."
그 말에 아랑곳없이 이모겐이 부르르 몸서리쳤다.
"가레스, 이건 사려 깊지 못한 일이야……. 그리고 도버에 도착하는
즉시 연락을 보내주었으면 좋았을 텐데……."
그녀가 침착을 되찾아 불평을 늘어놓기 시작했다. 하지만 다시 한
번 미란다를 쳐다보았을 때 그녀의 눈이 서서히 휘둥그래졌다.
"하나님 맙소사, 모드하고 똑같이 생겼어."
"그건 나중에 설명할게요. 일단 들어가자구요."
가레스가 미란다를 부드럽게 밀어대며 문 쪽으로 움직였다.
"그 짐승을 집 안에 들여놓을 수는 없어!"
갑자기 이모겐의 목소리가 신경질적으로 높아졌다.
"교양 있는 집안에……. 말도 안 돼. 다시 한 번 생각해 보거라, 가

레스.”

“이미 생각해 봤어요.”

쾌활하게 대꾸하며 가레스는 계속 걸어갔다.

이모겐은 창백해진 얼굴로 치맛자락을 움켜쥔 채 동생의 뒤에 따라
붙었다.

“하코트, 외국에서 가져온 저게 무엇인가?”

마일즈가 심술궂다 싶을 만큼 눈을 빛내며 계단을 내려섰다. 아내의
얼굴을 슬쩍 보기만 해도 이미 문제가 생겼음을 알 수 있었다.

“오랜만입니다, 듀포트.”

가레스가 간단히 고개를 숙여보이면서 홀 뒤쪽의 응접실로 방향을
바꾸었다. 그 안에는 길다란 유리문들이 늘어서서 그 너머의 강과 수
문까지 펼쳐진 잔디를 드러내고 있었다.

경이롭게 주위를 둘러보면서 미란다는 잠시 다른 사람의 존재를 잊
어버렸다. 이 남자가 부자라는 것은 짐작했지만, 이런 유리문까지 장
식할 만큼 부유할 줄은 몰랐다. 응접실의 벽마다 선반들이 배치되었고
그 층층의 선반에는 책들이 가득 꽂혔다. 흡사 왕실 도서관을 보는 듯
했다. 벽걸이나 침대보로 사용해도 충분할 만큼 장식이 화려한 두 개
의 러그가 넓은 참나무 바닥에 태연스레 깔려 있었다. 그녀는 자신의
지저분한 나막신이 그것을 더럽히지 않도록 얼른 러그를 피해 바닥으
로 내려섰다.

“미란다, 듀포트 경과 레이디 듀포트를 소개할까 하오.”

백작의 목소리에 그녀가 화들짝 정신을 차리며 돌아섰다.

“죄송해요, 하지만 이렇게 책이 많은 건 처음 봐요.”

“글씨를 쓸 줄 아나?”

잠시 가레스의 신경이 분산되었다.

“전에 마술사 한 명이 우리하고 같이 여행했었는데, 그 사람한테 읽
는 법을 배웠어요. 하지만 글씨를 잘 쓰진 못해요.”

그녀가 한탄스럽게 고개를 흔들고 나서 덧붙였다.

"그 아저씨가 별점 치는 법도 가르쳐 주셨어요. 원하신다면 별점을 봐드릴게요, 나리. 당신 것도요, 마담……."

그녀가 이모겐 쪽으로 시선을 던졌다.

그 제안에 대한 반응이 있기도 전에 마일즈의 경악한 목소리가 터져나왔다.

"세상에! 모드의 모습을 찍어다놓은 것 같군."

그가 미란다에게 다가섰다.

"잠깐 살펴봐도 되겠소, 아가씨?"

그녀의 턱을 불빛으로 들어올렸다.

"놀라워, 머리 모양이 다르긴 하지만. 아, 혈색도 더 건강해 보이는군. 하지만 그 외에는……."

가레스가 만족스레 고개를 끄덕였다.

"목욕하고 모드의 옷까지 입고 나면, 그 차이마저도 구별할 수 없을 겁니다."

"가레스, 이게 다 무슨 일이니?"

이모겐은 혼란스런 감정들 속에서 허우적대는 중이었다. 동생이 안전하게 돌아왔다는 기쁨, 좋은 소식을 가져왔으리라는 기대감, 원숭이에 대한 혐오감, 그리고 저 여자애에 대한 당혹감까지.

"하코트 나리께서 저한테 레이디 모드 역할을 해달라고 하셨어요. 전 동의했구요."

미란다는 자신이 입을 열 시점이라고 생각해서 대신 대답한 것이었다. 하지만 그 말에 긴장된 침묵이 이어졌다. 하코트 경을 흘깃 쳐다보았을 때, 미란다는 그 얼굴과 눈에서 냉소적인 번득임을 보았다. 그녀의 마음에 대단히 들지 않는 그 표정. 그녀의 시선을 알아차리자마자 그의 표정이 바뀌었다. 그가 미소지으며 찡긋 윙크했다. 자신의 계획이 일으킨 이 충격적인 반응을 함께 즐겨보자는 듯이.

미란다는 불편하게 미소를 되돌려보냈다. 이 순간 그녀는 공범자라기보다 사기행각의 하수인이 된 기분이었다.

가레스가 문 옆에 매달린 줄을 잡아당겨 하인을 호출했다.

"누이가 미란다의 변신을 도와주세요."

이모겐은 표류하는 배처럼 보이던 표정을 그만두었다. 역겨운 듯이 하지만 또 한편으로는 계산적인 시선으로 미란다를 살펴보았다. 그녀의 성미가 격하긴 해도 멍청한 여자는 아니었다. 남동생이 이 여자애한테 어떤 가능성을 보았는지는 몰라도 두고보면 알게 되리라 확신했다.

"오늘 저녁 식탁에 모드 대신 이 아이를 앉힐 거니? 저녁에 손님들이 오실 거야."

"누가요?"

가레스는 미란다의 공포스런 표정을 알아채지 못한 채 눈썹을 들어올렸다.

"그냥 여동생과 그 남편이라네……. 아참, 레이디 메리도 오기로 했지."

마일즈가 대신 대답했다.

"그 레이디는 몇 주일 동안 약혼자의 소식이 있을까 노심초사하며 이 집을 들락거렸다네, 가레스. 자네가 돌아온 걸 보면 아마 기뻐서 기절할지도 모르겠네."

그의 입술에 아까와 비슷한 심술기가 서려 있었다.

약혼자? 미란다의 귀가 쫑긋해졌다. 그런 레이디가 있는 줄은 몰랐는데. 흘깃 하코트 경을 쳐다보았을 때 또다시 그 눈에 경멸스런 번득임이 나타난 듯했다. 하지만 그것이 그 자신을 향한 것인지 아니면 다른 사람에게 향한 것인지 알 수는 없었다. 그녀가 알고 있었던 태평스럽고 유쾌한 여행동료가 진짜 하코트 경일지 의심스러워지기 시작했다. 만약 그 의심이 맞는 거라면 그녀가 대체 무슨 짓을 저지른 것일까?

"이 기회에 미란다를 소개하는 것도 괜찮겠군요."

가레스의 말에 미란다가 기겁을 하며 더듬거렸다.

"하지만…… 하지만 너무 이르지 않을까요? 방금 도착했을 뿐인데 제가 어떻게……."

"잘 처신할 수 있을 거요."

하인이 방 안으로 들어섰을 때, 가레스는 그 말을 가로막으며 단호하게 그녀의 손을 붙잡았다.

"내가 같이 있잖소. 어려움이 생길 경우 여기 있는 사람들이 모두 당신을 도울 거요. 하지만 그럴 필요조차 없을 거요."

그걸 어떻게 자신할 수 있단 말인가? 미란다로서는 심각하게 의심스러웠다.

"초록 침실로 욕조와 목욕물을 올려보내거라."

이모겐이 하인에게 지시를 내렸다.

"하녀 두 명도 있어야겠어. 자, 넌 나하고 같이 가자."

그녀가 미란다의 손목을 붙들었다. 미란다가 그 손을 뿌리치자 다시 붙잡으려 했고 미란다는 껑충 뒤로 물러났다.

"내 명령대로 따르거라! 당장 이리 와."

이모겐이 새된 소리를 터트렸다.

미란다는 백작을 바라보았다.

"저한테 이런 식으로 말해도 되는 건가요, 나리?"

"건방진 것! 감히 어디서……."

"조용히 하세요, 누이."

가레스가 한 손을 들어올리며 가로막았다.

"미란다를 하인처럼 취급하지 마셔야 합니다. 모드를 대신하게 될지 모르니까 언제나 우리 가족처럼 다루셔야 해요."

이모겐은 마음에 들지 않는 듯 눈살을 찌푸렸지만, 반박할 수 없는 논리임을 알았다.

"침실까지 원숭이를 데려가진 않겠다."

결국 원숭이를 이용해서 자신의 권위를 내세우기로 결심한 듯했다.

"칩은 내가 데리고 있겠소."

가레스가 미란다의 마지못해하는 손에서 원숭이를 받아들었다.

"땅콩하고 과일을 좀 가져다주면 얌전하게 있을 거요."

미란다는 이 순간이 가장 중요하리라는 걸 직감하며 미적거렸다. 지금이라면 되돌아갈 수도 있으리라. 하지만 레이디 모드를 대신하겠다고 동의했을 때 이미 건널 수 없는 강을 넘어선 것이기도 했다. 그녀가 백작의 조용한 시선을 마주보았다.

"좋아요, 가자구요, 마담."

그녀가 문 쪽으로 걸음을 옮겼다.

이모겐은 놀란 숨을 삼키며 남동생에게 격분한 시선을 던졌다. 하지만 이내 입술을 꼭 다물고서 미란다보다 먼저 방에서 빠져나갔다.

가레스가 두 잔의 와인을 따른 다음 매형에게 한 잔을 건네주었다.

"일이 잘 풀린 모양이군."

안락의자에 내려앉아 시큰둥하게 소맷자락의 레이스를 살펴보며 마일즈가 입을 열었다.

"그렇지 않고서야 모드의 대용물까지 찾아왔을 리가 없지."

"대단한 추리력이십니다."

가레스는 무표정하게 와인을 홀짝였다.

장원의 동쪽날개에 자리한 초록 침실은 커다랗고 휑한 방이었다. 육중한 참나무 기둥들과 참나무로 짜여진 침대만이 덜렁 놓여 있었다. 하지만 여닫이창 너머로 보이는 강줄기가 그 음침함을 다소 보상해 주었다.

이모겐은 미란다를 완전히 무시한 채로, 욕조에 물 채우는 과정을 감독했다. 욕조 밑에 깐 천이 충분치 않아서 마룻바닥이 젖겠다고 법석을 떨어대고, 자신의 명령대로 즉시즉시 움직이지 않는 하녀들을 찰싹찰싹 때려가며 재촉하느라 분주했다.

그런 와중에도 하녀들은 호기심을 참기 힘든 모양이었다. 한 하녀가 다른 행성에서 온 생명체라도 되는 듯 믿을 수 없어하며 쳐다보았을 때 미란다는 살짝 미소를 지어보였다. 머뭇거리는 미소가 되돌아오려는 찰나 레이디 듀포트의 표독스런 시선이 그것을 앗아갔다.

"너, 이름이 뭐랬지? 미란다라고 했던가? 그 더러운 옷을 벗어버려."

목욕준비가 끝나자 이모겐이 다그쳤다.

미란다는 아무 대꾸 없이 옷을 벗어낸 다음 욕조 안으로 들어갔다. 물 위에 뿌려놓은 장미꽃잎들이 향긋한 향기를 발산해냈다. 뜨거운 물에 온몸을 담그고 목욕한다는 것은 그녀에게 평생 경험하기 힘든 호사였다. 더운 여름날에 가끔씩 목욕을 하긴 했지만 항상 강이나 호수에서, 그것도 짐승의 기름으로 만든 조잡한 비누를 사용해서였다. 그런데 지금 작은 도자기 접시에 담겨 내밀어진 하얀 색 비누는 라벤더 향기를 풍겼다. 게다가 손 사이에서 풍성하게 거품이 일었다.

하녀들이 머리를 감겨주는 동안 그녀는 이모겐의 평가하는 듯한 시선을 무시하며 그 경험을 최대한 즐기려 애썼다.

이모겐은 입술 위로 손가락을 두들겨가며 욕조 안의 여자를 살펴보았다. 가레스가 무슨 맘으로 이 여자애를 데려왔을까? 아직 별다른 말을 듣진 못했어도, 앙리 왕의 캠프에서 썩 괜찮은 결실이 있었던 게 확실했다. 그러니 모드와 닮은 이 여자도 그 결실과 관계가 있는 것이리라.

몇 달 못 본 사이에 가레스는 약간 달라진 듯했다. 이전의 활력이 되돌아왔다. 그것은 한 가지 의미일 수밖에 없었다. 가레스에게 목적과 계획이 생겼다는 뜻. 그리고 비누거품에서 서서히 빠져나오는 이 여자애가 그 계획의 일부를 차지하는 것이리라. 그 동안에 들인 누이의 정성과 수고가 마침내 가레스에게 빛을 발한 모양이었다.

이모겐의 작은 눈이 가늘어졌다. 이 여자애는 모드와 약간 닮은 정도가 아니라 소름끼칠 정도로 똑같이 생겼다. 제대로 옷을 갖춰 입고 올바른 태도만 갖춘다면 쉽사리 귀족들 사이에 섞일 수 있으리라. 옷을 입히는 것쯤은 문제가 아니었다. 하지만 태도나 행동은 어떻게 가르쳐야 할까? 어디서 굴러먹다 온 여자일까? 가레스는 정말 이 집시처럼 보이는 여자애가 지체 높은 드 알바르 가의 일원인 척할 수 있을 거라고 생각하는 걸까?

미란다의 젖은 머리가 동그란 두상에 달라붙어 목과 얼굴의 윤곽을 두드러지게 했다. 적당히 큰 입술, 곧게 뻗은 콧날, 동그란 턱. 하지만 이모겐의 관심을 가장 끌어당긴 것은 그녀의 눈동자였다. 긴 속눈썹에 감싸인 깊은 푸른색, 게다가 그 완고하고 도전적인 시선이라니. 그것이 대단히 거슬렸다. 결코 손쉽게 다룰 수 있을 만한 타입의 눈동자가 아니었다.

하지만 그것은 바로 모드의 눈이기도 했다. 모드의 하늘색 눈 속에서 얼마나 수없이 그 표정을 보았던가? 병약한 안색과 죽어가는 분위기를 무색하게 할 만한 시선. 물론 이 여자에게 병약한 분위기가 보이는 건 아니었다. 먼지를 씻어낸 얼굴은 약간의 긁힌 상처가 나 있긴 해도 건강한 혈색이었다. 팔뚝에 동그랗게 뭉쳐진 근육이나 다른 부분의 생김새도 탄탄한 힘을 지닌 듯 보였다.

가레스가 이 여자애를 데리고 놀았을까? 욕조 밖으로 걸어나오자 그 여자의 매력이 더 분명해졌다. 샬럿과 비슷하진 않았다, 적어도 육체적으로는……. 하지만 이모겐의 머리가죽을 죄어들게 만들만큼 묘하게 도발적인 기운이 배어 있었다.

"내 동생과는 어디서 어떻게 만난거냐?"

이모겐이 대뜸 다그쳤다.

미란다는 하녀가 건네주는 수건을 받아 단단하게 몸에 감았다. 폭신하고 보송보송한 느낌이 황홀할 정도였다.

"도버에서 공연하다가 만났어요. 전 그 곡예단의 곡예사였거든요."

이모겐의 모습은 마치 숨넘어가기 직전의 칠면조 같아 보였다. 쭈글쭈글한 목이 꿈틀거리고 눈은 금방이라도 튀어나올 듯했다.

미란다는 다른 수건을 머리에 칭칭 감고 나서 침착하게 레이디 듀포트를 바라보았다.

이모겐은 몸을 돌려 방에서 나와버렸다. 거리에서 굴러먹던 창녀가 분명할 테지만, 이 여자애에게 어떤 가능성을 보았기 때문에 가레스가 여기까지 데려온 것이리라.

인정하긴 싫지만, 이모겐 또한 이 여자애한테 무언가 다른 점이 있음을 부인할 수 없었다.

이모겐은 모드의 방 자물쇠를 열고 경첩이 부서질 정도로 활짝 열어젖히며 방 안으로 돌진해 들어갔다.

모드가 텅 빈 난로의 쇠살대 옆 의자에 숄들을 두르고 앉아 있었다. 이모겐이 아침과 저녁 두 번만 유모를 들여보내도록 지시해 놓았으므로 지금은 모드 혼자뿐이었다. 따뜻한 날씨인데도 모드의 입술은 시퍼렇게 변해 있었고 눈 밑에도 그림자가 드리워진 채 지독히도 추워 보였다. 하지만 방문객을 바라보는 시선만은 견고하고 침착했다.

"안녕하세요, 마담."

이모겐은 흘깃 방을 둘러보았다. 검은 빵과 물, 그리고 죽그릇이 놓인 식사쟁반은 손대지도 않은 채 남아 있었다.

사실 미란다에게 입힐 옷을 찾기 위해 이 방에 온 것이지만, 모드의 창백하고 완고한 얼굴을 보자마자 분노가 치밀어올랐다.

이모겐은 지금 누구하고라도 싸워서 이기고 싶은 기분이었다. 이 배은망덕한 계집애를 뭉개버릴 수만 있다면 그보다 더 상쾌한 일은 없으리라.

모드가 그들의 뜻대로 따라주기만 했다면 가레스가 그런 부랑아를 데리고 올 필요도 없었을 것 아닌가.

"하코트 경이 돌아오셨다."

그녀가 방 안으로 깊숙이 들어서며 입을 열었다.

"저녁 식탁에 같이 참석해서 후견인에게 경의를 표해야 할 거다."

"당연히 하코트 경에게 인사를 드려야죠."

이모겐이 의자로 바짝 얼굴을 들이밀었다.

"이제 그만 항복하거라. 프랑스에서 너의 후견인이 청혼을 받아 왔어. 후견인 뜻에 따르는 것이 너의 의무야."

모드는 이모겐이 움찔 물러날 정도로 승리감에 찬 시선을 들어올렸다.

"그렇겐 안 될 걸요, 마담. 난 개종했어요. 지난주에 가톨릭교도로서 세례를 받았어요. 위그노 파가 나와 결혼하고 싶어할 리 없답니다."

이모겐이 코를 벌렁거리며 듬성듬성 빠진 이를 드러내고 그녀를 노려보았다.

"이 한심한 것!"

찰싹 따귀소리와 함께 모드의 몸이 의자등받이로 튕겨나갔다. 하지만 그녀의 눈에 담긴 광기 어린 승리감만은 흔들리지 않았다.

"난 이제 가톨릭 신자예요, 마담."

이모겐의 입에서 찢어질 듯한 비명소리가 터져나왔다. 그 소리가 열린 방문을 통해 집 안 전체에 울려퍼졌다. 모드가 테이블에서 자신의 두통약을 집어들어 말없이 내밀었고, 이모겐의 과격한 손이 그 약병을 구석으로 내던져 버렸다.

아래층 응접실에서 술잔을 들어올리려던 가레스의 손이 멈칫했다. 마일즈는 한숨을 내쉬었다. 그들 둘 다 레이디 듀포트의 그 이성 잃은 비명소리를 듣는 것이 처음은 아니었다.

"또 무슨 일로 화가 났을까?"

마일즈가 혼잣말처럼 중얼거렸다.

가레스는 응접실을 빠져나가 망토를 펄럭이며 한 번에 두 계단씩 층계를 달려올라갔다. 칩이 열심히 집어먹고 있던 과일 접시를 포기하고서 그 뒤로 내달렸다. 위층에 도착하자 원숭이는 고개를 갸우뚱하며 코를 킁킁거렸다. 그런 다음 자신의 본능을 따라 주인이 있는 방향으로 잽싸게 움직여갔다.

8

조만간 불꽃이 튀길 것을 예상하고 있었던지라 가레스는 이 소동이 미란다와 관련된 일이리라 짐작했다. 하지만 그 소리가 복도 끝에 있는 모드의 방에서 들려온다는 것을 곧 알아차렸다.

그는 서둘러 활짝 열린 모드의 방문으로 뛰어들었다.

"맙소사, 죽은 사람이라도 벌떡 일어나겠군요, 이모겐!"

이모겐이 붉으락푸르락하는 얼굴을 돌렸다.

"이 계집애가…… 이 계집애가……."

그녀의 부들거리는 손이 백작을 맞이하려 일어서 있는 모드 쪽을 가리켰다.

"개종을 했대. 가톨릭교도가 됐대!"

그녀가 신음하며 털썩 의자에 내려앉았다. 이 끔찍한 재난에 넋을 잃어 더 이상 말도 할 수 없었지만, 시선만은 줄기차게 모드를 노려보았다.

가레스는 조용하게 그 소식이 내포한 의미를 헤아려보았다. 이제 그에게 남은 선택은 한 가지밖에 없는 듯했다. 잠깐의 단역을 맡기려 했던 미란다를 주역으로 쓰는 수밖에. 솔직히 마음 한켠으로는 시간이 걸린다 해도 결국 모드를 설득할 수 있으리라고 확신했었다. 그러므로 미란다는 모드가 정신을 차릴 때까지 사용할 임시방편에 지나지 않았었다.

일단 모드와 앙리 왕과의 약혼이 안전하게 성사되면 어느 정도 시간이 흐른 후에 드 알바르 가의 잃어버린 쌍둥이로서 미란다를 출현시킬 계획이었다. 앙리가 구애했던 그 여자가 바로 그녀라고 생각할 사람은 아무도 없을 것이다.

그리고 적당한 시기에 미란다에게도 바람직한 남편감을 골라줄 생각이었다. 모드만큼 영광스런 위치는 아니겠지만, 그녀 자신과 이 가문에 부와 명예를 가져다줄 만한 그런 남자로……. 로이시 공작이 그 결혼에 관심을 보일 가능성도 있었다. 만약 미란다가 그런 장래를 원치 않을 경우에는 예전에 자신이 살아왔던 인생으로 되돌아가면 그만이었다. 하지만 미란다가 그런 쪽으로 선택하리라고 생각진 않았다. 올바른 정신을 지닌 사람이라면 새롭게 펼쳐질 화려함을 내던지고 거리에서 떠돌아다니는 하찮은 존재가 되고 싶어하진 않을 테니까.

하지만 이제 모드의 개종 때문에 모든 상황이 바뀌었다. 앙리가 가톨릭 아내를 맞아들일 리는 없었고, 모드도 이제 설득의 한계를 넘어선 곳까지 건너가버렸다. 전적으로 미란다가 그 역할을 맡아주어야 했다. 드 알바르 가의 야망과 번영을 위해서 미란다는 프랑스의 왕과 결혼해야만 했다.

그의 원래 계획보다도 위험스럽고 대담하기 이를 데 없었지만 그의 마음에는 짜릿한 흥분과 도전욕, 야망이 끓어올랐다. 너무나 완벽하지 않은가. 미란다의 몸에는 하코트 가문의 흔적이 새겨져 있다. 그런 그녀가 어떻게 자신의 원래 자리를 되찾는 데 실패하겠는가? 그녀가 이렇게 특별한 방식으로 자기 가문에 되돌아온다면 그보다 더 적절하고 잘된 일이 어디에 있겠는가?

물론 크나큰 모험이긴 했다. 예전에 혹독하게 배신당한 이후로 앙리는 배신자에게 가차없는 군주가 되어 있었다. 그러니 그에게 이 속임수가 알려지는 일은 절대 없어야 했다. 초상화의 여자가 왕비로 앉힌 여자와 다르다는 것을 끝까지 모르게 해야 했다. 그 거짓이 드러나는 날에는 하코트 가가 프랑스 왕의 철천지원수로 변할 것이다. 그럼 영국의 여왕도 그 일을 알게 될 테고, 그것은 하코트 가의 파멸로 이어질 수밖에 없었다.

앙리가 드 알바르 가의 쌍둥이에 대해서 알고 있을지는 확실치 않다. 그러나 열아홉 살의 어린 나이로 살해당한 어머니에 대한 슬픔에다, 정치적인 모략과 배신의 거미줄에서 허우적대고 있었을 앙리가 가신들의 가정사에까지 관심을 가졌을 리 없다. 또한 아내의 죽음 때문에 비통해 있었던 프랜시스도 실종된 아기에 대해서 언제나 입을 열지 않았다. 성공할 가능성은 충분했다.

그 아기는 공포스런 사건의 이름 없는 희생양으로 남아 있었고, 모드조차도 자신이 쌍둥이라는 걸 알지 못했다. 프랜시스는 살아남은 아기를 보고 싶어하지 않았다. 아내의 죽음을 아이들 탓으로 여기는 것 같기도 했다……. 아이들이 없었다면 엘레나가 폭도들을 피할 수 있었을지도 모르니까. 그렇게 쌍둥이 중의 하나는 존재하지도 않은 것처럼 기억에서 잊혀졌고, 다른 아이는 두 살 때 아버지를 여의기 전부터 고아와 같은 상태였다.

드 알바르 가와 프랑스 왕이 결혼으로 맺어진다면 앞으로도 그렇게 남아 있어야 했다. 미란다가 영원히 모드의 자리를 대신하고 모드의 존재는 세상에서 사라지는 쪽으로. 이제 실종됐던 아기가 등장하는 일은 없으리라. 진짜 모드는 자신이 원하는 대로 수녀원으로 들어가고 다른 쌍둥이가 그녀의 자리를 차지해야 할 것이다.

'성공할 수 있어.'

마침내 입을 열었을 때 그의 어조는 차분하기 그지없었다.

"개종을 했다고?"

모드가 고개를 끄덕였다.

"저의 양심이 이끄는 대로 따라야 했어요."

"그래, 물론 그랬을 거요."

"이 계집애를 더 이상 봐줄 수가 없다!"

이모겐의 목소리가 격하게 부들거렸다.

"이 집에 가톨릭교도를 놔둘 수는 없어. 거리로 내쫓아야……."

"세상 사람들의 눈을 생각해야지요, 누이."

그 태연스런 한마디가 이모겐의 말문을 막아버렸다.

모드는 숄을 바짝 감아쥐며 생각지 못한 백작의 반응에 당황스러워했다. 비록 이모겐의 반응은 예상한 그대로였지만.

"누가 죽기라도 했어요?"

열린 문가에서 노래하는 듯한 목소리가 들려왔다. 세 사람 모두 소리나는 쪽으로 고개를 돌렸다. 몸과 머리에 수건을 두르고 있는 여자와 그 발치에서 행복하게 재잘거리며 뛰어다니는 원숭이. 누군가 입을 열기도 전에 미란다가 놀란 시선으로 모드를 바라보며 방 안으로 걸어들어왔다.

"정말 나하고 똑같이 생겼군요."

허공에 흩어져 버린 환각을 대하듯이 그녀가 모드의 팔을 만져보았다. 하지만 그녀의 손에 따뜻한 사람의 체온이 느껴졌다.

모드도 똑같이 경악하는 표정이었다.

"너는 누구니?"

가레스가 한 걸음 나서서 미란다의 어깨에 가볍게 손을 올려놓았다.

"미란다, 이쪽은 레이디 모드 드 알바르요. 모드, 이쪽은 미란다. 최근까지 곡예단의 일원이었소."

모드의 시선이 고개를 갸우뚱한 채 자신을 바라보는 칩 쪽으로 향했다.

"어머나, 세상에!"

그녀가 원숭이 앞으로 몸을 숙였다.

"넌 또 누구니?"

"얘는 칩이에요."

엉겁결에 대답하면서도 미란다는 여전히 어리둥절했다. 자신하고 똑같이 생긴 여자를 보는 당혹감과 그 때문에 생기는 자신의 혼란스런 느낌. 그녀가 백작을 올려다보자, 그는 즉시 그녀가 물어보고 싶어하는 질문을 알아차렸다. 그렇다 해도 아무런 대답을 해줄 수 없었다, 아직까지는. 그의 손이 움직여 목덜미를 매만지자 그 밑의 살결이 미약하게 떨리면서 긴장되었던 근육이 다소나마 풀어져갔다.

"귀엽게 생겼네."

모드가 칩에게 한 손을 내밀자, 원숭이는 즉시 그 손을 잡아 점잖은 신사처럼 입을 맞췄다. 모드의 입에서 즐거운 웃음이 터져나왔다. 가레스가 한 번도 들어보지 못했던 그런 소리였다.

그제서야 이모겐이 제정신을 되찾았다. 그 부랑아의 목에 손을 대고 서 있는 동생의 모습이 눈에 띄었다. 너무나 자연스러워 보였다. 게다가 그 여자애도 늘상 일어나는 일인 것처럼 아무렇지도 않게 받아들이고 있었다. 머릿가죽이 죄어드는 느낌으로, 그녀가 벌떡 일어났다.

"수건만 걸친 채 여기서 뭐 하는 거냐. 당장 방으로 돌아가, 내가 옷을 가져다 줄 테니. 반쯤 벌거벗고 집 안을 돌아다니는 게 얼마나 수치스러운 일인지 모르는 거냐?"

"벌거벗은 것처럼 보이진 않아요, 누이."

가레스가 반박했다. 사실 그 커다란 수건은 미란다의 자그마한 체구를 두 번 감고도 남을 정도였다.

뜬금없이 전에 보았던 그 날씬한 나신이 그의 눈앞에 되살아났다. 동그란 엉덩이와 날렵하게 뻗은 허벅지, 홀쭉한 아랫배 밑으로 모여 있던 털들. 사타구니가 불끈 일어서는 걸 느끼며 그는 불에 데인 사람처럼 재빨리 그녀의 목에서 손을 떼어냈다. 그리고는 주위를 둘러보았다.

"여기에 왜 불을 지피지 않았소? 내가 알기로 모드는 항상 불가에 앉아 있었던 것 같던데."

이모겐이 코웃음쳤다.

"내가 불을 피우지 말라고 했어."

"유모와 만나는 것도 먹을 만한 식사도 금지되었답니다, 하코트 경."

모드가 테이블 위의 쟁반에 날카로운 시선을 던졌다.

그 시선을 따라가던 가레스가 험악하게 눈살을 찌푸렸다.

"모드에게 강요하지 말라고 했잖아요."

이모겐이 또다시 코웃음쳤다.

"넌 너무 너그러워. 하지만 그 온정이 어떤 결과로 나타났는지 보라구. 이 아이가 자기 의무를 다하는 것조차 거부하고 있잖아."

"나의 사촌은 하나님께 봉사하는 것을 의무로 생각하는 것 같군요. 그 점을 누가 탓할 수 있겠습니까."

가레스가 옷장으로 걸어가서 실크 스타킹과 슈미즈, 페티코트 등을 뒤적였다.

"잠시 옷을 빌려주는 게 싫진 않겠지요, 사촌?"

"그럼요."

모드는 조심스럽게 미란다를 응시했다.

"붉은 색조의 청색 드레스가 어울릴 것 같아요."

그녀가 잠시 눈살을 찌푸렸다.

"머리는 무슨 색이지?"

미란다는 대답 대신 수건을 풀어 머리카락을 흔들어 보였다.

"당신하고 똑같은 색이에요."

"왜 그렇게 짧아?"

"긴 머리는 재주넘기할 때 걸리적거리거든요."

그녀도 똑같이 조심스럽게 모드의 시선을 되받았다.

"날 보면서 당신을 보는 것 같은 이상한 느낌 안 들어요?"

모드가 천천히 고개를 끄덕였다. 한 손을 내밀어 미란다의 얼굴을 만져보고 그 다음엔 자신의 얼굴도 매만졌다. 그리고는 부르르 몸을 떨었다.

"네가 나라고 생각되진 않아?"

미란다가 씨익 미소지었다.

"설마요! 당신은 레이디고 난 부랑아인 걸요. 레이디 듀포트가 하는 식으로 말하면요. 그리고 난 나인 것 같아요, 그게 무슨 뜻인지는 확실히 모르겠지만요."

"헛소리들 그만해."

이모겐이 가레스에게 성큼성큼 다가갔다.

"옷은 내가 챙겨줄게. 하지만 경고하는데, 이 아이를 숙녀로 만들진 못할 거야."

그녀가 한아름의 옷가지를 받아들려고 손을 뻗었다.

하지만 미란다가 먼저 그 앞으로 움직였다.

"여기서 입을게요. 레이디 모드하고 친해지고 싶어요."

가레스가 그녀에게 옷가지를 넘겨주었다.

"그럼 저녁 식사 시간에 맞춰서 한 시간 후에 데리러 오겠소."

"저도 참석해야 하나요?"

가레스의 진지한 시선이 모드를 돌아보았다.

"아니오. 당신은 항상 바라던 대로 종교적인 은둔생활을 계속할 수 있소. 미란다가 당신 역할을 대신하는 동안에는 사람들 앞에 나설 필요 없소."

"기꺼이 따르겠습니다, 하코트 경."

가레스는 고개를 숙여보인 다음 누이와 함께 방에서 빠져나갔다.

문이 닫히자 미란다와 모드는 말없이 서서 서로를 관찰했다. 칩이 경대 위로 폴짝 뛰어올라 얌전하게 사태를 관망했다.

"네가 내 자리를 대신한다고, 왜지?"

"당신이 그 역할을 맡지 않으려 하기 때문이겠죠."

미란다는 젖은 수건을 풀어내고 옷을 입기 시작했다.

"이렇게 고급스런 옷은 처음 입어봐요."

부드러운 비단 감촉이 맨살에 닿아오자 그녀가 감탄스레 중얼거렸다.

"남을 속인다는 게 아무렇지도 않아?"

모드는 숄들을 둘둘 말고서 의자에 내려앉았다. 누군가 자신과 똑같이 생겼다는 것은 물론이고, 그 사람이 자신을 대신한다는 것도 그리 탐탁스럽지 않았다. 마치 하나의 자신이 둘로 쪼개진 듯한 느낌이었다.

"그냥 직업이라고 생각하면 돼요. 두둑하게 받기로 했거든요."

미란다는 치마테가 끼워진 두터운 속치마를 들어올렸다.

"이런 건 입어본 적이 없는데."

"하지만 그런 걸 선한 일이라고 할 수 있을까?"

모드가 다그쳐 물었다.

"모르겠어요."

미란다는 모드의 고집스러움이 다소 짜증스러웠다.

"이거 입는 것 좀 도와주실래요?"

평소와는 달리 모드가 기운차게 일어나 미란다에게 다가섰다. 그 와중에 숄이 몇 장 흘러내렸는데도 알아차리지 못하는 듯했다.

"파딩게일(치마를 불룩하게 만드는 버팀살)을 입을 줄도 모르면서 어떻게 나인 척할 수 있겠어? 여기…… 이 안으로 들어가, 내가 허리를 묶어줄게. 됐어, 이제 속치마를 뒤집어쓰면 돼."

그녀가 빳빳한 리넨 스커트를 미란다의 머리 위로 씌운 다음에 파딩게일 위에 매끈하게 펼쳐주었다.

"알겠지? 이렇게 다 가려지잖아. 이젠 겉옷을 입어야 돼."

미란다가 두 팔을 올리고 고개를 숙이는 동안, 모드가 드레스의 자리를 잡아주었다. 이윽고 옷을 다 갖춰 입고 나자 미란다는 그 무게에 숨이 막힐 정도로 답답해졌다.

모드가 능숙하게 보디스의 끈을 묶어주었다. 수놓인 스토머커(보석이나 자수 장식이 달리는 여자의 가슴 옷)와 목과 어깨를 덮는 하얀 파틀렛(깃 달린 어깨걸이), 옥수수 모양의 파딩게일 위로 치마가 펼쳐지고 뒤쪽으로는 길게 끌리는 치맛단이 몇 겹 늘어졌다.

미란다가 자신의 모습을 내려다보았다.

"답답하긴 하지만, 꽤 우아한 것 같네요. 어때 보여요?"

"나 같아……. 아까보다 더."

모드가 고개를 절레절레 흔들었다.

"난 아직도 정신을 못 차리겠어."

미란다가 그녀를 쳐다보며 눈살을 찌푸렸다.

"얼굴이 아주 창백해요. 어디 아파요?"

"조금."

모드는 부르르 몸을 떨어가며 바닥에 떨어진 숄들을 주워모았다.

"여긴 너무 추워."

"난 별로 안 추운데. 추우면 불을 피우지 그래요? 저기 선반에 불 피우는 도구가 있잖아요."

"난 할 줄 몰라."

모드가 충격적으로 소리쳤다.

"아참! 그런 걸 하면 당신 손이 지저분해지겠군요."

미란다가 쇠살대 안에 불쏘시개를 넣고 불길을 피웠다. 모드가 안도의 한숨을 내쉬며 그 열기로 다가왔다.

"혼자서는 아무것도 못하나요?"

미란다가 정말로 궁금한 듯이 물었다.

모드는 불길에 두 손을 쪼여가며 어깨를 으쓱였다.

"할 필요가 없는걸."

"당신이 직접 불을 피울 수 있으면 이렇게 떨고 있을 필요도 없었을 거예요."

미란다가 따끔하게 지적했다. 모드는 전보다 더 당황스러워졌다. 똑같은 생김새를 하고 있으면서 어쩜 이렇게 다를 수 있을까?

모드가 다시 의자로 내려앉았다.

"일리 있는 말이야. 그런데…… 너 정말 곡예사였어?"

"그래요. 여기 일이 끝나면 또 그렇게 될 거구요. 그나저나 무슨 이유로 이렇게 복잡한 일을 만드는 건지 말해주세요."

"종교 있어?"

미란다가 어깨를 으쓱였다.

"그런 거 없어요. 편리한 대로 아무 데나 붙으면 돼요. 그게 중요한가요?"

"중요하냐고?"

모드가 어이없다는 듯 쳐다보았다.

"아, 정말 중요한 모양이네."

미란다는 의자 가장자리에 조심스럽게 앉아보았다. 놀랍게도 치맛자락이 저절로 그녀의 옆으로 펼쳐졌다.

"도대체 이유가 뭐예요?"

무릎으로 뛰어오르는 칩을 안아주며 그녀가 재차 물어보았다.

한 시간쯤 지난 후, 그녀는 이 상황에 대해서 전보다 훨씬 많은 것을 알게 되었다.

"그러니까 여기 사람들이 가문의 이익을 위해서 당신을 프랑스의 높으신 귀족과 결혼시키려 한다는 거죠?"

"하지만 난 주님의 신부가 될 거야."

"수녀원에 들어가면 너무 삭막할 텐데요. 정말 그렇게 살고 싶은 거예요?"

"부름을 받았어. 베르트도 나하고 같이 갈 거야."

베르트라는 늙은 유모가 모드의 개종과 그 영적인 부르심에 큰 영향을 미친 듯했다. 하지만 미란다는 불길만 응시하며 아무 말도 하지 않았다.

"네가 나인 척해 봤자 무슨 소용이 있겠어? 네가 나일 순 없잖아."

"잠깐 동안만이에요. 이 일이 다 끝나고 나서 하코트 경이 나한테 50로즈노블을 주기로 했어요. 그 돈을 받으면……."

"그럼 틀림없이 날 다시 개종시키려는 걸 거야. 하지만 그렇게 되진 않아. 아무리 날 고문하고 들볶아도 내 마음은 절대로 변치 않을 거야."

"대단한 용기로군요."

미란다가 중얼거렸다.

"하지만 현실적이진 못해요."

그들은 여전히 아무런 해답에도 이르지 못했다. 그리고 미란다는 전보다 더 하수인인 것 같은 느낌이 들기 시작했다.

그즈음 아래층 응접실에서는 이모겐이 앙리 왕의 청혼서를 세 번째 읽어보는 중이었다.

"오, 세상에, 믿을 수가 없어."

와인잔을 집어들며 가레스가 입을 열었다.

"우리 드 알바르 가와 하코트 가 정도면 나바르의 앙리에게 아주 훌륭한 조건의 결혼이지요."

"그래도 이 결혼으로 하코트 가는 프랑스 궁의 핵심에 서게 돼. 나도 파리에 가야 할 거야. 우린 프랑스 왕의 친족이 된다구. 여기 엘리자베스 여왕의 궁궐에서도 우리 입지가 훨씬 높아질 거야."

이모젠의 갈색 눈동자가 탐욕스럽게 반짝거렸다.

"가장 성대한 결혼식이 열리게 될 거야. 왕이 파리를 점령하고 나면 거기서, 아니 여기서 결혼식을 치러야 할까?"

그녀가 작은 응접실을 걸어다니기 시작했다.

"네 아내의 지위도……. 세상에, 얼마나 높아지겠어. 너한텐 외교대사나 그 비슷한 중대한 직위가 주어질 거야, 가레스. 레이디 메리가 얼마나 감격할까."

그리고 그녀의 지원자인 이 이모젠에게 훨씬 더 감사하겠지?

"하지만 이제 와서 그 결혼이 어떻게 성사될 수 있단 말이오? 앙리 왕은 가톨릭교도와 결혼하려 들지 않을 거요."

마일즈가 턱수염을 매만지며 지적했다.

"모드를 다시 개종시켜야죠!"

이모젠이 자신도 모르게 왕실의 양피지를 움켜쥐며 소리쳤다.

"내가 항복을 받아낼게. 걱정하지 마라, 가레스."

"모드가 그 결혼에 마지못해 하는 걸 알게 되면 앙리 왕이 구애하지 않으려 할 거예요. 누이가 그녀에게 항복을 받아낼 수 있다 해도 앙리에게 진실을 말하는 것까지 막을 수는 없지 않겠어요?"

이모젠이 동생을 노려보았다.

"남의 일인 것처럼 말하는구나!"

가레스의 입술에 흐릿한 미소가 번졌다. 하지만 즐거움이 섞인 미소는 아니었다. 누이의 탐욕스런 흥분이 불유쾌하게 자신의 모습을 연상시켰고, 그것이 역겨워졌던 탓이었다.

"앙리가 여기 체류하는 동안 미란다가 모드의 역할을 대신하게 될 겁니다."

자신의 진짜 계획은 물론이고, 미란다의 진짜 정체에 대해서도 두 사람에게 알려줄 마음은 전혀 없었다. 마일즈는 술을 너무 많이 마시는 데다 불건전한 부류들과 어울리곤 했다. 이모젠도 그 격한 성미에 언제까지 비밀을 간직할 수 있을지 알 수 없었다.

"레이디 메리에게도 이걸 알려두어야 할까?"

마일즈가 자신의 손톱을 살펴가며 물었다.

"안 되요. 그건 우리 가족끼리만 알고 있어야 해요."

이모겐이 서둘러 설명을 덧붙였다.

"물론 메리를 못 믿는 건 아니지만, 이 비밀이 더 이상 번지는 건 현명치 못해. 더군다나 이렇게 위험한 일을 혹시라도 앙리가 알게 된다면……."

"맞는 말입니다."

가레스가 동의했다. 그러면서도 장래를 약속한 약혼녀와 이 중대한 사실을 나눌 마음이 없다는 게 당황스러웠다.

그 혼란스런 생각을 쫓아내려 고개를 흔든 다음 그가 씩씩하게 말을 이었다.

"앞으로는 미란다가 모드의 역할을 대신할 겁니다. 모드는 항상 하던 대로 유모와 함께 기도서나 읽으면서 시간을 보내면 될 테구요."

마일즈가 놀란 숨을 들이켰다.

"드 알바르의 여자처럼 생겼다는 이유만으로 앙리 왕과 거리의 여자를 결혼시킬 수는 없잖나."

"물론이지요. 그는 드 알바르의 여자와 결혼하게 될 겁니다."

"하지만 어떻게?"

이모겐이 다그쳤다.

"그 일은 나한테 맡기세요, 누이."

가레스의 대답은 믿음이 갈 만큼 확실했다.

생각에 잠긴 이모겐의 눈동자가 이리저리 굴러다녔다. 어쩌면 가레스가 모드를 일단 안심시킨 다음에 마지막 순간에 가서 의무를 지키도록 강요하려는 건지도 모른다.

그녀가 고개를 끄덕였다.

"나도 최선을 다해서 도와줄게. 하지만 정말로 그 여자애가 이 일을 해낼 수 있을까?"

"미란다는 이 일을 타고난 천성처럼 잘 해낼 겁니다."

"돈 받고 일하는 사람을 그 정도로 믿을 수 있을까?"

마일즈가 물었다.

"이번 경우에는…… 거의 확실합니다."

가레스가 남은 술을 다 들이켰다.

"전 식사하기 전에 좀 씻어야겠습니다. 모드에게 먹을 만한 음식을 갖다주세요, 이모겐. 유모도 들여보내주시구요."

그가 진홍색 망토를 펄럭이며 걸어나갔다.

"듀포트 경, 나쁜 사람 같진 않았어요."

잠시 생각에 잠겨 앉아 있다가 미란다가 불쑥 입을 열었다.

모드는 어깨를 으쓱였다.

"매일 마녀한테 시달리긴 해도 악의는 없는 것 같아."

"그분의 동생은 어때요?"

"레이디 베링거."

모드의 입술이 경멸스레 뒤틀렸다.

"멍청해, 그 남편도 마찬가지고. 그런 걸 왜 물어보는 거야?"

"저녁 식사 때 손님으로 오신다잖아요. 그러니까 미리 어떤 사람들인지 알아둬야죠."

"신경 안 써도 돼. 앤 베링거는 아무 생각이 없는 여자야. 베링거 경은 술꾼이고. 또 누가 온댔어?"

미란다가 인상을 찡그렸다.

"레이디 메리, 하코트 경의 약혼녀라는 것 같더군요."

"그것 참 볼 만하겠네."

모드가 또다시 경멸스레 미소짓자, 유쾌하지 않을 때의 하코트 경을 연상시켰다.

"그녀를 좋아하지 않나요?"

모드가 웃음을 터트렸다.

"그 여자도 다른 사람들하고 똑같아. 다들 대화란 걸 할 줄 몰라. 재치도 없고 재능도 없어. 텅텅 비었다구……. 런던의 모든 사람들처럼."

"너무 심한 말 아니에요?"

"두고보면 너도 알게 될 거야."

"그럼 하코트 나리가 왜 그런 여자랑 약혼했을까요?"

"편의상 받아들인 거야. 그런 이유가 아니고야 누가 그런 짓을 하겠어?"

미란다는 자리에서 일어나 불안하게 방 안을 배회하고 다녔다. 우아한 가구들과 다이아몬드형의 창문들, 벽과 바닥에 두터운 태피스트리들이 깔린 커다란 방이었다. 평생 이렇게 웅장하고 호화로운 생활을 해온 사람이 비를 피하려 건초더미 밑에서 웅크려 자고 곰팡내나는 치즈와 굳어버린 빵으로 며칠씩이나 연명하는 사람의 심정을 어떻게 이해할 수 있겠는가?

그와 마찬가지로 그렇게 살던 사람이 어떻게 이 사치스런 환경에 어울릴 수 있을까? 아무리 그들이 모드의 말처럼 멍청하다 해도 어떻게 그 고상한 귀족들과 같이 한 식탁에 앉을 수 있단 말인가? 끔찍한 실수를 저지르고 말리라.

"조지 목사도 아마 참석할 거야."

모드가 입을 열었다.

"베링거 부부가 오는 날이면 항상 레이디 이모겐이 그를 부르거든. 앤의 얘기를 들어주는 게 그 사람의 할 일이야. 나의 가톨릭교적 성향에 대해서 알고 있으니까 혹시라도 그 목사가 순교나 고해성사에 대해서 밉살스럽게 물어볼지도 몰라."

"난 그런 거에 대해서 잘 모르는데요."

미란다가 눈살을 찌푸리며 다시 의자로 돌아왔다.

"차라리 대화하기 힘들 정도로 목이 아프다고 말해두는 게 낫겠어요."

그때 문에서 가벼운 노크소리가 났다. 모드가 대답하자 하코트 경이 안으로 들어섰다. 은색의 별들이 수놓아진 남색 더블릿과 은여우털로 테두리를 댄 푸른 망토를 걸치고 있었다.

"방금 목이 아픈 척하는 게 낫겠다고 얘기하던 참이었어요, 나리."

미란다가 의자에서 일어나 걱정스런 시선을 던졌다.

하지만 가레스의 생각은 다른 쪽으로 향해져 있었다. 그가 입술을 오므린 채 그녀의 모습을 훑어보았다.

"그 옷이 잘 어울리긴 하지만 재단사의 손질이 필요하겠소. 그러나 오늘 저녁에는 어쩔 수 없겠군."

그가 주머니에서 백조장식이 달린 팔찌를 꺼내들었다.

"지금부터는 이걸 차고 다녀야 하오. 당신에게 구애할 남자의 약혼 선물이니까."

그가 그녀의 손목에 버클을 채워주었다.

그 절묘한 금고리가 살갗에 닿자 미란다는 또다시 혐오스런 기분에 빠져들었다.

"전 정말 싫어요."

"어디 나 좀 보여줘."

모드가 호기심어린 시선으로 보석을 살펴보았다.

"이상하네. 아름답긴 한데, 왠지……."

"사악해 보여요."

미란다가 대신 그 말을 끝맺어 준 다음 손목을 들어올렸다.

"꽤나 비싼 물건이겠죠, 나리?"

"값을 따질 수 없을 정도요. 모드의 어머니가 항상 차고 다니던 장신구였소."

“어머나.”

모드가 더 유심히 들여다보고 나서 당혹스런 시선을 들어올렸다.

“그래서 이렇게 낯익은 기분이 드는 걸까요?”

“글쎄……. 당신이 어머니를 잃었을 때는 겨우 열 달밖에 안 된 아기였다오.”

엘레나가 두 아기를 끌어안고 죽어갔을 때 아이들의 뇌리에 그 낙인이 찍혔던 것일까? 그래서 이 팔찌가 그 공포스런 기억을 무의식중에 불러일으키는 것인지도 몰랐다.

그가 서둘러 주제를 바꿨다.

“이 머리를 어떻게 좀 해야 할 텐데…….”

그가 미란다의 짧은 머리를 살짝 매만졌다.

“머리덮개나 머리띠 같은 게 있소?”

모드가 즉시 서랍장을 뒤적여 진주와 레이스가 달린 머리띠를 끄집어냈다.

“이게 드레스와 잘 어울릴 거예요.”

가레스는 순간적으로 미소지어 보인 다음 그 머리띠를 받아 미란다에게 걸쳐주었다. 모드는 한 번도 본 적이 없는 후견인의 미소에 놀라 자신도 모르게 미소를 되돌려주었다.

“이 정도로는 안 되겠는걸. 오늘 오실 손님들과 마지막으로 만난 게 언제였소, 사촌?”

“7개월이 넘었어요.”

“다행이군! 그럼 열병이 나서 어쩔 수 없이 머리를 잘라야 했다고 말하면 되겠소.”

“너무 건강해 보이는 이유를 이상하게 여길 텐데요.”

“빨리 회복됐나보다 생각하겠죠.”

미란다가 입을 열었다.

“하지만 목 아픈 증상이 아직 남아 있는 걸로 해야 돼요. 그래야 말을 많이 안 해도 될 테니까요."

"좋소, 이제 아래층으로 내려갑시다, 나의 병약한 사촌."

가레스가 한 팔을 내밀었다.

두 사람이 떠나가는 모습을 지켜보면서 모드는 이상한 감정에 사로잡혔다. 외로움…… 거의 부러움과도 같은 느낌.

아니야, 무슨 어이없는 생각이람.

닫혀진 문 앞에서 칩이 슬프게 낑낑거리고 있었다. 모드가 이름을 부르자 당황스레 그녀를 쳐다보면서 원숭이가 멈칫멈칫 다가왔다. 그 원숭이도 똑같이 생긴 두 사람의 모습이 혼란스러운 모양이었다.

모드가 두 팔을 벌려보이자, 원숭이는 흡사 사람 같은 한숨을 내쉬며 그 품으로 안겨들었다.

9

"나리의 약혼녀를 어떤 식으로 불러야 하나요? 그분을 어떻게 알아 보죠? 듀포트 경의 여동생도 있잖아요."

미란다는 말로서 걱정을 털어내보려 노력했다. 하지만 모든 상황이 너무나 빠르게 돌아가고 있었다.

"마일즈와 닮은 여자가 레이디 베링거요. 그리고 내 약혼녀는 다른 사람들처럼 레이디 메리라 부르면 되오. 한 가지 더."

가레스가 층계머리에 멈춰 서서 그녀를 불가사의하게 쳐다보았다.

"나에게도 이름이 있다오. 그걸 사용하는 것이 더 적당할 거요."

별 생각 없이 그가 그녀의 작은 콧날을 살짝 건드렸다. 왠지 그녀의 얼굴이 그 손짓을 초대하는 듯했다. 그리고 그 사소한 애무가 미란다 의 얼굴에서 근심스런 표정을 지워버리고 언제나 준비되어 있는 미소 를 유발해냈다.

응접실에는 겨우 6명이 있을 뿐인데도 그녀에게는 방 안이 사람으 로 가득 차 있는 것 같았다. 백작과 함께 문 앞에 서는 순간 미란다의 심장은 고통스러울 정도로 쿵쾅거렸다.

조지 목사의 존재는 쉽게 구별할 수 있었다. 검은색 옷을 입고 주의 깊은 표정에 다소 거만한 분위기로 사람들과 약간 떨어진 곳에 서 있었다. 그는 사실 성직자의 신분으로, 하나님의 대리인이며 하코트 가의 선한 양심을 대표하는 인물로서 자신을 자랑스럽게 여겼다. 하지만 이 모임에서 자신이 손님이라기보다 피고용인에 가깝다는 것 또한 알고 있었다. 레이디 이모겐이 그를 필요로 할 때에만 저녁 식탁에 초대한다는 사실도.

"모드의 건강이 오늘 저녁 식사에 참여할 정도로 좋아졌다오."

가레스가 침착하게 입을 열었다.

"아직 목이 아픈 상태이긴 하지만 청혼을 받았다는 기쁜 소식에 기력을 회복한 듯하오. 그렇지 않소, 사촌?"

팔찌가 불빛 속에 드러나도록 그녀의 손을 들어올리며 그가 미소지었다.

"로이시 공작과 나의 사촌 모두 이 약혼을 영광스럽게 여기고 있다오."

조지 목사가 아첨하는 듯 미소지었다.

"레이디 듀포트에게 그 기쁜 소식을 전해들었습니다. 축하드립니다, 레이디 모드."

"하코트 경, 그 동안 제가 얼마나 걱정했는지 아시나요."

레이디 한 명이 그늘진 곳에서 빠져나와 당당하게 방을 가로질렀다.

"당신의 누이와 듀포트 경께서 이젠 절 보는 것도 지겨워지셨을 거예요."

"그 말은 믿기 어렵구려, 마담."

가레스가 레이디의 손을 잡아 입술로 들어올렸다.

"내가 없는 동안에도 잘 지냈으리라 믿소."

미란다는 은근하게 레이디 메리를 살펴보았다. 뽀얀 살결에 키가 크고 위엄 있어 보였다. 다소 각진 얼굴에 가느다란 눈썹 밑으로 초록 눈동자가 자리잡았다. 말끔하게 뒤로 넘긴 머리는 레이스 달린 머리덮개 밑으로 연한 갈색을 살짝 내비쳤다. 대단히 지체 높고 교양 있는 가문의 출신인 듯했다. 머리 모양이나 약간 들려올라간 코가 그녀 자신도 그 사실을 알고 있다고 말하는 듯했다. 옷차림은 연보라색의 정숙한 모양새로 레이디 이모겐의 주홍색이나 레이디 베렁거의 청록색 드레스와 확연하게 대조를 이루었다.

"모드, 다시 만나게 되어서 기뻐요."

레이디 베렁거가 미란다에게 상냥한 미소를 지어보였다.

"건강이 많이 좋아진 것 같군요."

"고맙습니다, 마담."

미란다가 눈을 내리깔며 예를 갖추었다.

레이디 베렁거가 의자에 앉은 채로 미소를 보냈다.

"정말 이렇게 건강한 모습을 보게 되어 기쁘답니다. 그리고 경사스런 일이 생긴 것도 축하할게요."

"감사합니다, 레이디 베렁거."

미란다는 약간 쉰 듯한 목소리로 나지막하게 중얼거렸다.

"아직도 목이 완전히 낫질 않았구나."

레이디 이모겐이 의자에서 일어나 걱정스런 표정으로 미란다에게 다가와 그녀의 얼굴을 살펴보았다. 그리고는 살짝 눈살을 찌푸리며 머리띠를 바로잡아주었다.

"열병 때문에 머리를 자를 수밖에 없었다면서요."

가레스가 한마디하자 이모겐도 재빠르게 반응을 보였다.

"슬픈 일이지만 그 당시엔 그것이 현명한 일인 것 같았어."

그녀가 미란다에 대한 관심을 분산시키려 다른 곳으로 움직여갔다.

"앤, 당신의 아들은 어떻게 지내나요? 지금쯤 다시 본국으로 돌아왔 겠지요?"

이모겐의 심술궂은 질문에 레이디 베링거의 얼굴이 빨갛게 달아올랐다.

"그 방탕한 녀석."

더블릿이 터질 정도로 뚱뚱한 사내가 입을 열었다. 엉덩이를 간신히 담아두고 있는 빨간 트렁크호스 밑으로 뒤룩뒤룩한 허벅지에 분홍색 스타킹이 착 달라붙어 있었다.

"궁궐에서 추방당한 것이 벌써 두 번째라오. 그런 일이 또 한 번 생기면 폐하께서 다시는 받아주지 않으실 거요. 내 아들만 아니라면, 나쁜 피가 섞였다고 의심했겠소!"

그가 의미심장하게 아내를 노려보자 레이디 베링거의 얼굴이 창백해졌다.

"그 녀석은 당신을 빼다박았잖소, 베링거."

마일즈가 불쾌한 듯이 대꾸했다.

"술 좋아하는 성격까지 말이오."

미란다는 이 상황전개에 정신이 팔려 잠시 자신의 불안감을 잊어버렸다.

"모드, 이리 와서 나에게 그 팔찌 좀 보여줘요."

레이디 메리의 상냥한 목소리가 들렸다.

미란다가 대답하지 않자 이모겐의 날카로운 목소리가 뒤를 이었다.

"모드!"

"죄송합니다, 마담."

화들짝 자신의 실수를 알아차리며 미란다가 용서를 구했다.

"열병이 목뿐만 아니라 저의 귀에까지 영향을 미친 모양이에요."

"와인 한잔 들겠소? 그럼 목의 통증이 가라앉을지도 모르겠소."

"감사합니다, 나…… 가레스."

그녀가 그의 손에서 술잔을 받아드는 순간, 응접실에 갑작스런 침묵이 내려앉았다. 백작은 눈살을 찌푸린 채였고, 레이디 이모겐도 매섭게 그녀를 노려보았다.

"이 게살 파이 하나 맛보지 않겠소?"

마일즈가 작은 접시를 그녀에게 내미는 것으로 그 긴장된 침묵이 깨졌다. 가레스가 다른 곳으로 움직여 가는 동안 그녀는 파이를 하나 집어들었다.

마일즈가 용기를 북돋는 듯 미소지으며 속삭였다.

"걱정 마시오, 금세 잊혀질 거라오."

'대체 뭘 잘못한 거지?'

미란다는 완전히 어리둥절한 상태로, 레이디 메리에게 다가갔다. 그녀 또한 대단히 못마땅한 표정이었다.

"그새 당신의 후견인과 대단히 친해진 모양이군요, 모드."

"나의 사촌이 그 동안 워낙 사람들을 만나지 않았던 탓에, 지금 가족모임이 아니라는 걸 잊었나봐요."

이모겐이 싸늘하게 미란다를 노려보며 대신 대꾸했다. 미란다는 발밑의 땅이 들썩거리는 것처럼, 아까의 자신감을 다 상실해 버렸다.

"어떤 상황에서든 하코트 경께서 피후견인에게 자신의 이름을 부르도록 허락하셨다는 게 놀라워요."

"그분이 이름을 부르라고 하셔서……."

미란다의 말이 이내 중단되었다. 하코트 경으로 부르라는 뜻이었던 모양이다. 후견인의 이름을 마음대로 부를 수 없다는 걸 알았어야 했는데…….

"저녁 식사가 준비되었습니다, 레이디."

다행스럽게도 문 앞에 시종이 나타나 알리는 것으로, 그 상황은 그쯤에서 막을 내렸다.

"여러분, 들어가시지요. 목사님, 레이디 모드의 에스코트를 부탁드립니다."

이모겐이 목사에게 말을 건넨 다음 미란다에게 나지막이 속삭였다.

"지금부터는 최대한 입을 다물고 있거라."

그 말 때문이 아니라도, 미란다는 지금 너무나 창피스러워서 다시 입을 열 수 있을 것 같지 않았다.

가레스와 레이디 메리의 뒤를 따라서 다른 사람들도 짝을 이루어 식당으로 입장했다. 돔 형식의 천장 밑으로 가운데 자리잡은 거대한 식탁, 그 양옆으로 X자 모양의 등받이와 다리가 달린 긴 의자가 늘어졌다. 벽 쪽에는 커다란 마호가니 바가 붙어 있었으며 육중한 샹들리에에서 수많은 밀랍 양초들이 빛을 뿜어냈다.

식당 옆으로 이어진 회랑에서는 음악가들이 부드러운 선율을 연주하고 있었다.

가레스가 레이디 메리를 오른쪽에 앉히고 나서 테이블 상석에 자리잡았다. 레이디 이모겐이 그의 왼쪽에 앉았고 나머지 손님들도 각자의 좌석으로 찾아들었다. 가장 중요치 않은 존재로서 미란다와 목사가 거의 말단에 착석했다.

미란다는 식당의 크기와 웅장함에 경악을 금치 못했다. 식탁 앞에는 은접시와 은나이프, 은스푼, 그리고 포크가 놓여 있었다. 그녀가 전에 사용했던 도구들과는 전혀 차원이 달랐다. 그녀가 은근슬쩍 테이블 주위를 둘러보았다.

모두들 공동 단지 안의 음식을 자신들의 접시로 옮겨담고 있었다. 그 정도는 어려울 것도 없었다. 스튜 단지가 전달되자 그녀는 한 국자를 퍼담고 고기 몇 덩이도 건져올렸다. 수프를 담기에는 너무 납작한 듯한 접시 위로 국물이 튕겨나갔다.

"빵 드시겠어요, 레이디 모드?"

옆에 앉은 목사가 빵 그릇을 건네주었다.

"고맙습니다."

미란다는 수프가 넘치기 전에 재빨리 하얀 빵 조각으로 접시 가장자리를 닦아냈다. 그리고는 다시 주위를 둘러보았다. 비록 그녀처럼 행동하는 사람이 없긴 했어도 그녀에게 경고성 시선이나 놀란 눈길을 보내는 사람도 없었다.

옆자리의 목사님이 스푼으로 수프를 먹기 시작했다. 그녀도 똑같이 따라서 했다.

가레스는 주의 깊게 미란다를 지켜보았다. 이미 한 번 말실수가 있었는데 또 무슨 실수를 저지르게 될까?

"모드가 참으로 건강해 보여요, 하코트 경."

메리가 말을 붙이며 살짝 웃었다.

"하지만 그녀가 당신의 이름을 불렀을 때는 사실 충격받았답니다. 제가 궁궐에서 너무 오랜 시간을 보낸 탓에 구식이 되어버린 걸지도 모르지만요."

가레스는 와인잔을 집어들었다.

"그럴 리가 있겠소. 하지만 내가 모드의 나이 두 살 때부터 알고 있었다는 점을 잊은 모양이오."

"그렇다 해도 여러 사람들 앞에서 당신을 가레스라고 부르다니요!"

레이디 메리가 얼굴의 열기를 식히려 부채질했다.

"사적인 자리에서도 적당치 못한 언행인데 하물며……."

그녀가 쯧쯧 혀를 차며 고개를 흔들었다.

"제가 너무 솔직하게 말씀드렸는지는 모르지만, 그렇다 해도 용서해 주시겠지요?"

그녀가 미소지으며 살짝 그의 손을 건드렸다.

가레스의 얼굴에도 미소가 떠올랐지만, 그 미소는 입술에만 걸쳤을 뿐 눈동자까지 미치지 못했다.

"당신의 약혼녀인 저조차도 당신 이름을 함부로 부르지 않는 걸요."

"당신이 함부로 행동한다는 건 상상할 수도 없다오."

그녀가 다시 그의 손을 토닥였다.

"물론이에요. 전 당신의 아내로서 부끄러울 만한 짓은 결코 하지 않을 거랍니다. 그 점을 믿어주세요.”

그녀의 눈동자가 강렬하게 그를 바라보았다. 자신이 어떤 여자의 후임인지 잘 알면서도 그 끔찍한 사건을 입 밖으로 뱉어내지 않으려는 것이었다.

“그 점은 의심하지 않소, 마담.”

가레스가 다시 온화한 미소를 지어보인 다음 미란다에게 시선을 되돌렸다. 미란다의 긴장이 확연하게 드러나 보였다. 테이블 주위를 둘러보면서 눈치를 살피고 있었다. 안색이 평소보다 더 창백해졌고 입술도 굳어졌다. 그가 있는 쪽을 바라보지는 않았지만 그 푸른 눈동자가 정신집중으로 인해 더 짙어졌으리라 짐작했다.

메리가 슬쩍 그를 쳐다보는 사이, 그는 자신도 모르게 미소짓고 있었다. 메리는 그의 입술선이 부드러워지는 걸 알아차리며 가레스의 시선을 따라갔다. 그의 사촌에게로 향해진 시선이었다. 게다가 그 눈동자에 아주 특이한 빛이 담겨 있었다. 그녀가 한 번도 본 적이 없는 그런 번득임. 전에는 그가 모드에 대한 짜증을 자주 토로하곤 했었는데, 이젠 무언가가 달라졌다. 단순히 그 아이가 항복했다는 이유 때문일까?

메리의 시선이 모드에게 고정되었다. 그녀에게도 달라진 점이 있었다. 꼭 집어낼 수는 없다 해도 분명히 달라졌다. 어쩌면 좀더 생기가 살아났기 때문인지도 모른다. 늘 약냄새를 풍기며 겹겹이 숄을 둘러쓰고서 송장처럼 창백했었는데, 지금은 그 눈에 불꽃 같은 것이 엿보였다. 비록 예전같이 창백한 얼굴이긴 해도, 그것 또한 병약한 여자의 납덩이 같은 창백함과는 달랐다.

“친애하는 레이디 모드, 요즘도 순교자들의 인생에 대해서 공부하고 있소?”

조지 목사가 놀리듯이 물어왔다.

“그런 쪽의 관심이 이젠 사라졌답니다, 목사님.”

미란다는 테이블 끝 쪽에서 잘려지고 있는 토실토실한 고깃덩이를 응시했다. 부디 저것을 먹는 것이 이상하게 보이지 않기를 기도하면서.

목사가 짐짓 놀란 척 탄성을 터트렸다.

"저런! 가톨릭에 대한 환상이 약해졌다는 뜻이오?"

미란다는 대답할 겨를이 없었다. 소고기 접시가 테이블 상석의 하코트 경에게 옮겨지는 것을 조심스레 지켜보는 중이었다. 백작이 포크를 이용하여 그 고기를 접시에 담았다.

"어서 말해보시오, 레이디 모드."

목사가 아까와 똑같이 놀리는 어조로 물고 늘어졌다.

"올바른 길로 되돌아온 것을 부끄러워할 필요가 없잖소."

미란다는 '정말 지겨운 사람이야'라고 생각하며, 조심스럽게 자신의 접시로 고기를 옮겨담고는 하인이 내밀고 있는 버섯절임을 살펴보았다. 덜어내는 데 사용하는 스푼이 보이지 않았다. 자신의 스푼을 사용해도 되는 걸까? 포크로 덜어내기에는 너무 작게 잘려져 있었다. 아니면 빵으로 저걸 덜어내야 하는 걸까?

그 향기에 군침이 돌긴 했지만, 부주의하게 실수를 저지르고 싶진 않았다. 그래서 한탄스레 그 그릇을 밀어냈다. 그 후 조지 목사가 주저없이 자신의 스푼을 이용하여 덜어내는 것을 지켜보아야 했다.

미란다는 와인을 들이키며 계속해서 목사가 떠들어대는 말들을 듣는 둥 마는 둥 흘려들었다.

하지만 수녀원 생활의 비참함에 대한 설교가 시작되었을 때는 더 이상 참기가 힘들어졌다.

"저의 잘못은 이미 충분하게 깨달았어요, 목사님."

그녀의 목소리가 꽤나 크고 거칠다 싶게 흘러나와버렸다. 사람들의 시선이 그녀에게 모아지고 목사는 놀랍고도 불쾌해하는 표정이었다.

"친애하는 사촌, 당신의 어떤 잘못을 말하는 거요?"

가레스가 한쪽 눈썹을 들어올리며 물었다.

"나로선, 집 안에만 틀어박혀 사는 젊은 여자에게 회개할 일이 많다고는 믿기지 않는다오."

그 말에 몇몇이 웃음을 터트렸고 미란다의 뺨도 발그레해졌다. 그가 그녀를 놀리고 있었다. 그리고 그것은 그녀의 성마른 대꾸에 쏠린 관심을 분산시키기 위한 장치이기도 했다.

그녀가 목기침을 하며 눈을 내리깔고 마지못한 듯 중얼거렸다.

"한때는 종교적인 생활에 파묻히고 싶기도 했어요. 하지만 목사님께 말씀드렸다시피, 이제는 그런 마음이 사라졌어요."

그녀가 나이프로 소고기를 찍어 입으로 가져가려다가 때맞춰 포크가 있음을 기억해냈다.

그녀의 뺨이 더 빨갛게 달아올랐다. 얼른 나이프를 내려놓고 와인을 홀짝이면서 슬그머니 나이프의 자리에 포크를 대치시켰다.

"종교적인 생활이라니!"

베링거 경의 돼지 멱따는 목소리가 터져나왔다.

"장래의 남편감이 생겼는데 어느 여자가 그런 생활을 바라겠소? 게다가 그 남편이 어떤 사람이오? 당신 손목의 그 멋진 팔찌를 보구려, 레이디 모드."

"로이시 공작이 진심을 담아 보낸 선물이에요."

이모겐이 한마디 거들었다.

테이블에 놓인 미란다의 손목으로 사람들의 시선이 집중되었다. 다들 팔찌의 가치를 가늠해보면서 대화를 이어나갔다. 조지 목사만이 여전히 불쾌한 표정으로 식사 내내 거의 입을 열지 않았다. 식탁의 대화가 진행되는 동안 미란다는 말없이 앉아 자신의 접시만 내려다보았다. 익숙지 않은 요리들은 거절하는 것이 안전할 것 같았으므로, 그 길고 긴 식사 시간이 끝났을 때까지도 그녀의 왕성한 식욕은 거의 채워지지 않은 채로 남아 있었다.

“이제 응접실로 자리를 옮겨볼까요?”

이모겐이 자리에서 일어났다.

“음악가들이 그곳에서 연주를 계속할 거예요. 가레스, 우리와 같이 가겠니, 아니면 신사분들과 여기 남아 있을 거니?”

가레스가 미란다의 애원하는 시선을 알아차리며 대답했다.

“우리 남자들도 합류하는 게 낫겠군요. 오랜만에 만난 약혼녀와 서둘러서 헤어질 수는 없지요.”

가레스가 브랜디 병을 집어들고 일어섰다.

“갑시다, 여러분.”

베링거 경이 백포도주 두 병을 움켜쥐고서 가레스의 뒤로 따라나섰다. 그 허벅지의 살덩이를 마치 분홍색 젤리처럼 출렁거리면서.

조지 목사는 그 자리를 사양하고 미란다에게 쌀쌀맞게 고개를 숙여 보였다. 하지만 이 남자와의 관계와 다소 냉담해진다고 해도 모드가 싫어할 것 같진 않았으므로 미란다는 신경 쓰지 않았다.

와인을 마신 탓인지, 아니면 긴장한 때문인지 머리가 지끈지끈거렸다. 그래서 쇠살대 옆에 모여앉은 여자들이나 바 옆에 늘어선 남자들과 약간 떨어져 창가에 자리를 잡았다. 음악가들의 현악기가 구슬픈 음색을 흘려보내고 있었다.

“피곤하오, 사촌?”

가레스의 목소리에 미란다가 퍼뜩 비참한 생각에서 빠져나왔다.

“조금요.”

그가 그녀의 이마에 손을 대며 진지하게 중얼거렸다.

“약간 열이 있는 것 같군. 이모겐, 모드를 이만 방으로 돌려보내는 게 낫겠어요. 로이시 공작이 도착하기 전에 기력이 쇠하면 곤란하지요.”

“오, 당연히 조심을 해야지.”

이모겐이 진심으로 걱정스러워한다고 여겨질 만한 표정으로 대답했다.

"모드, 하녀에게 약탕을 준비하라고 할게. 그게 잠을 청하는 데 도움이 될 거다. 아니면 우유술 한 잔이 더 나을지도 모르겠구나."

"신경 써주셔서 감사합니다, 마담."

이 자리에서 도망칠 수 있다는 기대감에 미란다가 벌떡 일어났다.

"전 이만 물러가겠습니다, 하코트 경."

우선 가레스에게 인사를 하고 나머지 사람들에게 예를 갖춘 다음 미란다는 서둘러 침실로 되돌아갔다.

그녀의 주황색 드레스를 움켜잡고 불안하게 종종거리던 칩이, 미란다의 품으로 뛰어들어 목을 끌어안았다.

미란다도 그 녀석을 꼭 부둥켜안았다.

"칩, 얼마나 지독한 밤이었는지 몰라. 아무래도 이 일을 견딜 수 없을 것 같아. 이렇게 어렵고 끔찍할 줄은 몰랐어."

칩에게 잠시 위로를 청한 후에 그녀는 창가로 걸어갔다. 아래쪽 정원이 어둠에 싸여 있었다. 강둑으로 이어지는 자갈길에만 드문드문 횃불이 밝혀졌다. 그녀는 한껏 몸을 내밀고서, 밤바람에 실려오는 뱃사공들의 외침소리와 노 젓는 소리에 귀를 기울였다. 강을 가로지르는 배들의 램프 불빛들도 눈에 들어왔다.

"어땠어?"

미란다가 창가에서 몸을 돌렸다.

"아직 안 잤어요?"

"난 잠이 별로 없어."

모드가 문을 닫으며 방으로 들어섰다.

"이 방, 마음에 들어? 내 생각엔 너무 음침한 것 같아."

"맞아요."

칩이 그녀의 머리 위로 올라앉아 영리한 시선으로 모드를 바라보았다.

"저녁 시간 어땠어?"

숄들을 두르고 있음에도 몸을 떨어대며 모드가 나무 의자에 내려앉았다.

"밤바람을 맞으면 몸에 안 좋아."

"비바람이 칠 때도 밖에서 잤는 걸요."

그렇게 대꾸하면서도 미란다는 추워하는 모드를 위해 3분의 2쯤 창문을 닫았다.

"아까 한 질문에 대답하자면요, 식사 시간은 아주 끔찍했어요."

"내가 그럴 거라고 했잖아."

모드의 대꾸가 지나치리만큼 쾌활하게 들렸다.

"그랬었던가요."

미란다의 목소리가 시큰둥해졌다.

"조지 목사님에 대해서 한 말은 틀림없더군요. 그리고 레이디 메리는…… 아주 위엄 있고 고상해 보였어요."

그녀가 넓은 창턱에 걸터앉아, 열린 틈새로 들어오는 산들바람과 강 냄새, 이 답답한 방 바깥 세상 소리들을 음미했다.

"나리가 왜 그 여자와 결혼하려는 거죠?"

"아직 후계자가 없어서 결혼을 하긴 해야 돼. 첫번째 부인이 자식을 낳아주지 못했거든."

"첫번째 부인은 어떻게 됐어요?"

"사고로 죽었어. 그 일에 대해서는 아무도 얘기하려 들지 않아. 난 듀포트 부부와 같이 살고 있었기 때문에 그녀에 대해선 잘 몰라. 그녀가 죽은 후에 우리 모두 이리로 이사왔어."

"그렇군요."

미란다가 눈살을 찌푸렸다.

"하지만 나리가 왜 레이디 메리를 선택한 거죠? 물론 아름답고 우아한 분이긴 하지만, 왠지…… 느낌이 안 좋아요. 하코트 경과 결혼하고 싫어하는 여자가 한둘이 아니었을 텐데. 매력적이고 재미있고…… 게다가 친절하신 분이잖아요."

그녀의 얼굴이 발그레하게 달아올랐다.

"정말 그렇게 생각해?"

모드는 의심스럽다는 표정이었다.

"오히려 차갑고 냉담한 사람 같지 않아?"

"아뇨, 전혀요."

"그 사람 눈이 냉소적이고 위협적이라는 생각은 안 들어?"

미란다는 그 말도 부인하려다가 천천히 대답했다.

"가끔은 그래요. 하지만 다른 때는 웃고 있는 것 같던데요. 자주 즐거워하시는 것 같았어요."

"이상하네. 난 하코트 경한테 유머감각이 있다고 생각해본 적이 없거든. 그래서 레이디 메리와 천생 배필이라고 생각했던 거고."

그녀가 하품하며 일어났다.

"베르트가 찾으러오기 전에 이만 가봐야겠어."

숄들을 찰랑거리며 문으로 향하다가 갑자기 그녀는 평생에 처음으로 호의를 베풀고 싶은 마음이 생겼다.

"레이디 이모겐이 너한테 하녀를 붙여주진 않았을 테지? 뭐 필요한 거 있어? 뜨거운 우유나 그런 거 말이야. 내가 베르트한테 갖다주라고 할게."

"아뇨, 괜찮아요."

그 제안이 미란다를 감동시켰다.

"혼자 옷 벗을 수 있겠어?"

미란다가 씨익 웃어보였다.

"할 수 있을 거예요."

"빗속에서 잠을 자고, 불도 지필 줄 아는 걸 보면 넌 무엇이든 혼자 할 수 있을 것 같긴 해. 그럼 잘 자."

모드가 약간 문을 열어놓은 채 힘없이 걸어나갔다.

미란다는 그 문을 닫으면서 문득 문틀에 기대선 채 생각에 잠겼다. 모드의 모습이 참으로 삭막하고 공허해 보였다. 그 무의미한 공허감이 자신에게까지 스며드는 것 같았다. 그녀가 알던 바깥 세상……. 빵 굽는 냄새와 하수구의 악취가 뒤섞인 곳, 고통스런 울부짖음과 함께 환희의 아우성이 터져나는 곳, 증오와 사랑 그리고 친구와 원수가 공존하는 그곳이 멀리멀리 흐려지면서 그녀 혼자 외딴 해안가에 남겨진 듯했다.

그녀는 보디스를 풀어 그 익숙지 않은 드레스를 벗어냈다. 답답한 파딩게일에서도 빠져나왔다. 그 옷들을 바닥에 놔두는 것이 성미에 맞진 않았어도 그냥 반항적으로 내버려두었다. 슈미즈와 스타킹만 걸친 채로 창가로 걸어가 창문을 활짝 열어젖혔다. 그리고는 그 자유의 냄새, 신선한 공기를 흠뻑 들이켰다.

이런 곳에서 어떻게 살 수 있을까? 돈을 받을 수 있으려면 얼마나 오래 걸릴까? 그때까지 과연 참을 수 있을까? 숨조차 쉴 수가 없는데…….

얼마나 오랫동안 창턱에 우두커니 앉아 있었는지 알 수 없었다. 갑자기 창 밑에서 자갈 밟는 발소리가 들렸다. 하코트 경이 어둠 속에서 빠져나와 횃불의 불빛 속으로 들어섰다. 전에 보았던 그 일그러진 표정이었다. 모드에게는 익숙한 얼굴인지 몰라도 미란다에게는 극히 보기 드문 표정.

그녀가 방 안으로 되돌아와서 무작정 자신의 주황색 드레스를 걸쳐 입고 창가로 되돌아갔다. 언뜻 모드의 수많은 숄들 중 하나가 바닥에 떨어져 있는 걸 보았다. 그것을 집어들고 어깨와 머리 위로 감쌌다.

백작은 이제 정원 끝부분의 수문 쪽에 도달해 있었다. 미란다는 창턱에 다리를 걸치고 두꺼운 담쟁이덩굴을 맨발로 더듬어갔다. 그 줄기에 발가락을 오므리며 몸을 날렸다. 손에 손을 이어 덩굴을 타고 열심히 밑으로 기어내렸다.

칩이 행복하게 쫑알거리며 그녀보다 훨씬 먼저 땅으로 내려섰다. 그녀가 녀석의 옆으로 껑충 뛰어내렸다. 하코트 경의 모습이 보이지 않았다. 미란다는 수문 쪽으로 잔디를 가로질러 달려갔다. 문지기와 인사하는 백작의 목소리가 들려왔다.

"안녕하십니까, 나리."

"새벽까지 돌아오지 못할 걸세."

하코트 경이 수문에서 멀어지고 있었다.

"사이먼, 블랙프라이어스로 가세."

"네, 나리."

미란다가 날렵하게 수문을 통과해갔다. 문지기는 한 손에 담배 파이프를 들고 강둑에 서 있었다. 하코트 경이 몇 개의 돌계단을 내려서 거룻배로 오르자, 문지기가 배에 묶인 밧줄을 풀어내고 네 명의 사공들이 노를 집어들었다.

칩이 먼저 그 배의 중간부분으로 뛰어들었고 곧이어 미란다도 기름램프 밑으로 고개를 숙이며 배의 뒤켠으로 뛰어올랐다.

10

"무슨……?"

뒤쪽에서 들리는 쿵 소리에 놀란 가레스가 획 돌아섰다. 칩이 뱃전에 깡충 뛰어올라 멀어져가는 강둑을 향해 깃털 달린 모자를 흔들어댔다. 미란다는 기름램프 밑에 서 있었다. 노랑과 검은색의 하코트 가문 깃발이 살랑살랑 바람에 나부꼈다. 그녀가 숄을 벗어내며 찬바람을 가슴 깊이 들이켰다.

"미란다, 여기서 뭐 하는 거요?"

가레스가 날렵한 주황색의 형체를 멍하니 바라보았다. 그녀는 아까의 우아한 아가씨가 아니라 다시 거리의 부랑아로 돌아가 있었다.

"창가에서 나리를 봤어요. 방이 너무 음침하고 답답했어요. 감옥 같았다구요!"

그녀가 램프의 불빛을 받으며 그의 옆으로 다가섰다.

"그래서 신선한 공기를 마시고 싶었어요. 너무…… 너무 숨막히는 저녁이었거든요."

가레스의 별다른 지시가 없었으므로 뱃사공들은 착실하게 노를 저어갔다. 배가 강의 물살을 헤치며 미끄러졌다.

그녀가 진지한 시선으로 그를 올려다보았다.

"아까 바보 같은 실수를 해서 죄송해요. 당신을 가레스로 불러버리다니."

"그게 내 이름이라오."

그가 입을 열었다.

"하지만 다른 사람들 앞에서 모드가 그 이름을 부르는 건 적당치 못하오."

"다른 사람들이 없을 때는요?"

가레스가 피식 미소지으며 그 질문을 생각해 보았다.

"그것도 안 되오. 어떤 상황에서든 피후견인이 내 이름을 부르는 건 적당치 않소. 내 날개 밑에서 벗어나기 전까지는."

"당신의 피후견인이 아닌 사람은요?"

고개 숙인 채 뱃전의 나방 한 마리를 손으로 날려보내며 그녀가 조그맣게 웅얼거렸다. 그녀의 머리채 옆으로 은색의 초승달 자국이 드러났다.

그녀 자신에 대해서 물어보는 것이리라. 그건 흥미로운 질문이기도 했다. 아직 인정받지 못한 드 알바르 가의 후손도 그의 피후견이라고 해야 할까? 인정받는 경우에는 물론 그렇게 되겠지만.

"그건 상황에 따라서 달라질 거요."

그가 신중하게 대답했다.

"하지만 그런 식으로 부르는 데 익숙해지다가는 무의식중에 실수가 생길 수도 있소."

잠시 후에 그녀가 입을 떼어냈다.

"전 이 속임수가 잘 될 것 같지 않아요."

"그게 무슨 말이오?"

가레스가 놀란 눈으로 그녀를 내려다보았다. 그녀는 강물만 응시하며 시선을 피했다.

"해낼 자신이 없어요. 오늘밤만 해도 여러 번 실수했잖아요. 큰 모임도 아니고 집에서 친구들과 가족들만 모인 자리였는데도요."

"바보 같은 소리 마시오. 당신은 해낼 수 있소. 오늘밤도 그 정도면 잘한 거요. 아무런 준비도 못한 상태였잖소."

적어도 그 점만은 인정해 줄 마음이 있는 모양이었다. 그가 이 과제의 어려움을 조금이나마 수긍한 것은 이번이 처음이었다.

"그래도 전 당신이 다른 사람을 찾아보는 게 더 나을 것 같아요."

하지만 이상하게도, 오늘밤 같은 일이 또 생긴다는 것이 끔찍하면서도 그가 그렇게 하겠다고 대답할까봐 걱정스럽기도 했다. 자신이 어떤 대답을 바라는지 모르는 채로 그녀는 그의 대답을 기다렸다.

가레스는 배의 움직임에 따라 두 발로 균형을 잡아가면서 상쾌한 바람과 찰싹이는 물소리, 지나가는 배들의 불빛을 온몸으로 받아들였다. 청명한 밤이었다. 런던의 하늘 위로 총총한 별들과 커다란 보름달이 박혀 있었다. 그의 모든 감각들이 날카롭고 또렷해지는 듯했다.

그녀의 몸이 너무 가까이에 있었다, 그녀의 숨결마저 느낄 수 있을 만큼 가깝게. 느슨하게 난간을 쥔 손에서 팔찌의 금빛과 진주빛 그리고 에메랄드 초록빛이 반짝거렸다. 그녀의 두 손은 푸른 힘줄이 드러날 정도로 가냘펐다. 하지만 그 안에 힘이 들어 있음을, 그 연약한 체구에 강인함이 잠재되어 있음을 그는 알고 있었다.

"나리?"

그의 침묵이 한없이 길어지자 그녀가 조심스럽게 불러보았다.

"당신만큼 이 일을 해낼 수 있는 사람은 없다오."

마침내 그가 엄숙하게 입을 열었다.

"당신이 하지 않겠다면 나로서는 이 일을 포기하는 수밖에 없소. 나에게 대단히 중요한 일이긴 하지만 그 선택은 당신에게 맡기겠소."

미란다는 그를 올려다보았다. 그의 눈이 그녀의 시선을 피해 강물 쪽으로 향해져 있었지만 턱이 굳어졌음을 알았다.

"이 결혼이 왜 그렇게 중요한가요?"

그가 그녀에게 돌아섰다. 또다시 그 눈에 조롱과 냉소가, 그 입술에 미약한 경멸이 서려 있었다.

"간단하오, 나의 야망 때문이라오. 이기적이라고 해도 어쩔 수 없소. 하지만 나의 가문이 위그노 학살이 있기 전에 누렸던 권력의 핵심으로 되돌아가는 건 나에게 지극히 중요하오. 로이시와 프랑스 궁과의 연계가 그 목적을 이뤄줄 것이오."

"당신에게도 권력이 생기나요?"

"그렇소."

그가 물끄러미 물살을 응시하며 나지막이 덧붙였다.

"대단한 힘이."

단지 그 이유만은 아니었다. 그 야망을 이뤄 권력에 단단히 발붙이는 것이 샬럿의 기억을…… 그 지독한 수치심과 누구에게도 발설할 수 없는 죄책감을 잊을 수 있는 유일한 길이기도 했다.

미란다는 눈살을 찌푸린 채 잘근잘근 손톱을 물어뜯었다.

"하지만 레이디 모드가 그 결혼을 원하지 않는다면, 당신의 야망에 그녀를 희생시키는 거잖아요?"

"난 모드의 마음이 바뀔 거라 믿소. 하지만 그때까지 그녀의 구혼자에게 기꺼워하는 신부의 모습을 보여주어야 하오."

미란다의 목으로 꿀꺽 침이 넘어갔다. 어쩌면 이 일을 할 수 있을지도 모른다. 과연 견딜 수 있을까? 비록 50로즈노블을 받는 일이라고는 해도……. 하지만 그 돈이면 로비를 도와줄 수 있으리라, 혹독한 겨울이 지나는 동안 살아남기 위해 투쟁하지 않도록 곡예단 사람들에게 묵을 장소를 제공해 줄 수도 있으리라. 또한 잘만 관리한다면 그녀도 앞으로 몇 년 간은 안정되게 살 수 있을 것이다. 식구들을 위해 그 정도는 참아야 하지 않을까? 아기였던 그녀를 거둬주고 그녀에게 모든 것을 함께 나눠주었으며 그녀를 보살피고 그녀가 알아왔던 유일한 가족이기도 했던 사람들을 위해서…….

그녀의 시선이 생각에 잠긴 듯 가레스를 바라보았다.

"날 위해서 이 일을 해주었으면 좋겠소, 미란다."

그녀의 불안감이 사그라들면서 표정이 맑아졌다. 그녀가 서서히 고개를 끄덕였다.

"알겠어요, 나리. 최선을 다해볼게요."

그녀에겐 그의 부탁을 거절할 이유가 없었다. 오히려 그의 부탁을 들어줄 이유가 더 많았다. 그녀에게 이 일을 제안하기 전부터 친절하게 대해 준 사람이 아니던가. 게다가 그녀는 이 귀족 나리가 좋았다. 같이 있는 것도, 그의 시선이 닿는 것도, 그의 미소를 보는 것도, 그의 자연스런 손길을 느끼는 것도, 친근하게 말해주는 태도까지 다 좋았다.

그가 미소지어 보이자, 가면 같던 표정이 사라지고 다시 한 번 쾌활한 눈동자와 하얀 이가 드러났다.

"그렇게만 해준다면 내가 당신에게 큰 빚을 지는 셈이라오."

그녀의 턱을 잡아 올리며 그가 살짝 입을 맞췄다.

감사의 표시로, 협상을 종결짓는 의미로서의 키스일 뿐이었다. 그런데 그녀의 입술이 살포시 벌어지는 순간, 가레스의 뱃속이 강한 타격을 맞은 듯 꿈틀거렸다. 그녀의 머리와 살내음이 콧속을 가득 채웠다. 두 손에 닿는 살결이 절묘하리만치 부드러웠다. 물살에 따라 그녀의 몸이 흔들거리자 그 날렵하고 탄탄한 육체가 스치듯이 그에게 닿았다. 그 찰나의 접촉에 그의 귓속으로 피가 용솟음치며 사타구니에 반응이 생겨났다.

그가 다급하게 물러나 강물 쪽으로 돌아섰다. 난간을 움켜잡으면서 혼란스럽게 들이닥치는 영상들을 쫓아버리기 위해 여러 번 고개를 흔들어댔다.

미란다는 자신의 입술을 만져보았다. 그의 입술이 살짝 닿았다가 떨어졌을 뿐인데도 그녀의 심장은 미친 듯이 두근거리고 등 쪽과 가슴 사이로 땀이 배어났다. 열병에 걸린 사람처럼 갑작스레 몸이 뜨거워졌다.

거룻배가 블랙프라이어스의 계단에 가볍게 부딪혔다. 러드게이트 힐 쪽으로 좁은 골목이 이어지고 오른쪽으로는 세인트폴 교회의 돔 모양 지붕이 다닥다닥 붙어 있는 다른 지붕들 사이로 우뚝 솟아올랐다.

"이 배를 타고 돌아가시오."

가레스의 목소리가 다소 거칠게 터져나왔다.

"사이먼, 난 알아서 돌아갈 테니 다시 올 필요 없네."

"네, 나리."

뱃사공이 계단 위쪽의 말뚝을 움켜잡아 거룻배를 바짝 끌어당겼다.

"새 교회가 거의 완성됐는데 다들 볼만하다고 하더군요, 나리."

가레스가 계단 위로 발을 옮겼다.

"그런가? 나도 한 번 둘러봐야겠군."

그가 흘깃 배 쪽을 돌아보았다. 미란다가 넋이 나간 듯 여전히 입술을 매만지며 서 있었다.

"내일 봅시다, 미란다."

가레스는 선술집과 유흥가로 이어진 카펜터스 거리 쪽으로 성큼성큼 걸어갔다. 런던의 골목길을 걸을 때면 항상 그렇듯이 그는 검자루를 움켜잡았다.

미란다는 이대로 돌아갈 수가 없었다, 아무 일도 없었던 것처럼 그냥 이대로는……. 방금 무슨 일이 벌어진 건지 알아야 했다. 거룻배가 출발하려는 찰나 그녀가 껑충 계단으로 뛰어올랐다. 칩이 깃털모자를 눌러쓰며 그녀의 뒤로 따라 뛰었다.

새벽 시간인데도 돌아다니는 사람들이 여럿 있었다. 모피테두리의 망토를 두른 상인 하나가 성큼성큼 걸어가는 동안 그 앞으로 두 명의 제복 입은 하인들이, 뒤쪽으로도 다른 하인들이 종종걸음쳤다. 네 명의 건장한 짐꾼들이 가마를 짊어지고 예배당 쪽으로 움직여갔다. 커튼 안쪽에서 하얀 손과 보석 박힌 모자가 언뜻 내비쳤다.

"불을 밝혀드릴까요, 나리?"

작은 소년이 아직 켜지 않은 랜턴을 들고 달려왔다. 창백하고 눈이 움푹 패인 얼굴이었다.

"그래라."

가레스가 주머니에서 동전 하나를 꺼내 건네주었다.

소년은 그 돈을 갈무리한 다음, 소중한 랜턴의 심지에 불을 밝히고 자랑스러운 듯 어깨를 으쓱이며 앞장섰다.

"나리…… 나리."

가레스가 뒤돌아섰다. 미란다와 칩이 뛰어오고 있었다.

"저도 같이 가면 안 될까요? 런던 구경을 한 번도 못해봤어요."

미란다가 눈 위의 머리카락을 쓸어넘기며 태연한 척 그를 쳐다보았다. 하지만 그녀의 당황스런 심정이 쉽사리 드러났다.

"오늘밤은 나 혼자 다니고 싶소."

그 키스를 무의미한 것으로 만들면 그들 둘 다 잊을 수 있으리라. 어차피 아무런 의미도 없는 것이었다. 무슨 의미가 있을 수 있겠는가?

"당신은 집으로 돌아가시오."

너무 냉정한 거절이 되지 않도록 미소를 지어보인 다음 그가 다시 발길을 옮겼다. 미란다는 잠시 머뭇거렸다. 지금 얌전하게 집으로 돌아간다면 언제 또 배에서의 그 일을 확인해볼 수 있겠는가. 백작이 영원히 그런 기회를 주지 않을 것이다.

그녀가 다시 그의 옆으로 따라붙었다. 그가 눈길 한번 보내지 않았음에도 불구하고 그녀는 그의 커다란 걸음걸이에 열심히 보조를 맞추었다.

몇 분 후, 그녀가 그 침묵을 깨뜨렸다.

"또 창녀집에 가시려는 거예요, 나리?"

가레스가 한숨을 내쉬었다. 드 알바르 가의 이 쌍둥이가 다른 쌍둥이만큼이나 고집스럽고 완강하다는 것을 깨달았다.

"지금은 아니오, 아마도. 이렇게 꼭 따라와야겠소?"

"저 혼자 다니면 길을 잃을지도 몰라요."

"나는 당신의 천성적인 수완을 익히 알고 있다오."

미란다의 무겁던 마음에서 스르르 긴장이 풀려나갔다. 그의 태평스런 태도가 되돌아오자 그녀의 혼란스러움도 잦아들었다. 하코트 경이 그 일에 신경 쓰지 않는데 그녀 혼자 신경 쓸 이유가 무엇이란 말인가.

레이디 메리에게도 그런 식으로 키스했을지 모른다. 하지만 왠지 그 생각은 위로가 아니라 혐오스런 느낌만을 전달했다. 그 오만하고 완벽하게 침착한 여자가 아까 자신이 경험했던 생생하고 뜨거운 감각에 빠지리라고는 상상할 수 없었다.

그들은 비좁고 어두운 골목을 계속 걸어갔다. 집의 지붕들이 거의 달라붙어 있어, 한쪽 집에서 창턱에 걸터앉으면 다른 쪽 집으로 넘어갈 수 있을 정도였다. 하지만 와이트프라이어스에 이르자 길이 좀더 넓어지면서 건물마다 음악과 웃음소리, 불빛들이 새어나왔다.

'황금나귀'라는 표지판을 확인한 후에 가레스가 램프를 든 소년에게 동전 하나를 더 건네주고 떠나보냈다. 소년은 기름과 심지를 아끼기 위해 조심스럽게 램프를 끄고 나서 선창 쪽으로 되돌아갔다.

가레스는 자갈 깔린 마당으로 들어섰다. 아래층의 활짝 열린 문들 사이로 쉬임 없이 사람들이 드나들었고, 2층 발코니에서는 남자와 여자들이 난간에 기대서서 아래쪽으로 소리를 질러댔으며 그 뒤의 방에서도 떠들썩한 소리들이 터져나왔다.

말과 수레와 마차들이 늘어선데다 맥주와 담배냄새, 썩은 찌꺼기와 오물 냄새가 뒤섞여났다.

그들은 술 취한 사내들을 지나 마당을 가로질렀다. 젖가슴을 드러낸 여자들, 바지와 더블릿을 풀어헤치고 으슥한 곳에서 만족스럽게 걸어 나오는 남자들이 즐비했어도 미란다는 별로 놀라지 않았다. 그런 모습을 보는 것이 처음은 아니었으니까.

가레스는 길을 잘 아는 듯이 바깥계단을 통해 2층으로 올라갔다. 그 옆에서 미란다는 수많은 방들을 호기심 있게 들여다보았다. 대개 술 마시는 방들인 것 같았지만 다른 목적으로 쓰이는 방도 있었다. 그런 곳에서는 반쯤 벌거벗은 여자들이 손님을 기다리는 듯 낮은 창문에 기대서 있었다.

가레스가 술 마시는 구역으로 들어가 심부름꾼을 불러들였다.

"맘지 포도주 한 병."

미란다가 흠흠 냄새를 들이켰다. 테이블 한쪽의 스튜단지에서 그럴싸한 냄새가 풍겨나왔다.

"사슴고기로군요. 아, 배고파라."

"저녁 식사했잖소."

"먹은 것 같지도 않은 걸요. 맛이 없어서가 아니라……."

가레스가 고개를 끄덕였다.

"우리들 방식에 곧 익숙해질 거요."

그가 심부름하는 소년에게 손짓했다.

"스튜 한 그릇하고 빵도 가져오거라."

별다른 도구가 없었으므로, 미란다는 손가락으로 고깃덩이를 집어먹고 빵으로 그 국물을 빨아들였다. 그래도 가능한 한 국물이 흐르지 않고 우아하게 보이도록 조심스럽게 행동했다. 하지만 도버항을 떠나온 후로 가장 맛있는 음식을 먹어보는 듯했다. 익숙한 주위의 분위기가 톡톡히 효력을 발휘했기 때문이었다.

기분 좋을 만큼 배도 부르고 포도주의 기운이 번져가자, 그녀는 자신도 모르게 몇 시간 동안 궁금해했던 질문을 내뱉었다.

"레이디 메리에게 특별한 감정을 느끼시나요, 나리?"

가레스의 표정이 변하는 것을 보며 즉시 그 질문을 후회했다. 하지만 조용하게 그의 대답을 기다려 보았다.

잠시 후에 그의 입이 열렸다.

"레이디 메리는 내 아내가 될 사람이오. 훌륭한 아내 역할을 해줄 것이고, 하나님께서 허락하신다면 나에게 후계자도 낳아줄 거요."

"첫번째 부인은……"

"그녀에 대해서 어떻게 알지?"

그의 목소리가 차갑게 돌변했다.

"모드한테 들었어요. 사고로 돌아가셨다고……. 캐물으려던 건 아니었어요, 나리."

그의 얼굴 표정이 또다시 그녀의 마음에 전혀 들지 않았다.

사고.

세상 사람들이 알고 있기로는 단순한 사고였다. 샬럿이 떨어지기 직전 그 뒤에 나타났던 그림자는 그저 그의 상상일 뿐이었는지도 모른다. 삼층이나 아래 서 있지 않았던가. 그러니 충분히 착각일 수도 있다. 하지만 샬럿은 그곳에 애인과 함께 있었다. 질투심에 사로잡힌 불쌍한 젊은이, 샬럿이 은근하게 희롱하다가 갑자기 정열적인 관계를 맺고 그 후에는 또 다른 사내를 찾아 무심하게 차버렸던 젊은이. 장 드 비어가 그 운명적인 오후에 그녀와 함께 있었다. 그 자가 애인의 남편이 있다는 것에 아랑곳하지 않고 창백한 얼굴로 눈을 번들거리면서 가레스의 곁을 지나쳐갔었다. 그렇게 계단을 달려올라간 후에 문이 쾅 닫혔다. 가레스는 그런 일이 수없이 반복되었음에도 자신의 아내가 다른 사내와 짐승처럼 달라붙어 있는 동안 그 집에 남아 있을 수가 없어 밖으로 나와버렸다. 그리고 그 창 밑에 서 있었다. 다음 순간 샬럿이 떨어져내렸다. 그 직전에 뒤에서 그림자를 보았다. 샬럿의 몸이 자갈에 으깨져 머리 밑으로 피가 번지는 동안 지켜보고 있었던 그림자. 그 다음에 그림자는 사라졌고, 샬럿의 남편인 그가 그녀의 맥박을 확인하고 눈을 감겨주었다. 환호성을 외치고 싶은 심정으로…….

열정으로 인해 일어난 범죄, 그런 것은 그가 정죄할 일이 아니었다. 만약 그 그림자가 비어의 것이 아니었다면……. 그렇다 해도 샬럿의 죽음은 열정으로 일어난 범죄였다, 또 다른 탐욕의 열정…….

"나리……. 나리?"

미란다의 목소리가 들려오고 그녀의 손이 그의 소맷자락에 닿아 있었다. 그녀의 눈동자도 휘둥그래졌다.

"왜 그러세요, 나리?"

"아무것도 아니오. 그만 갑시다. 새벽이 다 됐군."

그는 벌떡 일어나서 뒤틀린 테이블에 한 움큼의 동전을 던져놓고 걸어나갔다.

미란다는 더 천천히 일어났다. 방금 그는 꿈속의 그 악몽을 보았던 것일까. 그녀가 손가락을 튕겨 칩에게 신호를 보낸 다음 백작을 따라갔다. 현명한 여자라면 그냥 모르는 척 내버려둬야 하는 일인 듯했다. 하지만 자신이 그 정도로 현명한 여자일지는 알 수 없었다.

어두운 하늘에 번쩍 번개가 일어났다. 거의 그와 동시에 천둥소리가 울리고, 하늘이 열린 듯 후드드득 빗방울이 내려치기 시작했다. 그 격한 빗줄기가 메마른 대지와 기름때 낀 센 강의 물결 위로 떨어져내렸다.

성벽 주위를 행군하던 감시병들이 망토를 바짝 여미고 있는 사이, 앙리 왕은 텐트 밖에 서서 탐욕스럽게 입을 벌린 채 비를 한껏 맞아들였다. 그의 머리와 턱수염이 금세 젖어들고 셔츠도 탄탄한 가슴에 찰싹 달라붙었다.

텐트 안의 가신들은 넋을 잃고 군주의 괴상한 행태를 지켜보았다. 분명 지금의 앙리 왕은 그들의 현실적이고 전략적인 지도자의 모습이 아니었다.

"폐하, 이러시다간 오한에 걸리시겠습니다."

왕의 주치의가 망토를 바짝 여미고 진흙탕을 조심스레 밟아가며 빗속으로 뛰어나왔다. 왕의 옆에 도달했을 때쯤 그의 긴 수염에선 물방울이 뚝뚝 흘러내렸다.

"제발 안으로 들어가십시오, 폐하."

앙리는 웃음을 터트리며 그 늙은 사내의 등을 탁탁 두들겼다.

"롤랑, 여름비 몇 방울 맞는다고 해서 쓰러지진 않네."

그리고는 그 폭우를 끌어안듯이 두 팔을 활짝 벌렸다.

하얀 번개가 번쩍이며 왕의 뒤쪽 땅으로 돌진했다. 그 눈부신 섬광이 사시나무를 갈랐고, 껍질이 벗겨지는 과일처럼 나무가 서서히 땅으로 쓰러졌다. 하지만 그 소리는 뒤이어 울리는 천둥소리에 바로 집어삼켜졌다.

"폐하!"

가신들이 우르르 뛰쳐나와 왕의 양쪽 팔을 붙잡고 텐트 안으로 이끌어갔다.

"그런 식으로 빗속에 서 있는 건 미친 짓이옵니다, 폐하."

로이시 공작이 호통치듯이 내뱉었다. 앙리 왕이 항상 측근들에게는 편안한 대화를 허락했으므로, 공작도 솔직하게 마음을 드러냈다.

"번개에 맞으셨으면 어쩔 뻔했습니까. 폐하는 프랑스의 왕이십니다. 더 이상 나바르의 앙리가 아니십니다. 저희 백성들의 모든 희망이 폐하께 달려 있습니다."

"로이시, 자네 말이 맞네. 하마터면 큰일날 뻔했군. 하지만 지난 며칠 간 너무 덥지 않았나. 그리고 그렇게 할 수밖에 없는 이유가 있었다네…… 고맙네, 롤랑."

그가 수건을 받아들고 기운차게 머리와 턱수염을 문질렀다. 셔츠를 벗고 나서 로이시의 어깨에 한 손을 올리며 하인이 진흙 묻은 부츠를 벗겨주는 동안 번갈아 한 발씩 들어올렸다. 그런 다음 흠뻑 젖은 바지와 속바지도 벗어냈다.

벌거벗은 채 와인 병을 집어들고 꿀꺽꿀꺽 들이킨 후에, 손등으로 입을 쓰윽 닦고 피식 웃으며 모여 있는 가신들을 둘러보았다.

"이런이런, 날 곡예단의 광대 보듯 쳐다보고들 있군. 내가 언제 아무 이유 없이 행동한 적이 있었던가? 자일스."

그가 손가락을 탁 튕기자 마른 옷가지를 들고서 부름을 받은 하인이 서둘러 달려왔다. 두 팔을 벌려 셔츠를 걸쳐입고 깨끗한 속바지와 속옷으로 민첩하게 다리를 집어넣었다. 그가 의자에 앉아 다리를 뻗자, 하인이 경건하게 스타킹과 부츠를 신겨주었다.

"다들 식탁에 앉으시오. 난 새벽녘에 출발해야겠소."

부츠의 끈이 묶이자마자 그는 빵과 치즈, 고기와 와인이 펼쳐져 있는 식탁으로 옮겨갔다.

"그럼 영국으로 떠나시려는 겁니까? 저희가 그렇게 간청했는데도요?"

로이시의 얼굴에 역력한 분노가 나타났다.

"그렇다네, 로이시."

앙리는 소고기 한 덩이를 크게 잘라냈다.

"구애하러 갈 때가 되었어. 개신교 아내를 얻어야겠네."

고기를 입에 넣고 나서 그가 칼끝으로 의자를 가리켰다.

그 명령에 따라 다들 자리에 앉았고, 로이시 공작만이 잠시 버티다가 의자로 내려앉았다.

"폐하, 부디 다시 한 번 생각해 주십시오. 폐하께서 떠나시면 우리 군의 사기가 떨어질 겁니다. 우리 군사들은 용기를 잃을 것이고 파리의 시민들은 다시 기운을 얻을 것입니다."

"친애하는 로이시, 다른 사람들의 눈에는 내가 이곳에 있을 걸세. 그대가 나를 대신하게. 우린 키가 비슷하잖나. 사람들 앞에 나설 때 그

대가 나의 망토를 입게. 오늘 저녁 빗속에서 해괴한 행태를 보였으니 열도 나고 목이 쉬는 게 당연하지 않겠나? 그러니 내가 텐트 안에 자주 머무르는 것도, 나의 목소리가 변한 것도 이상해 보이지 않을 걸세.”

그가 태연스레 어깨를 으쓱이며 빵을 먹었다.

‘아까의 미친 짓이 그것 때문이었군.’

로이시는 술 한 잔을 따라부었다.

“나는 그대를 절대적으로 신뢰하네, 내가 있을 때와 마찬가지로 그대가 이 포위공격을 수행해낼 수 있을 걸세. 어차피 겨울이 되기 전까지는 항복을 얻어내기가 힘들잖나. 그 이전에 돌아오도록 하겠네.”

로이시는 뚱하니 고개를 끄덕였다. 도시에 심어둔 염탐꾼들을 통해 파리 시민들이 잡아먹을 수 있는 쥐 한 마리라도 있는 한 끝까지 저항할 것임을 분명히 알게 되었다. 게다가 도시에는 아직 여분의 식량이 남아 있었다. 그렇다 해도 지금 있는 식량이 바닥나고 나면 더 이상 버티기 힘들어지리라.

“오래 끌진 않을 거라네. 그녀가 초상화에서 본 대로 아름답고 너무 멍청하지만 않다면……. 그리고 이 결혼을 내켜 한다면 말일세.”

그 부분에서 앙리가 낄낄 웃음을 흘렸다. 로이시의 험악하던 얼굴에도 미소가 번져났다. 세상의 어떤 여자가 왕의 청혼을 거절하겠는가.

앙리가 다시 말을 이었다.

“그럼 신속하게 하코트 경과의 일을 마무리짓고 돌아올 생각이라네. 그 후에는 마르그리트와의 이혼을 진행해야지. 대관식이 열리기 전에 모든 일을 매듭지어야 하지 않겠나?”

그가 대법관 쪽으로 질문하듯이 눈썹을 들어올렸다.

“지당하신 말씀입니다, 폐하.”

질문을 받은 사내가 까다롭게 레이스 조각으로 입 주위를 닦아가며 대답했다.

"누굴 데려가시렵니까, 폐하?"

로이시는 더 이상 설득하려 애쓰지 않았다. 되지도 않을 일에는 참견하지 않는 편이 나았다.

"드룰레, 방케르, 마그레."

앙리가 차례로 세 남자를 가리켰다.

"난 자네의 신분으로 건너갈 걸세, 로이시. 자네가 내 역할을 맡고 있으니."

그의 얼굴에서 경망스런 기색이 사라지고 진지하게 눈살을 찌푸렸다.

"옷을 바꿔 입어야겠군. 자네의 신분과 지위에 어울리는 옷으로 말이야. 그 여자의 가족을 제외하고는 누구도 나의 진짜 정체를 몰라야해. 엘리자베스의 궁을 방문하는 것은 로이시 공작이고 앙리는 파리에서 포위공격을 계속하는 거라네. 그 여왕도 절대 눈치채지 못해야 하네. 내 편을 들겠노라고 주장하지만 엘리자베스는 독사처럼 교활하거든."

그가 넓은 허리띠에 엄지손가락을 괴고 뒤로 기대앉으며 가신들을 둘러보았다.

"그 여자의 오른손도 왼손이 하는 일을 알지 못할 거라네. 내가 파리에 없다는 걸 알게 되면, 그 여자가 무슨 결단을 내리게 될지 몰라."

"옳으신 말씀입니다, 폐하."

로이시가 다시 입을 열었다.

"그 위험을 생각하십시오. 폐하의 신분이 드러날 수도 있습니다."

"그런 일은 없을 거라네, 로이시. 자네가 내 역할을 대신하기만 하면."

왕이 와인 병을 들어 입으로 가져갔다.

"사랑의 쟁취를 위해 건배."

11

다음날 아침 미란다는 방문 열리는 소리에 잠에서 깨어났다.

"잘 잤어, 미란다?"

모드가 창백한 얼굴로 들어섰다.

미란다는 하품을 하며 침대에 일어나 앉았다.

"지금 몇 시죠?"

"7시가 조금 지났어."

모드가 숄들을 바싹 여몄다.

"여긴 너무 추워."

"우중충하긴 해요."

미란다가 부르르 몸을 떨며 창 쪽을 흘깃 바라보았다. 까맣게 먹구름이 드리워져 있었다.

"비가 올 것 같아요."

모드는 노골적으로 그녀의 얼굴을 샅샅이 훑어보았다.

"나 때문에 깼다면 미안해. 하지만 난 꿈을 꾼 것만 같아서 다시 널 보면 나하고 전혀 달라 보일 수도 있겠다 싶었어.”

미란다가 피식 미소지었다.

“달라 보이나요?”

모드는 상냥하게 미소지으며 고개를 저었다.

“아니, 어젯밤하고 똑같아 보여. 그래도 난 아직 적응이 안 돼.”

그녀가 미란다의 얼굴을 살짝 만져보았다.

“살결도 나하고 비슷한 느낌이네.”

칩이 인사하듯이 이불 위로 폴짝 뛰어오르자 모드는 녀석의 머리도 만져주었다.

“오늘은 뭐 할 거야?”

“아무 말도 못 들었어요.”

미란다가 이불을 걷어내며 발딱 일어나서 쭉 기지개를 켰다.

“몸은 나하고 다르구나.”

모드가 거의 비난하는 듯이 살펴보았다.

“우리 둘 다 마르긴 했지만, 네 몸이 더 굴곡 있어.”

“근육이에요. 곡예하면서 생긴 근육요.”

미란다는 어젯밤 무심하게 버려두었던 드레스를 집어들면서 죄스럽게 중얼거렸다.

“어디 걸어두었어야 했는데, 이젠 다 구겨졌네요.”

“그냥 놔둬.”

모드가 태연스레 손을 내저었다.

“하녀들이 가져가서 다시 다려올 거야. 잠깐 기다려, 내가 걸칠 것을 가져다줄게.”

그녀가 신속하게 사라졌다가 몇 분만에 털 달린 벨벳 실내복을 갖고 돌아왔다.

“이거 입고 내 방으로 가자. 거긴 불이 지펴져 있어. 베르트가 향료 섞은 맥주를 데우는 중이야. 오늘 피를 빼야 하거든. 그걸 견디려면 우선 그 맥주를 마셔야 돼.”

“피를 왜 빼내요? 어디 병났어요?”

미란다는 로브에 팔을 끼우고는 발까지 매끈하게 흘러내린 고급스런 옷감을 매만져보았다.

‘이 답답한 생활에도 괜찮은 면이 있긴 하네.’

그렇게 생각하며 칩을 어깨에 얹은 채 모드의 뒤를 따라나갔다.

“병이 나지 않게 하려고 피를 빼는 거야. 일주일마다 한 컵씩 발에서 피를 뽑아내. 피가 너무 더워지면 열이 나거든.”

“어떻게 그런 걸 참을 수 있어요? 설사하는 것보다 더 고약할 것 같은데.”

“유쾌한 일은 아니지, 뭐.”

모드가 자신의 방문을 열면서 중얼거렸다.

“하지만 아프지 않으려면 어쩔 수 없어.”

“오히려 그것 때문에 더 병이 날 것 같은 걸요.”

모드는 그 무식함에 아무런 대꾸도 하지 않았다. 불가에 놓여진 의자로 다가가서 가능한 한 불 가까이 발을 뻗으며 내려앉았다.

“베르트, 얘가 미란다야. 어젯밤에 내가 말했지? 하코트 경이 내 역할을 대신 맡기려고 데려왔대. 하지만 우리 둘 다 그게 무슨 소용이 있을지 알 수가 없어.”

삼발이 위의 냄비 속을 휘휘 젓고 있던 늙은 여자가 시선을 들어올렸다. 그녀의 눈동자가 휘둥그래지며 손에서 나무 주걱이 탁 떨어졌다.

“오, 세상에! 하나님 맙소사!”

그리고는 비틀비틀 일어나 미란다 쪽으로 다가왔다. 그제서야 칩의 존재를 알아차렸다.

“어머나, 왠 들짐승이람!”

그녀가 공포스레 뒷걸음질쳤다.

"얌전한 짐승이야. 걱정할 거 없어."

모드가 안심을 시켜주었다.

그 말을 믿겨 하지 않으면서도, 원숭이에 대한 두려움보다 미란다에 대한 놀라움이 더 큰 모양이었다. 그녀가 미란다의 얼굴을 두 손으로 만져보았다.

"이럴 수가! 제 눈을 믿을 수가 없어요. 세상에, 아가씨하고 똑같이 생겼잖아요."

이런 반응에 서서히 익숙해지는 중이었으므로 미란다는 그저 말없이 서 있었다.

"악마의 작품 아니면 하나님의 작품일 거예요."

베르트가 더 자세히 살펴보기 위해 한 걸음 물러났다.

"정상이 아니라는 것만은 틀림없어요."

"너무 소란 떨지 마, 베르트."

모드가 짜증스럽게 한마디했다.

"맥주 준비됐어? 몸이 으슬으슬 떨려."

"아, 네. 이런 아침 시간에 돌아다니셨으니 얼마나 추우시겠어요."

쯧쯧 혀를 차며 베르트가 냄비로 되돌아갔다. 하지만 불에서 약간 떨어진 곳에 앉아 있는 미란다에게 슬쩍슬쩍 눈길을 보냈다.

"하늘에서 보내신 건지도 몰라요. 나의 아가씨를 그들의 마수에서 구하시려고 온 거라면, 틀림없이 하늘이 보내주신 걸 거예요."

미란다는 베르트가 건네주는 맥주잔을 받아들고 향긋하게 피어오르는 수증기에 코를 박았다.

모드가 입을 열었다.

"베르트, 아침 식사로 삶은 계란을 먹고 싶어. 더 이상 빵과 물만 먹을 필요가 없어졌어, 미란다 덕분에."

"제가 아니라 하코트 나리 덕분이에요."

"당장 가져다 드릴게요, 아가씨."

베르트가 민첩하게 일어서다가 문득 눈살을 찌푸렸다.

"하지만 이제 곧 의사가 올 텐데 괜찮을까요? 피를 빼기 전에는 가볍게 드시는 게 좋아요."

모드의 입술이 양쪽 밑으로 푹 내려갔다.

"오늘은 기운이 난단 말이야. 피도 조금만 빼면 될 거야."

"아예 빼지 않는 게 나을 걸요."

미란다가 맥주에서 시선을 들어올리며 한마디했다.

베르트는 그 간섭을 무시하며 모드의 이마에 손을 대보고 조심스레 살펴보았다.

"글쎄요, 하지만 갑작스레 기운이 없어지곤 하시잖아요, 아가씨."

"지금은 괜찮다구. 삶은 계란을 먹고 싶어."

모드가 심술궂게 쏘아붙였다.

"그걸 먹지 못하면 발작이 일어날지도 몰라."

미란다는 그 어린애 같은 앙탈을 놀란 눈으로 지켜보았다. 하지만 베르트가 허둥지둥 문으로 달려나가는 걸 보면 그것이 효과를 발휘한 모양이었다.

유모의 뒤로 문이 닫히자 모드가 피식 미소지었다.

"가끔은 이런 식으로 으름장을 놔줘야 돼."

미란다는 대꾸 없이 맥주로 관심을 되돌렸다.

"왜 그렇게 찡그리고 있어?"

모드가 물어왔다.

미란다는 어깨를 으쓱였다.

"모르겠어요. 나하고 똑같이 생긴 사람이 대단히 불쾌하게 행동하는 걸 보는 게 불편해서 그런지도 모르죠."

"니가 내 생활에 대해서 뭘 알아?"

모드가 다그쳤다.

"얼마나 답답하고 숨막히는지 알아? 베르트 말고 나한테 관심 갖는 사람은 아무도 없어. 이용가치가 생기니까 이제서야 나한테 신경 쓰기 시작하는 거라구. 하지만 그 사람들 관심은 내가 아니야. 내가 자기들을 위해서 해줄 수 있는 그 일에만 관심이 있어."

모드의 눈에 불꽃이 튀기고 온몸에서 성난 에너지가 쭉쭉 뻗어나왔다.

미란다는 지금 이 순간 모드의 말 때문이 아닌 자신의 느낌 때문에 더 놀라웠다. 마치 자신이 직접 겪은 듯 모드의 인생을 또렷하게 느낄 수 있었다. 병약하게 또래 친구 하나 없이 담 너머의 생기 넘치는 세상을 전혀 알지 못한 채 이 거대한 장원에 갇혀 사는 삶, 이용가치가 있을 날을 위해 인생마저 정지된 삶.

그런 인생에서라면 미란다 자신도 성마름과 반항, 그리고 대립이라는 방법에 의지할 수밖에 없었을 것이다. 모드는 자신이 이곳 사람들에게 마지못한 책임감의 대상일 뿐이라는 걸 알았고, 그래서 반항과 반발로 반응한 것이다. 그들에게 반항하는 것이 그녀에게 일말의 만족감과 목적의식을 심어주었으리라. 수녀원의 인생도 그들이 지정해주는 인생에서 벗어나 자신이 선택할 수 있는 단 하나의 길이었으리라.

하지만 미란다가 대꾸하기도 전에, 베르트가 쟁반을 든 하인을 대동하고 되돌아왔다.

"자, 드세요, 아가씨. 특별히 아가씨를 위해서 만든 거예요."

그녀가 냅킨을 펼쳐주고 접시에 계란을 덜어내는 등 법석을 떨었다.

"하지만 너무 배부르게 드시진 마세요."

모드가 스푼을 들고 미란다에게 손짓했다.

"많으니까 너도 와서 먹어, 미란다. 삶은 계란을 좋아한다면."

"난 뭐든지 좋아해요."

미란다가 옆 의자에 내려앉았다.

"언제 또 먹을지 모르는 사람들에겐 까다롭게 굴 여유가 없다구요."

모드가 잠시 접시에서 시선을 들어올렸다.

"어느 쪽 인생이 더 불행한 걸까?"

"당신 쪽이죠."

망설임 없이 대답하면서 미란다는 빵 조각에 두텁게 버터를 발랐다.

"자유가 제일 중요해요, 아무리 고단한 인생이라 해도요. 난 이런 식으론 못 살아요."

그녀가 나이프로 방 안을 빙 둘러 가리켰다.

"죄다 호화롭고 고급스럽긴 하지만 허락 없이 밖에 나갈 수도 없고 혼자서 돌아다닐 수도 없는데 어떻게 견딜 수 있겠어요?"

"다른 걸 모르는 사람은 익숙해질 수밖에 없어."

모드는 빈 접시를 옆으로 밀어내며 맥주잔을 집어들었다.

순간, 회오리바람이 들이닥치듯 문이 활짝 열리더니 레이디 이모겐이 성큼성큼 걸어들어왔다. 그녀의 까만 드레스가 거대한 먹구름처럼 펄럭거렸다. 미란다가 입에 든 음식을 삼키고는 모드와 같이 일어났다.

이모겐이 간단하게 인사를 받으며 벽장으로 다가갔다.

"어차피 넌 밖에 나갈 일도 없으니까 옷도 필요 없을 거야. 그러니 쓸모 있게 사용하는 게 낫지. 미란다에게 다시 맞춰야겠어. 쓸데없이 돈 낭비할 필요 없잖니."

그녀가 옷장 안을 뒤적거렸다.

"혈색이 비슷하니까 다 어울릴 거야. 베르트, 레이디 모드의 옷들을 초록 침실로 가져다 놔. 거기서 골라봐야겠어."

"제 옷은 남겨놓지 않으실 건가요, 마담?"

모드의 목소리가 다시 힘없는 갈대 같아졌다.

"너한테는 실내복만 있으면 되잖아."

이모겐이 벽장 앞의 자리를 베르트에게 내주자, 늙은 여자는 못마땅한 기색을 역력히 드러내며 옷가지를 거둬들였다.

"오늘 피 뽑는 날 아니었니, 모드?"

이모겐이 물어보는 사이 베르트가 실크와 벨벳, 능직을 한아름 걸쳐 들고 씩씩거리며 방을 나갔다.

"맞아요, 마담."

"그럼 침대에 누워 있어야……. 아야!"

그녀가 놀란 눈을 치켜뜨며 머리로 손을 올렸다.

"이게 뭐야? 아야!"

그녀의 손이 뒷목으로 돌아갔다.

맙소사. 칩이 말썽을 부리기로 작정한 모양이다. 미란다의 시선이 죄스럽게 옷장으로 향했고, 그 사이 또 다른 공격이 가해졌다. 칩이 낄낄거리며 레이디 이모겐에게 아침 식탁의 땅콩들을 날려보내고 있었다.

레이디 이모겐이 문 쪽으로 주춤주춤 물러나며 격한 소리를 내질렀다.

"저 짐승의 목을 비틀어버리고 말 테다!"

그 성난 어조를 듣자마자 칩은 더욱 정확하게 무기력한 희생양에게 포격을 가했다. 이모겐이 비명을 지르며 두 손으로 얼굴을 가리고 문 밖으로 물러나갔다.

마침 자신의 방에서 나오던 마일즈가 아내의 몸에 부딪혀 비틀거렸다. 그녀의 손은 여전히 얼굴을 가리고 있었다.

"부인! 왜 그러시오? 무슨 일이오?"

"저 못된 짐승이 날 공격했어요!"

그녀의 바들거리는 손가락이 모드의 방 쪽을 가리켰다.

마일즈가 아내의 몸 옆으로 고개를 내밀다가 이마에 땅콩 하나를 얻어맞고는 얼른 다시 아내의 보호막 뒤로 숨어들었다.

"어이쿠!"

"그만해, 칩! 이리 내려와."

하지만 그녀의 애원은 소용없었다. 원숭이는 이 놀이가 무척이나 마음에 든 듯했다.

그 순간 하코트 백작이 그 상황에 포함되었다. 누이의 머리 너머를 쳐다보다가 땅콩이 날아들자 재빨리 고개를 숙이며 한탄스레 중얼거렸다.

"저 녀석을 말려줄 수 없겠소, 미란다?"

"노력하고 있어요."

그녀가 반쯤은 웃으며 반쯤은 흐느끼는 어조로 대답했다. 자신이 이 장난기를 다스리지 못한다면, 칩이 이 집에서 쫓겨나거나 아니면 어딘가에 감금될지도 모른다.

"조만간 무기가 떨어질 것 같은 걸요."

모드가 간신히 웃음을 참으면서 흥분 섞인 어조로 한마디했다.

다행히도 그녀의 추측이 들어맞았다. 땅콩이 다 없어지자 칩은 안전한 옷장 위에서 폴짝거리며 꽥꽥거리기 시작했다. 누구에게라도 원숭이로서의 욕을 지껄이고 있는 것이 분명해 보였다.

"저놈이!"

이모겐이 버럭 고함쳤다.

"뭐라고 욕하는 거야, 지금?"

그제서야 자신의 질문이 괴상하다는 걸 깨닫고는 자제력을 되찾으려 몇 번이고 심호흡을 들이켰다.

"가레스, 저 짐승을 당장 쫓아내거라."

그 즈음 미란다가 간신히 칩을 끌어내리고는 애절하게 하코트 경을 바라보았다.

"그냥 장난으로 받아주세요. 정말 죄송해요. 레이디 이모겐이 자길 좋아하지 않는 것 같아서 화가 났던 거예요."

가레스가 발을 움직이는 순간 발 밑에서 땅콩 한 알이 으깨어졌다. 그는 어수선한 바닥을 둘러본 다음 미란다와 칩에게 시선을 돌렸다. 원숭이 녀석이 고개를 갸우뚱하며 찡긋 윙크했다. 미란다는 목에서 발

끝까지 우아한 벨벳 로브를 감싸고 있었는데 치맛자락 밑으로 살짝 보이는 맨발이 묘하게도 연약해 보였다. 털 달린 깃 위로 길고 가느다란 목이 드러났다. 부분적으로는 레이디, 또 다른 부분으로는 부랑아. 그래서 더욱 매력적이었다.

한순간 그는 주위의 상황을 잊어버렸다. 격렬하게 씩씩거리는 누이와 웃어대는 모드, 그리고 무기력한 마일즈가 자신의 대답을 기다리고 있는 것을 잊어버린 채 이 자그맣고 경이로울 만큼 역설적인 여자에게 정신을 잃었다. 마치 닫혀 있었던 마음 한구석이 열리고 어둠 속에 빛이 생겨나는 것처럼 이상한 느낌이었다.

"녀석을 잘 간수하시오, 미란다."

어느샌가 그는 그렇게 대꾸하고 있었다.

"오, 그럼요. 앞으로 조심할게요."

그녀의 얼굴에 안도감과 기쁨으로 화사한 미소가 번져갔다.

레이디 이모겐이 짜증스럽게 홱 돌아서서 복도를 걸어가자, 마일즈도 또각또각 굽소리를 울리며 그 뒤를 서둘러 따라갔다.

"나리, 레이디 모드의 옷을 모조리 초록 침실로 가져가는 게 옳은 일인가요?"

심부름을 마치고 돌아온 베르트가 분개하며 물어보았다.

"그게 무슨 말인가?"

가레스가 문가에 선 모드의 하녀에게 흘깃 시선을 던졌다.

"제 아가씨의 옷 말이에요. 레이디 듀포트께서 다른 분에게 넘기라고 하셨어요."

베르트가 미란다 쪽으로 고갯짓했다.

"아가씨한테는 실내복만 남겨두셨다구요."

"무슨 헛소리인가. 레이디 듀포트의 말을 오해한 거겠지. 미란다의 옷을 만들 때까지만 잠시 빌리는 것이라네. 그 중에서 하나 고르려고 갖다놓도록 한 걸 거야."

“저한텐 그렇게 안 들리던 걸요.”

투덜투덜거리며 베르트가 벽난로로 다가가 부지깽이로 석탄들을 휘저었다.

가레스가 잠시 눈살을 찌푸렸지만 그냥 넘어가기로 결심했다. 그가 돌아서려는 찰나, 가죽 가방을 들쳐 멘 낡은 더블릿 차림의 사내가 다급하게 방 안으로 들어섰다.

이 집안의 주치의였다.

“어디 아픈 거요?”

그가 흘깃 모드를 쳐다보았다.

“피를 빼내려는 거예요.”

모드가 의자에 기대어앉자 베르트가 서둘러 그녀의 슬리퍼 한 짝을 벗겨냈다.

“열이 올랐소?”

“나리, 오늘이 레이디 모드의 피 뽑는 날이랍니다.”

의사가 가방에서 날카로운 칼을 빼들었고, 베르트가 벽난로 옆의 선반에서 백랍 그릇을 가져왔다.

“이게 레이디의 건강에 도움이 되거든요.”

의사가 설명해주면서, 모드의 한쪽 발을 붙잡았다.

“피가 묽어져야 열나는 걸 방지할 수 있지요.”

베르트가 그 옆에 무릎 꿇고 앉아 피를 받기 위해 그릇을 들이댔다.

가레스는 한쪽 눈썹을 들어올렸다. 의사들의 처방은 언제나 이해하기 힘들었지만 그것이 그들의 직업이니 잘 알고 있으려니 짐작했다.

“아프지도 않은데 피를 뽑다니 바보 같아요.”

미란다가 입을 열었다.

“거트루드 아줌마는 그런 게 더 몸을 망친다고 했어요.”

“거트루드 아줌마가 누구야?”

모드가 등받이 쿠션에 머리를 기댄 채 물었다. 하지만 그 순간 의사가 그녀의 발바닥을 찢어내자 더 이상 대답에 대한 관심은 사라졌다.

미란다의 몸도 모드하고 똑같이 움찔했다. 자신의 발바닥에 날카로운 칼날이 닿은 듯한 느낌이었다.

"피를 보는 게 역겨운가?"

그녀의 얼굴이 창백해지는 걸 가레스가 알아차렸다.

"평소에는 안 그래요."

그는 흥미롭게 두 여자를 살펴보았다. 눈을 감고 미란다와 똑같이 창백한 얼굴로 기대어 앉은 모드와, 불쑥 몸을 돌려 칩을 끌어안고 중얼거리기 시작하는 미란다. 유심히 살펴보지 않으면 미란다의 머리가 짧아서 둘이 똑같이 생겼음을 잘 모를 수도 있지만 예민한 눈썰미의 소유자라면 둘 사이의 유사점을 명백히 알 수 있을 것이다.

이윽고 가레스가 문 쪽으로 성큼성큼 걸어갔다.

"난 이만 나가보겠소, 사촌. 미란다, 레이디 이모겐이 지체없이 옷을 입혀보고 싶어할 거요. 오늘 저녁에 입궐하려면 적당한 옷이 필요하다오. 그 전에 수선을 끝내야 하오."

"입궐이라뇨?"

"아, 여왕 폐하를 알현하라는 명을 받았다오. 폐하께서 한동안 이하코트 백작을 못 본 게 답답하신 모양이오."

그의 얼굴에 미란다가 아주 싫어하는 그 미소가 떠올랐다. 가레스는 여왕이 지금 호기심에 몸이 달아 있다는 걸 잘 알았다. 프랑스로 가기 위해 허락을 구했을 때 그의 목적에 지대한 관심을 내보였으니 어서 빨리 그 결과를 듣고 싶어하는 것이리라.

"며칠 더 기다리면 안 될까요, 나리? 전 아직 준비가 안 됐어요."

"걱정할 거 없소. 잠깐만 뵙고 나오는 거요. 난 당신보다 더 당신의 능력을 믿는다오."

그가 이제 그녀의 마음을 따뜻하게 안정시켜줄 만한 미소를 지어보였다.

“금세 익숙해질 거요. 두려워하지 마시오.”

그의 뒤로 문이 닫혔다.

“저도 그렇게 자신할 수 있다면 좋겠어요.”

미란다는 무의식적으로 한쪽 종아리에 다른 쪽 발바닥을 문질러가
며 의자 쪽을 쳐다보았다. 왠지 그 부분이 따끔거리고 가려웠다. 의사
가 모드의 발에 붕대를 감는 중이었고, 모드는 눈을 감은 채 기대어
있었다.

“궁궐에 가본 적 있어요, 모드?”

“아니, 하지만 웬만한 건 알아.”

들릴 듯 말 듯한 대답이었다.

“그럼 나한테 좀 말해줄래요?”

“우리 아가씨께서 지금 힘들어하시는 거 안 보여요?”

베르트가 의사의 검사를 받기 위해 피그릇을 테이블에 올려놓으며
다그쳐댔다.

“그럼 나중에 다시 올게요.”

미란다는 칩을 끌어안고서 초록 침실로 돌아갔다.

침대에는 베르트가 옮겨다놓은 옷가지들이 수북하게 쌓여 있었다.

갑자기 칩이 깍깍거리며 창 쪽으로 달려갔다. 창턱에 서서 이제 막
내리기 시작한 빗줄기를 살펴보다가 담쟁이덩굴을 타고 아래쪽 정원
으로 기어내려갔다.

미란다가 궁금해할 사이도 없이, 레이디 이모겐의 등장을 알리는 치
맛자락 소리가 들려왔다. 어제 저녁 목욕을 도와주었던 두 하녀를 대
동하고서 그 험악한 얼굴이 문가에 나타났다.

레이디 이모겐이 문지방에 서서 조심스럽게 방 안을 둘러보았다. 원
숭이의 모습이 보이지 않는 걸 확인하고 나서야 안으로 들어섰다. 아
까의 그 굴욕을 당한 후에 미란다에게 직접적으로 말한다는 것이 참을
수 없는 모양이었다.

그녀가 하녀들을 대화의 중간다리로 삼아 명령을 내리기 시작했다. 하지만 미란다의 변신을 지켜보면서 그녀의 울분은 점점 놀라움으로 바뀌어갔다. 모드와 이 여자애는 그저 닮은 정도가 아니었다, 신비롭다 싶을 만큼 똑같았다. 하녀들 또한 놀란 기색이 역력했다. 하지만 이모겐은 그들에 대해서는 걱정하지 않았다. 몇 대를 이어 하코트 가에 충성해 온 집안의 하녀들이 주인의 뜻에 반해 허튼 소리들을 퍼트리고 다닐 리가 없었다. 하코트 가의 하인들은 전부 충성스러웠다.

미란다는 하녀들의 손길을 얌전하게 받아들였다. 두 하녀들이 그녀의 옷을 벗기고 깨끗한 페티코트와 슈미즈, 넓다란 파딩게일을 착용시킨 다음 여러 벌의 드레스를 입혀가며 끈을 묶고 주름을 잡고 핀을 꽂아나갔다. 수선할 곳은 그다지 많지 않았다. 그녀의 가슴과 엉덩이가 모드보다 약간씩 크다 해도 눈에 띌 만한 차이는 아니었다.

이모겐이 다른 드레스를 입기 위해 속옷차림으로 서 있는 미란다의 주위로 걸어다니며, 혼잣말처럼 중얼거렸다.

"키가 작은 게 흠이야. 키만 크면 아무리 천박한 여자도 우아하게 보일 수 있는데."

미란다는 그 비판적인 시선 앞에서 철저하게 벌거벗은 느낌이었다.

"하지만 어쨌거나 모드하고 똑같은 건 분명해. 해괴하기도 해라."

하녀들이 이번에는 진홍색 스토머커가 달린 복숭아색 벨벳 드레스를 입혀주었다. 이모겐이 부채를 활짝 펼치며 다시 미란다의 주위로 걸어다녔다.

"어깨 똑바로 펴, 양갓집 처녀는 그런 식으로 구부정하지 않아."

미란다는 자신의 자세에 문제가 있다는 생각은 해본 적이 없었다. 그런데 그런 지적을 받고 난 지금 또다시 의심이 뭉게뭉게 생겨나기 시작했다. 걷거나 서는 간단한 행동에서조차 출신이 드러나는 거라면, 직접 얼굴을 맞댄 사람들에게 무슨 수로 귀족행세를 할 수 있단 말인가? 게다가 여왕에게는 또 어떻게? 바로 오늘밤 여왕 폐하에게 나아가야 하는데! 이건 정말 말도 안 되는 짓이었다. 악몽이었다. 그녀는 부랑아일 뿐이었다. 건초더미 밑에서 잠을 청하고 굶기를 밥먹듯이 하는 부랑아. 빵 가게에서 주워온 고아!

"제기랄!"

그녀가 침대에 털썩 내려앉았다. 그러자 드레스의 재단선으로 꽂아 놓았던 핀들이 후드득 튕겨져나갔다.

"무슨 일이냐?"

이모겐이 다그쳤다.

미란다는 즉시 다시 일어났다. 하코트 경에게 최선을 다하겠다고 약속하지 않았던가. 그 약속을 저버릴 수가 없었다.

"아무것도 아니에요, 마담."

이모겐은 잠시 눈살을 찌푸리다가 하녀 한 명에게 명령했다.

"가서 듀포트 경을 모셔오너라."

듀포트 경을? 그 사람을 왜 여기 불러들이는 걸까? 미란다의 궁금증은 오래 지속되지 않았다. 듀포트 경이 금세 방으로 들어섰던 것이다. 이제 미란다는 복숭아색 벨벳을 벗고 다시 속옷차림으로 서 있었다.

"날 청하셨소, 부인?"

"오늘 저녁에 이 아이한테 어떤 옷을 입혀야 할지 좀 봐주세요."

이모겐이 미란다와 침대 위의 드레스들을 가리켰다.

"불행히도 모드의 신발은 이 아이한테 너무 작더군요. 이렇게 큰 발에 맞는 신발을 구할 때까지 아픈 걸 견디라고 하는 수밖에요."

미란다는 그 말에 신경 쓰지 않았다. 자신의 발이 크지 않다는 걸 알고 있었으니까.

"제 생각엔 복숭아색 벨벳이 제일 나을 것 같아요."

미란다가 단호하게 입을 열었다.

"패션에 대해 잘 아시나요, 듀포트 경?"

"약간의 평판을 얻었다오."

그가 겸손하게 대답하며 복숭아색 드레스를 집어들어 그녀의 몸에 대보았다. 그리고는 고개를 흔들었다.

"아니, 이건 당신의 안색과 어울리질 않소. 모드에게도 마찬가지고."

"네에."

미란다가 실망스레 중얼거렸다. 금실로 수놓은 그 복숭아색 드레스가 참 예뻐보였는데.

다른 드레스를 살펴보면서 마일즈가 부드럽게 말했다.

"똑같은 옷이라도 빛이나 배경에 따라서 돋보일 수도 있고 흉해 보일 수도 있다오."

미란다는 이 강의를 어떻게 받아들일지 확인하기 위해 슬쩍 레이디 이모겐을 바라보았다. 놀랍게도 동의한다는 듯 고개를 끄덕이며 주의 깊게 귀를 기울이고 있었다.

"에메랄드 초록색은 어떨까요?"

또다시 놀랍게도 이모겐이 자신 없어하는 투로 남편에게 물어보았다.

마일즈가 그 드레스를 햇빛에 들어보고 미란다의 얼굴에 대본 다음 생각에 잠겼다.

"한번 입어보시오. 색은 좋은데 디자인이 좀 될 것 같군."

하녀들이 그녀에게 드레스를 입히고 평범한 사과색 실크 스토머커를 묶어주었다. 치맛자락은 덩굴 잎새들이 풍성하게 수놓아진 에메랄드빛이었다.

듀포트 경이 입술을 손가락으로 두들겨가며 심각하게 그녀의 모습을 훑어보았다. 그런 후에야 마침내 고개를 끄덕였다.

"아, 이게 좋을 듯하오. 색채가 훌륭하고 디자인도 처음 생각한 것보다 우아하군. 약간만……."

그가 어깨에 덧댄 심을 잡아당기고 팔뚝에 달라붙은 소매를 고쳐준 후 목 주위의 작은 주름깃을 수정해주었다.

그리고는 한 걸음 물러나 입술을 두들겨가며 다시 살펴보았다.

"좋았어. 당신 생각은 어떻소, 부인?"

이모겐이 놀라워하는 얼굴로 고개를 끄덕였다.

"가레스의 생각이 옳았어요. 어쩌면 이 일이 성공할 수도 있겠어요……. 그런데 이 머리는 어쩌죠?"

그녀의 눈썹들이 가운데로 모아졌다.

"평계를 댈 수야 있겠지만, 그래도 볼썽 사나워요. 아주 보기 싫어요."

미란다는 자신의 짧은 머리를 매만지며 모드의 머리채를 떠올려 보았다. 다소 윤기가 없긴 해도 탐스러울 만큼 길었다. 지금까지 신경 써본 적이 없었지만 이젠 자신의 모습이 얼마나 흉하고 여자답지 못해 보이는지 알 것 같았다.

마일즈가 턱이 보이지 않을 만큼 한껏 끌어당기며 생각에 잠겼다.

"머리덮개와 베일이 있으면 한결 나아질 거요. 보석 달린 덮개를 씌우고 그 뒤로 베일을 늘어뜨리면……."

그가 미안한 듯 미란다에게 미소지었다.

"물론 몇 주일만 지나면 당신의 머리도 사랑스럽게 자랄 거라오. 그럼 더 우아하게 차려입을 수 있소."

"몇 주일 후까지 이 아이를 집 안에 놔두진 않을 거예요."

이모겐이 날카롭게 쏘아붙였다.

"그 전에 모드에게 자신의 의무를 깨닫게 해야죠."

그녀가 문 쪽으로 가며 하녀들에게 지시했다.

"그 옷 벗겨서 잘 다림질해 놔. 다른 옷도 다 수선해놓고."

"레이디 메리가 아래층에 와 있다오, 이모겐. 여기 오는 중에 시종이 맞아들이는 소리를 들었소."

마일즈가 알려주었다.

"오, 세상에. 왜 진작 말하지 않았어요?"

“우리가 좀 바빴잖소, 부인.”

이모겐이 문 앞에 서서 짜증스럽게 미란다를 살펴보았다.

“그 청록색 옷을 입고 레이디 메리에게 인사드리러 내려오너라. 사람들하고 만나는 데 익숙해져야 한다.”

대답을 기다리지도 않고 그녀가 사라졌다.

“잘 해낼 수 있을 거요. 난 당신을 믿고 있다오.”

미란다의 몸이 떨리는 걸 눈치채고 마일즈가 다시 입을 열었다.

“감기 걸리기 전에 어서 옷을 입으시오.”

어깨에 옷을 걸쳐주는 그에게 그녀가 힘없이 감사의 미소를 보냈다.

그가 어색하게 그녀의 어깨를 토닥였다.

“다 잘 될 거요. 두고보시오.”

마일즈가 서둘러 하녀들의 뒤를 따라나갔다.

절묘하게 시간을 맞춰 그 순간 칩이 창턱 위로 폴짝 되돌아왔다.

“오, 칩!”

미란다가 두 팔로 녀석의 마른 몸뚱이를 부둥켜안았다.

“어쩌면 좋으니? 내가 어쩌다가 이런 일에 끼어들었을까?”

원숭이는 그녀의 뺨과 머리를 다정하게 토닥거렸다.

12

"어머나! 여기가 거기야?"

깃털모자가 비에 젖지 않도록 솔을 바짝 둘러쓰며 거트루드가 탄성을 올렸다.

"궁전이네, 궁전."

버트런드도 하코트 장원을 바라보면서 입을 떡 벌렸다.

"갈보집처럼 보이진 않는걸."

"사우스워크 사람들한테 들었잖아요. 여긴 갈보집이 아니라, 귀족 나리의 집이라구요."

"하지만 우리 미란다가 귀족 나리 집에서 뭘 하고 있단 말야?"

"그 귀족이 그애한테 홀딱 빠졌나보지."

제베디아가 언제나처럼 부정적인 쪽으로 의견을 내놓으며 차가운 두 손을 문질러댔다.

"싫증날 때까지 끌어안고 있으려는 걸 거야. 미란다가 여기서 산다면 우리랑은 끝난 거라구. 애초부터 바보 같은 짓거리였어. 이런 빗속에서 헤매다니다니……."

"그런 식으로 말하지 말아요, 제베디아. 그 귀족이 미란다를 억지로 데려간 거면 우리가 구출해야 한다구요."

루크가 거칠게 반박했다.

"어떻게 구출을 한다는 거냐? 네놈이 하코트 나리의 심기를 거슬리면 그 길로 감옥에 갇혀서 황천길로 떨어질 거다."

"이 집에 미란다가 있는 거예요?"

마침내 로비가 고통스레 발을 질질 끌며 다른 사람들을 따라잡았다. 날씨가 궂을 때면 통증이 몇 배나 더 지독해졌다.

"확실히는 모른다, 꼬마야."

라울이 아이를 내려다보았다.

"하지만 미란다가 하코트 나리하고 같이 떠났다니까 여기서 찾아봐야지."

"도버의 말 보관소 주인이 분명 하코트 나리하고 같이 떠났다고 했어. 그렇지, 루크?"

거트루드의 질문에 루크가 열심히 고개를 주억거렸다.

"그래요, 미란다에 대한 설명도 딱 들어맞았어요. 별로 좋게 말하진 않았지만."

"하지만 그 귀족 나리가 미란다를 억지로 끌고 갔다고는 안 했잖아."

제베디아가 부르르 몸서리쳤다.

"어서 비 좀 피하자구. 뼛속까지 젖어버리겠어."

"그래, 늦기 전에 묵을 곳도 찾아야 하구. 그리고 제베디아의 말대로 미란다가 억지로 끌려갔는지는 아직 모르는 일이라구."

버트의 말을 듣자마자 거트루드가 완강하게 맞받아쳤다.

"속임수에 넘어가지 않고서야 미란다가 제 발로 따라갔을 리 없다구요. 우리 미란다는 몸을 팔거나 하는 그런 애가 아니에요. 속아서 끌려간 거라면 우리가 당연히 구해내야 하구요.”

“우린 한가족이에요.”

루크가 평소답지 않게 강한 어조로 단언했다.

“미란다를 버릴 순 없어요.”

“누가 버리자고 했냐?”

라울이 루크의 좁은 어깨에 한 팔을 두르자 그 무게에 눌려 루크의 무릎이 후들거렸다.

“오늘은 이 정도로 됐어. 일단 어디가서 좀 쉬고 내일 알아보자구. 지금은 잠잘 곳을 찾는 게 더 급해. 게다가 난 배고파서 돌아가실 지경이다.”

루크가 마지못해 다수의 의견을 따르기로 한 후 그들은 도시의 성문 쪽으로 움직여갔다. 라울이 소지품이 담긴 수레를 끌었다.

로비도 그들의 뒤를 따라 걸었다. 하지만 아직 그 장원에서 시선을 떼어내지 못했다. 미란다가 저 안에 있는 걸까? 그녀가 몹시도 그리웠다, 아픈 다리도 그녀의 손길을 그리워했다. 발이 아플 때면 그녀가 주물러주곤 했었다. 피곤할 때마다 그녀가 수레에 올려 앉혀 주었으며 먹을 것도 항상 꼼꼼하게 챙겨주었다. 다른 사람들도 나름대로 친절하긴 했지만, 미란다만큼 보살펴주진 못했다. 가끔씩 무리에서 뒤쳐질 때면 로비는 그들을 놓치게 될까봐 두려웠다. 그리고 미란다를 찾는 것처럼 그들이 자신을 찾아줄 거라고 확신할 수 없었다. 버는 것보다 들어가는 돈이 더 많은 절름발이를 무엇 때문에 찾아다니겠는가.

갑자기 하코트 장원의 철문이 활짝 열리며 네 명의 남자들이 가마를 메고 빠져나와 로비의 옆으로 지나쳐갔다. 여자의 손이 커튼을 밀어내는 순간 로비는 두근거리는 가슴으로 열심히 그 안을 들여다보려 했다. 하지만 날카로운 인상의 회색 눈동자가 무심하게 로비를 훑어본 다음 다시 커튼 안으로 사라졌을 뿐이었다.

로비는 이제 빠르게 걸음을 재촉했다. 미란다가 살고 있을 집에서 나온 그 여자는 차갑고 냉정한 인상이었다. 그런 여자가 미란다와 무슨 관련이 있겠는가?

레이디 메리는 절름발이 소년이나 수레를 끌고 가는 무리들을 알아차리지 못했다. 그녀의 가마가 막힘 없이 성문을 통과해 나갔다. 여왕 폐하의 침실 레이디로서 왕실 제복을 입은 하인들을 데리고 다니는 특혜 덕분이었다. 그녀의 지위가 그리 높은 것은 아니었지만 숙식걱정 없이 일년에 한 벌씩 옷을 맞출 수 있다는 이점이 있었다. 게다가 그녀의 돈이 삼촌의 수중으로 들어가 그 돈을 돌려 받으리라 기대할 수도 없는 지금, 그녀는 그 정도 자리라도 감사해야 할 처지였다.

그녀는 무릎에 놓인 벙어리 장갑 안으로 주먹을 틀어쥐었다. 가레스가 안전하게 돌아온 이상 5월쯤이면 그녀는 하코트 백작부인이 되어 부와 권세를 갖춘 여자가 되어 있으리라. 그리고 이제 그 미래는 훨씬 더 황홀해졌다. 가레스의 사촌이 프랑스 왕의 측근과 결혼하게 되면 가레스가 엄청난 영향력을 얻게 될 테고, 그럼 그 아내의 지위도 덩달아 올라갈 것이다. 그 동안 받았던 경멸과 거부, 수군거림을 복수해 줄 수 있었다. 그 수다쟁이들의 말문이 막힐 것이고 악의에 찬 냉소가 아첨의 미소로 바뀌게 되리라.

상상만으로도 짜릿한 미래였다. 하지만 오늘은 왠지 그 황홀한 기대감에 평소처럼 즐겁게 빠져들 수가 없었다. 가레스가 성공을 거두고 돌아왔다는 그 기쁨을 시들게 하는 무언가가 있었다.

이 불안감을 규명해보려 할 때마다 모드의 모습이 떠올랐다. 하지만 그게 무슨 망상이란 말인가. 지난 2년 간 모드를 알아왔고, 가레스도 그 사촌의 변덕과 병치레에 늘 짜증을 냈었는데……. 그녀는 그 아이를 언제나 하찮은 존재로 여겨왔었다. 로이시 공작부인이 된다 해도, 가문의 영광을 위한 수단일 뿐 그 이상의 가치는 없었다. 그런데 무언가가 달라졌다. 모드의 파란 눈동자에 새로운 불꽃이 서렸고, 늘상 밑으로 처지기만 했던 입술에 자주 미소가 떠올랐다. 게다가 하코트 경과 있을 때면 너무나도 편안하게 웃음 짓지 않던가.

아까 이모겐과 함께 응접실에서 모드를 기다리고 있을 때 가레스가 그녀와 함께 들어섰다. 그들은 서로에게 웃음 짓고 있었다. 모드에게서 시선을 돌려 약혼녀에게 인사할 때까지도 그의 눈동자에는 부드러운 광채가 남아 있었다.

메리는 그 광채가 자신에게 향한 것이 아니라는 걸 알았다. 이전에 그런 빛을 본 적이 없거니와 그런 따뜻함을 기대한 적도 없었다. 그에게 장래 남편으로서 보여야 할 의례적인 관심만을 기대했을 뿐, 그 이상은 바라지 않았다. 그들의 결혼은 편의와 의무의 결합이었다. 그녀는 그에게 아내로서의 의무를 다할 생각이었다. 당연히 의무의 일부로 그에게 후계자를 낳아주어야 하겠지만, 비천한 여자들처럼 감정을 표현한다는 건 있을 수 없었다.

그런데 왜 가레스가 피후견인에게 갑작스레 다정해진 것이 이렇게 신경 쓰이는 것일까?

손바닥 안으로 손톱이 파고드는 걸 느끼며 천천히 주먹을 풀어냈다. 그녀는 무심하고 침착하며 거의 미소짓지 않는 가레스, 언제나 합리적이고 신중하게 말하는 그에게 익숙해져 있었다. 그런데 지금의 가레스는 가장 부적절한 방식으로 어린 계집애와 대화하고 웃음지었다. 그 여자애 또한 자신의 인생을 좌지우지할 수 있는 후견인에게 감히 편안하게 굴었다. 그 아이의 본분을 일깨워주는 대신 가레스가 그것을 더 부추기는 것 같기도 했다. 메리는 약혼자의 그런 변화를 이해할 수가 없었다. 그저 그녀의 마음에 대단히 거슬린다는 것만 알 뿐이었다.

가마가 화이트홀 궁의 바깥 마당으로 들어서서 가장 멀리 떨어진 계단 앞에 멈춰 섰다. 레이디 메리가 다른 두 명의 레이디들과 함께 사용하는 차갑고 불편한 거처로 연결된 곳이었다.

세 시를 알리는 종소리가 울려퍼지는 동안 레이디 메리는 계단을 다급하게 달려올라갔다. 옷을 갈아입어야 했다. 오늘 저녁 그리니치 궁에서 폐하가 알현식을 베풀기로 되어 있었다. 여왕의 레이디들을 태워갈 거룻배가 바로 30분 후에 수문에서 출발할 예정이었다.

"어떤 것 같아요?"

미란다는 자신의 뒷모습을 살펴보기 위해 작은 거울 앞에서 빙글 돌아섰다.

"궁궐의 가신들하고 비슷해 보여."

창백한 모습으로 침대에 누운 채 모드가 대답해 주었다. 그 어조의 신랄한 느낌에 미란다는 눈살을 찌푸렸다.

"그게 나쁜 건가요?"

"네가 그렇게 되길 바란다면 나쁠 것도 없겠지."

"싫어할 이유가 있을까요? 예쁜 옷을 입고 춤도 추고 맛있는 음식을 먹을 수 있잖아요……."

모드의 표정이 그 충분한 대답이었다.

"공허하고 의미 없는 가식적인 인생이야."

미란다는 치맛자락을 펼치며 조심스럽게 모드의 침대 옆에 내려앉았다.

"정말 그런 사람들 얘기 좀 해주세요. 레이디 이모겐이 계속해서 주의사항들을 늘어놨어요. 서 있는 법, 인사하는 법, 얘기할 사람과 하지 말아야 할 사람, 말해야 할 때와 하지 말아야 할 때. 하도 까다롭게 잔소리하는 바람에 들은 것도 다 잊어버렸다구요. 하코트 나리는 그런 게 전혀 필요 없는 것처럼 신경도 안 쓰시구요."

그녀가 무기력하게 두 손을 펼쳐보였다.

"무서워 죽겠어요. 어떻게 해야 할지 하나도 모르겠구요."

모드가 다소 생기를 되찾으며 일어나 앉았다.

"겁낼 필요 없어. 그 사람들은 죄다 골빈 멍청이들이야. 당연하게 널 나라고 생각할 거야. 그렇게 소개를 받고 네가 나하고 똑같이 생긴

데다가 멋진 드레스를 입었으니까. 게다가 그렇게 대담한 장난을 치리
라고는 상상도 못할 거라구."

"… 거리의 곡예사를 진짜 귀족 레이디로 내보이는 그런 장난 말인
가요?"

미란다의 눈동자가 반짝이며, 공포스런 느낌도 조금쯤은 사그라들
었다.

"맞았어, 그들을 속이는 게 얼마나 쉬울까만 생각하라구. 얼마나 어
리석은 인간들인지 깨닫고 나면 전혀 겁나지 않을 거야."

"하지만 여왕님은 어떻게 해요? 그분까지 멍청하단 말은 마세요."

미란다의 얼굴이 다시 심각해졌다.

"그래, 그렇게 말할 수야 없지. 하지만 누군가 자신에게 가짜를 내
보이는 그런 무엄한 짓을 하리라고는 상상도 못하실걸. 너한테 조금
못마땅한 점이 있다거나 네가 약간의 실수를 한다 해도 그런 쪽으로
의심하진 않으실 거야."

"하지만 폐하께서 날 못마땅해하시면 나리가 실망하실 거예요."

미란다는 혼잣말처럼 중얼거렸다.

"넌 아무 말 할 필요 없어. 그냥 절을 올리고 얌전하게 서 있다가 나
가라고 할 때 나오기만 하면 돼."

그 정도라면 충분히 간단할 것 같았다, 너무 쉽다 싶을 만큼…….

"절하는 모습 좀 봐주세요. 아까 레이디 이모겐이 하도 헤집어놔서
예법들이 기억나질 않아요. 그래도 최소한 여왕님 앞에서는 제대로 해
야 하잖아요."

그녀가 침대에서 일어나 몇 걸음 뒤로 물러섰다. 그리고는 한 발을
앞으로 내밀면서 우아하게 에메랄드색 치마를 펼치며 뒤쪽으로 내려
앉았다.

모드의 시선이 비판적으로 그녀를 살펴보았다.

"눈을 내리깔아야 돼. 몇 초 동안 고개를 숙이고 있어야 하고. 그 다

음에 고개를 들면서 천천히 일어나는 거야.”

미란다가 그대로 행동했다.

“깊이는 어때요? 이 정도면 충분히 내려간 건가요? 더 몸을 낮추다가는 주저앉아버릴 것 같아요.”

모드가 쿡쿡 웃음을 터트렸다.

“어머나, 폐하 앞에서 허락도 없이 앉으면 큰일 나. 폐하께서 앉으라고 허락하셨을 경우라도 폐하께서 일어나시면 너도 당장 따라 일어나야 돼.”

“그래야겠군요.”

“그래도 그런 일이 생기진 않을 거야. 폐하께서 앉는 걸 좋아하시지 않기 때문에 가신들도 몇 시간씩 세워둔다고 들었거든. 다른 사람들이 피곤해서 쓰러지기 직전까지 계속 서서 걸어다니신대. 특히나 남자들 앞에서는 더 심하시고.”

다시 한 번 모드가 킥킥거렸다.

“모든 면에서 남자보다 더 강하다는 걸 증명하고 싶으신 모양이야.”

그 순간 미란다는 거트루드 아줌마를 생각하며 가슴 아픈 그리움 속으로 빠져들었다. 힘으로 치자면 라울이 가장 강했지만, 곡예단을 실질적으로 이끌어가는 사람은 바로 그녀였다. 결정을 내리고 단원들의 용기를 북돋아주고 돈을 관리하고……. 그들은 어디에 있을까? 그녀에 대해서 생각하고 걱정하고 있을까?

“왜 그렇게 슬픈 얼굴이야?”

모드의 질문에 미란다는 고개를 흔들었다.

“그냥 발이 너무 아플까봐서요. 저녁 내내 어떻게 견뎌야 할지 모르겠어요.”

그녀가 다시 작은 거울을 들여다보았다.

“머리 짧은 거 눈에 띄어요?”

뒤로 빗어 넘긴 머리가 아주 약간만 드러났을 뿐 이마 위에서부터 보석 박힌 머리덮개가 이어지고 그 뒤로는 연초록 베일이 등까지 치렁치렁 늘어져 있었다.

"아니."

모드가 그녀를 안심시켜주며 다시 당혹스레 눈살을 찌푸렸다.

"하지만 넌 분명히 슬퍼 보여……. 사실은 너의 슬픔이 느껴져. 마치 내 마음이 슬픈 것처럼."

미란다는 물끄러미 그녀의 눈동자를 들여다보고 나서, 자신의 감정을 불안하게 만드는 그 주제를 애써 밀어냈다.

"정말로 궁궐에 가기 싫은 거예요? 다른 사람들이 음악과 춤을 즐기는 동안 혼자서만 여기 누워 있으면 너무 외롭지 않겠어요?"

"나한테는 기도서와 시편집이 있잖아. 베르트하고 같이 기도할 거야. 사실은……."

그녀의 눈동자에 빛이 번득였다.

"널 믿어도 될까……. 그래, 믿을 수 있어. 사실은 모두 떠난 다음에 데미안 신부님이 와서 고해성사를 들어주시기로 하셨어."

"도대체……."

미란다는 적당한 단어를 찾는데 실패했다. 소름끼칠 정도로 닮았고, 가끔씩 한 사람처럼 느껴지는 순간이 있다고는 해도 어떻게 모드가 죄를 고백하고 고행을 받아들이는 그 지독한 일에 만족과 기쁨을 느낄 수 있는지 도무지 이해할 수가 없었다.

시계 종소리가 세 번 울려퍼지자, 미란다는 어깨를 쭉 펴고 일어났다. 또다시 불안하고 초조해졌다.

"이젠 내려가 봐야겠어요."

"내 평판이 네게 달려 있다는 걸 잊지 마. 꼭 나처럼 행동해야 돼."

그 말을 중얼거리고 나서 모드는 흠칫 놀라워했다. 생전 처음으로 자신이 농담이라는 걸 해본 순간이었다.

미란다가 미소지으며 조용하게 방에서 빠져나가자 모드는 물끄러미 닫혀진 문을 바라보았다. 갑자기 방 안에서 생기가 사라져 버린 듯했다. 데미안 신부님이 오신다는 생각도 그 울적함을 달래주지 못했다. 창 밖의 잿빛하늘처럼 무겁게 가라앉을 뿐이었다.

'피를 빼서 그런 거야.'

그녀가 확고하게 마음속으로 중얼거렸다.

아래층으로 연결된 층계 위에 도착하자마자 미란다의 미소가 잦아 들었다. 숨쉬기가 힘이 들고 심장이 빠르게 두근거렸다. 치맛자락에 손바닥을 문지르고 부채를 펼쳐서 더워지는 얼굴에 열심히 부채질을 했다. 두려움을 꿀꺽 삼킨 다음, 나무난간의 차가운 감촉에 용기를 구하면서 천천히 계단을 내려갔다.

계단 밑의 홀에 서 있던 세 사람이 동시에 미란다에게 시선을 돌렸다.

한순간 가레스는 자신이 알고 있는 진실을 잊어버릴 뻔했다. 의심할 여지없는 모드였다. 다른 사람일 수가 없었다. 그의 옆에서 이모겐도 놀란 숨을 들이키며 뚫어져라 바라보았다. 듀포트 경만이 자신이 고른 옷의 효과를 가늠해보는 중이었다.

"오호, 대단히 매력적이오."

그가 부드럽게 박수를 치며 입을 열었다.

"드레스가 아주 잘 어울리지 않소, 하코트?"

"그렇군요."

가레스가 대답했다. 이 여자는 모드가 아니었다, 미란다였다. 혈색도 건강하고 몸매에도 굴곡이 살아 있었다. 아침에는 한 사람의 몸 속에 레이디와 부랑아가 공존한다고 생각했었지만, 지금은 부랑아의 흔적이 완벽하게 사라지고 레이디의 모습만 남았다. 왠지 너무나 완벽한 이 변신이 그의 마음에 들지 않았다.

미란다가 아래쪽 세 번째 계단에서 멈춰 섰다. 하코트 경은 반짝이는 청색선이 그려진 은색의 짧은 망토를 걸치고 있었다. 더블릿도 청록색이 수놓아진 은색이었고, 검푸른 트렁크호스가 살짝살짝 벌어져 그 안의 은색 스타킹 밴드를 드러냈다. 보석이 박힌 벨트를 엉덩이에 걸치고 장갑 낀 손이 칼자루에 느긋하게 올려져 있었다.

그녀의 핏속으로 순수한 기쁨이 넘쳐나면서 조금 전까지의 두려움이 로체스터의 여인숙에서 느꼈던 그 혼란스런 감각으로 대치되었다. 그가 얼굴을 씻고 셔츠를 갈아입는 걸 보면서 묘하게 일어났던 그 흥분감.

시선을 들어올리는 순간 느긋하게 내려 뜬 가레스의 눈동자에 충격적인 깨달음이 나타나는 걸 보았다. 그녀는 입술을 축이고 떨림을 진정시키기 위해 허벅지에 바짝 힘을 주며 입을 열었다.

"마음에 드시나요, 나리?"

그 질문에 한마디 말보다 더 많은 의미가 담겨 있는 듯했다.

"놀라운 변신이로군."

가레스가 교묘하게 대답을 피해나갔다.

"대단하지 않습니까, 누이?"

"정말 대단해. 축하한다, 가레스. 처음 이 아이를 보았을 때는 그 가능성을 믿지 못했었어."

가레스가 한 손을 내밀자 미란다가 그 위에 손을 올려놓고 남은 세 계단을 내려섰다. 그녀의 손목에서 뱀 모양 팔찌가 반짝거렸다.

"이젠 이 팔찌를 차는 게 더 편안해졌소?"

가레스가 한 손가락으로 그것을 빙글 돌려보았다.

"편치 않을 이유가 뭐 있겠니? 그렇게 아름다운 물건인데."

이모겐이 말도 안 된다는 듯이 소리쳤다.

"전 이 팔찌가 싫어요. 하지만 백조 장식은 마음에 들어요."

미란다가 에메랄드 백조의 모양을 살그머니 매만졌다.

"하, 네가 언제 그런 보석을 본 적이나 있었겠니?"

이모겐이 성마르게 코웃음쳤다.

미란다의 얼굴이 빨개지는 걸 알아차리며 가레스가 끼어들었다.

"이만 갑시다, 더 이상 낭비할 시간이 없소."

그들 모두 거룻배에 올라설 때까지 미란다는 더 이상 입을 열지 않았다. 두 명의 제복 입은 하인과 이모겐의 하녀 둘이 대동했다. 레이디 이모겐이 배 뒤켠에 자리잡은 두 개의 의자 중 하나에 내려앉자 하녀들이 그녀의 치맛자락과 망토를 정돈해 준 다음 뱃머리로 물러났다.

"이리 와서 앉으렴, 가레스."

이모겐이 명령하듯이 자신의 옆자리를 가리켰다.

"나의 사촌이 궁금한 게 있을지도 모르니 우린 중앙 벤치에 앉겠습니다. 매형이 저 자리에 앉으시지요."

그 자리배치를 내켜 하지 않으면서도 마일즈가 서둘러 다가가서 갑판바닥을 살핀 후에 조심스럽게 빨간 가죽신발을 가지런히 내려놓았다.

"신발을 조심하셔야겠소, 부인. 의자 밑에 물기가 있구려. 거기 닿으면 염소가죽에 흉한 얼룩이 진다오."

이모겐이 흘깃 아래쪽을 내려다보며 코를 찡그렸다.

"여기 갑판을 닦아내거라."

하인 하나가 즉시 투박한 천을 들고 달려와 무릎을 꿇고 물기를 닦아냈다.

미란다는 백작이 지정해 준 배 가운데 위치한 벤치에 자리잡았다. 노랑과 검은색의 하코트 가 깃발들이 뱃머리와 선미에서 펄럭이고, 똑같은 제복차림의 사공 네 명이 긴 장대를 집어들었다. 거룻배가 다른 배들을 피해가며 강의 한가운데로 스르르 미끄러져갔다.

"모드의 구혼자는 언제쯤 오시는 건가요?"

"금방 도착할 거요. 내 뒤로 바로 출발하겠다고 했으니까."

미란다는 팔찌를 만지작거렸다.

"여왕님께서 이 결혼에 찬성해주실까요?"

"그럴 거요."

"사람들이 절 모드로 생각할까요?"

모드에게 확답을 받았음에도, 백작의 입으로 그 말을 듣고 싶었다.

"달리 어떻게 생각하겠소? 나의 사촌은 아직 궁에 나아간 적이 없었다오. 오늘 당신이 모드를 대신하여 데뷔하는 것이오."

"여왕님께서 저와 얘기하고 싶어하실까요?"

"폐하께서 말을 거실 것이오, 인사를 받는 이상으로 당신에게 관심이 생기신다면. 당신은 말할 필요가 없소. 사실 말을 하는 것이 더 부적절하게 여겨질 거요. 눈을 내려뜨고 절을 올리고, 당신에게 직접 질문하셨을 때에만 대답하시오. 대답은 간단하고 짧게 끝내야 하오."

모드에게 들은 말과 똑같았지만, 그래도 그녀의 걱정은 가라앉지 않았다.

"제 곁에 있어 주실 거죠, 나리?"

그가 흘깃 그녀에게 시선을 던졌다.

"레이디 이모겐이 당신을 보살펴 줄 거요."

"하지만 나리께서 제 곁에 있어 주셔야 해요. 제가 어리둥절해지는 경우 올바른 행동을 가르쳐 주셔야 하잖아요."

부디 그녀의 심정만큼이나 간절하게 들려야 할 텐데.

"그런 경우는 생기지 않을 거요."

그가 상냥하게 용기를 북돋워 주었다.

"당신이 해야 할 일을 정확히 알게 되리라 믿소. 날 부르는 호칭에 대해서는 신경을 써야 하겠지만."

어째서 이 사람은 그녀의 두려움을 몰라주는 걸까? 도대체 무슨 근거로 아무 문제 없을 거라고 생각하는 걸까?

"가레스라고 부를까요?"

그녀가 순진한 척 물어보았다.

가레스의 얼굴에 순간적으로 놀란 표정이 나타났다가 약간의 짜증으로 바뀌고, 그 다음에는 서서히 미소로 변해갔다.

"목표달성을 축하하오. 내가 당신 그림자처럼 가까이 붙어 있겠소."

미란다에게 대단히 만족스런 대답이었다.

거룻배가 그리니치 궁의 수로 계단에 도착했을 때는 5시가 가까워서였다. 줄줄이 늘어선 배들이 승객들을 하선시키기 위해 기다리고, 사공들은 자신의 주인 이름을 외치며 우선권을 주장해댔다.

시간이 지체되는 것에 아랑곳없이 가레스는 뱃머리에 서서 아는 얼굴들을 찾아보았다.

모드가 사람들 앞에 나선 적이 거의 없는데다 가족 외에는 누구하고도 친밀하지 않았으므로 별 문제는 생기지 않으리라. 그럼에도 불구하고 사람들 사이를 훑어보는 사이 그의 피가 빠르게 용솟음쳤다.

이모겐이 짜증스레 입을 열었다.

"누가 우리보다 우선권을 가졌다는 거냐? 여기 있는 대부분의 사람들보다 우리를 먼저 내리게 해줘야 해."

"서퍽 공작보다 앞설 수는 없지요, 누이."

"애런들 후작도 있다오."

동생과 남편의 대꾸를 듣고 나자 이모겐이 잠잠해졌다.

그때 미란다가 벌떡 일어나 치맛자락을 모아쥐며 하코트 경 옆으로 움직여갔다.

"앉아!"

이모겐이 호통쳤다.

"하선할 준비가 될 때까지 앉아 있어! 그런 식으로 점잖지 못하게 구경하지 말거라."

레이디 이모겐의 어조에 분개하며 미란다는 잠시 머뭇거렸다. 그냥 자리로 돌아가라고 조용하게 말하면 될 것을, 왜 저렇게 신경질적이람.

"자리로 돌아갑시다."

가레스가 중재에 나섰다.

"우리 둘 다 앉아 있어야겠소. 배의 밧줄을 묶을 때 방해가 될지도 모르니."

'방해될 것 같지는 않은걸.'

미란다는 그것이 타협이라는 걸 알아차렸다. 그는 언제나 누이와의 갈등을 피하려는 것 같았다.

"겁쟁이로군요."

그녀의 목소리에 웃음기가 배어났다.

"신중함이 용기보다 더 나은 경우도 있다오."

언제나 그녀에게서 웃음을 자아내는 그 침착하고 메마른 어조였다. 그가 그녀의 등에 손을 대고 벤치로 재촉해 나갔다.

겹겹의 천을 뚫고 그의 따뜻한 체온이 느껴졌다. 목덜미의 솜털이 쭈뼛 일어서고 그 따끔한 감각이 등줄기로 흘러내려 뱃속에 전율을 일으켰다. 미란다는 자신도 모르게 그의 얼굴을 뒤돌아보았다.

가레스도 그 푸른 눈동자를 마주보았다. 그녀의 시선은 언제나 솔직하게 열려 있어 쉽사리 읽어낼 수 있었다. 지금도 다를 바가 없었다. 그는 그곳의 적나라한 욕망에 날카로운 숨을 들이켰다. 혼란과 불안이 뒤섞인 욕망, 그의 가슴을 뒤흔들어놓을 만큼 순수한 욕망……. 미란다는 자신의 그 느낌이 무엇인지조차 알지 못하리라.

하지만 가레스는 자신의 느낌을 잘 알고 있었다. 그의 손이 그녀의 등에서 떨어져나갔다.

미란다는 다시 의자에 내려앉았다. 빠르게 고동치는 심장박동을 가라앉히고, 웃어야 할지 울어야 할지 모를 만큼 거칠게 뒤엉켜버린 감정들과 그 혼란스런 감각들을 진정시키려 노력하면서…….

배의 밧줄이 묶이자마자 미란다가 벌떡 일어났다. 사공이 내민 손을 무시해 버리고 가볍게 땅으로 뛰어내렸다. 그 후에야 이모겐의 경악스런 신음소리를 알아차렸다.

맙소사, 첫번째 실수를 저질러 버렸다! 이 혼란을 잊어버리고 정신을 집중시켜야 했다. 어디에 와 있는 것인지, 누굴 대신해서 와 있는지 기억해야만 했다. 그녀가 치맛자락을 정돈하며 부채를 펼쳐들고 은근슬쩍 주위를 둘러보았다. 이 단정치 못한 하선을 지켜본 사람이 없어야 할 텐데.

가레스가 그녀의 옆으로 다가섰다.

"듀포트 부부가 앞장설 수 있도록 비켜서시오. 두 분이 우리보다 우선이오."

미란다가 얼른 비켜서자 이모겐이 남편의 팔을 붙잡고 휙 지나쳐갔다.

'프랑스의 앙리 왕과 결혼하면 이 부랑아가 엘리자베스 여왕을 제외한 그 누구보다 우선이 되리라.'

가레스는 미란다의 우아한 자태와 오만하다 싶을 만큼 자연스런 자신감, 확고한 시선을 물끄러미 내려다보았다.

그들이 주목나무들 사이의 빨간 타일길을 따라 걸음을 옮겼다. 아직 햇살이 남아 있음에도 불구하고 램프를 든 소년들이 중간중간 배치되어 환한 불빛을 밝혔다.

좁은 울타리 사이를 빠져나가자 눈앞으로 넓은 자갈길이 활짝 펼쳐졌다. 그곳에 가신들이 한데 모여 웅성거렸고, 그 소음 위로 궁정음악가들이 연주하는 달콤한 선율이 흘러들었다.

이모겐이 당당하게 움직여 가는 동안, 그녀의 남편은 함선 옆의 부표처럼 열심히 종종걸음쳤다. 하지만 미란다가 그 모습을 더 관찰하기도 전에 그들 일행은 사람들 속으로 파묻혔다. 아는 얼굴들에게 인사를 건네며 또 인사를 받으며 그녀를 앞으로 이끌어 소개시키기를 계속해갔다. 그녀는 연신 예를 갖추고 대답을 중얼거리며 얌전해 보이려 노력했다. 하지만 시선을 내리깔고만 있는 것은 불가능했다. 주위를 둘러싼 사람들의 수많은 얼굴과 화려한 의상, 의례적인 매너에 거의 넋을 잃어버렸다. 하지만 하코트 경이 멀어지려는 순간까지 알아차리지 못할 리는 없었다.

그녀가 당장 그 뒤로 따라가려 하자 듀포트 경이 부드럽게 그녀의 팔을 잡아 제지했다.

"가레스는 금방 돌아올 거요. 의전관에게 우리가 왔다는 걸 알리러 간 것뿐이오."

다음 순간 그가 미란다의 팔을 붙잡은 채 지나가는 사람에게 인사하며 아내의 사촌을 소개시켰다. 미란다도 다시 한 번 자신의 역할로 되돌아갔다.

미란다가 긴장을 풀어가고 있을 무렵, 두 명의 신사가 그들 쪽으로 성큼성큼 다가섰다. 그녀는 그 즉시 로체스터의 말 보관소에서 보았던 두 남자라는 걸 알아차렸다. 그때 그들의 눈에 띄지는 않았어도 레이디 모드를 다른 사람들보다 더 잘 아는 인물들이라고 하지 않았던가. 그녀의 심장이 빠르게 고동쳤다. 어떻게 대해야 하는 걸까? 그들의 이름조차 모르는데.

"레이디 듀포트."

킵 로시터가 깊이 고개를 숙였다.

"안녕하십니까, 듀포트 경."

브라이언도 차례로 두 남녀에게 인사를 보냈다.

이모겐이 무뚝뚝하게 아는 체했다. 그녀의 어조에 못마땅한 기색이 역력했다. 그 두 남자를 자신의 동생과 친하게 지낼 가치가 없는 저속한 인물로 생각하기 때문이었다.

"레이디 모드."

킵이 미란다에게 인사를 건넸다.

"사교계에 나오시는 걸 처음 보는군요, 레이디."

브라이언도 맥주 냄새를 풍기며 고개를 숙였다.

"이렇게 매력적인 모습을 감추고만 계셨다니 너무하시는군요."

그가 낄낄거리며 그녀의 손을 붙잡아 입술로 들어올렸다.

"솔직히 이토록 아름다운 꽃을 어둠 속에서만 피게 만든 하코트에게 강력히 항의해야겠습니다."

그 과장된 찬사에 미란다는 하마터면 웃음을 터트릴 뻔했다. 그녀는 웃음을 숨기려고 눈을 내리깔면서 새침하게 예를 갖췄다. 적어도 이젠 그들의 이름을 알게 되었으니 다행이었다.

"불행히도 나의 사촌이 허약한 체질이라서요."

이모겐이 싸늘하게 대꾸했다.

킵 로시터의 시선이 날카롭게 미란다의 얼굴을 살펴보았다.

"레이디 모드, 기력이 돌아온 모습을 보게 되어 기쁘군요."

"감사합니다."

미란다가 조심스러운 어조로 중얼거렸다. 마치 기억을 더듬는 듯한 그 남자의 시선이 그녀를 몹시도 불안하게 만들었다.

그가 이모겐에게 시선을 돌렸다.

"아마도 레이디의 보살핌 덕분이겠지요. 감탄스럽습니다."

이모겐의 입술에 억지 웃음이 떠올랐다.

"우린 이만 가봐야겠어요. 여왕 폐하의 부르심을 기다리는 중이랍니다. 아, 저기 가레스가 돌아오는군요."

"킵, 브라이언……. 안녕하신가."

가레스가 두 친구들에게 태연스레 인사를 건넸다. 전에 미란다를 들킨 적이 없으니 두려워할 이유는 없었다.

"방금 레이디 듀포트의 노고를 치하해드리던 참이었네, 가레스."

브라이언이 껄껄 웃으며 친구의 어깨를 두들겨댔다.

"자네 사촌이 아주 건강해 보이잖나. 앙증맞은 복숭아처럼, 깜찍한 사과처럼 말일세."

"그만하게, 내 사촌이 부끄러워하잖나."

"아니, 오히려 웃고 있는 듯한데."

킵의 시선이 여전히 미란다에게 닿아 있었다.

"지각 있는 레이디라면 어느 누가 그런 찬사에 관심을 기울이겠나, 브라이언. 그렇지 않소, 레이디 모드?"

그 질문 때문에 미란다는 발 밑으로 굴러다니던 시선을 억지로 들어올려야 했다. 그녀의 하늘색 눈동자에 웃음기가 가득했다.

"그런 것 같습니다, 경."

간신히 웃음을 참으며 그녀가 노래하는 듯한 목소리로 대답했다.

킵의 시선이 더 날카로워졌다. 친구의 사촌이 희미하고 갈대 같은 목소리의 소유자였음을 기억해낸 듯했다. 그리고 음울하고 늘 뚱해 보이던 얼굴에서 저런 미소를 본 적이 없다는 것 또한 확신하는 듯했다.

"하코트 경, 폐하께서 레이디 모드 드 알바르와 함께 들라하시오."

찬란한 금사슬과 검은 지팡이로 직위를 드러낸 의전관이 사람들 사이에서 모습을 드러냈다.

"이만 실례해야겠네."

가레스가 친구들에게 고개를 끄덕여 보였다.

"갑시다, 사촌."

그리고는 미란다에게 팔을 내밀었다.

"폐하께서 듀포트 부부를 함께 부르지 않으셨던가요?"

이모겐이 의전관을 다그쳤다.

"아니오, 마담."

이모겐이 뾰로통하게 입술을 오므리며 홱 돌아서서 긴 행렬 쪽으로 갔다. 하지만 마일즈는 그대로 서서 미란다의 외모를 점검해 보았다. 주름깃을 살짝 잡아당기고 치마의 뒷자락을 정리해 준 다음에야 만족스런 표정이었다.

"됐소, 이 정도면 누구도 흠잡지 못할 것이오."

그가 그녀의 뺨을 토닥이고 나서 서둘러 아내의 뒤로 종종걸음쳤다.

"폐하께 흠을 잡히면 어쩌죠?"

미란다가 작은 목소리로 속삭였다.

"그럴 리 없소."

가레스가 상냥하게 대답하며 그녀의 손을 자신의 팔에 올려놓았다.

"하지만 전 겁이 나요. 며칠 전만 해도 거리에서 재주넘기를 하던 제가 지금 영국의 여왕을 만나게 되잖아요!"

"당신이 여왕 폐하 앞에서 재주넘기만 하지 않으면 모든 게 잘 될 거라오."

그 놀리는 듯한 어조가 그녀의 침착성을 되찾아주었다. 미란다는 어깨를 쭉 펴고 똑바로 앞을 쳐다보면서 수많은 방들을 지나쳐갔다. 위풍당당한 의전관의 뒤를 따라가는 그들에게 뭇 가신들이 부러움어린 시선을 보냈다. 폐하를 알현하는 그 크나큰 영광을 얻으려고 수많은 무리들이 의전관의 시선을 붙잡기 위해 노력했다. 하지만 의전관은 그 누구도 쳐다봐주지 않았다.

13

하인이 양쪽의 문을 활짝 열어젖히는 순간 의전관의 낭랑한 목소리
가 울려퍼졌다.

"하코트 경과 레이디 모드 드 알바르입니다."

두 사람이 동시에 절을 올렸다.

"어서 오시오, 하코트 경."

위엄 있는 목소리가 방의 맞은편에서 들려왔다.

"그 아이를 이리 데려오시오."

가레스가 한 걸음 나아간 뒤 다시 절을 올렸다. 미란다도 똑같이 예
를 갖췄다. 세 걸음 움직였다가 다시 그 과정을 되풀이했다. 그런 후에
야 가레스가 몸을 펴고 미란다의 손을 이끌며 앞으로 걸어갔다.

"폐하, 저의 사촌 레이디 모드 드 알바르의 인사를 받아주십시오."

그가 팔을 풀어내고 옆으로 살짝 비켜났다.

미란다는 보호막이 떨어져나간 것처럼 철저하게 고립된 느낌으로
다시 절을 올렸다. 그리고는 이제 고개를 들어도 되는 걸까 궁금해했

다. 지금까지 그녀가 본 것이라고는 은색의 치맛자락과 은색의 구두뿐이었다. 하지만 손 하나가 그녀의 턱을 붙잡아 들어올렸을 때, 길고 아주 쭈글쭈글한 얼굴과 검은 눈동자가 눈앞에 들이닥쳤다.

"매우 예쁜 아이로군. 로이시 공작이 이 청혼에 동의하던가?"

여왕이 그녀의 턱을 놓아주며 하코트 경에게 질문을 던졌다.

"네, 폐하. 흔쾌히 응하였습니다."

"잘 됐군……. 잘 됐어. 프랑스 궁과 동맹을 맺게 된다면 그보다 잘 된 일도 없지."

그녀가 화려하게 조각된 의자로 내려앉으며 옆자리를 손짓했다.

"앉으시오, 경. 상세하게 들어봐야겠소. 앙리가 조만간 파리 시민의 항복을 받아낼 것 같던가?"

가레스는 미란다 쪽을 쳐다보지도 않고 폐하의 옆으로 내려앉았다. 여왕이 방 안의 가구만도 못하게 그녀에게 신경 쓰지 않는 지금 가레스도 똑같이 해야 하는 것이리라. 그래도 미란다는 관심에서 벗어난 것이 더할 수 없이 행복했다. 이제야 이 방과 사람들을 살펴볼 기회가 생긴 것이다. 그리고 그 즈음에야 발이 아프다는 것을 의식하며 발가락을 꼼지락거렸다.

레이디 메리 애버내시가 다른 네 명의 레이디들과 같이 자수틀을 붙잡고 앉아 있었다. 미란다는 레이디 메리가 자수틀만 쳐다보고 있는 이유를 이해할 수가 없었다. 다른 레이디들은 무심하게나마 그녀에게 시선을 던졌고, 그 중 한 명은 스치듯이 미소를 지어보였다. 그 다음에야 마침내 레이디 메리가 고개를 들어올렸다. 방 한가운데 꼼짝 않고 서 있는 미란다를 쳐다보긴 했어도, 그녀의 얼굴에는 미소가 아닌 찌푸림이 나타나 있었다. 미란다는 불안해졌다. 무슨 실수를 저지른 걸까. 머리덮개가 흐트러졌을까, 아니면 치마가 파딩게일에 걸려버렸을까. 불편하게 발을 움직이는 순간 마비됐던 발가락이 금세 고통을 호소해와 저절로 인상이 찡그려졌다.

레이디 메리는 냉담하게 고개를 숙여보이고는 자수틀로 시선을 내렸다. 아픈 발 때문에 싫은 여자에게라도 우호적인 손짓을 보내려 했던 미란다는 이제 달리 신경 쓸 일이 필요했다. 그래서 은밀하게 여왕 폐하를 훔쳐보기로 했다.

여왕 폐하의 모습은 눈이 부실 정도였다. 은색의 망사 같은 가운이 그 안의 진홍색 드레스를 더욱 화려하게 돋보이도록 만들었고, 슬래시를 넣은 소매에는 빨간 호박단이 곁들여졌으며, 머리 위까지 높이 솟은 칼라에는 루비와 진주들이 박혀 그 하나하나의 보석들이 저마다 빛을 발하며 윙크해대는 듯했다. 주름진 목에는 루비와 진주들이 주렁주렁 늘어지고 빨간 색조의 가발에는 그와 똑같은 보석들의 왕관이 얹혀져 있었다. 대화하는 동안 쉬임 없이 움직이는 손에도 반지들이 주렁주렁 끼워져 있었다.

사실 대화가 아니라, 거의 여왕 혼자만 얘기하는 듯 보였다. 가레스에게 질문을 던졌다가 그 대답이 끝나기도 전에 가로막고는 다른 질문이나 반대의견을 제시했다. 그러나 그런 방식에 익숙한 듯, 가레스는 여왕의 끊임없는 간섭에도 전혀 놀라워하지 않았다.

아무 때고 여왕이 벌떡벌떡 일어날 때에는 가레스도 즉시 뒤따라 일어났다. 성마르게 방 안을 걸어다니면서 의견을 제시하고 질문하고 나름대로 해석하다가 여왕이 또다시 자리에 앉으며 하코트 경에게 앉으라고 손짓해댔다. 하지만 결코 오래 앉아 있는 법이 없었다.

"레이디 모드, 나의 모습이 마음에 드느냐?"

그 질문에 당황한 나머지 미란다는 무엄하다는 사실도 잊은 채 여왕 폐하를 똑바로 쳐다보았다. 흥미로워하는 듯한 시선이 그녀를 마주보고 있었다.

"나를 관찰하고 있지 않았느냐?"

미란다는 허둥지둥 대답할 말을 찾아보았다. 부인해야 할까, 아니면 변명을 해야 할까? 굳이 시선을 돌리지 않더라도 다른 레이디들의 눈길이 자신에게 집중되는 것이나 레이디 메리의 충격어린 표정을 느낄 수 있었다. 가레스는 왜 나서서 구출해주지 않는 걸까? 그는 그녀의 어깨 너머 어딘가를 바라볼 뿐 아무 말도 없었다.

이윽고 미란다가 깊이 절을 올렸다.

“저의 경망스러움을 용서해 주십시오, 폐하. 여왕 폐하를 직접 뵙는 것이 처음이라서 그만…… 폐하께서 다른 곳에 신경 쓰시는 것 같아 눈에 띄지 않을 줄 알았습니다.”

방 안의 공기마저도 흐름을 멈춘 듯 모든 사람들이 숨을 죽였다. 다음 순간 여왕이 검게 변색된 이를 드러내며 웃어젖혔다.

“정직은 칭찬 받을 만한 미덕이지. 여기 가신들에게 보기 드문 미덕이기도 하고. 가까이 오너라, 아이야.”

미란다는 최악의 상황이 발생했음을 충격적으로 알아차렸다. 불안감으로 너무 낮게 절을 올리는 바람에 자세가 위태로워졌다. 엉덩이가 바닥에서 거의 3센티미터도 떨어져 있지 않았다. 이 세상 최고의 곡예사라 해도 두 손을 카펫에 짚지 않고서는 일어날 수 없었다. 이렇게 절망적인 심정만 아니었다면 웃음을 터트리고 말았으리라. 곡예사 체면에 이게 무슨 꼴이란 말인가.

순간 갑자기 가레스가 그녀의 옆으로 다가서며 그녀의 팔꿈치를 잡고 우아하게 일으켜주었다.

“저의 사촌이 다소 두려움에 빠진 듯합니다, 폐하.”

“내가 보기엔 대단히 태연해 보인다오, 경.”

여왕이 이 곤경을 알아차렸을까? 다른 사람들은? 미란다는 흘깃 레이디 메리를 쳐다보았다. 경악스런 표정이긴 하지만 이 순간의 위험을 알아차렸는지에 대해서는 확신할 수 없었다.

미란다가 여왕에게 다가가자 여왕이 그녀의 오른손을 붙잡았다.

“어떠냐, 로이시 공작이 너의 마음에 들더냐?”

“공작님의 초상을 뵌 적이 없기에 뭐라 말씀드릴 수가 없습니다, 폐하.”

“이런이런, 하코트. 그걸 보여주지 않았다는 게요?”

여왕이 그녀의 손을 붙잡은 채로 가레스의 팔을 부채등으로 살짝 내리쳤다.

“신랑감의 모습도 알지 못한다면 이 가엾은 아이에게 어떻게 결혼하고 싶은 마음이 생기겠소?”

제기랄! 상황이 훨씬 심각하게 흘러가고 있었다. 어째서 간단히 대답하거나 그냥 미소만으로 끝내지 못했단 말인가? 하코트 경이 간단하게 대답하라고 했었는데 오랜 친구마냥 여왕님께 재잘거리고 말았으니…….

“오, 부디 하코트 경을 탓하지 말아주세요. 아마도 공작님의 초상이 없어서 나…… 하코트 경께서 보이시지 못하셨을 거예요.”

가레스가 진지하게 입을 열었다.

“그 점을 내가 미처 생각지 못했구려. 하지만 당신의 구혼자에게 아무런 흠이 없음을 내가 보장하겠소.”

“오, 그럼요…….”

미란다가 열성적으로 대답했다.

“당신이 흠 있는 분과 저를 결혼시키리라고는 꿈에도 생각지 않는답니다.”

“오호……. 이 아이에게 대단한 신뢰를 얻고 있군.”

여왕이 다시 한 번 웃음을 터트렸다.

“다른 후견인들도 이 정도의 존경과 신뢰를 받는다면 얼마나 좋겠소……. 물론 그럴 만한 이유가 있기 때문이라고 믿지만.”

가레스는 살짝 고개를 숙이는 것으로 대답을 대신했다. 여왕이 땅속으로 파고들고픈 심정의 미란다에게 시선을 돌렸다.

“이 아이가 허약한 체질이라고 들었는데 충분히 건강해 보이는구려, 하코트 경.”

"이제 그 동안의 병치레에서 벗어난 듯싶습니다, 폐하."

"그래, 그래야지."

문득 여왕이 미란다의 팔찌를 알아차리고는 손목을 들어올렸다.

"예쁜 보석이로군. 아주 특이해."

"로이시 공작의 선물입니다, 폐하. 레이디 모드의 어머니가 프랜시스 공작에게 받았던 약혼 선물이었지요."

"아, 적절한 선택이라 하겠소. 세상에 둘도 없는 보석인 듯하오."

미란다가 즉시 팔찌를 풀어내려 했다.

"폐하의 마음에 드신다면……."

"오, 아니다. 아이야!"

여왕이 즉시 가로막았지만 즐거운 기색을 숨기지 않았다.

"그것을 남에게 주어버리면 너의 구혼자가 대단히 불쾌해할 터이니."

드디어 그녀가 미란다의 손을 풀어주었다.

"이만 나가보시오, 하코트 경. 기회가 닿는다면 그대의 사촌을 다시 데려오시오. 매우 신선한 아이로군."

가레스가 즉시 명령에 따랐다. 미란다와 같이 절을 올리고 주춤주춤 뒷걸음질쳐, 문 밖으로 빠져나왔다.

그제서야 미란다가 안도의 한숨을 토해내며 몸을 일으켰다.

"하마터면 나동그라질 뻔했어요."

"그런 것 같더군."

가레스가 살짝 미소지으며 걸음을 옮겼다.

"구출해주셔서 감사해요. 하지만 어떻게 그런 일이 생길 수 있었을까요? 제가 왜 그렇게 지껄였을까요?"

그녀가 한탄스레 그를 올려다보았다.

"왜 조용히 입 다물고 있지 못했을까요?"

"당신이 군주를 대하는 그 어떤 여자보다도 사교적이었던 것만은 분명하오. 아, 이모겐."

그가 그들 쪽으로 다가서는 누이를 맞아들였다.

"어떻게 됐어?"

그녀가 다그쳐 물었을 때 그는 태평스런 미소로 대답했다.

"별일 없었어요. 가장 힘든 일이 이제 끝났습니다."

"오, 다행이구나."

이모겐이 부채를 활짝 펼쳐들었다.

"가자, 모드. 잉글스 부부가 너를 만나고 싶어하신다."

그녀가 미란다의 팔을 붙잡고 끌어나갔다.

그날 저녁 시간은 미란다에게 끝나지 않을 고문과도 같았다. 예를 갖추고 고개를 끄덕이면서 줄기차게 의미도 없이 미소지어야 했다. 수많은 얼굴과 이름들 때문에 정신이 혼란스러웠다. 하코트 경이 항상 그녀의 근처에 있었는데도 대화 한마디 나눌 수가 없었다.

한 시간 후, 왕실 레이디로서의 임무에서 풀려난 레이디 메리가 그들에게로 합류했다. 그리고는 다짜고짜 다그쳤다.

"모드, 어떻게 그럴 수가 있어요? 폐하께 그런 식으로 주제넘게 말을 하다니."

그녀가 절레절레 고개를 흔들었다.

"하코트 경, 당신도 놀라셨겠지요?"

"놀라지 않았다고는 할 수 없겠지요."

"맙소사, 이 아이가 무슨 짓을 한 거니? 아무 일 없었다고 했잖아."

이모겐이 가레스에게 비난의 시선을 던졌다.

"별일 없었습니다."

"오, 하코트 경, 당신의 사촌이 대단히 불쾌하게 행동했다는 건 인정하셔야 할 거예요."

레이디 메리가 말했다.

"폐하께선 불쾌해하지 않으셨잖소. 오히려 모드의 솔직함을 즐거워하셨소."

가레스의 그런 두둔에 메리는 몹시도 기분이 상했다. 사실 모드의 행동이 여왕님께 밉보이지 않았다는 것은 인정할 수밖에 없었다. 하지만 가레스가 사촌을 이런 식으로 감싸리라고는 예상치 못했었다. 그녀와 똑같이 보수적이고 형식을 존중하는 사람이었으니까. 아니, 그녀가 생각하기로는 그런 사람이었으니까.

"무슨 일이 있었는지 말해봐요, 메리. 어서요!"

이모겐의 재촉을 받으며 레이디 메리가 벌어진 상황을 상세하게 설명했다. 하지만 미란다가 거의 넘어질 뻔했던 것까지는 눈치채지 못한 듯했고, 미란다는 그것이 다행스러워 아무런 변명도 하지 않았다. 하코트 백작도 관심 없는 듯 옆으로 돌아서버렸다.

마실 것이라도 있다면 좋을 텐데. 무척이나 갈증이 났다. 하지만 다과는커녕 물 한 잔조차 보이질 않았다. 단 한 가지 고문에서라도 벗어나기 위해 그녀는 남몰래 신발을 벗었다.

"레이디 모드, 그리니치를 보신 소감이 어떠시오?"

첫번째에 그 질문을 알아차리지 못한 채 두 번째에서야 자신에게 건네는 말임을 깨닫고는, 그녀가 화들짝 킵 로시터에게 시선을 돌렸다.

"아주 근사해요. 정원도 아름답구요."

"강둑을 걸어보는 것도 상쾌할 거요. 관목 사이로 예쁜 오솔길이 나 있다오."

그가 한 팔을 내밀며 미소지었다. 하지만 그 눈동자의 교활함과 신중함이 그녀를 불안하게 했다. 그렇다 해도 하코트 경의 오랜 친구를 무슨 수로 거절한단 말인가.

그녀는 어쩔 수 없이 그의 팔을 붙잡고 걸음을 옮겼다.

그녀의 뒤에서 이모겐의 낮은 비명소리가 들려왔다. 미란다의 버려진 신발, 가만히 서 있을 때는 치마에 가려져 있던 그 신발이 잔디밭

위에 고스란히 드러나 있었다. 레이디 메리도 믿을 수 없다는 듯 노려보았다. 슬쩍 뒤돌아보던 미란다의 얼굴이 창백하게 질려버렸다. 하지만 킵 로시터가 그 소동을 알아차리지 못한 듯했으므로, 꿀꺽 침을 삼키고는 맨발로 계속 걸어갔다. 치맛자락 밖으로 발을 내밀지만 않는다면 아무도 알지 못하리라 믿으면서.

누이의 비명소리에 가레스가 느긋하게 돌아섰다. 이내 그의 경악한 시선이 주인님의 귀환을 바라듯이 나란히 놓여 있는 두 개의 구두에 고정되었다. 킵과 함께 걸어가는 미란다 쪽으로 시선을 돌렸을 때, 그녀는 고개를 빳빳이 쳐들고 걸어가는 중이었다. 가레스는 웃어야 할지 아니면 누이와 똑같은 비명을 내질러야 할지 알 수가 없었다. 미란다도 신발이 벗겨졌다는 것을 알아차렸을 텐데. 아니, 어쩌면 익숙한 상태라서 모르는 걸까.

"어쩌면 좋으니?"

이모겐이 치맛자락으로 그 증거를 가리려 뒷걸음질쳤다.

"저 아이가 맨발이야."

"모르는 척하세요."

가레스가 나지막한 목소리로 충고했다.

"덤불 속으로 차버리세요."

"하지만 저 아이가 맨발이라구."

"가레스, 당신 사촌이 도대체 무슨 생각으로 저러는 거죠?"

그제서야 레이디 메리가 약간의 침착을 되찾았다.

"신발을 벗어버렸어요."

"의사가 자주 맨발로 걸어다니라고 했소. 그래야 병을 일으키는 문제가 나아질 거라더군."

가레스는 스스로도 놀라울 만큼 진지한 어조로 설명해 주었다.

"그러니까 내 말은……. 그녀가 의사의 지시에 따라 신발을 벗었다는 뜻이오."

"하지만……. 하지만 여긴 여왕 폐하의 궁궐이라구요."

메리는 그 설명에 설득당하지도 지금의 놀라움을 진정시키지도 못했다.

"폐하께서 이 자리에 있는 것도 아니잖소."

가레스의 어조가 다소 신랄해졌다.

"더 이상 이 일을 거론하지 마시오, 마담. 어차피 벌어진 일이니 모른 척하는 것이 최선이오."

메리의 목에서부터 뺨으로 빨간 기운이 번져갔다. 그녀가 빙글 돌아서며 냉담하게 중얼거렸다.

"전 이만 폐하께 돌아가 봐야겠습니다, 하코트 경."

가레스는 형식적으로 고개 숙였다.

"잘 가시오, 마담."

메리가 다른 사람들에게 인사 한마디 없이 종종걸음쳐갔다.

이모겐의 호통소리가 터져나왔다.

"어떻게 그럴 수가 있니, 가레스? 레이디 메리가 몹시도 불쾌했을 거다. 그녀는 진실을 말했을 뿐이야. 그런데 넌 약혼녀 대신 그 아이 편을 들었잖니."

가레스는 무심한 손짓으로 누이의 분노를 밀어냈다.

"이미 끝난 일이에요. 지금 우리가 할 일은 이 일에 관심이 쏠리지 않도록 처리하는 겁니다. 난 미란다를 데려올 테니까, 누이는 저 구두를 덤불 속에 밀어넣으세요. 그리고 이제 그만 그녀를 데리고 집으로 돌아가세요."

그가 빠르게 걸음을 옮겼다.

킵은 자연스런 잡담을 이끌면서도 미란다에게 암암리에 날카로운 시선을 던졌다. 그녀는 최대한 시선을 내리깔고 약간 쉰 듯한 목소리로 간단간단히 대답하는 데 온 신경을 기울였다. 하지만 하코트 경의 모습이 나타나자 저절로 안도의 한숨이 터져나왔다.

"어서 오세요, 나리."

백작의 얼굴이 순간적으로 찌푸려졌다. 맙소사, 또 실수해 버렸어. 혀를 깨물고만 싶었다. 흠흠 기침을 하고 목을 문지르면서 그녀가 다시 입을 열었다.

"밤바람 때문인지 목이 아프네요."

"레이디 모드는 그만 집으로 돌아가야 하네."

그가 팔을 내밀었다.

"이렇게 빨리? 자네 사촌과의 대화를 즐기던 참이었다네, 가레스."

킵이 반대했다.

"다음에 또 기회가 있을 걸세. 사교계에 데뷔를 했으니 이제 자주 참석하게 될 거야."

그런 일은 생각만으로도 끔찍했다. 하지만 미란다는 방금 전의 실언이 아픈 목 때문이라는 걸 강조하려 계속 목을 문질러대면서 정중하게 작별을 고했다.

그들이 떠난 뒤에도 킵은 눈살을 찌푸린 채 그 자리에 남아 있었다. 레이디 모드에게 무언가 이상한 점이 있었다. 겉모습은 예전과 똑같다고 해도 무언가 달라졌다. '예상할 수 없는'이라는 단어가 그의 느낌을 설명하기에 가장 적합한 듯했다. 하지만 하코트 경의 사촌에게 무슨 예상 못할 일이 있을 수 있겠는가?

듀포트 부부가 있는 곳까지 되돌아오면서 하코트 경은 줄곧 깨기 어려운 침묵만을 지켰다. 미란다도 자신의 구두가 어떻게 되었을지 아무도 모르게 다시 그걸 신을 수 있을지 등등을 생각하느라 대화를 시도할 여유가 없었다.

하지만 그녀의 구두는 어디에도 보이질 않았고, 거룻배로 돌아갈 때까지 그 얘기를 언급하는 사람도 없었다. 그녀는 유심히 보는 사람에게만 하얀 발이 눈에 띌 정도로 조심스럽게 배에 올라탄 다음 발을 꼭꼭 숨겨가며 벤치로 내려앉았다.

"너도 우리와 같이 가자, 가레스."

이모겐이 막 의자에 내려앉는 순간 브라이언 로시터가 다가왔다.

"가레스, 이대로 갈 수야 있나. 게임 한판 하자구. 여기 워릭과 렌스터도 함께 있다네."

세 명의 귀족들이 떠들썩하게 웃으며 카드게임과 주사위놀이에 가레스를 초대했다.

"그거 좋지."

가레스가 마음이 동하는 듯 대답했다.

"다음 기회로 미루는 게 좋겠다, 가레스."

이모겐은 오늘밤의 사건과 거의 일어날 뻔했던 재앙에 대해서 동생과 얘기하고 싶어 미칠 지경이었다.

짧은 침묵이 흐른 후 가레스가 입을 열었다.

"오늘밤에는 친구들과 어울리고 싶군요, 누이. 듀포트 경이 함께 갈 터이니 제가 에스코트하지 않아도 될 겁니다."

마일즈는 흥겨운 파티를 열망하는 듯했지만 체념적으로 강둑을 바라보았고, 이모겐은 입술을 꼭 다물었다. 그리고 미란다는 백작이 친구들과 같이 사라지는 모습을 쓸쓸하게 지켜보았다.

집으로 돌아오는 동안 이모겐은 한마디도 하지 않았다. 마일즈가 이따금씩 사교적인 대화를 시도해 보았지만 모두 허사였다.

"시련과 고난의 밤이었어."

거룻배가 수로 계단에 도착했을 때에야 이모겐이 입을 떼어냈다.

"재앙으로 변하지 않은 게 그나마 다행이에요. 마일즈, 뭐하고 있어요? 내 팔 좀 잡아줘요!"

그녀가 짜증스레 투덜거렸다.

"머리가 아파 죽겠어요. 내 평생에 가장 힘든 저녁이었다구요."

"어서 내 손을 잡으시오, 부인."

미란다를 내려주기 위해 기다리고 있던 마일즈가 얼른 아내 쪽으로 돌아섰다. 어차피 미란다에게 그런 건 상관없었다. 자신의 우울함과 좌절에 빠져 거의 알아차리지도 못했으니까.

쪽문에서 문지기가 랜턴을 높이 쳐들고 서 있다가 듀포트 부부를 저택으로 안내해 갔다. 미란다는 축축한 풀 위로 맨발을 꼬물거리며 그들의 뒤를 외롭게 따라 걸었다.

응접실로 연결된 유리문이 활짝 열리자 듀포트 부부가 안으로 들어 갔고 문지기는 뒤로 물러났다.

이모겐도, 마일즈도 문을 열어준 하인에게 눈길 한 번 보내지 않았 지만 미란다는 흐릿하게나마 미소를 보냈다.

문지기는 멍하니 참나무 바닥에 점점이 찍히는 맨발자국을 노려보 고 있었다.

듀포트 경이 잘 자라는 인사말을 던지고 나서 레이디 이모겐과 함 께 계단으로 올라갔다. 미란다는 아직 문 옆에 서 있는 하인에게 되돌 아갔다.

"내가 불을 끄고 문단속을 할게요. 당신은 들어가서 주무세요."

"문단속하는 건 제 일입니다. 촛불도 제가 꺼야 합니다."

그가 무표정하게 말했다.

"하지만 나리가 아직 안 들어오셨잖아요."

"나리께서는 밤에는 옆문을 사용하십니다. 거기 불을 남겨놓을 겁니 다."

미란다의 얼굴을 쳐다보지도 않은 채 그가 허공에 대고 대꾸했다.

미란다는 하인들이 자신을 어떤 존재로 여기고 있을지 궁금했다. 그 들의 주인에게 충분한 설명을 들었을 리 없을 테니 나름대로 그녀에 대해서 수군거릴 터였다.

그녀에게 남은 건 이제 무덤 같은 초록 침실뿐이었다. 그래도 칩이 기다리고 있으리라. 하인에게 고개를 끄덕여 보인 다음 그녀는 성가신 치맛자락을 모아쥐고 촛대머리의 촛불 몇 개만이 켜진 어두운 집 안으로 빠르게 움직여갔다.

초록 침실은 텅 비어 있었다. 칩의 반가워하는 재잘거림도 들리지 않았다. 미란다는 더욱 쓸쓸한 심정으로 모드의 방에 가보았다. 조용히 문을 두드린 후 아무 대꾸가 없자 살짝 문을 밀어보았다. 그러자 칩이 순식간에 그녀의 품으로 뛰어들었다.

너울대는 불빛이 방 안을 밝히고 커튼이 드리워진 침대 쪽에서는 모드의 고른 숨소리가 들려왔다. 미란다는 살그머니 문을 닫고 빠져나왔다. 칩이 재잘거리며 그녀의 뺨과 머리를 토닥였다. 하지만 그것은 그녀의 팔찌를 알아차리기 전까지의 일이었다. 원숭이가 탄성을 외치며 그 팔찌를 빼앗아가려 했다.

"내가 빼줄게."

미란다는 미련 없이 버클을 풀어 칩에게 건네주었다. 그게 모드의 어머니가 약혼선물로 받은 거라면, 어떻게 로이시 공작의 손에 들어간 걸까? 그 사람이 모드의 아버지와 가까운 사이였을까? 하지만 남자에게 건네줄 만한 물건은 아닌데. 더 중대한 의미가 있었던 걸까?

칩이 불빛 가까이로 뛰어가 팔찌를 들어올려보며 거기서 뿜어나오는 광채를 홀린 듯이 바라보았다. 그리고는 자기 손목에 끼워 빠지지 않도록 팔을 올려든 채로 미란다에게 되돌아왔다.

"그래, 아주 잘 어울리는구나."

미란다가 웃으면서 말해주었다. 하지만 이내 그것을 빼앗아 다시 자신의 손목에 끼워넣었다. 그녀는 주위를 빙 둘러보았다. 커다란 침대가 마치 그녀를 삼켜버릴 듯한 관처럼 으시시해 보였다.

어디선가 창문의 셔터가 강바람에 흔들려 덜커덩거릴 뿐 집 안 전체가 잠들어 있는 듯했다. 문득 마룻바닥이 삐걱이는 소리가 나면서 복도로 낮은 발소리가 이어졌다. 그녀와 함께 칩도 귀를 쫑긋 세웠다.

살며시 문을 열어 내다보았을 때, 하인 하나가 하코트 경의 침실로 향하는 중이었다. 한 손에 천 덮인 쟁반을, 다른 손에는 기름 램프를 들고 있었다. 그가 복도 끝에 있는 주인 나리의 침실로 노크 없이 들어갔다가 15분 후에 빈손으로 나왔다. 그리고는 촛불 하나만을 제외하고 모두 꺼가면서 복도를 걸어내려갔다. 복도는 이제 어둠과 싸우는 연한 빛웅덩이 하나만을 남긴 채 어둠 속에 잠겨들었다.

미란다는 그 하인이 완전히 내려갈 때까지 기다렸다가 충동적으로 백작의 침실로 까치발을 들고 종종걸음쳐 들어갔다. 칩이 조용하게 그녀의 앞으로 달려갔다. 잠자코 있어야 할 때를 아는 녀석이었다. 소리 없이 방문을 열어 미란다와 칩이 안으로 스며들어갔다.

경대 위에 심지를 낮게 세운 기름 램프가 타올랐다. 침대에 백작의 실내복이 얌전하게 놓이고 창문의 커튼들은 모조리 내려졌다. 와인 한 병, 파이와 과일 접시를 담은 쟁반이 테이블에 차려져 있었다.

그녀의 침실보다 훨씬 따뜻한 분위기였다. 미란다는 두근거리는 가슴을 안고 주위를 둘러보았다. 누군가를 엿보고 싶었던 적은 한 번도 없었는데 지금은 그 충동을 자제할 수 없었다. 그의 개인적인 공간과 그 안에 담겨진 비밀을 알아보고 싶었다. 백작의 존재가 그곳에 남아 있는 것처럼 그의 체취까지 맡아지는 듯했다.

그녀는 벽장을 열어 그의 옷가지에서 나는 향기를 들이켰다. 좀벌레를 막기 위해 놓아둔 허브 향낭에서 향긋한 향내가 풍겨나왔다. 깔끔하게 걸린 옷들, 서랍 속에 가지런히 정돈된 셔츠와 속옷들, 그 사이사이에 뿌려진 라벤더 향…… 가만히 무릎을 꿇으며 그의 신발들을 만져보았다. 반짝이는 가죽신, 부드럽게 수놓아진 비단신.

서랍장 위에 있는 유리병과 단지들도 살펴보았다. 마개를 열어 내용물의 냄새를 맡아보고 그 안의 연고와 향수를 살짝 찍어 자신의 목과 가슴 계곡, 팔꿈치 안쪽에 문질러보았다.

두 시를 알리는 시계 소리가 그녀의 황홀경을 산산조각냈다. 심장이 갈비뼈까지 쿵쿵 와 닿는 것을 느끼며 그녀는 악마에게 쫓기기라도 하듯 허둥지둥 자신의 방으로 되돌아갔다.

　자신의 방문에 등을 기대고서 손으로 입을 틀어막으며 거친 숨결을
진정시키려 애썼다. 백작의 소지품을 엿보았던 그 무모한 충동이 이젠
떨림과 후들거림, 그리고 죄책감으로 남았다. 또 한편으로는 혼란스러
웠다. 살갗이 불타오르고 혈관 속으로 홍수처럼 피가 넘쳐나는 듯했
다.
　"이 방에 못 있겠어."
　그녀가 큰 소리로 중얼거리자 칩이 냉큼 창턱에 뛰어올라 반짝이는
눈으로 쳐다보았다.
　"그래, 나가자. 우선 옷을 갈아입어야겠어. 이런 옷으로 덩굴을 탈
순 없잖아."

14

하코트 백작은 의자를 뒤쪽으로 기울여 벽에 기대앉아 있었다. 동그란 담배연기를 천장으로 뿜어내며 술잔을 집어들었다. 많이 마셨는데도 오늘밤에는 그 효과가 나타나질 않았다.

"자네 차례야, 가레스."

브라이언이 뒤집어놓은 맥주상자 위로 주사위를 밀어냈다.

가레스가 술을 꿀꺽 들이킨 다음 주사위를 주워들고는 살짝 털어냈다.

"하! 재수 엄청 좋은 날이구만, 이 친구."

브라이언이 의자에서 빙글 몸을 돌렸다.

"여기, 맥주 더 가져와!"

"아니, 술도 게임도 이제 그만해야겠네. 내 행운이 끝나가는 것 같아."

"무슨 소리야, 하코트. 혼자만 따가지고 달아날 셈인가?"

렌스터 경이 소리쳤다.

“미안하지만 이젠 한잠 자야겠어.”

가레스가 피식 웃으며 수북히 쌓인 동전들을 허리춤의 가죽 주머니로 챙겨넣었다.

“설마 누이가 있는 집으로 돌아가려는 건 아니겠지?”

브라이언이 술잔에 빠진 나방 한 마리를 건져올리며 말을 이었다.

“누이한테 너무 잡혀살지 말라구. 자네, 샬럿한테도 그랬었잖아.”

가레스의 뺨 근육이 실룩거렸다. 브라이언은 별 생각없이 중얼거렸다가 가레스의 표정을 알아차리고는 그렇지 않아도 술기운 오른 얼굴을 더 새빨갛게 물들였다. 그가 다른 동료들에게 애원하는 시선을 던졌지만 모두들 외면한 채 딴 곳만을 바라보았다.

“내가 경솔하게 말한 거라면 미안하네, 가레스.”

브라이언이 기어들어가는 목소리로 사과했다.

가레스는 아무 대꾸 없이 벌떡 일어나 그 방에서 걸어 나가버렸다.

“내 말이 틀린 건 아니잖아.”

브라이언이 친구들에게 호소하듯이 웅얼거렸다.

“그래.”

킵이 침울하게 대답했다.

“가레스가 그걸 모른다고 생각하나?”

“오늘밤은 기분이 괜찮은 것 같았다구. 자네가 그 말을 하기 전까지는, 로시터.”

“가레스가 로이시와 레이디 모드의 결혼에 꽤나 신경 쓰는 눈치야. 특별히 잘못될 일도 없겠지만.”

킵의 말에 이어 워릭도 끼어들었다.

“그 여자 아주 쌈박하게 생겼던걸. 허약하다더니 나한테는 아주 건강해 보이더라구.”

“그래, 평생에 단 하루도 앓아본 적이 없는 것 같아 보였어.”

킵이 손가락으로 흘린 맥주자국을 문지르며 생각에 잠겼다.

“로이시와 연결되면 하코트 가가 프랑스 궁의 핵심권력으로 자리잡을 거야.”

“그래, 엘리자베스 궁에서도 최측근이 되겠지. 우리 여왕은 정보망한테 후한 점수를 쳐주잖아.”

“가레스가 한동안 빈둥빈둥 지내는 게 이상하다 싶었어. 전에는 꽤 권력을 주무르면서 영향력을 행사했었잖나.”

렌스터 경이 말했다.

“그게 하코트가 즐기던 일이었지. 그 전까지는…….”

브라이언의 말에 더 이상의 설명은 필요 없었다.

“메리 애버내시와 결혼해서 잘 살아야 할 텐데.”

“그거야 무슨 문제가 있겠나. 수녀처럼 얌전한 여잔데.”

“듀포트 혈통에 후계자 자리를 빼앗기지 않으려면 열심히 낳아대야 할 거야.”

“레이디 이모겐이 어디 생산력 있어 보이던가? 듀포트한테 거시기가 달렸는지도 의심스럽고.”

브라이언이 아까의 실수를 다 잊고는 다시 쾌활하게 웃어젖혔다.

“여자한테 올라타는 거 말이야, 아니면 씨를 뿌리는 거 말이야?”

렌스터가 음탕하게 낄낄거렸다.

“둘 다.”

브라이언이 주사위를 휙 던졌다.

“술잔에다 코를 박고 뭘 하는 거야, 킵?”

“아, 미안. 신경 쓰이는 일이 좀 있어서.”

킵이 미소지어 보였다. 하지만 그의 눈동자는 여전히 생각에 잠겨 있었다.

가레스는 강도의 공격을 경계하며 칼자루를 움켜쥔 채 강둑으로 걸어갔다. 하지만 돌바닥에 부딪히는 자신의 공허한 발소리만 들릴 뿐이었다. 램버스 수로 쪽에서 불빛 하나가 눈에 들어오자 더욱 걸음을 재촉해 밝은 곳으로 들어섰다.

망토를 여미며 그는 기다리고 있던 거룻배에 올라탔다.

"스트랜드 수로의 하코트 장원으로 가시오."

"네, 나리."

뱃사공이 노를 저어 배를 움직여갔다.

가레스는 망토 안으로 몸을 웅크렸다. 더 따뜻한 옷을 입고 나오지 않은 것이 후회스러웠다. 하지만 이런 시간에 강을 건너게 될 줄은 예상치 못했었다. 게다가 이런 분위기로 돌아가게 될 줄은…….

브라이언이 한 말은 사실이었다. 하지만 그 진실 뒤에 숨은 이유까지도 그가 알고 있을까. 가레스가 샬럿에게 집착했듯이 이모겐도 남동생에게 집착한다는 것을 브라이언이 어찌 알겠는가? 이모겐의 일분 일초는 모조리 남동생에 대한 헌신으로 쓰여졌다. 동생만을 위해서 살아온 여자였다. 그리고 그런 광적인 사랑을 자신도 잘 알고 있었기에 그는 누이를 밀어낼 수가 없었다.

거룻배가 수로 계단에 닿았을 때에야 그는 우울한 회상에서 빠져나왔다. 가볍게 계단으로 뛰어올라 사공에게 1실링을 건네주고 나서 쪽문을 툭툭 두드렸다. 문지기가 하품을 하며 한 손으로는 모자를 눌러 쓰고 다른 손으로는 랜턴 심지를 다듬어가며 오두막에서 나왔다.

"죄송합니다요, 나리. 깜박 잠이 들어서……."

가레스는 그저 무표정하게 랜턴을 받아들었다.

"나 혼자 가겠네."

동녘하늘에 첫 새벽 빛이 어슴푸레하게 나타나는 중이었다. 집까지 이어진 길의 횃불들이 마지막 기력을 다하고 있었지만 한두 개는 이미 꺼져 버렸다. 문득 길 앞에서 주황색이 번득이는 듯하더니 미란다와 칩이 그에게 달려왔다.

"나리?"

가레스는 불유쾌한 기억을 털어내려 애쓰며 눈살을 찌푸렸다.

"여기서 뭐 하는 거요, 미란다?"

어둠 속에서 그녀의 얼굴이 뿌옇게 반짝거렸다.

"잠을 잘 수가 없었어요. 너무 창피스러워서요. 그런 식으로 신발을 벗어버리다니 저 자신도 믿을 수가 없었어요. 나리께서 그때 아무 말씀도 안 하셨잖아요. 그래서 기다리고 있었던 거예요."

그녀가 머뭇머뭇 미소지었다. 강에서 불어오는 바람이 불길을 움직여 그들의 얼굴 위로 빛을 던졌다. 그녀의 미소가 사그라들었다.

"무슨 일 있으셨어요?"

거의 본능적으로 그녀는 그 얼굴의 고통을 지워주려는 듯 그의 입술을 매만졌다.

"무슨 일이에요? 또 악몽을 꾸신 거예요?"

그는 그녀의 얼굴을 내려다보았다. 걱정으로 가득찬 파란 눈동자. 너무나 솔직하고 정직하게 열린 그 눈동자에 교활하지 않은 성격이 고스란히 드러나 있었다.

이 여자가 집착이라는 이름의 검은 악마에 대해서 무얼 알겠는가? 지옥불보다도 더 뜨거운 불길, 그 속의 죄책감과 수치심에 대해서 무얼 알겠는가? 갑자기 이 깨끗한 영혼에 악몽을 정화시키고픈 욕망과 자신을 잊어버리고 싶은 필사적인 갈망이 그를 휘감았다.

그의 손이 그녀의 가는 허리에 펼쳐졌다. 그녀는 발끝을 들어올리며 그의 입술을 손가락으로 매만졌다. 그녀의 얼굴에 순간적인 당혹스러움이 스치더니 다음 순간 그의 얼굴을 감싸쥐고 순수한 정열로 그의 입술 밑에서 자신의 입술을 열어주었다.

그들의 머리 위로 램프불빛이 너울거렸다. 그 심지가 흔들거리다가 살며시 꺼져갔다. 정원은 이제 어둠 속에 잠겨들었다. 구름이 달을 가리고, 비 젖은 장미향이 밤공기를 가득 채웠다. 어둠 속에 서 있는 미란다의 모습이 신비로움과 매혹을 발산하는 듯했다. 날렵한 몸에 걸쳐진 소박한 옷과 짧은 머리카락. 그 머리카락이 뺨을 스치자 그의 사타구니에 강렬한 흥분이 솟구쳤다.

그녀에게서 갓 구운 빵처럼 신선하고 달콤한 맛이 났다. 그녀의 입술이 따뜻하고 유순하게 반응을 보였다. 하지만 그 입술이 다른 어떤 남자에게도 이런 식으로 열린 적이 없음을 알았다. 뜨겁게 치솟는 그의 욕망 속에 한 줄기 부드러움이 자리잡았다. 그녀의 보디스를 풀어가는 그의 손길도 한없이 부드러웠다.

작은 젖가슴이었다. 하지만 완벽하게 동그란 형태가 그의 손 안에 쏙 들어왔다. 그가 그 비단 같은 봉우리를 애무하기 시작하자 그녀의 입술이 더 강하게 부딪혀오며 낮은 신음이 새어나왔다. 그의 손 밑에서 그녀의 젖꼭지가 단단하고 사랑스럽게 일어섰다.

그는 고개를 들고 그녀의 뽀얀 얼굴을 내려보았다. 고개를 젖히고 하얀 목덜미를 드러낸 모습. 그가 그 목덜미에 입을 맞추자 그곳의 맥박이 다급하게 빨라졌다. 그의 입술이 천천히 오른쪽 젖가슴으로 흘러내려갔다.

그의 혀가 그 작고 단단한 젖꼭지를 찰싹였다. 입술 사이로 빨아들이고 잇사이로 쓸어보았다. 그녀의 입에서 다시 신음이 흘러나왔다. 소리를 내기가 두려운 것처럼 너무도 나지막하게……. 그녀의 왼쪽 젖가슴으로 입술을 옮기며 오른쪽의 젖가슴 위로 손을 감았다.

꿈일까……. 마술에 걸려버린 걸까. 정원의 향긋한 어둠 속이 흡사 천국인 것 같았다. 그들 둘 다 말하지 않았다. 말이 필요치 않았다. 미란다가 풀어진 드레스를 엉덩이 밑으로 끌어내렸다. 그녀의 발치로 옷이 떨어지자 실오라기 하나 걸쳐지지 않은 나신이 드러났다.

가레스의 손이 그녀의 보드라운 살결과 그 몸의 전율을 느끼며 움직여갔다. 그녀의 망설임과 불안감이 느껴졌다, 또한 점점 흥분해 가는 것도……. 그녀의 몸에 손을 스칠 때마다 자신의 욕망도 점점 높아져갔다.

그녀의 손이 그의 더블릿과 셔츠 안쪽으로 파고들었다. 처음에는 주춤주춤 더듬어보다가 이내 그 손길에 자신감이 생겨났다.

그는 그녀의 가슴 밑으로 손을 펼쳤다. 그 얇은 살갗 밑으로 심장의 고동까지 느낄 수 있었다. 그가 그녀의 허리를 감아쥐고서 무릎을 꿇고 배에 입을 맞췄다. 작은 몸으로 부르르 떨림이 훑어내려갔다. 그녀의 배꼽 속으로 살짝 혀를 들이밀어보고 배의 윤곽을 그려가면서 그의 손이 엉덩이의 곡선을 따라 스르르 내려갔다.

그녀의 몸에서 바닐라 크림 같은 맛이 났다. 그의 혀가 더 아래로 움직이며 손가락은 허벅지 사이의 비밀스런 곳을 찾아헤맸다. 그녀의 몸을 부드럽게 열어보았다. 이런 손길을 경험한 적이 없는 그 부분이 저항해댔다. 하지만 이윽고 그녀의 몸이 열리면서 파르르 떨려났다.

사타구니에 묘한 감각이 깨어나는 동안 그녀는 그의 머리카락을 움켜쥔 채 서 있었다. 다음에 무슨 일이 일어날지 알 수 없었다. 다만 이 순간이 끝난다면 견딜 수 없을 것만 같은, 그러면서도 더 이상 참아낼 수 없을 것 같은 감각에 사로잡혔다. 다음 순간 그녀의 몸은 산산이 터져 버리는 듯했다. 숨을 쉴 수도, 말을 할 수도 없었다. 야성적인 기운이 폭발하여 그녀의 몸 속을 가득 채웠다. 그리고는 천천히…… 너무나도 천천히 빠져나갔다.

가레스는 헐떡이며 그녀를 끌어안았다. 이제 더 이상 거부할 수 없을 만큼 강한 욕망에 휩싸였다. 그가 그녀를 아래쪽으로 끌어내리자 그녀는 본능적으로 이것으로 끝난 것이 아님을 알아차린 듯 열성적으로 그의 손길을 따랐다.

그녀의 손이 더블릿과 셔츠 단추를 풀어나갔다. 그녀의 미숙한 손길이 그의 젖꼭지를 스쳐지나고 그의 목에서부터 어깨까지의 선을 훑어보고, 넓은 가슴을 쓸어내렸다. 그에게 즐거움을 주고 싶은데 그 방법을 알지 못하는 것처럼 조심스럽고 자신 없는 손길이었다. 그런 그녀의 손길에 가레스는 더욱 짜릿해졌다. 그녀의 몸을 흐르는 욕망이, 살포시 내리깐 눈과 살짝 벌어진 입술에서 볼 수 있는 그녀의 갈망과 절묘하게 배합되었기 때문이었다.

그가 미소지으며 그녀의 손을 바지로 이끌자 그녀가 그곳을 풀어냈다. 단단하게 솟아오른 그의 일부가 튀어나왔다. 그녀는 손가락 끝으로 아까와 똑같이 자신 없는 듯 그것을 살짝 매만졌다.

가레스가 그녀를 자신의 옆으로 눕혔다. 그리고는 그녀의 허벅지를 열어 뜨거운 둔덕 위로 손을 올렸다. 그러자 그 부분이 화들짝 튕겨나는 듯했다. 하지만 그곳은 그의 손길에 촉촉하게 준비가 되어 있었다. 그녀의 몸 속으로 손가락 하나를 들여보내자 그녀의 몸이 바짝 긴장했다. 그가 그 매끄러운 속살에 키스했다. 그녀의 엉덩이를 부둥켜안는 순간 그 동그란 부분이 손 안에 딱 들어맞는 걸 느끼며 그의 얼굴에 또다시 미소가 번졌다.

그가 그녀의 몸 위로 올라가 그녀의 엉덩이를 두 손으로 받치며 그 몸 속으로 파고들었다. 그녀의 입에서 비명과도 같은 소리가 흘러나왔다. 너무나 작은 느낌……. 그녀를 아프게 할까봐 걱정스러웠다. 하지만 그녀의 흥분한 육체가 그에게 길을 열어주었다. 그는 깊이 안쪽으로 밀고들어갔다. 그녀의 감각을 자신의 것처럼 느낄 수 있도록.

그녀의 몸이 이제 자신의 리듬대로 요동쳤다. 그를 더 깊이 맞아들이려 다급하게 엉덩이를 들썩였다. 놀라움에 찬 헐떡임과 신음소리를 내지르며 마치 뜻밖의 침입자에게 놀란 숲속의 짐승처럼…….

그는 이 순간의 크나큰 환희에 웃음을 터트리고 싶었다. 끝없이 이어지는 듯한 절정으로 치달으며 거친 숨결 사이사이로 환희에 찬 웃음이 터져나왔다. 그녀의 탱탱한 엉덩이를 힘껏 부여잡으며 땀에 젖은 배를 그녀에게 빈틈없이 들이밀었다. 그녀의 몸이 바짝 죄어들었고 거친 흐느낌 같은 신음을 흘렸다. 그 후에야 그녀의 몸이 축 늘어지며 젖은 풀 위로 털썩 드러누웠다. 그도 만족스런 피로감에 젖어들며 눈을 감았다.

미란다는 미동 없이 누워 있었다. 아랫부분과 뱃속이 텅 빈 듯하면서도 동시에 꽉 찬 느낌이었다. 허벅지 사이의 그곳이 쾌락의 남은 잔재로 인해 아직까지 뜨거웠다. 그녀의 옆에 가레스가 고른 숨결을 내쉬며 나른하게 누워 있었다. 그녀는 하늘을 올려다보았다. 옅은 구름 사이로 은색의 달빛이 스며나왔다. 강물만이 평화롭게 찰싹일 뿐 모든 것이 고요했다. 쉬임없이 오가던 배들도 잠시 움직임을 멈추었고, 정원 위로 어둡게 솟아오른 장원도 깊이 잠들어 있는 듯했다.

마치 그들 둘만이 이 런던의 하늘 아래 깨어 있는 것 같았다. 세상이 그들만의 것인 듯싶었다. 솜털 같은 달빛도 그들의 것이고, 질주하는 구름도, 등 밑에 축축하게 닿아 있는 풀도, 월계수 덤불에서 풍기는 향긋함도 모두 그들만의 것이었다.

그때 칩의 소리가 들려왔다. 어딘가 어둠 속에 숨어서 겁먹은 듯 끙끙거리고 있었다. 그녀가 옆으로 돌아누워 부드럽게 녀석의 이름을 불렀다. 원숭이가 이를 드러내며 미란다의 옆에 누운 사내에게 험악한 시선을 던진 채 머뭇머뭇 다가들었다.

"괜찮아."

그녀가 손을 내뻗으며 속삭였다.

"아무 일 없어."

순간 가레스는 튕기듯이 일어나 앉아, 충격적인 깨달음에 질끈 눈을 감았다. 어떻게 이런 일이? 어떻게 이런 짓을 저질렀단 말인가?

미란다가 그의 어깨에 손을 올렸다.

"나리?"

그가 천천히 돌아보았다. 그녀가 정열의 잔재가 남아 있는 얼굴로 사르르 미소지었다.

"맙소사, 내가 무슨 짓을 한 거지?"

미란다는 구겨진 주황색 드레스로 손을 뻗었다. 그의 말을 즉시 이곳에서 떠나달라는 것으로 이해했다. 이 일이 후회스럽지는 않았지만 그녀에게도 생각할 시간이 필요했다. 그녀의 인생이 변해버린 듯했다. 그녀가 알아왔던 모든 것이 녹아내리고 있었다.

그녀는 머리 위로 옷을 뒤집어썼다. 하지만 바들거리는 손으로 보디스의 끈까지 묶는 것은 불가능했다. 어차피 깨어 있는 사람도 없을 터이니 들킬 염려는 없으리라. 보디스의 끈이 풀어져 있다 해도 덩굴을 기어오르는 것쯤은 쉬운 일이었다.

그녀가 일어나서 하늘을 올려다보고 있는 가레스를 돌아보았다. 셔츠와 더블릿은 아직 풀어진 상태였지만 그녀가 옷을 입는 사이 바지춤을 갈무리했다. 미란다가 칩과 함께 집 쪽으로 종종걸음치는 동안에도 그는 움직이지 않았다.

가레스는 두 손으로 머리를 긁어올리며 목덜미를 주물렀다. 그리고 입술을 만져보았다. 무슨 짓을 저질렀단 말인가? 하지만 그는 그 일이 주워담을 수 없음을 아는 것처럼 무슨 일이 벌어졌는지 명백히 알고 있었다.

파라다이스 항구의 고요한 물살을 헤치며 전진해나가는 범선의 뱃머리에 앙리 왕이 서 있었다. 길게 뻗은 모래사장과 항구의 양쪽으로는 하얀 절벽이 솟아올라 있고, 푸르디푸른 하늘 아래 회색의 성채가 그 위용을 자랑하며 근처의 초록 풀밭엔 양떼가 모여 있었다.

절벽 밑에 자리잡은 도버 시에는 생기가 넘쳐났고, 닻을 내리려 기다리는 군함과 상선들로 가득했다. 앙리의 배도 그 속으로 끼어들었다.

"성의 치안관에게 연락을 보낼까요, 폐하?"

"입조심하시오, 마그레."

앙리는 나지막이 책망하며 태연스레 기지개를 켰다. 소박한 가죽조끼가 그의 넓은 가슴 위에서 팽팽하게 잡아당겨졌다.

꾸중을 들은 사내가 얼굴을 붉혔다. 다시는 그런 실수를 하지 말아야 하리라.

"성으로 연락을 보낼까요, 공작님?"

앙리는 턱을 매만지며 분주하면서도 평화로운 눈앞의 풍경을 응시
했다. 그리고는 잠시 부러움에 젖어들었다. 그의 나라가 전쟁과 궁핍
에 처해 있는 이때, 영국은 해군을 건설하고 제국을 확장시켜 강대국
으로 발돋움하고 있지 않은가.

"그러는 게 낫겠지."

그가 마지못해 대답했다. 앙리는 의례적인 절차를 언제나 불편해했
다. 더군다나 몇 개월 간 군대 캠프에서만 지낸 후이기에 더욱 편치가
않았다.

"나로선 알리지 않는 편이 더 좋겠지만, 로이시라면 이 나라에 도착
했을 때 환대를 받고자 할 것이오. 더욱이 이렇게 경사스런 일로 찾아
왔으니."

"옳으신 말씀입니다."

앙리의 시선이 다시 뭍으로 옮겨졌다. 따뜻한 날씨이긴 해도 매서운
가을 기운이 바람 속에 담겨 있었다. 로이시가 포위공격을 완벽하게
수행할 수 있다 해도 자신의 일을 남의 손에 맡기는 것이 달갑지 않았
다. 바다를 건너기가 불가능해지기 전에 프랑스로 돌아가야 하리라.
레이디 모드에게 구애하는 일로 오래 머뭇거릴 시간은 없었다.

그가 더블릿 주머니에서 레이디 모드의 초상화를 꺼내 결혼 결정을
내린 이후 처음으로 다시금 살펴보았다.

뽀얀 얼굴, 아름다운 하늘색 눈동자와 도톰한 입술, 적갈색으로 반
짝이는 머리채가 그를 올려다보고 있었다. 흠잡을 데 없는 위그노의
후손이었다. 마르그리트 드 발루아의 뒤를 이을 이 여자가 상황을 변
화시켜 주리라. 아니, 그 이상으로 이 순진한 처녀를 침대에 들이는 것
또한 즐거운 변화이리라. 굳은살 박힌 손가락으로 그 얼굴을 매만져보
았다. 마르그리트는 결혼하기 전에 이미 처녀성을 상실했었다. 그녀의

친족들 중 누구라는 소문이 돌긴 했지만 사실 앙리는 신경 쓰지 않았다. 그 결혼은 불가능한 일을 이뤄보려는 왕실끼리의 결합이었다. 그러나 그 결혼은 그에게 치욕적인 수치만을 안겨주었다.

마르그리트와의 결혼으로 가톨릭과 개신교가 결합되기를 원했으나 그는 그 믿음을 배신당했고, 자신의 백성들을 죽음과 파멸로 몰아넣었다. 이제 결합 따위는 없었다. 가톨릭교의 프랑스에 위그노 여왕을 앉힐 작정이었다. 그것도 성 바르톨로메오 축일의 학살에서 살해당한 여자의 딸을……. 한 바퀴를 빙 돌아 그 보복이 가해지는 순간이리라.

그가 입술을 꼭 다물며 코를 찡그렸다. 용서하지 않으리라. 그의 머리와 요람에 안긴 그의 아들이 프랑스 왕관을 쓰게 될 날 백성들도 그 사실을 알게 되리라.

초상화를 더블릿 주머니에 되돌려놓고 나서 그는 뱃전에서 떨어져 나왔다. 사공들이 커다란 돛을 접고 닻을 내렸다. 하인들은 트렁크와 가방들을 들고 움직였다. 엘리자베스의 궁을 방문하려면 적절한 옷이 필요했다. 물론 그를 로이시 공작으로서 맞아들이겠지만.

앙리는 자신의 짐가방보다 배 뒤켠의 천막에서 끌려나오는 말에 더 관심이 많았다.

"별 문제 없었나?"

"네, 폐…… 나리."

왕실의 수석 마부가 머리를 긁적이며 대답했다.

앙리가 발루아의 코를 쓸어주자 말이 그의 손바닥에 대고 히잉 울음소리를 냈다.

"하선하시렵니까, 나리?"

그 배의 영국인 선장이 갑판을 가로질러 다가왔다. 평소에는 프랑스인이나 귀족에게 전혀 관심 없어하는 뱃사람이었지만 이 소박하고 술 잘 마시는 승객에게만은 예외가 적용되었다.

"나룻배를 대기시켜 놨습니다. 말들은 뗏목으로 운반할 겁니다."

"고맙네, 홀 선장."

앙리가 한 손을 내밀었다.

"즐거운 여행이었네."

"바람이나 날씨 모두 괜찮았습죠."

선장이 쾌활하게 그 손을 붙잡고 흔들었다.

"프랑스로 돌아가실 때 다시 모실 수 있다면 좋겠습니다."

"2주일 후에 이 항구에 들어와 있다면 나도 즐겁게 자네의 배를 다시 타겠네."

앙리가 팔꿈치까지 오는 긴 가죽 장갑을 손에 끼웠다.

선장은 난간으로 옮겨서서, 밧줄 사다리를 타고 나룻배로 하선하는 승객을 지켜보았다. 그 공작과 다른 귀족들이 날렵하게 사다리를 타고 내려갔다. 그 후에 나룻배의 사공들이 항구 안쪽으로 노 저어갔다.

"당장 성으로 연락을 보내게, 마그레."

뭍으로 올라서며 앙리가 입을 열었다.

"우린 저기 블랙 앵커에서 기다리기로 하지."

그가 부둣가의 선술집 한 곳을 가리켰다.

어둠침침한 술집으로 들어서자마자 앙리 왕이 주인장에게 크게 손을 흔들어보였다.

"술잔을 가득 채우게, 주인장. 안전한 항해를 축하하는 기념으로 여기 있는 모든 사람에게 내가 한턱 내겠네."

술집 안에서 함성이 터져나오고 몇 분이 지나지 않아 앙리는 웃고 농담하는 영국 사내들에게 둘러싸였다.

마그레는 체념적으로 그 모습을 지켜보았다. 프랑스의 왕 앙리는 군사들이나 백성들과도 소탈하게 술을 나눠 마셨다. 저렇게 사람들과 어울려 호탕하게 웃어대는 그를 보고 과연 어느 누가 광적이다 싶을 만큼 의심 많은 성격을 짐작이나 하겠는가. 하지만 왕이 배신을 의심하는 상대는 평민이 아니라 자기 밑의 귀족들뿐이었다. 그리고 그에게는 그럴 만한 충분한 이유가 있었다.

로이시 공작과 그 수행원을 환영하기 위해 도버 성의 치안관이 직접 말을 달려왔다. 치안관은 그 외국의 귀족이 어부와 노동자들과 함께 어울려 있는 모습에 어이없어하는 표정이었지만, 그에게서 풍겨나는 특이함을 알아차리며 조용히 입을 다물었다.

손님들을 성으로 안내한 후, 그는 즉시 자신의 군주에게 공작의 도착에 대한 전언과 궁으로 초대해달라는 그의 청원서를 보냈다. 그리고 두 번째 연락병이 또 한 통의 편지를 들고 하코트 백작의 장원으로 달려갔다.

15

다음날 아침 미란다는 혼자만의 생각에 잠겨 긴 회랑을 걷고 있었다. 그 어느 때보다도 혼란스러웠다. 그녀는 자신의 인생이 완전히 달라졌음을 직감하고 있었다. 또 한편으로는 흥분과 경이로움이 넘쳐났다. 가레스를 만나고 싶은 간절한 마음에도 불구하고 일부러 그를 피하는 중이었다. 이 황홀한 느낌을 오랫동안 간직하고 싶었다. 새벽녘의 그 황홀한 기억과 함께 자신의 사랑에 대한 확신으로 인해 그녀는 구름 위를 날아다니는 것 같았다. 식구들에 대한 사랑과는 전혀 다른 느낌이었다. 그것은 그녀의 마음을 가득 채우는 찬란함이었다.

그녀가 혼자 걸어 다니는 동안 칩은 벽난로 위의 선반에서 불안하고 못마땅한 표정으로 그녀를 지켜보았다. 오늘 아침에 미란다는 모드를 찾아가지 않았다. 새로 태어난 듯한 이 감각을 소중히 보듬어 안고 싶었다. 바깥 세상에 그것을 드러내고 나면 어떤 식으로든 뒤틀려버릴 것만 같았다.

회랑 안이 후텁지근했다. 미란다는 가슴계곡에 맺히는 땀방울을 닦아내며 앞마당이 내다보이는 창가로 다가갔다.

그때 정문 앞의 좁은 도로에 서 있는 작은 형체를 보았다. 그녀의 심장이 두근대기 시작했다. 로비가 아닐까? 하지만 지금쯤 프랑스에 가 있을 텐데……. 그러나 다음 순간 그녀는 로비라는 것을 확신했다. 멀리 떨어져 있다 해도 그녀가 그 작은 형체를 몰라볼 리 없었다. 그렇다면 식구들은 프랑스가 아니라 이곳에 와 있는 걸까? 바로 이 런던에?

그녀가 치맛자락을 들어올린 채 회랑을 뛰어나갔다.

미란다가 현관문으로 달려가는 사이 이모겐이 응접실에서 빠져나왔다.

"어디 가는 거냐? 혼자 나가면 안 돼."

미란다는 그 말을 듣지 못했을 뿐 아니라 신경을 쓰지도 않았다. 그녀는 잠시 커다란 문과 힘겨운 싸움을 벌이다가 활짝 열어젖히고 계단으로 뛰어내렸다. 문지기에게 소리쳐대며 정문으로 계속 내달렸다.

"문 열어요, 어서요."

문지기가 놀란 눈으로 레이디 모드를 바라보았다. 이상하게 머리가 짧고 원숭이를 동반하고 있긴 했어도 틀림없는 레이디 모드였다. 그녀가 위압적으로 소리치며 매섭게 노려보자 그는 다급하게 쪽문을 열어주었다. 그녀는 문이 다 열리기도 전에 틈 사이로 빠져나갔다. 짐마차를 피하며 머리에 바구니를 인 짐꾼과 부딪힐 뻔하면서도 용케 도로 맞은편까지 가로질러갔다.

로비는 미란다이면서도 미란다 같지 않은 그 여자에게 흘깃 시선을 보냈다. 그녀가 그의 지저분한 손과 더러운 맨발에도 아랑곳없이 아이를 번쩍 안아들었다.

"로비, 로비."

그녀가 연신 입을 맞추며 웃어댔다.

"어디서 튀어나온 거야?"

그제서야 아이가 간신히 입을 열었다.

"누나를 찾으러 왔어. 누나가 어떤 나리를 따라갔다고 해서 찾으러 온 거야."

"다들 같이 왔어?"

"응. 러드게이트에 있는 구둣방 위층에 방을 잡았어. 아, 칩도 있었네."

그가 바둥바둥 땅으로 내려서서 폴짝거리는 원숭이를 끌어안았다. 칩이 꽥꽥대며 아이의 목을 끌어안았다.

"아, 어서 가서 만나봐야겠어. 할말이 너무너무 많아."

로비를 살펴보던 미란다의 얼굴에서 들뜬 표정이 사그라들었다. 아이의 얼굴이 창백했다. 눈이 움푹 패이고 입가에 피곤과 고통으로 인한 주름이 잡혀 있었다.

"아무도 안 돌봐줬니, 로비?"

"아냐, 루크가 돌봐줬어."

미란다가 알 만하다는 듯 고개를 끄덕였다. 루크로서는 최선을 다했을지라도 아마 충분치 않았으리라.

"들어가자. 뭐든 먹고 나서 가보자."

그녀가 아이를 들쳐안았다.

"저 안에?"

로비의 눈이 휘둥그래지며 새된 소리를 내질렀다.

"귀족 나리의 집에? 우린 그런 데 못 들어가, 미란다."

"내가 방금 거기서 나온 거 모르니? 그러니까 다시 들어가지 못할 이유가 없어."

미란다가 웃음을 터트렸다.

"하지만 귀족 나리가 날 붙잡아서 죽일 거야."

"누가 그런 소릴 해?"

"제베디아 아저씨가 그랬어."

“말도 안 돼!”

그녀가 분개하며 손을 내저었다.

“제베디아는 아무것도 몰라.”

그녀가 요리조리 마차와 사람들을 피해가며 하코트 장원의 정문에
도달했다. 문지기가 입을 떡 벌리면서도 다시 문을 열어주었고, 미란
다는 서둘러 마당을 가로질렀다. 로비가 그녀에게 찰싹 달라붙었다.

“여기가 갈보집이야, 미란다?”

“뭐?”

“거트루드 아줌마는 그렇게 안 보인다고 하셨지만 제베디아 아저씨
가…….”

“어휴, 그 빌어먹을 인간!”

홀에 들어섰을 때 아직 어리둥절하게 응접실 문 앞에 서 있던 이모
겐과 맞부딪혔다.

“세상에! 누굴 데려온 거냐?”

그녀가 공포스레 두 손을 흔들어대자, 로비가 울음을 터트리며 미란
다의 목에 얼굴을 파묻었다.

미란다가 대답하기도 전에 가레스가 계단 밑으로 내려섰다.

“무슨……?”

“나리, 제가 누굴 발견했는지 아세요? 바로 로비예요.”

미란다가 계단 쪽으로 달려갔다.

“식구들이 여기 와 있대요. 절 찾으러 왔대요. 여기 런던으로요.”

그녀가 반짝이는 눈으로 그를 바라보았다. 이 새로운 발견 말고는
아무 생각이 없는 듯했다. 하지만 다음 순간 그녀의 표정이 수줍어지
면서 기쁨과 애정이 담뿍 담긴 미소를 보냈다.

“가레스, 이게 무슨 일이니?”

이모겐이 다그쳤다.

“이 지저분한 꼬마가 여기서 뭐 하는 거냐?”

미란다는 그 말을 무시한 채 다시 입을 열었다.

"애를 데리고 올라가서 모드에게 인사시키려구요. 아침 식사를 먹여도 괜찮을까요, 나리? 그 동안 제가 돌봐주지 않아서 많이 힘들었을 거예요."

"물론이오."

달리 무슨 말이 더 필요하겠는가? 미란다가 로비를 들쳐안고서 빠른 속도로 계단을 달려올라갔다. 가레스의 머리를 몇 시간 전보다 훨씬 더 복잡하게 만들어둔 채로.

조심스럽게 구상했던 계획이 이미 붕괴직전에 처해 있었다. 여기에 또 다른 문제까지 필요친 않았다. 그는 밤새 한잠도 이루지 못했다. 침대에 누울 생각조차 하지 않았다. 날이 환하게 밝을 때까지 정원에 남아서 미친 짓이라고밖에 할 수 없는 사건의 결과를 정리해보려 안간힘 썼다. 생각에 생각을 거듭하며 이 난관을 헤쳐나갈 방법에 대해서 궁리했다. 그 방법만 찾아내면 되는 일이었다. 그렇지 않은가? 그런데도 그의 생각은 쉴새없이 소용돌이치며 형편없이 엉켜버린 실타래에서 빠져나오지 못했었다.

눈에 모래가 들어찬 듯 뻑뻑하고 팔다리는 욱신거렸으며, 머리는 지끈지끈 몽롱했다……. 그런데 이제 미란다의 식구들까지 나타났다, 그녀가 드 알바르 가의 후손으로서 결혼을 앞둔 이 중요한 시점에. 그녀가 가능한 한 과거를 잊어버리고 미래의 역할에만 몰입해야 할 이때에 말이다. 하지만 그들이 나타난 이상 미란다가 그 친구들을 저버리지 않으리라는 것은 분명했다.

"가레스!"

이모겐의 목소리에 필사적인 기색이 담겼다. 동생의 표정을 읽어낼 수는 없다 해도 몹시도 불안해진 것이다.

"가레스, 이게 무슨 일이니? 저애가 데려온 꼬마는 또 누구야?"

가레스가 정신차리려는 듯 머리를 흔들었다.

　"미란다의 과거에서 온 아이예요. 저한테 맡겨두세요, 제가 해결할
게요."

　그는 몸을 돌려 자신의 서재로 들어갔다. 서류더미가 쌓인 책상 앞
에 털썩 내려앉으며 두 손으로 머리를 부여잡았다.

　프랑스 왕의 아내가 될 여자에게서 순결을 빼앗았다. 하지만 그 사
실 하나 때문에 이 계획이 수포로 돌아가지는 않으리라. 앙리는 대단
히 현실적이고 실리를 챙기는 타입이니 신부의 순결에 그리 신경 쓰지
는 않을 것이다. 별다른 소문이 들리지 않는 한 앙리는 캐묻지 않으리
라.

　'아이만 생기지 않는다면.'

　가레스는 그 끔찍한 가능성을 황망하게 밀어냈다. 희박한 가능성까
지 고민할 여유는 없었다.

　냉정하고 계산적인 머리 한구석에서 단순히 순결만 없어진 것이라
면 이 상황을 되돌릴 수 있다고 속삭였다. 하지만 그는 자신이 미란다
의 순결 이상을…… 그녀의 영혼까지 빼앗았음을 알고 있었다. 어젯
밤 정원에서 떠나기 직전 그에게 보내던 시선……. 게다가 오늘 아침
의 그 미소를 보지 않았던가. 그녀는 감정을 숨기는 데 익숙지 못했다.
그리고 그런 정직과 순진함을 망가뜨리는 건 용서받을 수 없는 죄악이
리라.

　솔직히 그 자신도 그 일이 후회스럽지 않았다. 그 환희의 순간을 떠
올릴 때마다 기쁨이 용솟음쳤다. 미란다는 그가 결코 갖지 못하리라
생각했던 것을 그에게 내어주고 그의 영혼을 매만져주었다. 그것은 육
체 이상의 신비로운 결합이었다. 그의 몸이 다시 그 경험을 되풀이하
고 싶다고 간절히 외쳐댔다.

　그는 와인 병을 집어들고 꿀꺽꿀꺽 들이켰다. 메리 문제도 있었다.
그것이 육체적인 행위일 뿐이었다면 메리에 대한 배신이 아니었다. 결
혼한 후에라도 그녀가 그런 일을 배신으로 여기지는 않으리라. 하지만

그가 미란다에게서 놓아주기 싫을 만큼 너무나 소중한 것을 찾아냈다는 사실은 명백한 배신이었다.

바로 그런 느낌을 떨쳐버려야만 했다.

그가 잔뜩 눈살을 찌푸리고 있을 때, 문에서 노크소리가 들려왔다. 누구와도 얘기하고 싶지 않은 상태였지만 그는 대답했고 흥분하여 뛰어들어오는 누이를 무표정하게 바라보았다. 그녀가 돌돌 말린 양피지를 흔들어댔다.

"편지가 왔어, 가레스. 도버 성에서 온 거야. 앙리 왕이 도착했다는 뜻이라구."

"애한테 새 옷을 찾아줘야겠어. 지금 옷은 너무 낡았어."

모드가 로비의 옆으로 걸어다녔다.

"베르트, 하인들 숙소에 가서 맞을 만한 옷을 구해봐. 내가 후하게 보상해 준다고 해."

베르트가 흥 코웃음치며 빠져나갔다. 모드는 그 소리에 신경 쓰지 않고 로비의 옆에 내려앉아 음식을 권했다.

"이것도 먹어봐. 기운이 날 거야."

로비가 고개를 내저었다. 그의 작은 배는 이미 탱탱하게 불러 있었다.

"더 이상 못 먹겠어요."

그리고는 미란다하고 똑같이 생긴 모드를 경이로운 듯 계속 바라보았다.

모드가 실망스레 스푼을 내려놓았다.

"이 아이를 우리가 데리고 있어야겠어. 네 생각은 어때, 미란다?"

"나도 그러고 싶어요. 내가 여기 있는 동안에는요."

그녀가 입술을 깨물었다. 어제까지는 이곳에서의 삶이 긴 인생에 잠깐 끼어든 단막극과 같은 거라고 생각했었다. 하지만 이제 상황이 변해 버렸다. 어떻게 변하지 않을 수 있겠는가? 이젠 이곳을 떠날 수 없었다. 가레스도 그 사실을 깨달았을 것이다. 하지만 혹시 깨닫지 못한 건 아닐까?

레이디 메리 애버내시의 모습이 뇌리에 스쳐갔다. 궁궐에서 머무는 완벽한 레이디, 하코트 백작의 완벽한 신부감. 하지만 남자들은 아내뿐 아니라 애인도 만들어두지 않던가. 아내일 수는 없다 해도 애인은 될 수 있으리라.

"미란다…… 왜 그래? 오늘 아침엔 정신이 딴 데 가 있는 것 같아."

"어제 잠을 좀 못 잤거든요."

미란다가 부분적인 사실만 설명해주었다.

"여왕님을 뵌 흥분이 가라앉질 않았어요."

"여왕님!"

로비의 입이 떡 벌어졌다.

"여왕님을 봤어, 미란다?"

"보기만 한 게 아니라 얘기도 했단다."

세상에, 버트를 골려주고 루크와 싸움질을 하던 곡예사 미란다가 여왕님과 얘기를 했다니. 로비로서는 상상이 되지 않았다.

"다 먹었니, 로비? 이제 다른 식구들을 만나러 가자."

미란다가 아이를 일으켜세웠다.

"가는 길은 알겠지?"

"물론이야."

"어떻게 갈 거야?"

모드가 물었다.

"걸어서요."

"걸어서!"

"왜요? 뭐 잘못됐나요?"

"걸어서 갈 순 없어."

모드가 성마른 어조로 반박했다.

"가마를 타고 가. 난 외출할 때마다 가마를 타."

"우리와 같이 갈래요?"

미란다가 불쑥 제안했다.

"내가 식구들을 소개시켜 줄게요."

"곡예단을? 나한테?"

모드의 눈이 휘둥그래졌다.

"그들도 당신하고 똑같은 사람이에요."

미란다가 못마땅한 듯 눈살을 찌푸렸다.

"그래, 하지만……."

모드가 고개를 흔들었다.

"같이 가요. 지금까지 진짜 세상을 본 적도 없을 거 아니에요. 거리가 어떤 곳인지, 거기 사람들이 어떻게 살아가는지 보여줄게요. 매점에서 파이와 생강과자도 사먹을 수 있어요. 우리 둘이 같이 있는 걸 보면 거트루드 아줌마가 아마 까무러칠 걸요."

미란다의 눈이 반짝거렸다.

"당신도 당신 세상을 보여줬으니까, 이번에는 내가 내 세상을 보여줄게요."

모드의 시선이 미란다와 로비 사이에서 헤매다녔다. 아이는 그 대화를 이해하지 못하는 표정이었다. 사실 배부르다는 행복감에 젖어 거의 아무 생각이 없는 듯했다.

"한 번 가볼까?"

모드가 죄스럽게 베르트의 빈 의자를 쳐다보며 중얼거렸다. 그리고는 자신의 대담함에 놀라워하며 다시 입을 열었다.

"좋아, 가보자. 베르트가 돌아오기 전에 빨리 떠나야 돼."

그녀가 벽장으로 달려가 긴 망토를 꺼내들었다. 그 망토를 어깨에 두르고 두건도 둘러썼다.

“옆문을 통해서 마구간으로 가자. 거기 하인들한테 가마를 준비하라고 하면 돼. 그럼 아무도 눈치채지 못할 거야.”

“메모라도 해놓고 가야 할 걸요. 당신이 행방불명되면 베르트가 거품을 물고 쓰러질 거예요.”

충분히 벌어지고도 남을 만한 상황이었다. 모드가 서둘러 종이 위에 몇 자 휘갈겨 적었다.

“됐어, 빨리 가자.”

미란다가 아이를 다시 들쳐안고서 아침 식사 접시를 뒤적이고 있던 칩에게 휘익 휘파람을 불었다. 원숭이가 테이블에서 폴짝 뛰어내려 따라나섰다.

레이디 모드의 행차에 하인들이 의심스런 시선을 던져보냈지만 모드의 오만한 명령이 만족스런 효과를 나타냈다. 가마에 올라타자마자 로비는 거의 제정신을 잃을 정도로 흥분에 휩싸였다. 커튼을 열어젖히고 지나가는 사람들에게 메롱거리며 혀를 내밀었다. 칩도 그 옆에서 똑같이 흉내를 냈다.

“로비, 그만해.”

미란다가 웃음을 참으며 아이의 바지자락을 잡아 안으로 끌어들였다.

“그러면 하코트 나리의 이름에 먹칠하게 된다구.”

그들은 하코트 가의 제복을 입은 하인들 덕분에 아무 제지 없이 성문을 통과했다. 미란다가 밖으로 고개를 내밀어 멈추라고 지시했다.

“여기서 내려주세요.”

레이디 모드가 가마 밖으로 나서자 수석 가마꾼이 비판적으로 바라보았다.

“괜찮으시겠습니까, 레이디?”

“그래, 여기서 기다려.”

모드가 우아하게 한 손을 흔들었다. 솔직히 혼잡스럽고 시끌벅적한 거리를 둘러보면서 괜찮을 거라는 확신은 들지 않았다. 하지만 너무나 편안하게 서 있는 미란다를 보자 생전 처음으로 해보는 모험 아니, 어쩌면 마지막이 될 수도 있는 이 모험을 기꺼이 받아들일 결심이 섰다.

미란다가 모드의 팔에 팔짱을 끼었다.

"가자구요, 나하고 있으면 안전해요."

로비가 건물들 사이의 좁은 골목길을 손짓하며 절룩절룩 걷기 시작했다.

모드는 서커스단의 어릿광대가 된 기분이었다. 짐꾼들과 행상인들, 머리에 바구니를 이고 움직여 가는 평민들의 시선이 그들의 뒤로 따라붙었다. 지금까지는 마차와 수레를 타고서, 그것도 하인들의 우렁찬 행차 안내를 받으며 다녀보았을 뿐이었다. 북적이는 무리들과 동떨어진 마차 안에서 시내를 돌아보는 것과 그 안에 파묻혀 걸어다니는 느낌은 천지차이였다. 노동자들의 소리와 냄새가 사방에서 공격해왔다. 얇은 신발 밑으로 자갈과 진흙길이 따갑게 느껴졌다. 그런데도 주위에는 온통 맨발이나 나막신을 신은 사람들 천지였다. 마치 다른 세상에 들어선 것처럼 어색하고 민망하기만 했다.

반면에 칩은 물을 만난 고기와도 같았다. 미란다의 어깨에 올라앉아 누구에게든 모자를 벗어보이며 꽥꽥 흥분 섞인 비명을 질러댔다. 춤추는 곰 주위로 몰려 있는 사람들을 발견하자마자 단번에 뛰어내려 그리로 달려가려 했다.

"안 돼, 이리 와. 난 그거 보기 싫단 말이야. 곰이 너무 슬퍼 보여."

미란다가 녀석을 불러들였다.

"게다가 우린 구경할 만한 차림이 아니야."

모드의 목소리에 날카로움이 서렸다. 이런 낯선 곳에서 미란다를 잃어버리게 될까봐 끔찍하고 두려웠다.

미란다는 즉시 그녀의 불안감을 감지해냈다.

"걱정 마세요. 내가 옆에 붙어 있을 테니까 느긋하게 즐기라구요.

볼 게 많잖아요.”

그건 맞는 말이었다. 모드가 안심하며 자유롭게 호기심을 풀어냈다. 그들은 거리에 늘어선 가게들을 구경하고 사과와 생강과자도 사먹으면서 세인트폴 교회를 향해 언덕을 올라갔다. 교회 뒤쪽에서 음악소리가 들려오자 미란다가 즉시 그 소리에 이끌려갔다. 세 명의 음악단이 발라드 곡을 연주하는 중이었다. 그들의 앞에 돈 바구니인 듯한 모자가 뒤집어져 있었다.

“잠깐 듣고 가요.”

미란다의 말에 그들 모두 그곳에 멈춰 섰다. 칩이 땅으로 뛰어내려 음악가들 앞에서 점잔을 빼며 걸어다녔다. 그리고 서정적인 가락에 맞추어 슬픈 표정으로 몸을 움직이기도 했다.

비올을 연주하던 사내가 킥킥 웃어댔다.

“저 녀석이 제대로 춤출 수 있는지 보자구, 에드.”

그 즉시 경쾌한 지그곡이 연주되기 시작했다.

칩이 멈춰 서서 잠시 귀를 기울이더니 신나게 춤을 추었다. 사람들이 점점 모여들었고 미란다는 미소지으며 한숨을 내쉬었다.

“여기 더 있어야 될 모양이야.”

“어차피 거의 다 왔어.”

로비가 아픈 발을 주무르며 교회 문 앞에 내려앉았다.

원숭이의 공연에 박수갈채가 터져나왔다. 음악이 끝나자 칩이 모자를 들고 사람들 사이로 누비고 다녔다.

“야, 다 가져가면 어떡해!”

류트 연주자가 소리치며 벌떡 일어나 원숭이를 뒤쫓았다. 칩은 요리조리 그를 피해가며 미란다의 옆으로 돌아와서 자랑스럽게 동전이 가득 담긴 모자를 내밀었다.

“그거 우리 돈이라구…….”

그 사내가 고함치다 말고 미란다의 옷차림에 눈이 휘둥그래졌다. 모

드는 이 사내에게 봉변을 당하게 되리라 확신하며 이미 물러나 있었
다.

하지만 미란다는 전혀 당황하지 않았다.

"다 가지세요."

칩의 모자를 빼앗아 음악가의 모자에 동전들을 몽땅 털어넣었다.

"이 녀석이 장난친 거예요."

류트 연주자가 머리를 긁적이며 입을 열었다.

"불쾌하셨다면 죄송합니다, 아가씨."

미란다가 씨익 웃어보였다.

"괜찮아요."

그리고는 다시 모드의 팔에 팔짱을 꼈다.

"이제 가자, 로비."

다소 넓어진 길을 반쯤 걸어갔을 때 그들의 앞쪽에서 반가운 목소
리가 터져나왔다.

"미란다!"

젊은 남자가 갓 태어난 망아지처럼 볼품없이 그들에게로 달려왔다.

"루크!"

모드의 팔을 풀어놓고 미란다가 앞쪽으로 내달렸다.

"얼마나 걱정했는데!"

그가 한 팔로는 그녀를 끌어안으며 다른 팔로 펄쩍 뛰어오르는 칩
을 안아들었다.

"칩하고 로비가 아니었으면 널 알아보지 못할 뻔했어. 이 옷이 다
뭐야?"

그가 놀란 눈으로 미란다를 살펴보았다. 하지만 조심스럽게 그들의
옆으로 다가서는 모드를 아직 알아차리지 못한 듯했다.

"칩을 제일 먼저 봤어. 창가에서 내다보고 있었는데, 옷이며 모자가
분명히 칩 같더라구. 그리고 로비도 봤어. 그래서 계단을 막 뛰어내려

오는데…… 문이 잠겨 있는 거야. 열쇠를 찾을 수가 있어야지……. 부엌 옆에 걸려 있는 걸 간신히 찾았어. 어쨌든 그렇게 여기까지 나왔다구. 널 보면 다들 엄청 기뻐할 거야."

"내가 찾았어."

로비가 끼어들었다.

"내가 그 집에 가서 미란다를 찾아서 이리 데려왔어. 형은 찾지도 못했잖아."

"그래……. 그래, 알아."

루크가 짜증스레 대답한 다음에야 모드에게로 시선을 돌렸다. 그가 믿을 수 없다는 듯 노려보았다.

"아, 이쪽은 레이디 모드야."

미란다가 모드를 앞으로 끌어들였다.

"하코트 백작님의 사촌이야."

루크는 간신히 고개를 까닥해 보였다.

"우릴 만나러 오신 거야?"

"그래, 어서 가자."

"회색 셔터가 달린 저 집이야."

이제 그는 모드를 미란다의 당황스런 부속물쯤으로 받아들인 듯했다.

"구둣방 위에. 좁은 방이긴 해도 굉장히 싸거든. 거리에서 공연을 하긴 했는데……. 경쟁이 워낙 심해."

그가 한숨을 내쉬었다.

"너하고 칩이 없어진 후로 수입이 엄청 줄어들었어. 감옥에도 한 번 갇히고, 그 바람에 우리 물건을 맡아준 어부한테 일 기니를 내줘야 했어."

"감옥에?"

"너하고 칩 때문에 도둑으로 몰렸다니까."

"어머나, 난 다들 배를 타고 떠난 줄 알았어."

"이젠 괜찮아, 이렇게 돌아왔잖아."

루크가 쾌활하게 지껄이면서, 먼지투성이 구둣방을 거쳐 좁은 계단으로 길을 안내했다.

작은 방에 곡예단의 잡동사니가 가득 차 있었다. 그런 상황에 익숙지 않은 사람은 그 좁은 공간에 어떻게 열두 명이 들어갈 수 있을지조차 의심스러울 테지만 미란다는 충분히 이해할 수 있었다. 그녀가 문지방에 서고, 그 뒤에 사냥감을 물고 온 사냥개마냥 만족스런 얼굴의 루크가 멈춰 섰다.

문이 열리는 소리에 사람들의 시선이 집중됐다. 멍하니 눈을 깜박이다가 칩이 야단스럽게 방으로 뛰어들어가는 동시에 반가워하는 목소리들이 터져나왔다. 미란다는 금세 사람들 사이로 파묻혔다. 거트루드 아줌마가 찰싹이고 꼬집어가며 호통을 쳤다. 다른 사람들은 그 동안의 일들을 다그쳐 묻고, 버트런드는 그녀의 머리를 토닥이면서도 미란다 때문에 벌어진 문제들을 나열해갔다.

미란다는 그들과 헤어진 적이 없었던 듯한 기분이었다. 식구들의 친숙한 목소리를 들으며 익숙한 체취를 맡으니 더할 수 없이 푸근하고 편안해졌다. 다음 순간 그녀가 화들짝 모드의 존재를 기억해냈다.

"모드."

그녀가 사람들의 포옹을 풀어내며 문으로 되돌아갔다. 버려진 듯 침울하게 서 있던 모드가 미란다의 사죄하는 미소에 살짝 미소를 돌려주었다.

"들어오세요. 다들 내 식구들이에요."

"어머나, 세상에!"

거트루드 아줌마가 드디어 미란다의 옷차림과 그 동행을 알아차렸다.

"믿을 수가 없어. 이게 무슨 일이니?"

모드는 무슨 말을 해야 할지, 어떻게 행동해야 할지 알 수 없었다. 완전히 별난 세상에 들어선 느낌이었다. 어떻게 이 많은 사람들이 좁은 공간에 들어 있을까. 게다가 모두가 다 엄청나게 크고 요란스러웠다.

“너는 누구니?”

거트루드 아줌마가 다시 일어난 소란을 뚫고 다그치며 모드의 어깨를 붙잡아 살펴보았다.

“맙소사.”

그녀가 미란다를 돌아보았다.

“맙소사, 그 옷차림은 또 뭐야!”

그리고는 거대한 젖가슴을 출렁이며 그녀가 껄껄 웃어젖혔다.

“어떻게 된 일인지 얘기 좀 해봐라.”

버트런드가 소리쳤다.

“다 설명해 드릴게요.”

미란다가 흔들거리는 테이블에 걸터앉아 자신의 모험담을 재잘거렸다.

“이 일이 끝나고 나면 하코트 나리가 50로즈노블을 주시기로 했어요.”

그것으로 그녀의 설명이 마무리되었다.

“그렇게 큰 돈을!”

제베디아가 예외적으로 비판적인 기색 없이 탄성을 내질렀다.

“그렇다니까요.”

“그 하코트 나리가 다른 걸 바라지는 않더냐?”

버트런드가 다그쳤다.

“그런 거 없어요.”

미란다가 씩씩하게 대답해 주었다. 가레스와의 사이에서 생긴 그 일은 이 계약과 아무런 관련도 없으니까.

"바보 같은 녀석!"

갑자기 버트런드가 그녀의 귀를 철썩 내갈겼다.

"그런 헛소리를 믿냐! 귀족 나리들이 어떤지 몰라서 그래? 그런 인간들은 널 이용한 다음에 입을 싹 씻어버릴 거라구."

모드가 놀란 비명을 터트렸다. 하지만 미란다는 아무렇지도 않게 귀를 문질러댔다. 버트런드가 생각보다 손이 빠르다는 걸 알고 있었으니까.

"하코트 나리는 안 그래요."

"이 남자가 널 때렸어. 널 때렸어, 미란다."

모드가 거의 들리지 않을 정도로 중얼거렸다.

"그냥 건드린 거예요. 버트런드 아저씨는 워낙에 이래요."

미란다의 대답은 너무나도 태평스러웠다.

"이만 돌아갔으면 좋겠어."

모드가 사자 우리에 갇힌 것처럼 공포스레 뒷걸음질쳤다.

"언제 그 일이 끝나는데?"

루크가 당황스레 물었다.

"모르겠어."

"이 일이 얼마나 걸릴지도 모른단 말이야?"

라울이 기대 있던 벽에서 쓱 일어나며 번들거리는 맨가슴 위로 팔짱을 꼈다.

그 거구의 사내를 보자마자 모드는 더욱 움츠러들었다. 이렇게 덩치 큰 인간은 한 번도 본 적이 없었다.

"몰라요, 그래도 내가 자주 들를게요."

미란다가 대답했다.

"여기 오래 있기는 힘들어. 시내에서 돌아다녀봤자 경쟁이 너무 세단 말이야. 게다가 너 없이는 수입도 변변치가 않아."

버트런드의 말에 이어 거트루드가 입을 열었다.

"그렇긴 해도 미란다한테 다른 할 일이 있다잖아요. 아까 한 말이 사실이라면 목돈이 들어올 수도 있구요. 우리 미란다가 언제 거짓말한 적 있었어요?"

그녀가 커다란 두 손으로 미란다의 얼굴을 감싸쥐었다.

"할 일 다하고 50로즈노블을 받은 다음에 돌아오너라."

모드가 흠흠 기침소리를 내자 불쑥 미란다가 시선을 돌렸다.

"모드, 우리 공연하는 거 보고 싶지 않아요? 당신이 도와주면 더 좋구요."

"내가?"

"그래요. 버트런드가 사람들을 모으는 동안 탬버린을 치는 거예요. 진짜 레이디가 끼어 있으면 사람들이 확 몰릴 걸요! 집 밖의 세상을 알 때도 됐잖아요. 수녀원에서 평생을 보낼 작정이라면 이런 기억 하나쯤 만들어두는 것도 좋다구요."

모드는 동그랗게 둘러싼 사람들의 얼굴을 쳐다보았다. 이젠 그리 괴상해 보이지도 않았다. 그저 각각의 개성을 지닌 사람으로 보일 뿐이었다. 그들이 호의를 나타내듯 그녀에게 미소지었다. 이제 곧 종말이 닥칠 것처럼 뚱해 보이는 남자 하나만 빼고.

"그래요, 탬버린을 치세요!"

로비가 흥분하며 끼어들었다.

"내가 캐스터네츠를 칠게요. 그건 내가 아주 잘해요. 나 혼자만 해서는 음악이 안 되기 때문에 그 동안 못해봤거든요. 다른 사람들은 할 일이 너무 많아서요."

모드는 그 작은 얼굴을 바라보며 흥분과 기대감이 일어나는 걸 느꼈다. 뱃속에서 따뜻한 기운이 뭉쳐지면서 혈관 속으로 번져나갔다. 그녀가 이 아이를 도와줄 수 있었다. 이 아이에게 기쁨을 전해주고 무언가 쓸모 있는 일을 할 수 있었다. 미란다가 마치 그 생각들을 읽어낸 듯 미소지은 채 그녀를 바라보았다.

"알았어, 한 번 해볼게."

모드가 대답했을 때 미란다는 그저 고개만 끄덕였다.

"그 옷 갈아입어야 할 거다. 그런 차림으로 재주를 넘을 순 없잖니."

라울이 거대한 팔뚝을 굽혔다 펴며 한마디했다.

"네 옷은 여기 있어."

거트루드가 바구니 하나를 뒤적거렸다.

"이번엔 남자 옷으로 입어라."

미란다가 바지와 조끼 차림으로 빙글 돌아보이자 모드가 킥킥 웃음을 터트렸다.

"눈뜨고 못 보겠어, 미란다."

"이 옷이 얼마나 사내들을 끌어모으는지 알아요? 내가 여자라는 걸 알고 나면 발정난 사슴처럼 침을 질질 흘린다구요."

모드의 질겁한 표정을 보면서 그녀가 씨익 웃었다.

"한두 시간만 레이디라는 걸 잊어버려요. 그래야 재미나게 놀 수 있어요."

놀랍게도 그 사실을 잊는 것은 그리 어렵지 않았다. 버트런드가 상자 위에 올라서서 지나는 사람들을 불러대는 동안, 모드가 탬버린을 치고 그 옆에서 로비가 캐스터네츠를 짝짝거렸다. 단원들도 저마다 한 가지씩 장기를 선보였다. 한 사람의 발걸음이 멈춰 설 때마다 모드는 자신의 역할이 점점 더 자랑스러워졌다. 칩이 앞에 나서서 버트런드의 손짓 발짓을 고스란히 흉내냈다. 사람들이 웃음을 터트리며 한동안 남아 있을 자세로 자리를 잡았다.

그 기회를 놓치지 않고 미란다가 훌쩍훌쩍 재주를 넘어보였다. 예전처럼 완벽하진 않았지만, 방 안에서라도 꾸준히 연습했던 게 다행이었다. 어릴 때부터 해왔던 역할로 되돌아왔다는 사실이 즐거웠다. 근육을 쭉쭉 뻗으며 유연하게 몸을 꺾고 군중들의 감탄사를 흥겹게 받아들였다.

그녀가 물구나무서서 사람들 사이를 돌아다녔다. 딱 달라붙는 바지와 조끼차림으로 남자들의 애간장을 살살 녹여갔다.

갑자기 손 하나가 그녀의 발목을 잡아 정지시켰다. 그녀의 시야에는 허벅지까지 올라간 승마용 부츠와 길게 늘어진 망토만 보일 뿐이었다. 하지만 발목에 닿은 손의 느낌이 누구인지 알려주었다.

"나리?"

"바로 맞췄소."

하코트 백작의 메마른 목소리였다.

16

베르트는 모드의 짤막한 메모를 쥐고서 공포스레 하코트 경에게로 달려갔다. 그 경황 중에도 레이디 듀포트에게 알리지 말아야 한다는 생각만은 했던 모양이다.

가레스는 그 여자의 횡설수설하는 새된 목소리를 끈기 있게 들어주었다.

레이디 모드에게 뭔가 문제가 생겼다. 그 막돼먹은 여자가 나타나기 전에는 이런 짓을 한 적이 없었다. 수행원 없이 집을 나선 적도, 아무 말 없이 사라진 적도 없었다. 그 여자애가 아가씨를 꼬여낸 거다. 어쩌면 억지로 끌고 갔을지도 모른다. 레이디 모드가 자진해서 따라나섰을 리는 없다는 등등의 내용이었다.

가레스가 모드의 메모를 읽어보았다. 별다른 내용은 없었어도 앞뒤 상황을 충분히 짐작할 만했다. 그 꼬마 로비가 미란다를 식구들이 있는 곳으로 데려갔고, 무슨 이유에선지 모드까지 함께 데려간 것이다.

베르트에게 입다물고 있으라는 명령을 내리고 나서, 그는 승마복을 걸쳐입고 마구간으로 향했다. 그곳에서 레이디 모드와 두 명의 동행자가 가마를 타고 시내로 나갔음을 알아냈다.

러드게이트 힐 아래쪽에서 맥주를 한잔씩 걸치고 있는 가마꾼들을 발견했다. 거기서 움직여간 방향을 알게 되었고, 이내 그는 교회를 향해 언덕으로 말을 달렸다. 교회 뒤쪽에서 들리는 웃음소리와 박수갈채가 그의 관심을 끌어당겼다.

말에 올라타 있었던지라 사람들의 머리 위로 공연을 살펴볼 수 있었다. 거트루드와 버트런드, 루크와 그의 작은 개를 알아보았다. 그의 시선이 자신의 사촌에게 고정되었다. 머리카락을 흐트러뜨린 채 상기된 얼굴로 웃고 있었다. 게다가 탬버린을 치는 듯했다. 집시 리듬에 맞춰 머리 위로 탬버린을 올려 흔들어대고 있었다.

미란다의 모습은 보이지 않았다. 재주넘기를 하는 사내아이가 있을 뿐……. 아니, 그 사내아이가 바로 미란다였다. 어찌 그 날렵한 몸매를 알아보지 못할 리 있겠는가. 멀리 있어도 그녀가 남자들에게 일부러 불길을 당기며 돌아다니는 걸 알 수 있었다. 그들에게 윤곽이 드러난 몸매를 보여주고는 만지고 싶어 안달이 날 때쯤 되면 슬쩍슬쩍 물러나곤 했다.

가레스는 말에서 내려 소년 하나에게 고삐를 맡긴 다음 사람들 사이를 헤쳐나갔다. 미란다가 앞줄의 관중 사이로 물구나무서서 걷고 있었다. 꽉 끼는 바지 안의 엉덩이를 자랑해가면서……. 가레스가 느긋하게 그 발목을 잡아 정지시켰다.

관중들 사이에서 웃음이 터져나왔다.

"나리?"

미란다가 입을 열었다.

"바로 맞췄소."

그가 손을 풀어주자 그녀는 훌쩍 발을 대고 일어났다. 그리고는 걱정과 기쁨이 뒤섞인 미소를 지어보였다. 군중들이 천천히 박수를 쳐가며 공연이 중단된 것에 항의를 표시했다. 탬버린 연주도 정지되었고 다른 공연자들도 어안이 벙벙해진 채 서 있었다.

거트루드가 우산 끝으로 루크를 쿡 찔러 앞으로 내보냈다. 그가 엉겁결에 프레드와 같이 앞으로 뛰쳐나갔다. 칩이 모자를 들고 사람들 사이를 돌아다니며 미란다의 공연비를 받아내는 사이 다시 공연이 시작되었다.

"제 식구들을 만나주세요."

미란다가 입을 열었다.

"수입이 많이 줄었다고 해서 도와주고 있던 참이었어요."

그녀가 그의 팔을 붙잡고 곡예단 쪽으로 끌어당겼다.

"모드가 탬버린 치는 거 보셨어요? 정말 잘 하죠? 소질이 있나봐요."

그녀는 가레스가 이 일에 화를 낼 수도 있다는 생각을 전혀 못하는 듯했다. 하지만 모드는 전적으로 달랐다. 그녀가 새하얗게 질린 채 다가오는 후견인을 바라보았다.

"오…… 오셨어요?"

모드가 간신히 중얼거렸다.

"사촌, 당신에게 이런 음악적 재능이 있는 줄은 몰랐구려."

그의 얼굴에 무덤덤한 미소가 나타났다.

"계속하시오."

모드는 경악해하며 태연하게 미소짓는 미란다와 자신의 후견인을 번갈아 쳐다보았다. 백작의 나른한 갈색 눈동자에 즐거움이 번득이며 그의 입가에도 미소가 서렸다. 그가 계속 연주하라는 듯 손을 크게 흔들어 보였다.

"별일 없냐?"

버트런드의 퉁명스런 목소리가 가레스의 뒤에서 들려왔다. 그는 백작을 쳐다보지 않았다. 길에서 먹고 사는 평민이 귀족에게 함부로 말을 걸 수도 없는 노릇이었다. 하지만 은근하게 귀족 나리의 위협적인 존재에 대해서 물어보는 것이었다.

"그럼요. 이분이 하코트 백작님이세요. 나리, 이쪽은 버트런드 아저씨예요. 전에 도버에서 보신 적 있죠? 저 때문에 다들 감옥에까지 들어갔다 나왔대요."

버트런드가 조심스런 시선을 유지하며 고개를 숙였다.

"영광입니다요."

"뭐 하는 거야?"

거트루드가 모자의 깃털을 휘날리며 성큼성큼 다가들었다.

"이것 봐요, 공연하는 사람을 함부로 건드리면 안 된다구요."

"하코트 백작님이세요, 아줌마."

미란다가 서둘러 입을 열었다. 거트루드는 옳다고 생각하는 일이라면 귀족 나리에게라도 호통쳐댈 사람이었다.

"어머나."

거트루드가 유심히 그를 훑어보았다.

"우리 미란다에게 잘해주고 계시겠지요, 나리?"

"아줌마!"

미란다가 질겁을 하며 소리쳤다.

하지만 가레스는 그 거구의 여자가 던진 질문에 당황하는 기색을 보이지 않았다.

"물론이오, 마담. 우리의 계약에 대해서 미란다에게 들으셨소?"

"들었습지요, 나리. 50로즈노블을 주기로 약속하셨다구요……."

버트런드가 대신 대답하며 의심스레 말꼬리를 흐렸다.

"그렇소."

가레스가 진지하게 대답해 주었다.

"다른 조건 없이요?"

거트루드가 다그쳐 물었다.

가레스는 몸둘 바를 몰라하는 미란다에게 흘깃 시선을 던졌다.

"다른 조건은 없소."

"기분 나쁘게 생각지 말아주십시오, 나리."

버트런드가 중얼거렸다.

"오히려 그 반대요. 미란다에게 이렇게 신경 써 주는 가족이 있으니 다행스럽소."

거트루드와 버트런드는 만족스런 표정이었고, 미란다는 다소 놀라워했다. 모드도 믿을 수 없어하며 이 대화에 귀 기울였다. 하코트 백작에게 못마땅해하는 기색은 보이지 않았다. 레이디 모드 드 알바르가 평민들을 위해 길에서 탬버린을 치고 있었다는 사실에 화조차 내지 않았다. 모드로서는 상상치도 못했던 후견인의 다른 일면이었다. 이 순간 그는 너무나 달라보였다. 웃음기를 머금은 눈동자나 부드러운 표정. 평소에 자주 눈에 띄었던 냉소적인 모습은 흔적도 없이 사라져 버렸다.

가레스가 다시 말을 이었다.

"하지만 이제 그만 미란다를 집으로 데려가야 할 것 같소. 거기서 아직 할 일이 남아 있다오."

"아, 그럼요. 당장 돌려보내야죠."

버트런드가 대답했다.

"어서 가서 옷 갈아입어라, 미란다. 거트루드, 당신도 같이 가서 도와주고. 나리께서 이놈과 술 한잔 마셔주실 생각이 있으시다면 기다리시는 동안 기꺼이 제가 한잔 사겠습니다."

그가 활짝 웃으며 맞은편 술집을 가리켰다.

"좋소, 하지만 술값은 내가 내겠소."

가레스가 사근사근하게 대답하며 버트런드와 같이 걸어갔다.

"하코트 백작이 저 남자와 술을 마시겠대."

모드가 멍하니 중얼거렸다.

"버트런드 아저씨는 좋은 사람이야."

그렇게 말하는 미란다 또한 경악해했다. 가레스가 곡예단에게 편안하게 대하는 것쯤은 놀랍지 않았다. 그런 성격인 줄 짐작하고 있었으니까. 하지만 친구처럼 같이 술을 마시다니, 그것은 전혀 다른 차원의 일이었다.

가레스와 버트런드의 술자리에 라울과 제베디아도 끼어들었다. 가레스는 그 사내들과 어울리면서 진짜 호감을 사야 할 대상은 거트루드라는 것을 파악하고 있었다. 그가 구상해놓은 계획을 성공시키려면 그녀의 절대적인 신뢰와 호감을 얻어내야 했다. 이 남자들을 자신의 편으로 끌어들인다면 거트루드를 설득하는 것이 훨씬 손쉬워지리라.

아까의 드레스로 갈아입은 미란다와 모드가 술집으로 들어섰을 때, 하코트 백작은 태평스레 의자에 걸터앉아 술잔을 기울이며 라울의 상스런 이야기를 들어주고 있었다.

미란다는 더욱 당황스러웠다. 하코트 경이 이렇게까지 친근하게 굴 필요는 없을 텐데. 이렇게까지 서민들과 섞일 필요는 없었다. 하지만 그는 아주 편안해 보였다. 어쩌면 정말로 그들의 얘기를 재미있어하는지도 모른다. 하지만 확신이 서지 않았다.

가레스가 자리에서 일어나며 찌그러진 판자 위에 동전 한줌을 내려놓았다.

"마음껏 드시오. 나도 더 머물고 싶지만, 너무 늦어지기 전에 이 레이디들을 집으로 모셔가야 하오."

떠들썩한 인사말들을 뒤로하고, 그가 모드와 미란다에게 양쪽 팔을 내밀었다.

"잠깐만요."

미란다가 잠시 안쪽으로 들어갔다.

"나중에 로비가 입을 만한 옷 갖고 올게. 루크……."

약간 떨어진 곳에 서 있는 루크를 불러냈다.

"로비를 부탁해. 피곤해지지 않게 잘 돌봐 줘."

미란다의 작별인사가 계속되는 동안 가레스는 성마름을 드러내지 않고 조용히 기다렸다. 최대한 빨리 이 사람들을 미란다에게서 떼어놓아야 하리라. 눈에서 떼어놓는 것뿐 아니라 감정적으로도 잘라내야 했다. 그들은 미란다에게 아무런 도움이 되지 않았다. 미란다는 이제 새로운 세상에서 새로운 사람들과 어울려야 했다.

마침내 그녀가 그들과 합류하여 백작의 말이 기다리는 곳으로 향했다. 골똘히 생각에 잠긴 듯 줄곧 입을 열지 않았다. 가레스도 그녀의 혼란스러움을 감지했으므로 굳이 그 생각을 방해하지 않았다. 그녀의 혼란이 그가 할 일을 얼마쯤 대신해 주는 것도 나쁘지 않았다.

사실 미란다는 복잡하고 미묘한 기분이었다. 더 이상 그들의 일부가 아니라는 느낌 때문에 식구들을 만난 기쁨조차 사그라드는 듯했다. 아주 잠깐 헤어져 있었을 뿐인데 어떻게 이런 큰 변화가 생겨버린 것일까. 그녀는 지금 그들과 다른 느낌, 아주 동떨어진 느낌이었다. 마치 정원에서의 그 일이 그녀를 새롭게 만들어버린 듯했다. 그들은 그녀의 가족이었고, 그녀는 그들을 사랑했다. 하지만 곁에 있는 가레스의 존재가 너무나 커져 버렸고 그의 몸과 살결과 머리카락 하나하나가 마치 자신의 일부처럼, 영혼의 일부처럼 자리잡았다.

두 개로 나눠지는 이 마음을 어떻게 다스려야 할까? 전혀 다른 두 세상을 어떻게 조화시켜야 할까?

"하코트 경이 왜 이렇게 상냥한 걸까?"

가마에 올라앉았을 때 모드가 입을 열었다.

"화가 난 게 아니라 재미있어하는 것 같잖아. 그 사람이 이렇게 유쾌하고 사교적일 줄은 몰랐어."

미란다는 말없이 고개를 끄덕였다. 그녀 역시 가레스가 호통 없이 이 사건을 넘긴다는 것이 놀라웠다. 그녀가 거리에서 공연한 것에 대해서는 그럴 수도 있으리라. 하지만 레이디 모드 드 알바르…… 하코트 백작의 사촌에게 벌어진 일에 대해서는 충분히 화내고도 남았다.
그러나 그는 너무나 쉽사리 넘겨버렸다.
　미리 도착한 가레스가 마구간에서 그들을 기다리고 있었다.
　"모드, 당신은 옆문으로 들어가는 게 좋겠소. 나의 누이에게 손님이
찾아왔을지도 모른다오."
　그가 모드를 따라가려는 미란다의 팔을 붙잡았다.
　"당신은 나와 같이 들어갑시다."
　그녀의 손을 팔에 끼워 넣으며 그가 마구간 마당으로 걸어나갔다.
　"모드에게 즐거움을 주고 싶었던 모양이지만 만약 둘이 같이 있는
걸 아는 사람이 보았더라면 내 계획이 수포로 돌아갔을 거요."
　"화를 내시는 게 당연하다고 생각해요."
　미란다가 거의 안도하듯이 대꾸했다.
　"화난 것은 아니오. 모드가 탬버린 치는 모습은 참으로 볼 만했소."
그가 가볍게 웃음지었다.
　"물론 둘이 나란히 있었으면 대단히 불편했겠지만."
　"죄송해요, 미처 생각을 못했어요."
　그녀가 후회스럽게 미소지었다.
　"사실 다른 생각을 하기가 힘들었어요, 그 일 외에는……."
　한 번은 짚고 넘어가야 할 일이었다. 아무 일도 없었던 척할 수는
없었다. 가레스는 미란다뿐 아니라 자신도 납득시키기 위해 필사적인
심정으로 입을 열었다.
　"미란다, 어제 일은 잊으시오. 우리 둘 다 반드시 잊어버려야 하오.
내가 너무 술을 많이 마셨던 터라 정신이 또렷하질 않았소. 게다가 너
무 늦은 시간이기도 했고……."
　"잊을 수 없어요."
　그녀가 부드러우면서도 분명하게 대꾸했다.
　"그렇게 황홀한 경험을 잊을 순 없어요. 잊고 싶지도 않아요."

가레스가 그녀의 목을 붙잡고 격하게 속삭였다.

"내 말 잘 들으시오. 그건 꿈이었소, 미란다. 그 이상은 아니오. 아무리 아름다운 꿈이라도 아침이 되면 사라지는 거라오. 이 일도 마찬가지요."

"아뇨, 이건 틀려요."

그녀가 그의 손을 풀어내고 집 안으로 걸어들어갔다.

"빌어먹을!"

머리를 긁어올리며 가레스가 욕설을 내뱉었다. 그녀는 자신이 무슨 말을 하는지 그에게 무슨 짓을 하는지도 알지 못했다.

"저 아이가 저렇게 춤을 잘 추다니 놀랍네요."

이모겐이 나지막이 중얼거렸다.

"길거리 곡예사가 어디서 저렇게 우아한 스텝을 배웠을까요?"

"타고난 자질인 듯하오, 부인."

마일즈의 대꾸에 이모겐이 신랄하게 쏘아붙였다.

"타고난 창녀라는 게 맞을 걸요. 아무한테나 아양을 떨어대잖아요. 내 동생한테도 너무 버르장머리없이 대해요. 가레스는 그걸 받아주고 있고요. 도대체 그애가 왜 그러는지 이해할 수 없어요."

마일즈는 턱을 어루만지며 춤추는 미란다를 지켜보았다. 그 경쾌한 움직임과 푸근한 미소가 파티에 참석한 뭇남자들을 끌어들이고 있었다. 가레스에게 너무 친근하게 군다는 지적도 틀린 말은 아니었다. 하지만 가레스가 그녀와 놀아났으리라고는…… 상상할 수 없었다.

"가레스는 여자문제에 있어서만은 너무 분별력이 없어요!"

이모겐의 표정이 험악해졌다.

"샬럿한테 그만큼 당했으면 이제 화냥년을 알아보는 눈이 생겨야 하잖아요."

"그 말은 공정치 못한 것 같소, 부인. 미란다가 사교적이고 활기찬 것은 사실이나 샬럿과는 다르다오."

이모겐은 당장에 덤벼들 것 같은 기색이었다. 하지만 다행스럽게도 레이디 메리가 그들 옆으로 다가왔다.

"이모겐, 듀포트 경."

그녀가 예를 갖추어 인사했다.

"레이디 모드한테 저런 춤 실력이 있는 줄은 몰랐어요. 작년 크리스마스 때만 해도 발을 어디다 두어야 할지 모르는 것 같았는데요. 생기도 없고……. 그래요, 우아함은 있었지만…… 분명히 생기는 없었어요."

그녀가 부채를 펼쳐들었다.

"피곤한 병치레에서 회복된 덕분일 거요."

그녀의 시선이 날카롭게 마일즈 쪽으로 향했다.

"그렇다면 가히 기적적인 회복이로군요, 듀포트 경."

"레이디 모드에 대해서 말씀하시는 건가요?"

킵 로시터가 그들의 대화에 끼어들었다.

"정말이지 기적이라고밖에 말할 수가 없군요. 늘 집 안에 틀어박혀 병상에만 누워 있던 사람이 누에를 뚫고 나온 나비처럼 저렇게 날렵하고 힘이 넘치다니 말입니다. 그 의사의 이름을 저에게도 가르쳐 주십시오, 레이디 듀포트. 대단한 실력자인 모양입니다."

이모겐의 얼굴이 붉어졌다. 킵이 농담처럼 말하고 있다 해도 위험했다. 분명 위험이 잠재되어 있었다.

메리가 못마땅한 어조로 또다시 입을 열었다.

"저것 좀 보세요, 로시터 씨. 레이디 모드가 너무 뛰어다니는 것 같지 않나요?"

"뛰어다닌다는 표현을 하기에는 매우 우아한 듯하오, 마담."

메리의 표정이 약간 뾰로통해졌다.

"그녀에게 정숙함을 일깨워주셔야 하지 않을까요, 이모겐? 이제 막

데뷔한 레이디로서 적절치 못하게 행동하고 있어요.”

“구혼자가 곧 도착하리라는 기대감 때문인지도 모르지요. 로이시 공작이 내일 도착한다고 했던가요, 마담?”

킵이 물어보았다.

“네, 해질녘쯤이 될 거예요.”

“하코트 경의 사촌이 결혼에 대한 기대감으로 저렇게 경망스러워졌다고는 생각하지 않습니다.”

메리가 불평하자 킵도 거들었다.

“가레스가 저런 행동을 묵인한다는 자체가 믿기지 않는군요.”

“난 모드의 행동을 경망스럽다고 여기지 않소. 젊은 처녀로서 사교계의 즐거움을 즐기는 것 아니겠소? 그녀의 행동에 대해서 비판하는 말은 들어본 적이 없다오. 여왕 폐하께서도 그녀의 신선함을 인정해 주셨소.”

마일즈가 두둔하고 나서자, 킵이 예민한 시선으로 그를 바라보았다.

“비판하려는 건 아니었습니다, 듀포트. 다만 내가 알고 있던 레이디 모드가 어찌 저렇게…… 발랄해질 수 있을까 궁금했을 뿐이지요.”

그가 온화한 미소로 고개 숙인 다음 다른 무리를 찾아 움직여갔다.

“하코트 경은 어디 있을까요?”

레이디 메리가 구슬프게 중얼거렸다.

“요즘엔 거의 뵌 적이 없어요. 언제나 너무 바쁘시니…….”

“친애하는 메리, 자기 앞날을 챙길 줄 아는 남편감이 있는 걸 감사히 여겨야 해요. 그렇지 못한 사람도 있답니다.”

이모겐이 그 말을 하면서 남편 쪽으로 싸늘한 시선을 던졌다.

마일즈는 그런 공격에 너무나 적응되어 있었으므로 변명을 시도하지 않았다. 다행히도 그들의 옆으로 노란 벨벳 드레스를 입고 높은 주름깃을 세운 여자가 다가왔다.

“레이디 에버모드, 대단히 매력적이십니다.”

그가 따뜻하게 인사를 건넸다.

"노란 색조가 특히나 잘 어울리시는군요."

그 레이디의 얼굴이 환하게 밝아졌다. 패션에 일가견이 있는 상대에게 칭찬 받는 건 언제나 유쾌한 일이었다.

이모겐의 눈에는 레이디 에버모드의 얼굴이 노란 드레스로 인해 황달에 걸린 것처럼 보였다. 하지만 마일즈의 의례적인 말을 괜스레 헐뜯어 그 여자와 원수가 되고 싶진 않았다.

의무를 다했다고 생각한 듯, 마일즈가 고개를 숙여보이며 아내에게서 벗어나 카드룸이 있는 피난처로 빠르게 종종걸음쳤다.

"당신의 젊은 사촌이 대단히 인기를 끄는군요."

백작부인이 댄스홀을 바라보며 입을 열었다.

"춤추는 모습이 아주 우아해요."

"훌륭한 선생님들 덕분이지요."

이모겐이 대답했다.

"하지만 아무리 훌륭한 선생이라도 우아함과 리듬감까지 가르쳐줄 수는 없는 법이지요."

"저 아이가 잘 배웠답니다."

"로이시 공작이 내일 도착한다지요?"

소문거리를 주워 모으려는 희망으로 백작부인의 눈이 반짝거렸다.

"일이 주 정도 머무시게 될 거예요. 청혼을 마무리짓기 위해서죠."

"축하드려야겠군요, 마담. 그 일이 잘 성사된다면 말이에요."

그녀가 부채로 입을 가리며 호호 웃었다.

"잘못될 이유는 전혀 없습니다."

이모겐이 오만하게 대답해 주고 나서 뻣뻣하게 인사한 다음 그 자리를 빠져나갔다. 메리가 당장 그녀의 뒤를 따랐다.

"밉살스러운 여자!"

"부러워서 그러는 거예요, 이모겐."

메리가 그녀의 크림색 소맷자락을 살짝 그러쥐며 위로했다. 그리고는 다소 날카로운 어조로 말을 이었다.

"2주일 간 공작님을 대접하시려면 힘드시겠어요. 모드가 자신의 장래를 위해 이렇게 애쓰시는 두 분의 노고를 알기나 할지 모르겠군요."

그녀의 시선이 다시 댄스홀로 날아갔다. 모드가 파트너에게 미소짓고 있었다. 갑자기 그녀의 시선이 다른 곳으로 향하는 걸 보며 메리도 그 시선을 따라가보았다. 몇몇 남자들과 함께 작은 방에서 빠져나오고 있는 하코트 경 쪽이었다. 모드가 한동안 넋 나간 듯 지켜보고 나서 다시금 파트너에게 고개를 돌렸다.

메리는 눈살을 찌푸리며 이모겐 쪽을 흘깃 쳐다보았다. 그녀도 전혀 유쾌하지 않은 표정으로 미란다를 지켜보고 있었다.

"당신의 사촌이 하코트 경에게 항상 저렇게 애정이 깊었던가요, 이모겐?"

이모겐의 입술이 오므라들었다.

"후견인에게 의무적인 존경을 표하는 것뿐이에요."

"그럴까요?"

그 한마디에 강한 의심이 담겨 있었다.

"가레스는 가족들에게 형식을 고집하지 않아요. 당신도 곧 알게 될 거랍니다."

"그렇겠지요."

메리가 엷게 미소지었다.

경쾌한 춤곡이 끝나자, 미란다가 파트너에게 미소지으며 예를 갖췄다.

"이제 저의 후견인에게 에스코트해 주시겠어요? 그분에게 드릴 말씀이 있답니다."

그 신사는 이 상큼한 숙녀를 놓치기 싫은 듯 마지못해하며 하코트 경이 있는 쪽으로 안내해 나갔다.

　가레스는 미란다의 모습을 보기 전부터 그녀의 접근을 감지해냈다. 목덜미의 솜털이 쭈뼛 일어나고 등줄기로 전율이 흘러내렸다. 그가 천천히 뒤돌아섰다. 화려한 드레스에 사파이어가 박힌 주름깃을 달고 서 있는 미란다. 그 보석들이 그녀의 눈동자와 모양 좋은 턱, 관능적인 입술을 돋보이게 했다. 그 가운데로 백조같이 하얗고 길쭉한 목이 뻗어 있었다.

　다시 한 번 놀랍고도 어리둥절해지는 느낌이었다. 처음부터 존재하지도 않았던 듯 부랑아의 모습이 우아한 레이디의 자태 뒤로 사라져버렸다. 그녀가 이 역할을 잘 해낸다는 사실에…… 뭇시선들이 감탄스레 그녀의 뒤를 따른다는 사실에 기뻐해야 마땅하리라. 그런데 그녀가 끌어들이는 관심이 왠지 거슬렸다. 여기 모인 멍청한 귀족들이 진짜 미란다에 대해서 무얼 안단 말인가? 그녀의 옆에 선 남자의 얼굴에서 그 홀린 듯한 미소를 지워버리고 싶은 충동까지 일어났다.

　"하코트 경."

　미란다가 그에게 다가서며 인사를 올렸다. 시내에서 돌아온 이후로 다시 말할 기회는 없었지만, 그때보다도 더 꿈이라던 그의 말을 받아들이지 않는 듯했다. 그녀가 도전적으로 그의 눈을 마주보았다.

　"레이디 모드."

　그가 무표정하고 침착하게 그녀의 손을 잡아 고개를 숙였다. 그녀의 팔찌에 매달린 에메랄드 백조가 흔들거렸다.

　"여기 서픽 공작님을 알고 있으리라 믿소."

　"그럼요."

　미란다가 공작에게 돌아서서 예를 갖췄다.

　"하지만 공작님께서는 절 기억하지 못 하실지도 모르겠어요."

　공작의 얇은 입술에 미소가 떠올랐다.

　"어찌 당신 같은 레이디를 잊을 수 있겠소?"

　"하코트……. 아, 서픽 경."

이모겐의 목소리가 그들 속으로 끼어들었다. 그녀가 뻣뻣하게 예를 올렸다.

"이제 집으로 돌아가야겠습니다. 저의 사촌에게 휴식이 필요하거든요."

"피곤하지 않은 걸요."

미란다의 항의를 싸늘한 미소로 무시해 버린 채 이모겐이 동생에게 시선을 고정시켰다.

"우리와 같이 가겠니?"

"아니, 먼저 가십시오."

가레스는 미란다의 실망스런 표정을 알아차리며 마음이 흔들리지 않도록 시선을 피했다.

"손님을 맞을 준비를 해야 하기 때문에 이만 실례하겠습니다, 서퍽 경. 가자, 애야."

이모겐이 강아지에게 명령하듯 부채를 흔들었다. 그리고는 걸어가면서 손가락 하나를 들어올려 하인을 불러들였다.

미란다가 어쩔 수 없이 새침하게 인사를 올린 다음 그 뒤로 따라나갔다.

"카드룸으로 가서 듀포트 경을 모셔오너라."

레이디 이모겐의 명령에 따라 하인이 서둘러 종종걸음쳤다. 댄스홀 밖의 긴 복도에서 듀포트 경을 기다리며 이모겐이 성마르게 부채질을 해댔다. 미란다는 작은 방의 입구에 걸린 태피스트리를 무심하게 살펴보았다.

갑자기 방 안에서 두런거리는 소리가 들리자 이모겐이 그 입구로 다가갔다. 미란다도 고개를 기울였다. 브라이언 로시터의 우렁찬 목소리와 그 형제의 가볍고 이성적인 목소리였다. 그녀에 대해서, 아니 레이디 모드에 대해서 얘기중이라는 것이 금세 분명해졌다.

"레이디 모드에게서 뭔가 이상한 걸 느끼지 못 하겠냐, 브라이언?"

킵이 물었다.

"아니, 상큼하기만 하던걸. 발랄하고 생생한 것이……."

"바로 그거야, 발랄하고 생생해. 웃기도 잘 하고 말도 잘 하지. 전에 보았던 레이디 모드의 모습이 아니라구. 게다가 가레스가 그녀를 대할 때 얼마나 부드러운지 봤지? 전에는 항상 자기 사촌의 병치레와 변덕을 짜증스러워했잖아. 고집불통에 불평투성이라고도 했어. 그런 표현이 이 여자와 어울리는 것 같아?"

"어울리진 않는 것 같군. 하지만 건강이 좋아져서 진짜 성격이 나타난 거 아닐까? 원래 병이 있으면 기분도 가라앉는 법이잖아."

미란다는 이모겐을 흘깃 쳐다보았다. 태피스트리에 거의 귀를 갖다 붙인 채 표정이 일그러져 있었다.

"부인, 나한테 무슨……."

"조용히 해요."

그녀가 다가서는 마일즈에게 성마른 손짓을 휘둘렀다.

"들어보라구요!"

그가 어리둥절한 표정으로 아내의 곁으로 다가섰다.

"어쩌면 결혼식 때문에 흥분해서 그런지도 몰라."

브라이언의 목소리가 계속 이어졌다.

"로이시 정도면 대단한 신랑감이잖아. 그래서 기운이 펄펄 살아났을 거야."

"그렇게 단순하지가 않아."

킵의 목소리가 나지막이 중얼거렸다.

"말도 안 되는 소리겠지만, 마치 전혀 다른 여자인 것 같다구."

이모겐의 입에서 작은 비명이 새나왔고 마일즈조차도 질겁하는 표정이었다.

"웃기는 소리하지 마. 레이디 메리 애버내시도 그 비슷한 소리를 하긴 했어. 가레스의 사촌이 너무 많이 변했다고, 완전히 딴 사람 같다고 그러더군. 하지만 그 여자는 가레스가 사촌에게 너무 잘해 주는 게 신경 쓰여서 그러는 거라구. 질투일 수도 있고.”

“내가 그랬죠? 내가 말했죠?”

이모겐이 주춤주춤 물러나며 속삭였다.

마일즈는 아내가 무슨 말을 하는지 확신할 수 없었지만 맞다고 중얼거릴 정도의 영리함은 있었다.

“이 일이 잘될 리가 없었어. 모두들 이 계집애에 대해서 떠들어댄다구요……. 내일이면 구혼자가 도착할 텐데.”

그녀는 미란다가 옆에 있다는 것도 잊은 듯했다.

“어떻게 하지? 어떻게 하지?”

중얼중얼대며 걸어가는 아내의 옆으로 마일즈가 거의 깡총거리듯이 뒤따라갔다.

미란다는 어깨를 으쓱이고 나서 그 뒤로 따라붙어 마차가 기다리고 있는 마당으로 나갔다.

로시터가 날카로운 관찰력을 지닌 것이나 레이디 메리가 그런 말을 했다는 것이 다소 신경 쓰일 수는 있으리라. 하지만 미란다는 그게 무슨 문제가 될까 싶었다. 그녀가 모드의 역할을 계속하는 한 사람들도 레이디 모드의 새로운 모습에 금세 익숙해질 것이다.

하지만 집으로 돌아가는 동안 이모겐의 생각은 전혀 다르다는 것을 알아차리게 되었다.

처음에는 구석에 앉아 무심하게 이모겐의 독백을 들었을 뿐이었지만 잠시 후에는 좀더 주의 깊게 귀 기울였다. 레이디 이모겐의 열변이 어딘가 한 방향으로 흘러가고 있었다.

“뭔가 방법을 찾아야 돼. 가레스가 잘못 생각한 거야.”

그녀가 어둑한 곳에 앉은 미란다를 노려보았다.

“저 계집애가 모드 역할을 대신할 순 없어.”

“하지만 이미 하고 있잖소. 로시터의 의심도 금세 가라앉을 거라오.

일단 우리 손님이 떠나가고 나면."

마일즈가 과감하게 입을 열었다.

"그게 당신이 멍청하다는 증거예요!"

이모겐이 벌떡 일어나 앉으며 남편에게 손가락을 흔들어댔다.

"지금부터 의심하기 시작하는데, 진짜 모드를 봤을 때 무슨 생각들을 하겠냐구요? 의심하지 않았던 사람들까지도 두 계집애의 차이를 알아차릴 거예요. 그럼 로시터와 그 비슷한 인간들이 이리저리 캐고 다니지 않겠냐구요! 게다가 그 프랑스인도 처음에 이 계집애를 보고 다음에 모드를 보게 되면, 절대 속아넘어가지 않을 거예요. 어느 누가 이 부랑아 같은 계집이랑 지체 높은 가문의 모드를 똑같이 봐주겠어요?"

"모드의 안색이 더 창백하긴 하지."

"창백? 그 희멀건 안색하며 죽어가는 분위기를 지금 창백하다고 말하는 거예요?"

"하지만 당신이 그런 걸 양갓집 규수의 특성이라고 했잖소, 부인."

불유쾌한 대화임에도 불구하고 그 부분에서 미란다는 웃음이 터져 나오려 했다.

"모든 게 허사로 돌아갈 거야!"

이모겐이 장갑 낀 손으로 입술을 두들겨대며 어둠 속을 뚫어져라 노려보았다.

"이 약혼도 물거품이 될 거야. 가레스가 왜 그걸 깨닫지 못하는 걸까. 왜 이런 가장놀이에 매달리는 걸까?"

마일즈는 분별력 있게 침묵을 지켰다. 마차가 하코트 장원의 입구를 통과하여 현관 앞에 멈춰 섰다. 하지만 이모겐은 내릴 생각도 않고 그대로 앉아서 계속 입술을 두들겨댔다. 그런 다음 혼잣말처럼 중얼거렸다.

"내 손으로 이 일을 해결해야겠어. 가레스는 너무 마음이 약해. 이

대로 샬럿 일처럼 또다시 실수하는 걸 두고보진 않을 거야. 가레스가
단호하게 굴었으면 그럴 필요도 없었어……."

그녀의 목소리가 잦아들었다가 다시 커졌다.

"그애가 저지른 실수를 내가 항상 해결해줬어. 그런데도 그애는 감
사할 줄 몰라. 하지만 이 일을 성사시키려면 너무 늦기 전에 내가 행
동해야 돼."

그녀가 마차에서 내려 환하게 불 켜진 집 안으로 들어갔다. 마일즈
가 미안한 듯 미란다를 바라보았다.

"난 화이트 홀로 돌아갈 생각이라오. 잠자리에 들긴 너무 이른 시간
이라서 말이오."

미란다가 내려서자마자 마차는 다시 왔던 길로 되돌아 달렸다.

미란다는 깊은 생각에 잠긴 채 모드의 방을 향해 계단을 올라갔다.

17

미란다는 노크 없이 모드의 방으로 걸어들어갔다. 잠시 동안 칩의 떠들썩한 환영인사에 휩싸였다가 마침내 녀석을 어깨에 올려놓았다.

"일찍 돌아왔네?"

"레이디 이모겐이 서두르셨어요."

미란다가 불가에서 멀리 떨어진 테이블에 걸터앉았다.

"로이시 공작이 도착하기 전에 준비할 게 있다고……. 그게 무슨 준비일지 궁금해하는 중이에요."

"무슨 말이야?"

모드가 앞으로 몸을 기울이며 흥미를 나타냈다.

"이 속임수가 잘 안 될 거라고 믿는 것 같았어요. 내가 예전의 당신과 너무 달라졌다고 의심하는 사람들도 있구요."

그녀가 엿들은 내용을 설명해 준 다음 생각에 잠겨 중얼거렸다.

"레이디 이모겐이 어떻게든 당신의 항복을 받아내려는 것 같아요."

"전에도 가끔 위협했었어."

모드의 입술이 완고하게 굳어졌다.

"하지만 어떤 고통이 가해진다 해도 난 개종하지 않을 거야. 개종하지 않으면 날 프랑스 개신교도와 결혼시킬 수도 없어."

"그 여자가 무슨 방법까지 동원할지 몰라요. 결심이 대단하다구요. 나리가 집에 계시는 것도 아니고, 레이디 이모겐은 쇠뿔도 단김에 빼는 성격 아닌가요?"

모드의 눈에 불안감이 생겨났다.

"시련이 닥칠 때까지는 어떤 시련이 될지 모르는 거야."

그녀가 애써 용감하게 입을 열었다.

"아무래도 오늘밤 방을 바꿔야겠어요. 당신 사촌이 악독한 마음을 먹을지도 모르니까…… 당신이 내 방에서 자고 내가 이 방에서 잘게요."

"나 때문에 너한테 고통을 줄 순 없어."

"걱정 말아요."

미란다가 씨익 웃었다.

"레이디 듀포트한테 만만한 상대가 아니라는 걸 보여줄 테니까."

모드는 의심스런 표정이었다. 하지만 베르트가 이미 그녀의 실내복과 슬리퍼를 모아들이고 있었다.

"어서 일어나세요. 아가씨를 구해주려는 하늘의 뜻이라구요. 이렇게 연약한 몸으로는 레이디 듀포트의 화를 견뎌낼 수 없어요. 초록 침실에 안전하게 계시는 게 나아요. 제가 불을 피워 드릴게요. 안락하게 만들어 드릴게요."

"하지만 내가 당해야 할 일을 미란다에게 떠넘길 순 없어!"

"괜찮다니까요."

미란다가 그녀를 문으로 밀어냈다.

"난 끄덕 없어요. 당하게 될 사람은 바로 레이디 이모겐이에요."

"칩은 어떡해?"

"아, 칩이 여기 있으면 들켜버리겠군요."

그녀가 어깨 위의 원숭이를 떼어냈다.

"칩, 모드하고 같이 가."

원숭이는 고분고분하게 모드의 품에 안기면서도 비난하듯이 주인을 바라보았다. 그녀가 녀석의 턱을 간지럽혔다.

"오래 안 걸려."

"어서 나가자구요, 아가씨. 머뭇거릴 시간 없어요. 언제 들이닥칠지 모른다구요."

베르트가 걱정스레 복도를 뒤돌아보며 재촉해댔다. 모드가 잠시 더 망설이고 나서 그 방에서 떠밀려 나갔다.

미란다는 드레스와 파딩게일, 페티코트를 벗어 눈에 띄지 않도록 침대 밑으로 밀어넣었다. 그리고는 슈미즈 차림으로 침대에 기어올랐다.

'레이디 듀포트가 못된 마음을 품고 들이닥칠 경우 졸고 있어서는 안 돼.'

그녀는 단단히 각오를 하며 베개 위에 놓인 머리덮개를 집어 눌러 쓰고 짧은 머리카락을 그 안으로 밀어넣었다.

시계가 열한 시를 알리고 또 시간이 흘러 자정을 알려주었다. 모드의 안락한 깃털 침대에 누워 있으니 점점 졸음이 몰려왔다. 벽난로의 불길도 차츰 낮아졌다. 너무 지레 짐작했던 걸까? 이모겐이 계획을 포기했을지도 모른다. 어쩌면 가레스가 일찌감치 집에 돌아왔는지도 모르고. 하지만 미란다는 백작이 아직 돌아오지 않았음을 확신했다. 어쩐지 그 사람이 이 집 안에 있다면 느낄 수 있을 것 같았다.

자정을 알리는 시계 소리가 잦아들 무렵 갑자기 문이 벌컥 열리며 레이디 듀포트가 한 무더기의 여자들을 이끌고 들이닥쳤다.

이모겐이 크림색 소맷자락을 걷어올리며 악의적으로 침대를 노려보았다. 그녀의 손에는 몽둥이가 들려 있었고 그 뒤로 하녀들이 늘어서 있었다.

미란다가 그 잠재적인 공격자들의 수를 가늠하고 있을 때 이모겐이 침대 옆으로 다가들어 몽둥이를 이용해 단번에 이불을 걷어냈다.

"침대 기둥에 묶어."

위압적인 명령소리가 터져나왔다.

하녀들이 미란다에게 달려들어 두 팔과 다리를 움켜잡고 침대에서 들어올렸다.

미란다는 경악한 비명을 내지르며 충격에 빠진 모드처럼 몸을 축 늘어뜨렸다.

"단단히 묶어, 팔다리 모두. 끈 가져왔지?"

이모겐이 생쥐 같은 얼굴의 늙은 하녀에게 시선을 던졌다.

"네, 마님."

그 여자가 가느다란 리넨 조각들을 들고 미란다에게 다가섰다.

하녀들이 침대 발치로 데려가는 동안 미란다는 아무 저항 없이 늘어져 있었다. 모드의 손목과 발목을 침대기둥에 묶은 다음 레이디 듀포트가 저 몽둥이로 사정없이 두들겨 팰 작정이었던 모양이다.

'가엾은 모드, 그녀에겐 너무 가혹한 고통이었을 거야.'

한순간 하녀들의 손아귀가 느슨해진 틈을 타 미란다의 몸이 접히면서 두 팔을 휘둘러 그들의 손을 뿌리쳐냈다. 양다리차기로 두 명의 하녀를 방구석으로 날려보내고 나서 두 팔을 풍차처럼 빙빙 돌리며 생쥐 같은 얼굴의 여자에게 빙글 돌아섰다. 다음 순간 낮은 비명소리와 함께 그 여자가 뒤쪽으로 쾅당 엉덩방아를 찧었다.

이모겐의 격분한 고함소리가 나가떨어진 하녀들의 비명소리와 함께 집 안 전체에 울려퍼졌다.

하인들이 새하얗게 질린 얼굴로 골방과 다락방에서 저마다 뛰쳐나왔다. 필시 하코트 장원으로 잔인한 살인마가 침입해 들어왔거나 불이 난 거라고 확신하며 복도 쪽으로 내달렸다.

레이디 모드의 침실 앞에서 머뭇거릴 시간은 없었다. 분명히 그 안에서 들리는 소리였고, 심각한 위협이 가해지는 느낌이었다. 시종이 활짝 문을 열어젖혔다. 그 뒤로 남자와 여자들이 모여들어 방 안을 노려보았다. 그들의 시선이 천천히 레이디 듀포트의 번들거리는 시선과 바들거리는 손가락을 따라 움직여갔다. 두 손을 허리에 대고 침대 위에 서 있는 여자에게로.

가레스는 모두들 잠들었으리라 예상하며 옆문을 통해 집 안으로 들어섰다. 의도했던 것보다 일찍 궁에서 빠져나왔다. 친구들과 어울려 카드놀이와 버건디 포도주로 잡생각을 잊어보려던 노력이 무참하게 실패로 돌아갔다. 지독히도 피곤했다. 관자놀이가 지끈거리고 입 안에 잿더미가 들어찬 듯했다. 잠을 한숨도 못 잔 탓이니 그 치료법은 한 가지뿐이었다. 미란다도 지금쯤은 잠들었을 터였으므로 자신의 고독하고 평화로운 피난처로 찾아들 생각이었다.

그가 중앙 홀로 접어들었을 때, 계단 아래쪽까지 혼란스런 소음이 울려나왔다. 소리치고 외쳐대는 남자와 여자들의 목소리, 거기에 누이의 격분한 비명소리까지…… 요즘 자주 듣지 못했던 소리였지만 가레스가 그 의미를 모를 리 없었다. 이모겐이 이성을 잃어버린 것이다.

그가 두 계단씩 뛰어올라 2층 복도로 달려갔다. 모드의 침실에서 들리는 소리가 틀림없었다. 문 앞에 몰려 있던 하인들이 그를 위해 길을 열어주었다.

"도대체 무슨 일인가?"

이모겐이 미란다 쪽을 손가락질하며 돌아보았다.

"저건…… 모드가 아니야. 어떻게 저 아이가 여기 있는 거야? 악마 같은 년! 마녀 같은 년!"

하인들이 화들짝 뒤로 물러나며 침대에 올라서 있는 여자를 두려운 듯 바라보았다. 가레스가 조용히 입을 열었다.

"정신 차리세요, 누이."

천천히 이모겐의 번들거리는 눈동자에 이성이 되돌아왔다. 그녀가 부르르 몸을 떨며 두 팔로 가슴을 부둥켜안았다. 그녀의 시선이 마침내 문 앞에 입을 벌리고 선 하인들과 충격에 젖은 하녀들에게 초점을 잡아갔다. 그리고 그 풍경이 자신 때문이라는 걸 몽롱하게 알아차렸다.

가레스가 시종에게 지시를 내렸다.

"하인들을 방으로 돌려보내게, 개리슨."

"네, 나리."

로브 차림의 시종이 하인들에게 돌아섰다.

"각자 침대로 돌아가. 무슨 구경났나? 당장 흩어져."

닭들을 쫓아내듯이 그가 휘휘 팔을 휘두르며 걸어나갔다. 하인들이 낮은 소리로 웅성거리며 움직여갔다.

"무슨 일이에요?"

모드가 결의에 찬 표정으로 방에 들어섰다.

"너한테 내 고통을 떠넘길 순 없어, 미란다!"

칩이 꽥꽥 소리치며 미란다의 어깨 위로 뛰어올라 아래쪽을 노려보았다.

이모겐이 신음하며 두 손으로 얼굴을 덮었다.

"레이디 듀포트, 나한테 볼일이 있는 거겠죠?"

모드가 이모겐 앞으로 한 걸음 다가섰다.

"영웅적으로 행동하기에는 다소 늦은 감이 있다오, 사촌."

가레스가 침착하게 입을 열었다.

"미란다, 부디 거기서 내려와 주겠소?"

"먼저 레이디 이모겐의 몽둥이를 치워주세요. 저걸로 모드를 때릴 작정이었다구요."

"뭐라고?"

가레스가 그제서야 몽둥이를 알아보았다.

"모드를 침대기둥에 묶어놓고 항복을 받아낼 작정이었어요. 생쥐 같은 얼굴의 여자가 들고 있는 끈을 보세요.”

가레스는 그 묘사에 합당한 대상을 어렵지 않게 찾아냈다. 그녀는 넋 나간 표정으로 바닥에 주저앉아 리넨 끈을 꽉 움켜쥐고 있었다. 하코트 경의 험악한 시선이 날아들자 그녀가 비틀거리며 일어섰다.

“저 여자가 절 공격했어요, 나리. 절 쳐서 넘어뜨렸어요.”

“당연하지 않나요? 고문할 셈으로 날 묶으려 하는데 당연히 나 자신을 방어해야죠.”

미란다가 쏘아붙였다.

모드는 경악스레 미란다를 바라보았다. 그녀의 눈에 웃음기가 차 오르며 흘깃 이모겐을 쳐다보았다. 그리고는 쿡쿡 소리를 억누른 채 의자 쿠션에 얼굴을 파묻었다.

가레스가 이모겐의 하녀들에게 나가라고 손짓했다. 주인의 명령에 따랐다고 해서 그들을 나무랄 수는 없었다. 그런 다음 누이에게 돌아섰다.

이모겐은 부들부들 떨며 창턱에 앉아 있었다. 발작의 여파와 충격으로 인해 멍해진 시선이었다. 그녀가 동생을 바라보며 중얼거렸다.

“널 위해서였어, 가레스. 널 위해서였어.”

“알아요.”

그의 목소리에 슬픔과 깊은 피곤함이 깃들었다. 그가 누이에게 다가가 두 손을 부여잡고 부드럽게 일으켜 세웠다.

“언제쯤 이럴 필요가 없다는 걸 아시겠어요…….”

그가 절레절레 고개를 내저었다.

“이제 됐어요. 방으로 돌아가세요.”

그가 누이의 뺨을 어루만져 준 다음 문 밖으로 내보냈다.

“미란다의 방에서 잠들었던 거요, 모드?”

모드가 쿠션에서 고개를 들어올렸다.

“잠들지 않았어요. 무슨 일이 벌어질지 모르는데 잠들 수야 없지요.”

"이젠 잠들 수 있을 거요. 오늘밤은 그리로 돌아가시오."

"어머나, 레이디 이모겐이 다시 시도할 것 같으세요?"

"아니오, 미란다와 조용히 할 얘기가 있어서 그렇소. 부디 내 말대로 따라주시오."

모드가 놀란 시선을 미란다에게 던져보낸 다음 방에서 빠져나갔다.

가레스는 침대로 다가서서 미란다의 허리를 잡아 들어올렸다. 그 상태대로 그녀의 얼굴을 바라보았다. 그녀가 그의 얼굴을 유심히 들여다보았지만 전적으로 무표정할 뿐 무슨 생각을 하는지 짐작할 수 없었다.

"휴."

드디어 그가 부드럽게 한숨을 내쉬었다.

"당신이 이리도 내 인생을 뒤집어놓을 줄 알았더라면, 도버에서 뒤도 안 돌아보고 도망쳤을 거요."

"레이디 이모겐이 못된 짓을 하려는데 그냥 보고만 있을 순 없잖아요. 더구나 모드에게 강요하려고 했는 걸요."

그가 힘없이 고개를 흔들었다.

"그래, 그랬겠지. 내가 돌아올 때까지 모드와 함께 있어 주는 것만으로는 당신에게 부족했을 거요. 너무 간단했을 테니까."

그의 입술에 살짝 미소가 스쳤다.

미란다는 언제쯤 바닥으로 내려주려는 걸까 궁금해하면서도 허리에 닿은 그의 손길이 싫지 않았다.

"솔직히 그런 생각까진 못했어요."

그가 고개를 끄덕였다.

"그랬겠지."

다시 침묵이 내려앉았다. 칩이 베개 위에서 손가락으로 머리를 빗어대면서 두 사람을 흘깃흘깃 쳐다보았다. 벽난로 안에서 남아 있던 장작에 새로이 불길이 붙었다. 30분을 알리는 시계 소리가 울려퍼졌다.

미란다가 머뭇머뭇 가레스의 입술을 매만졌다. 조심스럽고 가벼운 손길이었다. 그가 그녀의 손가락을 입 속으로 빨아들이자 그녀가 나지막이 웃음을 터트리며 다른 손으로 그의 턱을 어루만졌다. 그리고는 고개 숙여 그의 눈꺼풀에 입을 맞췄다. 그녀의 속눈썹이 그의 얼굴을 찰싹이면서 따뜻한 숨결이 전해졌다. 그녀가 그의 턱으로 입술을 내리며 살짝 돋아난 턱수염을 혀로 핥았다.

천천히 그가 그녀의 몸을 바닥으로 내려주며 그녀의 얼굴을 감싸쥐고 입술을 부딪혀왔다. 미란다의 눈이 파르르 감기고 입술이 열렸다. 모든 감각이 입술에 집중되어 마치 그곳이 쾌락의 웅덩이로 변한 듯했다.

이윽고 가레스가 고개를 들어올렸다. 그의 눈에 이성과 정열 사이의 갈등이 묻어났다. 미란다의 몸이 살짝 그에게 다가서면서 장미와 재스민이 배합된 절묘한 향기가 그의 콧속으로 스며들었다. 그의 이성이 패배를 시인했다. 그가 그녀의 몸을 한 팔로 끌어안으며 복도로 걸어 나갔다. 그 뒤로 칩이 졸졸 따라붙었다.

가레스가 자신의 방문을 활짝 열고 들어가 발로 문을 걸어차 닫았다. 칩이 문밖에서 성난 소리를 꽥꽥거렸다.

"미안하다."

가레스가 다시 문을 열어주자, 원숭이는 안으로 뛰어들어 벽난로 선반 위에 올라앉았다. 그리곤 방을 둘러보면서 아까의 몸단장을 다시 시작했다.

미란다를 침대에 내려놓고 가레스가 엉덩이에 두 손을 댄 채 내려다보았다.

"마녀 같다는 누이의 말이 맞는 것 같소. 그렇지 않고서야 나의 이 미친 짓을 설명할 길이 없다오."

미란다가 스르르 미소를 보냈다. 지난밤과는 전혀 다른 느낌이었다. 그때는 모든 일이 신비로운 꿈속에서 일어나는 것 같아 자신에게 무슨 일이 일어나는지 자신이 무얼 원하는지도 알지 못했었다. 하지만 백작의 방에 누워 있는 지금 그는 욕망을 간직한 진짜 남자였고, 그녀도 자신의 욕망과 느낌을 또렷하게 의식하는 여자였다.

가레스가 천천히 옷을 벗어갔다. 그의 눈으로 불길이 번지며 그의 숨결도 점점 빨라졌다.

미란다는 슈미즈를 벗어 옆으로 던져놓았다. 흥미롭게 그의 움직임을 주시하면서 침대 위에 무릎을 꿇고 앉았다. 그의 손이 바지를 풀어냈을 때 자신도 모르게 입술을 축였다. 그 순진하면서도 외설스런 동작에 가레스가 짧게 웃음을 터트렸다. 그가 침대 끝에 발을 올려놓고 스타킹을 말아내렸다. 미란다의 눈길이 그의 손길을 따라 흘러내렸다. 전에도 벗은 남자들을 본 적이 있었지만, 그들은 가레스가 아니었다. 그리고 그의 벗은 몸은 너무나 아름다웠다.

그녀가 그의 엉덩이로 손을 펼치며 허벅지 사이에 자리잡은 그곳으로 입술을 가져갔다. 그의 남성적인 체취를 들이키면서 그 부분을 살짝 핥아보았다.

그녀의 혀에 닿은 부분이 꿈틀거리면서 그의 손이 그녀의 머리와 어깨로 헤매다녔다.

"서두르지 마시오."

그가 그녀의 얼굴을 들어올리며 물러나려 했다.

그녀가 장난스레 그를 따라가 그 촉촉한 끝부분에 입을 맞췄다.

"왜요?"

그녀가 그의 가슴을 어루만지며 흥분한 육체에 사타구니를 들이밀었다. 그의 몸으로 떨림이 흘러내렸다. 그녀가 무릎을 벌려 자신의 부드러운 속살로 그를 감싸안았다.

그의 손이 그녀의 등으로 움직여갔다. 그녀가 그의 손에 의지한 채 뒤로 몸을 젖혀 허벅지 사이로 그의 몸을 죄었다가 풀어놓았다. 그의 낮은 신음소리가 방 안에 가득 들어찼다. 그가 그녀의 벌어진 입술에 자신의 입술을 들이댔다.

가레스는 그녀의 엉덩이를 움켜잡아 침대에서 들어올렸다. 그녀가 그의 목을 팔로 끌어안으며 다리를 활짝 벌려 그를 받아들였다.

그가 누구도 떼어놓을 수 없을 만큼 완벽하게 그녀의 몸 속으로 파고들었다. 그녀가 눈을 뜨고 그의 황홀한 얼굴을 응시하며 행복하게 웃음지었다.

가레스도 그녀의 얼굴을 바라보며 미소지었다. 그의 몸 속에 크나큰 기쁨과 한없는 부드러움이 가득했다. 한편으로는 이 순진한 여자가 이런 사랑놀음을 완벽하게 해낸다는 것이 놀랍기도 했다. 아랫입술을 깨무는 그녀의 눈동자가 짙푸르게 변했다. 그의 손 안에서 그녀의 몸이 굳어지더니 그녀의 속살이 미치도록 그를 죄어들었다. 점점 고조되어가는 흥분에 그녀의 입술이 살짝 벌어지며 눈이 화들짝 벌어졌다.

그의 몸이 그녀의 안으로 더 깊이 파고들었다. 그들의 몸이 결합된 작은 공간 안으로 세상 전체가 오그라들었다. 기다리고 있던 격랑 속으로 빠져들어가며 그는 좀더 버텨내기 위해 안간힘을 썼다. 그녀의 몸이 바들바들거리며 더욱더 강력하게 그를 죄어들었다.

숨조차 쉬지 못한 채 그녀가 절정에 오를 때까지 참아낸 후에야 그가 마침내 환희에 찬 신음을 터트렸다.

그녀는 그의 목을 끌어안은 채로 나른하게 늘어졌다. 그가 그녀의 가벼운 몸을 받쳐주었다.

"맙소사, 어디서 이런 마법을 배웠소?"

그녀의 젖은 목덜미에 대고 그가 속삭였다.

"몰라요. 하지만 정말 마법이었어요."

그녀가 다리를 풀어내며 바닥에 일어섰다. 고개를 뒤로 흔들어 헝클어진 머리카락을 제자리로 돌려놓고 나서 자랑스럽게 그를 바라보았다. 그가 나른하게 웃음을 터트리며 다시 그녀를 품으로 끌어당겼다. 입술을 부비고 그녀의 머리를 매만져주면서 미소지었다. 그러나 다음 순간 그의 얼굴에 그늘이 내려앉으며 부드러움이 사라졌다.

"배고파요."

본능적으로 미란다가 그 긴장된 침묵을 깨뜨렸다.

"저녁을 못 먹었어요. 궁에서는 왜 다과도 내놓지 않는 거죠?"

"여왕께서 검소하신 편이라오. 지나치다고 말하는 사람도 있긴 하지만. 저기 쟁반에 음식이 있을 거요."

그가 항상 자신을 위해 준비돼 있는 쟁반을 가리켰다. 무심히 머리를 긁어올리면서 테이블로 걸어가는 그녀를 응시했다. 뽀얀 등의 곡선과 잘록한 허리, 통통하게 펼쳐진 엉덩이와 단단하게 뻗은 허벅지를 훑어보는 사이 또다시 욕망이 솟구쳤다. 앞날에 대한 걱정과 후회스러움을 사라지게 할 정도로……. 그녀가 닭다리 하나를 집어들고 돌아섰다. 그리고는 그의 아랫부분을 보더니 놀란 듯 그녀의 눈이 휘둥그래졌다.

"어머나, 나리. 정력이 대단하시네요."

닭고기 살을 씹어먹으며 그녀가 그에게로 되돌아왔다. 어느새 그녀의 눈에도 정열이 떠올라 있었다. 살코기를 한 조각 떼어내 그의 입에 쏙 넣어주었다.

가레스가 그녀의 손목을 잡고 아주 천천히 그 손가락을 입으로 빨아들였다. 하나하나 손가락을 핥아낸 다음 그녀의 어깨 너머로 몸을 기울여 빨간 버건디 포도주를 한 잔 따랐다. 깊이 한 모금 들이켜 그녀에게 입술을 옮겼다. 그들의 입술이 만나면서 달콤씁싸름한 포도주가 그녀의 입 안으로 밀려들었다.

그들의 혀가 한동안 엉겨붙었고, 그 후에야 그녀는 포도주를 꿀꺽 삼켰다.

"더 주세요."

그가 고개를 끄덕이고 또 한 모금을 들이켜 그 과정을 되풀이했다. 그는 안락의자에 앉아 그녀를 무릎 위에 앉히고 포도주를 먹여주었고 그녀는 쟁반 위의 닭고기를 조각조각 뜯어내어 그에게 먹여주었다.

첫새벽이 밝을 때까지 그들의 유희는 계속되었다. 미란다가 그의 어깨에 등을 기대고 앉아 있는 동안 그의 손이 그녀의 허벅지 사이와 부드러운 둔덕으로 헤매다녔다. 황홀한 쾌감에 빠져들면서 그녀의 몸이 점점 스러져 갔다. 마침내 그가 그녀를 안아 침대로 데려갔다. 그녀를 눕힌 다음 그도 그 옆으로 누웠다.

"공작이 도착하기 전에 깨어나야 될 텐데요."

미란다가 졸음에 겨운 목소리로 중얼거리며 그의 아랫부분에 엉덩이를 기대고 돌아누웠다.

가레스는 대답하지 않았다. 그는 졸립지 않았다. 방 안이 점차 밝아지고 미란다의 숨결이 고르게 깊어졌을 때에도 머리 위 기둥침대 천장의 덩굴 잎사귀 문양을 응시하고 있었다.

잊었던 걱정이 되살아났다. 씁쓸한 죄책감과 분노도 함께 따라왔다. 이런 유혹에 굴복하다니 얼마나 약한 존재란 말인가?

자책감에 빠져 한참 동안 잠을 이루지 못했다. 몸은 욱신거리고 마음은 불안했다. 그리고 마침내 잠에 빠져들었을 때는 에로틱한 꿈이 그의 잠을 방해했다.

18

8시가 가까웠을 무렵 가레스는 집을 나섰다. 그전에 이미 미란다는 아무에게도 들키지 않고 자신의 방으로 되돌아갔다. 그에게는 앙리 왕이 도착하기 전에 할 일이 있었다.

그 구둣방을 찾기란 그리 어렵지 않았다. 어제 공연이 벌어졌던 곳에서 가까운 거리였다. 구두장이가 일찌감치 작업대에 앉아 있다가, 귀족 나리가 어둑한 가게 안으로 들어서자 반색을 하며 벌떡 일어났다. 귀족 손님을 맞기가 어디 흔한 일이던가.

"뭘 도와드릴까요, 나리?"

그가 앞치마에 코가 닿을 정도로 고개를 숙였다.

"여기 머무는 사람들에게 볼일이 있네. 위층이던가?"

구두장이의 얼굴에 실망이 번졌지만 이내 좁은 계단으로 종종걸음 쳤다.

"데리고 내려올까요, 나리."

"아니……. 내가 올라가겠네."

가레스가 까닥 고개를 끄덕여보이고 그를 지나쳐갔다. 구두장이가 머뭇머뭇거리다 살금살금 귀족 나리의 뒤를 따라올라갔다.

계단 위의 문을 노크했을 때 아무런 대답도 들리지 않았다. 방 안에서 이따금씩 욕설소리만 들릴 뿐이었다. 가레스는 어깨를 으쓱이며 문을 열어젖혔다.

비좁은 방 안에 사람들이 북적거렸다. 다들 이부자리를 개고 공연에 필요한 비품들을 고치며 개인적인 볼일을 보느라 정신없었다. 거트루드는 허리춤까지 웃옷자락을 끌어내린 채 거대한 상체를 씻어내는 중이었다. 그녀가 열린 문을 바라보며 수건을 툭 떨어뜨렸다.

"어머나, 세상에! 하코트 경이시군요."

그녀의 육중한 젖무덤이 허리께의 살들과 맞물려 있었다.

"미란다에게 무슨 일이라도 생긴 건가요, 나리?"

"아니오, 별일 없소. 방해해서 미안하오. 하지만 긴히 상의할 일이 있다오."

그가 신중하게 시선을 피했다.

"미란다와 관련된 일인가요?"

라울이 술부대를 내려놓고 손등으로 입을 닦아내며 다그쳤다.

"미란다는 어딨어요?"

로비가 앉아 있던 의자에서 벌떡 일어났다.

"다시 오겠다고 했는데, 미란다가 다시 와 주겠죠, 나리?"

가레스가 예상했던 것보다 일이 훨씬 어려워지는 듯했다. 루크라는 청년도 그다지 호의적이지 않은 시선으로 그의 대답을 기다리고 있었다.

"버트런드, 거트루드와 이 일을 상의해야 할 것 같소."

가레스가 슬쩍 두 사람에게 시선을 던졌다. 거트루드가 옷자락을 끌어올려 끈을 묶어가는 것이 다행스러웠다.

"미란다한테 정말 별일 없는 거죠?"

거트루드가 날카롭게 다시 물었다.

가레스가 고개를 끄덕였다.

"제안할 일이 있소……."

"그애를 창녀처럼 팔진 않을 거예요……. 너무 노골적으로 말해서 죄송하지만요, 나리, 그애는 내 딸이나 다름없어요."

가레스가 한 손을 들어올렸다.

"내가 제안하려는 일은 그게 아니오."

"다른 데 가서 얘기하는 게 낫겠어."

버트런드가 광내고 있던 플루트를 내려놓고 일어났다.

"같이 가겠나, 거트루드?"

"미란다 일에 내가 빠질 순 없죠. 그애는 내 딸이나 마찬가지라구요."

그녀가 회유적인 미소를 지어보이려 애쓰는 가레스에게 흘깃 시선을 던졌다.

가레스가 문을 열었다.

"먼저 나가시지요, 마담."

그녀가 문 밖으로 빠져나가다가 대뜸 소리질렀다.

"이봐, 왜 남의 애길 엿듣는 거야!"

구두장이가 허둥지둥 계단을 내려가고 있었다.

"뻔뻔스런 자식! 어디다 귀를 들이대고 지랄이야!"

구두장이는 털썩 작업대에 내려앉았다. 쓸 만한 얘기를 듣지도 못했는데 욕까지 얻어먹다니 재수 옴 붙은 날이라고 중얼대면서…….

아침 시간이라 선술집 안은 한가로웠다. 가레스는 최고급 카나리아 제도산 포도주를 주문하고 나서 구석진 곳에 자리잡았다. 거트루드가 의심스레 백작이 따라주는 술잔을 들여다보았다.

"축하할 일이라도 있나요, 나리?"

"생각하기 나름이오."

그가 더블릿 주머니에서 가죽 주머니를 꺼내 테이블 위에 올려놓았다. 그리고는 태연스레 술잔을 집어들었다.

"이게 뭡니까요?"

버트런드가 그 주머니를 쿡쿡 찔렀다.

"50로즈노블이오."

버트런드의 입이 헤 벌어졌다. 하지만 거트루드는 매섭게 백작을 노려보았다.

"우리한테 뭘 바라시는 거죠, 나리?"

"오늘 런던에서 떠나주길 바라오."

"미란다를 내버려두고요?"

거트루드가 다그치다가 갑자기 버트런드 쪽으로 휙 시선을 돌렸다. 그의 손이 가죽 주머니를 슬쩍 감싸쥐고 있었다.

"그거 놔둬요. 미란다 몸값이잖아요."

버트런드가 손을 치우며 카악 바닥으로 침을 뱉었다.

"그런 게 아니오. 우선 내 설명을 들으시오."

20년 전 성 바르톨로메오 축일 밤에 생긴 일에 대해서 가레스가 설명하는 동안 두 남녀는 믿을 수 없어하며 넋을 잃고 귀를 기울였다.

"그러니까 미란다가 새로운 인생에 적응할 수 있도록 내버려두라는 뜻이오."

그의 말이 끝나자 거트루드가 천천히 입을 열었다.

"그럼 미란다가 다른 여자애랑 한 자매로군요."

그녀가 절레절레 고개를 흔들었다.

"어쩐지 너무 똑같다 싶었어……. 그런데 왜 미란다에게 사실을 말하지 않았나요?"

"그녀가 어떻게 받아들일지 확신할 수 없었소. 그녀의 도움이 필요하기도 했고……. 일단 내 계획이 잘 진행되고 나면 말할 생각이오. 그때쯤이면 그녀도 귀족으로서의 인생에 어느 정도 적응이 돼 있을 것이오. 하지만…….”

그가 자신의 말을 강조하기 위해 앞으로 몸을 기울였다.

“그녀의 예전 인생이 아무 때고 만날 수 있는 자리에 남아 있다면 새로운 인생에 적응한다는 것이 쉽지 않을 거요.”

“일리 있는 말씀이야, 거트루드.”

버트런드가 다시 한 번 가죽 주머니 위로 손을 올렸다.

“하지만 미란다에게 인사도 없이 떠날 순 없어요.”

거트루드가 반박했다.

“그녀는 당신들이 프랑스로 건너간 줄 알고 있었소. 도버에서 이미 혼자 남겨졌다고 생각했소. 슬퍼하긴 했지만 받아들였소, 당신들이 다시 나타나기 전까지는. 그러니 이번에도 받아들일 수 있을 거요.”

“옳은 일이 아니에요.”

거트루드는 고집스러웠다.

“50로즈노블이라구, 이 여자야! 그걸 생각해봐.”

버트런드가 안달하며 다그쳤다.

“안다구! 내가 그 가치를 모를 정도로 멍청한 줄 알아요?”

“미란다를 위해서 생각해 보시오.”

가레스가 계속해서 설득했다.

“그녀의 앞길을 방해하고 싶진 않을 거 아니오.”

“그래요. 하지만 말 한마디 없이 떠나는 건 옳지 않다구요.”

“적당한 때가 되면 내가 사실을 말해주겠소. 그녀도 당신들에게 버림받은 게 아니라는 걸 알게 될 거요.”

“그럼 되잖아. 나리의 말씀이 지당하시다구.”

버트런드가 주머니를 테이블 끝으로 끌어당겼다.

“전 좋습니다요, 나리.”

그가 거트루드를 바라보았다.

“빨리 대답해, 이 여자야! 감상이 밥 먹여 주냐? 미란다한테도 잘 된 일이고, 우리도 행운을 잡은 거라구.”

가레스는 긴장을 숨긴 채 무표정하게 대답을 기다렸다. 거트루드의 찬성이 없으면 버트런드의 허락 따위는 아무 의미도 없었다. 그녀가 싫다고 한다면 그들에게 이 엄청난 액수의 뇌물도 소용없으리라.

“그럼 나리가 미란다에게 전해주세요. 약속하실 수 있나요?”

영혼이라도 들여다볼 것처럼 거트루드가 샅샅이 그의 얼굴을 살펴보았다.

가레스가 자신의 칼자루에 손을 올려놓으며 대답했다.

“약속하겠소, 마담.”

거트루드가 한숨을 푹 내쉬며 포도주 한 잔을 몽땅 들이켰다.

“그게 미란다를 위하는 길이라면, 어쩔 수 없겠죠.”

가죽 주머니가 버트런드의 손바닥으로 쏙 들어갔다. 그가 활짝 웃으며 일어났다.

“일이 잘 풀렸습니다요, 나리.”

가레스가 그 사내와 악수하고 나서 일어나 거트루드에게 고개 숙여 보였다.

“미란다에게 우리가 버린 게 아니라는 걸 꼭 말씀해 주셔야 돼요.”

귀족 나리의 정중한 예의에 아랑곳하지 않고, 그녀가 휙 몸을 돌려 술집에서 빠져나갔다. 버트런드가 그 뒤로 달려나갔다.

가레스는 다시 내려앉아 술 한 병을 더 시켰다. 유쾌하지 않은 작업이었다. 어쩔 수 없었다는 걸 알면서도 좀처럼 기분이 깨끗해지질 않았다.

‘로이시 공작, 아주 매력적인걸.’

미란다는 발코니에 서서 웨스트민스터의 넓은 홀을 내려다보고 있었다. 30분 전에 처음 만났을 때는 너무 경직된 형식에 얽매여 그를 제대로 살피지 못했지만 이제 홀의 맞은편에서 여왕 폐하와 얘기하는 그의 옆모습을 분명하게 볼 수 있었다. 살짝 튀어나온 턱과 독수리의 부리처럼 굽어진 콧날……. 타협에 굴하지 않을 듯한 인상이었다.

'꽤 괜찮아. 물론 그 옆에 서 있는 남자와 비교할 순 없지만.'

그녀의 시선이 화려한 복장의 가신들 사이에 섞여 있는 하코트 경에게 집중되었다. 비둘기색 더블릿과 비둘기색 트렁크호스 위로 짧은 진홍색 망토를 걸치고, 망토를 한쪽 어깨에 걸쳐 멀리까지 광채를 뿜어내는 다이아몬드와 루비 브로치로 고정시킨 차림의 그는 어느 누구보다 더 근사하게 돋보였다.

미란다는 진주가 박힌 자신의 은색 드레스를 내려다보았다. 진주로 만든 고리에 레이스를 늘어뜨려 짧은 머리를 가려놓았다. 신랑감을 처음 만나는 처녀다운 옷차림, 정숙한 처녀로서의 모습 그 자체였다. 모드가 이 옷을 입었으면 훨씬 잘 어울렸을 거라는 생각을 하며 그녀는 속으로 웃음을 삼켰다.

홀로 연결된 계단을 내려서면서 미란다는 자신이 미소짓고 있다는 걸 깨닫지 못했다. 자신의 걸음걸이가 빨라지고 두 볼이 발그레해졌다는 것 또한 의식하지 못했다.

두 남자가 여왕에게 절을 올리고 뒤로 물러나 동시에 돌아섰다.

"초상화에서 본 그대로군."

앙리가 다가오는 미란다에게 시선을 고정시키며 나지막이 입을 열었다.

"아니, 그 이상이오. 저렇게 생기에 차 있을 줄은 몰랐소. 초상화를 그린 화가가 그녀의 진지한 면에만 집중한 모양이오."

"붓 하나로 모든 특성을 잡아내기란 어려운 일이지요."

그렇게 대답하면서 가레스는 미란다가 무슨 이유로 저렇게 즐거워하는 걸까 궁금해했다. 그녀의 눈이 반짝거리고 입술에도 은근한 미소가 번져 있었다. 그들이 지켜보는 동안, 미란다는 그녀의 관심을 얻고자 하는 세 남자들에게 잠시 붙잡혔다. 대화소리가 들리진 않았지만 미란다도 즐거워하는 듯했다. 고개를 살짝 젖혀 웃으며 젊은 사내들의 애정과 흠모에 익숙한 여자처럼 교태롭게 부채를 흔들어댔다.

"그녀가 날 늙은 군인으로 여겨 실망하지 않았으면 좋겠소."

앙리의 입술이 가늘어졌다.

"난 여자에게 상냥하게 구애하는 타입이 못 된다오, 하코트. 그런데 당신의 사촌은 그런 관심에 꽤나 익숙한 듯하오."

'잘못 아셨군요.'

하지만 물론 그 말을 입 밖으로 내뱉지는 않았다. 사실 가레스도 미란다의 자연스런 적응력에 놀라워하고 있었다. 이따금씩 실수를 하긴 해도 자신의 실수를 무시해 버리는 기교가 오히려 더 다른 사람들의 호감을 끌어들였다. 궁궐 사람들은 하코트 경의 사촌을 마음에 드는 괴짜로 여기는 듯했다. 하지만 레이디 메리의 견해는 달랐다.

자신의 약혼녀가 여왕의 곁에서 떠나오는 것을 보며 가레스의 가슴은 철렁 내려앉았다. 요즈음 메리의 불쾌함이 모드에게 집중된 듯 비판할 기회가 생길 때마다 절대로 놓치는 법이 없었다. 가레스의 반응도 그녀의 불쾌감을 더하는 듯했다.

그녀가 미소를 지으며 하코트와 공작에게 다가왔다.

"공작님, 폐하께서 내일 저녁 식사에 참석하시도록 초대하셨습니다. 물론 하코트 경도 함께요."

가레스에게 그리 따뜻하지 않은 미소가 전해졌다.

"폐하에게 감사의 말씀을 전해주시오."

앙리가 고개를 숙였다.

"레이디 모드도 같이 초대해 주시기를 부탁드려 줄 수 있겠소? 구애할 시간이 많지 않아서 저녁 시간까지 잃고 싶지 않다오."

레이디 메리가 경악스레 그를 바라보았다. 왕실의 명령에 자신의 손님까지 초대해달라고 요구하는 경우는 본 적이 없었다.

"너무 놀라지 마시오, 마담. 공작께서 농담하신 거라오."

가레스가 앙리의 어깨를 툭툭 치며 재빨리 끼어들었다.

앙리가 뒤늦게 자신의 실수를 알아차리고서 맞다는 듯이 웃어젖혔다.

"그렇소, 농담이었소. 약혼녀가 될 레이디의 인기가 너무 드높은 것 같아 조급증이 난 모양이오."

"레이디 모드가 다소 들떠 있는 듯합니다, 공작님."

메리의 상냥한 어조에 악의가 숨겨져 있었다.

"어린 탓이려니 생각해 주세요. 자신의 의무에 대해 제대로 알고 있기를 바랄 뿐입니다."

그녀가 날카롭게 가레스를 쳐다보았다.

"그걸 의심하시는 거요, 마담?"

가레스가 침착하게 한쪽 눈썹을 들어올리자 메리의 눈동자에 원망이 스쳐지났다.

사실 레이디 메리의 비판적인 눈에도 그 아이는 화사해 보였다. 여름 하늘 같은 파아란 눈동자에 홍조가 살짝 곁들여진 크림빛의 안색, 부드럽게 미소짓는 빨간 입술…… 메리는 자신의 감정이 질투라는 걸 알았다. 그 질투심 때문에 날카로운 말이 튀어나오는 것도, 그리고 가레스가 그걸 싫어한다는 것도 알고 있었다. 그런데도 자신을 조절할 수가 없었다. 하지만 이모겐과 미란다가 그들에게 다가왔을 때는 억지로 미소를 지어보였다.

레이디 듀포트는 평소보다 창백하게 가라앉아 있었다. 다소 찌푸려진 눈살이 심한 두통에 시달리고 있음을 짐작케 했다. 그것은 발작을 일으키고 난 후에 항상 따라붙는 증상이었고, 그래서 자신을 자제하려 노력했지만 가끔은 그 싸움에 져 이렇게 고통받을 수밖에 없는 경우도 있었다.

"레이디 듀포트, 이렇게 아름다운 레이디를 보호하느라 힘드시겠습니다."

앙리가 레이디의 손을 붙잡아 고개 숙이며 미란다 쪽으로 시선을 날려보냈다.

"빛나는 보석과도 같군요."

화사하게 빛날 뿐만 아니라 소녀다운 신선함과 부드러움도 있었다. 이제 막 파닥파닥 날갯짓하며 타인들의 시선을 즐기는 작은 새처럼……. 그 소녀와 비교하니 자신의 존재가 우락부락하고 거친 야수마냥 느껴졌다.

"과찬이십니다, 공작님."

이모겐이 희미하게 미소지었다.

미란다는 예를 갖춘 다음 얌전하게 부채를 펼치며 그 너머로 로이시를 바라보았다. 그에 대한 반응으로 숱 많은 눈썹 밑의 날카로운 눈동자가 번득이며 그의 입술에 미소가 떠올랐다. 그는 그녀를 응시하면서 잘 다듬어진 턱수염을 쓰다듬었다. 굳은살이 박히고 단단하며 넓적한 손이었다. 미란다의 시선이 가레스의 날씬하고 우아한 손으로 흘러갔다. 그 손이 자신의 몸 위로 섬세하게 움직이던 기억이 떠오르자 등자락이 짜르르 떨려났다.

"나와 함께 둘러보겠소, 레이디?"

앙리가 한 팔을 내밀며, 하코트에게 시선을 던졌다.

"허락해 주겠소, 하코트?"

"물론입니다."

가레스가 미란다의 손을 잡아 앙리에게 넘겨주었다.

"아, 내가 선물한 팔찌를 차고 있구려, 레이디."

그가 그녀의 손목을 불빛으로 들어올렸다.

"잘 어울리오."

"고맙습니다, 공작님. 매우 관대하신 선물이에요."

"아니, 당신 어머니의 물건이었다오. 주인을 제대로 찾아간 것뿐이오."

"제 아버지께 받으셨나요?"

미란다가 에메랄드 백조를 살짝 매만졌다.

"그렇소."

앙리의 표정이 갑작스레 침울해졌다.

"당신 아버지는 나의 좋은 친구였소. 당신 어머니가 돌아가신 후로 이 팔찌를 소중히 간직했다오. 죽기 직전에 이 팔찌를 나에게 주었소. 우리가 잃어버렸던 것들……. 그리고 복수해야 할 것들을 기억해달라는 뜻으로."

잠깐의 침묵이 흐른 후, 앙리가 침통한 기억을 떨쳐내듯 고개를 흔들었다.

"함께 걸으며 얘기합시다, 레이디. 당신에 대해서 모든 걸 말해주시오."

미란다는 자신도 모르게 가레스 쪽을 쳐다보았다. 그는 애써 그녀를 외면하고 있었다. 비록 그의 입술이 뒤틀리는 것 같긴 했지만…….

"프랑스어로 말씀하시는 게 편하시면 그렇게 하세요. 저도 할 수 있거든요."

미란다가 과감하게 말을 건넸다. 그는 묵직한 태피스트리가 내려진 방문 같은 곳으로 그녀를 이끌어갔다.

"아, 내 나라 말을 할 줄 아시오?"

"어느 정도는요."

그녀가 프랑스어로 바꾸어 말을 이었다.

"항해는 어떠셨어요? 이맘때면 바다가 거칠어질 수도 있을 텐데요."

"프랑스에 건너와 보았소?"

놀라워하며 앙리가 발길을 멈췄다.

"하코트 경에게 그런 말은 못 들었는데."

"아뇨, 가본 적은 없어요. 하지만 그런 얘기를 들은 적이 있어서 여쭤봤어요."

그녀가 서둘러 부인했다.

"아, 그렇군."

그가 다시 걸음을 옮겼다. 하지만 그의 눈썹 사이가 찌푸려졌다.

"어릴 적부터 영국에서만 살았을 텐데 유창하게 내 나라 말을 하는 구려."

"훌륭한 선생님께 배웠어요. 며칠씩 프랑스어로만 말하게 하셨죠. 하코트 경께서 두 가지 언어를 습득하는 것이 필요하다고 생각하셨답니다."

"흐음, 하코트 경도 능숙하긴 하더군."

충분히 일리 있는 설명이었다. 게다가 프랑스어에 능숙하면 후에 자신의 가신들과 백성에게도 사랑 받을 수 있으리라.

"하지만 여기 있는 동안에는 이곳의 말을 사용하는 게 낫겠소. 그것이 예의일 뿐 아니라 나에게도 연습할 기회가 될 것이오."

그가 피식 미소지었다.

그 미소도 그의 매력을 한 가지 더해주었다. 모드가 이 사람을 마음에 들어할까? 아직은 판단하기 힘들었다.

"이 안이 어떤 곳인지 봅시다."

앙리가 묵직한 태피스트리를 옆으로 젖혔다.

"아, 우리 둘만 얘기할 수 있는 적당한 장소로군."

미란다가 어깨 너머를 흘깃 돌아보았다.

"정숙하지 못한 행동으로 보이진 않을까요, 공작님?"

"여왕이 나의 구애를 합당하게 여기고 있소. 나도 정숙한 행실에 찬성하는 사람이긴 하나 여왕과 당신의 후견인이 미소짓는 한 누구도 반대하지 않을 거라오. 두려워 마시오."

그가 그녀의 허리를 감아 안쪽으로 끌어들인 다음 태피스트리를 되돌려놓았다.

작은 창문이 나 있는 으슥한 공간이었다. 바람을 막으려는 듯 커튼을 쳐놓았고 그 창 아래로 소박한 나무 벤치가 자리잡았다.

"너무 답답하군!"

앙리가 창을 활짝 열어젖혔다.

"오랫동안 실내에 머무는 건 참을 수가 없소."

미란다에게 돌아서며 그가 어색한 미소를 지어보였다.

"난 거친 군인이라오, 레이디 모드. 건물보다 텐트 안이나 바깥에 있는 것이 더 편하오."

"저 역시 야외에 있는 걸 대단히 좋아한답니다. 그중에서도 제일 근사한 건……."

미란다는 실언하기 전에 재빨리 입을 다물었다. 하마터면 맑은 여름날 별들을 바라보며 잠자는 게 제일 좋다고 말할 뻔했다.

"제일 근사한 게 뭐요?"

앙리가 흥미로운 듯 바라보고 있었으므로 즉흥적인 답변을 찾아내야 했다.

"숲속을 거니는 거예요……. 하지만 공작님께는 너무 지루하게 들리시겠지요?"

"그래도 점잖은 가문의 규수에게는 매우 합당한 일이라 하겠소. 자, 내 옆에 앉으시오."

그가 벤치에 앉으며 그녀를 옆으로 끌어내렸다.

"이제 솔직하게 말해주시오. 이 결혼에 기꺼운 마음을 지니고 있는 거요?"

그는 대단히 심각한 표정으로 그녀의 턱을 붙잡아 자신에게로 돌렸다.

"후견인의 뜻에 따르는 것이 저의 의무예요."

눈을 내리깐 채 그녀가 중얼거렸다.

"아니…… 그걸 묻는 것이 아니오."

그가 그녀의 얼굴을 조금 더 자신 쪽으로 돌렸다.

"난 내켜하지 않는 여자와 결혼하고 싶지 않다오. 이번에는 정치적
인 이해 때문이 아니라 스스로 원해서 나에게 오는 아내를 맞고 싶
소."

그의 눈에 분노가 서리며 입술이 가늘어졌다. 이 남자에게 속임수가
드러나는 날에는 모두 다 화를 면치 못하리라. 미란다는 부르르 몸서
리를 쳤다.

"결혼하신 적이 있으시군요, 공작님."

그녀는 그의 손에서 턱을 떼어내며 무릎으로 시선을 떨어뜨렸다.

"그런 줄은 미처 몰랐어요."

"서른 아홉의 사내에게 과거가 없을 순 없소."

그가 성마르게 어깨를 으쓱였다. 가슴과 어깨에 너무 딱 달라붙은
더블릿 때문에 지독히도 답답했다. 그 안의 실크 셔츠도 뱀가죽처럼
미끈거리는 듯했다. 늘상 입던 가죽 조끼와 리넨 셔츠 차림이라면 얼
마나 편안할까.

"어디 불편하세요, 공작님?"

미란다가 당혹스레 그를 쳐다보았다. 마치 쐐기풀 위에 앉아 고통받
는 사람의 분위기가 아닌가.

"이 빌어먹을 더블릿 때문이오."

문득 이 상황에서 그런 불평이 얼마나 부적절한지 깨닫고는 그가
서둘러 아까의 주제로 돌아갔다.

"내 아내는 죽었소."

그 냉소적인 거짓말이 쉽게 흘러나왔다. 이 순간 마르그리트는 수많
은 애인들 중 하나와 정열을 나누고 있을 것이다. 하지만 그녀는 그의
이번 노력이 잘 되기를 진심으로 빌어주었다. 어머니와 오빠에게 강요
당한 이 결혼을 싫어했지만 자신이 위그노 학살의 미끼라는 걸 알지
못했고 그의 생명을 구해주기까지 했다. 그 후로 몇 년 간 그들은 친
구로 지내왔다. 이 결혼의 굴레에서 벗어날 수 있다면 그와 마찬가지

로 그녀 또한 대단히 다행스러워하리라. 게다가 그녀는 이 소녀를 마음에 들어할 것 같았다.

새침하게 내리깐 눈이나 의무 어쩌구 하는 말들이 이 소녀의 진면목인 것 같지는 않았다. 그에게 내보이는 모습보다 더 많은 것들이 있는 듯했다.

남들의 시선이 쏠리지 않을 때 움직이는 모습과 그 하늘색 눈동자에 언뜻언뜻 나타나는 번득임도 그 사실을 짐작케 했다. 진짜 순진한 여자는 이 여자처럼 교태롭게 굴지 않으리라. 그에게도 그 기술을 적용하고 있는 것이리라.

그는 그녀의 손을 잡아 손가락을 매만졌다. 그녀의 몸이 굳어지긴 했어도 저항하진 않았다.

"두려워할 거 없소."

그는 잠시 이 게임을 즐겨볼 생각으로, 그녀의 손가락을 자신의 입술에 살며시 갖다댔다.

미란다가 손을 빼내려 했다. 로이시 공작이 얻어내려는 그 반응을 그녀에게서 끌어낼 수 있는 사람은 단 한 명뿐이었다.

앙리는 짜증이 치미는 걸 느끼며 그녀의 손을 더 힘껏 움켜쥐고 다른 손을 그녀의 목으로 옮겨갔다. 손가락 끝으로 그곳의 맥박을 느껴보았다. 그녀가 손을 들어올려 뿌리치려 했다. 하지만 그것마저 무시한 채 그의 손가락은 낮게 패인 목선 위에 드러나 있는 하얀 젖가슴으로 흘러내려갔다.

그의 손가락이 작은 둔덕 사이의 계곡으로 쏙 파고들었다. 미란다가 화들짝 그의 손을 밀어냈다.

"이러시면 안 됩니다, 공작님."

"이런 관심을 보이는 게 너무 이르다는 거요?"

그가 웃어젖혔다.

"하지만 당신도 이런 게임을 즐기는 것 같았다오."

"우린 이제 겨우 만났을 뿐이에요."

"아하, 여느 여자들처럼 부드럽게 구애받고 싶은 모양이로군."

그의 눈에 찌푸림이 되돌아왔다.

느긋하게 구애할 시간이 있다면 이런 게임도 즐거워지리라. 하지만 그는 이 달 안에 프랑스로 돌아가야 했고 출발하기 전에 이 결혼을 매듭짓고 싶었다. 이번에는 마지못한 신부가 아니라는 걸 확인해야 했다.

"절 레이디 듀포트에게 데려다 주시겠어요, 공작님?"

이모겐의 곁에 있고 싶어지리라곤 상상도 못했었는데…….

"우선 당신의 진심을 알아야겠소."

그가 확고한 손놀림으로 그녀의 얼굴을 들어올렸다. 그의 검고 날카로운 눈동자가 점점 그녀에게 가까워졌다. 턱수염에 싸인 얇은 입술이 그녀의 얼굴 위에서 헤매다녔다.

그녀는 키스를 받아들이기 위해 마음을 다잡았다. 이것이 그녀가 해야 할 역할의 일부였다.

그녀는 수줍은 처녀이자, 후견인의 지시에 순종적인 레이디 모드였다. 이 구애자를 받아들이고 이 결혼을 기꺼워하는 레이디 모드가 되어야 했다.

하지만 그의 입술이 닿았을 때 그녀는 화들짝 고개를 돌려버렸다.

"죄송합니다, 아직…… 아직은……."

앙리가 짜증스레 그녀를 바라보았다. 자신이 너무 앞서간 것은 사실이었지만 이 소녀도 어느 정도는 예상하고 있었을 터였다. 그렇다 해도 그녀는 정숙함을 강조하기 위해 거짓으로 두려워하는 척하는 것이 아니었다.

"알겠소."

그의 얼굴에 실망이 역력하게 드러났다.

"갑시다, 당신의 샤프롱에게 데려다 주겠소. 앞으로 좀더 친해질 기회가 있을 것이오.”

그가 자리에서 일어나 그녀에게 팔을 내밀었다.

가레스는 두 사람이 숨어들어간 곳을 주시하고 있었다. 주위의 대화에 관심을 기울이려 노력했지만 앙리와 미란다 사이에 벌어지고 있을 일에 대해서밖에 생각할 수 없었다.

“가레스, 어디다 정신 팔고 있어?”

브라이언 로시터가 언제나처럼 우렁찬 목소리로 입을 열었다.

“카드룸으로 가자구.”

“로이시 공작이 자네 사촌을 마음에 들어하는 것 같네. 폐하께서도 이 결혼을 마땅해 하시던가?”

킵이 물었다.

“매우 흡족해하시네.”

가레스의 시선이 그 태피스트리 쪽으로 되돌아갔다. 앙리는 이 구애에 많은 시간을 허비하지 않겠노라고 했었다. 그러니 우아하게 절차를 밟아 구애하지 않을 것이다.

“그럼 뭘 걱정하는 건가, 이 친구야? 여자 쪽에서 내켜 하고 남자 쪽에서도 좋아하고, 게다가 폐하까지 흡족해하시니 걱정할 게 뭐 있겠나?”

“모드가 궁정 생활에 익숙지 않아서 그렇다네.”

가레스가 브라이언의 질문에 대답해 주었다. 하지만 자신의 귀에도 어색하게 들렸으므로 재빨리 실례를 고하고 그 자리를 떠나갔다. 킵의 생각에 잠긴 시선이 그 뒤로 따라붙었다.

앙리가 걷어주는 태피스트리 뒤에서 미란다가 걸어나왔다. 가레스는 가슴에 강타를 얻어맞은 느낌이었다. 그들이 저 안에서 무얼 했을까? 앙리가 그녀를 매만지며 밀어를 속삭였을까? 그것이 왜 이렇게 중요한 일처럼 느껴지는 걸까?

미란다는 꼼짝 않고 서서 방 안을 둘러보았다. 그를 찾고 있는 것이
다.

그의 시선이 그녀의 눈을 끌어당겼다. 그것까지 자제할 수는 없었
다. 그들 사이에 가느다란 금실이 이어져 바르르 떨리는 듯했다.

가레스가 불쑥 발길을 돌려 사람들 사이로 빠져나갔다.

19

레이디 듀포트는 휘청휘청 계단을 올라갔다. 지독한 두통에 휩싸여 곁에서 미란다가 부축해주는 것도 알아차리지 못하는 듯했다.

미란다는 이모겐의 방문을 열어 생쥐 같은 얼굴의 하녀에게 그녀를 인계해 준 다음 모드의 침실로 방향을 틀었다. 칩이 평소처럼 떠들썩하게 그녀를 맞아주었다. 흡사 죽음에서 살아 돌아온 주인을 맞이하듯이 매번 다행스러워 미치겠다는 식이었다. 모드에게 맡겨놓는 일이 얼마나 반복되든 절대로 익숙해지지 않을 모양이었다.

"어서 말해봐, 빠짐없이."

모드가 수틀을 옆으로 내려놓으며 재촉했다. 평소와 같이 불 옆 의자에 자리잡았지만 최근에는 솔과 러그들을 꽤 여러 장 벗어던졌다. 라벤더 향 손수건을 쥐고 기대 있는 대신 똑바로 일어나 앉아 바쁘게 손을 움직였다. 책을 읽거나 그림을 그리거나, 지금처럼 커다란 태피스트리를 작업하기도 했다.

"그거 진짜로 만들 생각이에요?"

미란다가 일부러 뜸을 들이며 수틀 안의 천을 들여다보았다. 넓은 강물 옆으로 양떼와 양치기들이 뛰어다니는 목가적인 풍경이었다.

"벌써 5년째 하고 있어. 하지만 지난 몇 년보다 최근의 몇 주 동안 진도가 더 많이 나간 것 같아."

"지루한 그림이에요."

"맞아, 그렇지?"

모드의 코가 찡그려졌다.

"다른 걸 시작해야 할까봐, 전쟁이나 사냥 같은 활기찬 그림으로."

미란다가 고개를 내저었다.

"시작한 것부터 끝내는 게 나아요. 그렇지 않으면 반쯤 하다 마는 습관이 생긴다구요."

모드가 그 지혜를 받아들이며 어깨를 으쓱였다. 미란다처럼 부대끼며 살아온 사람이 자신보다 훨씬 지혜로울 거라고 믿었다. 문득 그녀가 의자 끝으로 손을 뻗었다.

"이거 로비 옷이야. 그애가 마음에 들어할까? 맞긴 맞을 텐데."

미란다의 눈앞에 목면 바지와 리넨 셔츠, 삼베 속바지와 양말 한 켤레를 들어보였다.

"신발은 어떤 걸로 골라야 할지 모르겠더라구. 한쪽 다리가 성치 않아서."

"50로즈노블이 생기면 내가 특수신발을 맞춰 줄 거예요."

미란다가 옷가지를 살펴보았다.

"아주 좋은데요."

"재킷도 있어. 따뜻하게 입을 수 있을 거야."

모드가 자랑스레 검은 모직 재킷을 보여주었다.

"새거나 다름없다구. 요리사 조카가 교회 갈 때만 특별히 입는 옷인데 5실링을 줬더니 아주 좋아하면서 내놓더라구."

"돈이 생기는 대로 갚아드릴게요."

미란다가 그 옷들을 깔끔하게 접었다.

"아니야, 내가 로비한테 주는 선물이야. 좀더 해줄 게 있으면 좋을 텐데."

모드가 쿠션에 느긋하게 기대앉았다.

"자, 이제 어서 그 공작에 대해서 말해봐. 잘생겼어?"

미란다는 의자 하나를 불길 멀리로 가져가 걸터앉았다.

"아주 괜찮았어요. 당신도 마음에 들어할 것 같아요. 하코트 경처럼 우아하진 않아요. 좀 거친 편이죠. 자기도 인정하더군요. 평생 군인으로 살아와서 그렇대요."

그녀가 무심하게 칩의 목덜미를 긁어주며 눈살을 찌푸렸다.

"그래도 싫어할 만한 사람은 아니었어요."

"네 마음에 들어?"

"음……."

미란다가 살짝 뺨을 붉히며 고개를 끄덕였다.

"대개의 경우는 아주 마음에 들었어요."

"왜 대개의 경우만이야?"

모드가 바짝 앞으로 당겨앉았다.

"그 사람이 나한테 키스하려고 했어요."

미란다가 솔직하게 털어놓았다.

"그런 건 싫거든요. 앞으로 좀더 거리를 유지해야겠어요."

"하지만 키스가 구애하는 과정의 하나라구. 음유시들을 읽어봐도 그런 내용이 자세하게 나와. 키스와 달콤한 속삭임이 당연히 있어야 하는 거야."

"그럴지도 모르죠. 하지만 그 사람이 구애하는 건 진짜 내가 아니잖아요. 당신이 직접 구애받으면 기분 좋을 수도 있을 거예요. 그 사람, 당신 마음에 들 것 같……."

"미란다, 난 결혼하지 않을 거야! 하코트 경이 무슨 맘으로 이러는

지는 몰라도, 난 그 공작과 결혼하지 않을 거야. 누구하고도 결혼 안
해!"

모드가 동요된 듯 방 안을 걸어다니기 시작했다.

"난 베르트하고 같이 수녀원에 들어갈 거야."

그런데 갑자기 무언가 잘못됐다는 느낌이 들었다. 전에도 수없이 그
말을 했었는데, 왜 이젠 이게 아니라는 생각이 드는 걸까?

모드는 다시 의자에 내려앉으며 험악하게 불길을 노려보았다. 모든
게 순식간에 헝클어져 버렸다. 그녀는 결혼하고 싶지 않았다. 자신이
개신교도와 결혼할 수 없다는 걸 알았다. 주님의 신부가 되어 수녀원
으로 들어가고 싶다는 걸 알고 있었다. 그렇지만 지금 이 느낌은 무엇
이란 말인가.

"왜 그래요?"

미란다의 질문에 모드가 힘없이 대답했다.

"모르겠어, 네가 나타난 후로 모든 게 너무 혼란스러워진 것 같아."

"미안하게 됐네요."

미란다가 시큰둥하게 한마디했다.

"아니, 나쁜 뜻으로 말한 게 아니야. 어쩌면 확실한 미래를 결정짓
기에는 내가 아직 어린지도 몰라. 네 생각은 어때?"

"수녀원에 가고 싶지 않다는 거예요?"

"나도 모르겠어."

모드가 거의 절망적으로 중얼거렸다.

"하지만 로이시 공작과 결혼하지 않는다는 건 확실해."

"그런 결정을 하기 전에 한 번쯤 만나보는 게 낫지 않겠어요?"

"그래 봤자 무슨 소용이야?"

모드는 옆 테이블의 바구니로 손을 뻗어, 사탕과자 하나를 골라 입
에 집어넣었다.

"두려워하는군요……. 그렇게 단 걸 많이 먹으면 이가 까매져요."

그렇게 말하면서도 미란다 또한 바구니 안을 뒤적여 달콤한 건포도를 골라냈다. 칩이 꽥꽥대며 손을 내밀었으므로 녀석에게 그걸 건네주었다.

"내가 왜 그 사람 만나는 걸 두려워하겠어?"

모드가 짜증스럽게 다그쳤다.

"그 사람이 좋아질까봐요."

미란다가 벌떡 일어났다.

"다른 먹을 것 좀 없어요? 배고파 죽겠어요. 궁궐에서 아무것도 먹지 못했다구요."

그리고는 성큼성큼 문으로 걸어갔다.

"부엌에 가서 아무거나 갖고 와야겠어요. 먹고 싶은 거 있어요, 모드?"

"직접 부엌에 가면 안 돼. 하인을 불러."

모드가 경악스레 소리쳤다.

하지만 미란다는 키득거리며 칩을 뒤꽁무니에 달고 방에서 빠져나갔다.

모드는 다시 의자에 기대앉았다. 아몬드 사탕을 쪽쪽 빨아먹으며 물끄러미 불 속을 들여다보았다. 미란다의 말이 맞는 걸까? 그 공작을 만나는 게 두려운 걸까? 확신이 흔들릴까봐 두려운 걸까? 그 사람이 마음에 들면 어쩌지? 로이시 공작부인으로 사는 인생은 어떨까? 자기 집이 생기고, 궁에서도 자신의 공간이 생기고, 누구도 이래라저래라 간섭하지 않을 거야. 물론 남편의 권위에 복종하긴 해야겠지만 폭군이 아닌 이상 크게 힘들진 않으리라.

"이것 좀 보세요."

미란다가 방으로 들어서며 그녀의 생각을 중단시켰다. 어차피 방향없이 헤매다니는 생각일 뿐이었다. 모드는 무심하게 미란다의 손에 들린 쟁반을 쳐다보았다.

"사슴고기 파이랑 소 혓바닥 젤리, 버섯절임…… 아, 창고에서 나리의 포도주 한 병도 살짝 빌려왔어요."

미란다가 자신의 전리품을 테이블에 내려놓은 다음 능숙하게 병마개를 따서 백랍술잔 두 개를 채웠다.

"크리스털 잔을 못 찾았어요. 부디 싸구려 술잔이라고 불쾌해하지 말아주십시오, 마담."

모드의 입에서 웃음이 터져나왔다. 미란다와 함께 있으면 오랫동안 생각에 잠길 수가 없었다. 요즘에는 우울함이라는 것조차 거의 잊어버렸다. 가끔은 신실함마저 잊어버리는 경우가 있었다. 그 죄를 데미안 신부님께 고백했지만, 그분은 대수롭지 않게 여겨 사소한 고행만 내려주실 뿐이었다.

30분 후, 앙리 왕이 복도를 걸어가다가 그들의 웃음소리에 걸음을 멈췄다.

"레이디 모드의 목소리 같소."

"그렇습니다."

가레스가 대답했다. 그는 그 속에서 모드의 웃음소리도 구별해낼 수 있었다. 그녀가 자신의 쌍둥이처럼 발랄해진 모양이었다.

"즐거워하는 듯하오. 이 시간까지 깨어 있을 줄은 몰랐는데. 같이 지내는 동료가 있소?"

"네, 저의 누이가 데려온 먼 친척이지요. 이쪽으로 가실까요?"

그가 앙리 왕의 침실 쪽을 손짓해 보이자, 앙리는 어깨를 으쓱이며 따라갔다.

그 뒤에서 모드의 방문이 살짝 열리며 밝은 푸른색 눈동자가 밖을 내다보았다. 이상한 낌새를 느낀 앙리가 뒤돌아섰다. 그들의 눈이 마주치는가 싶더니 다음 순간 재빨리 문이 닫혔다. 열 때보다 그리 조용하지 않은 문소리였다.

"그 사람이 날 봤어."

모드가 문에 기대서서 가슴을 진정시켰다.

"내가 보고 있는데 그 사람이 갑자기 돌아섰어."

"어때 보이던가요?"

사슴고기 파이를 우물거리며 미란다가 물었다.

"제대로 못 봤어. 어쨌든 관심도 없고."

"그렇겠죠. 그 사람을 살짝 보고 싶은 또 다른 이유가 있었겠지요, 틀림없이."

미란다는 새벽녘에 집을 나서서 로비의 옷 꾸러미를 가지고 시내로 들어갔다. 낡은 주황색 드레스에 숄을 머리에 둘러쓰고 나막신을 신은 차림이었다. 시선을 끌어들이지 않고 사람들 무리에 섞일 수 있도록 다시 한 번 부랑아의 모습이 되었다. 칩은 이 상쾌한 아침에 외출하는 것을 대단히 찬성하는 표정으로 지나는 사람들에게 모자를 들어보이며 그녀의 앞으로 뛰어나갔다.

간밤에 그녀는 방문 열리는 소리가 들리길 기다리느라 거의 한숨도 자지 못했다. 하지만 새벽이 될 때까지 그 소리는 들리지 않았다. 연주자의 손길을 기다리는 바이올린처럼 긴장된 몸으로 이리저리 뒤척이며 밤을 꼬박 새웠을 뿐이었다.

로이시 공작이 이 집 안에 있기 때문에 조심하는 거라고 생각할 수도 있으리라. 하지만 그가 초대하는 듯한 눈치만 주었어도 그녀가 누구에게도 들키지 않고 그의 방으로 들어갔다가 아무도 모르게 빠져나올 수 있었다. 그런데 공작과 같이 태피스트리 뒤에서 빠져나왔을 때 잠깐 시선을 마주친 이후로 그를 전혀 보지 못했다.

이제 그녀는 식구들이 머물고 있는 거리로 들어섰다. 칩이 구둣방으로 앞서 달려나갔다. 어디로 향하는지 말해줄 필요조차 없었다.

"안녕하세요."

미란다가 셔터를 풀어내고 있는 구두장이에게 인사를 건넸다.

그가 그녀를 알아보지 못한 듯 하품을 하며 졸린 눈으로 쳐다보았
다.

"위층 사람들한테 볼일이 있어서요."

미란다가 그의 옆을 지나쳐 구둣방 안으로 들어갔다.

"그 사람들 떠났는데."

남자가 앞니에 낀 베이컨 조각을 때가 낀 손톱으로 잡아 빼며 그녀
의 뒤로 따라들어왔다.

"그럴 리가 있나요."

미란다는 피식 웃으면서 계단으로 올라갔다.

"여기 없다고 했잖아."

그즈음 미란다도 알아차렸다. 위층 방에서 아무런 소리도 들리지 않
았다. 너무나 조용해서 오히려 귀가 멍멍해질 지경이었다. 심장이 불
안정하게 두근대기 시작했다. 그녀가 남은 계단을 달려올라가 방문을
활짝 밀어젖혔다. 방이 텅 비어 있었다. 창문의 셔터까지 내려져 있었
다. 칩이 그녀의 품으로 폴짝 뛰어들어 심란하게 재잘거리며 두 손으
로 얼굴을 가리고 흘금흘금 텅 빈 공간을 내다보았다.

"떠났을 리가 없어."

미란다는 자신의 눈을 믿을 수 없어하며 중얼거렸다. 어둑한 방 안
을 밝히기 위해 셔터를 열어보았다. 창턱 위의 낯익은 물건 하나가 눈
에 띄었다. 로비가 갖고 놀던 나무 팽이…… 제베디아가 드물게 기분
좋았던 날 만들어 준 것이었다.

그녀의 눈에 눈물이 차 올랐다. 배신감, 그리고 가족에게 버림받았
다는 비통함……. 하지만 아직도 믿을 수가 없었다. 그녀가 문 앞에
서 있는 구두장이에게 돌아섰다.

"왜 떠난 거죠?"

"내가 어떻게 알아? 어제 아침에 돈 내고 짐 챙겨서 갔어."

"하지만 나한테 아무 말도 안 했다구요. 나한테 한마디도 없이 떠났

을 리가 없어요."

그녀의 목소리가 높아졌다. 자신이 믿고 있는 사실을 계속 부인하기만 하는 이 구두장이를 설득하려는 듯이.

"너무 속상해하지 마."

그녀의 슬픔을 알아차리며 그가 다소 부드러워졌다.

"어쩌면 그날 왔던 신사가 이 일과 관련이 있는지도 몰라."

"신사라뇨!"

미란다가 그에게 한 걸음 다가섰다.

"어떤 신사요?"

"이름은 몰라. 하지만 진짜 귀족 신사였어. 그 사람들을 잘 아는 것처럼 곧장 이리 올라가서 두 명을 데리고 나가더라구. 덩치 큰 여자하고 남자 하나…… 그 다음엔 못 봤어. 조금 있다가 둘이 돌아와서는 돈 계산 끝내고 다들 같이 떠났어. 꼬마 녀석이 지독히도 울어대더구만."

"로비예요."

그녀의 가슴으로 엄청난 고통이 밀려들어 숨쉬는 것조차 힘겨웠다.

"그 신사가 검은 머리던가요? 턱수염이 없던가요? 갈색 눈이었나요?"

그 대답을 이미 알고 있음에도 그녀는 믿고 싶지 않았다.

구두장이가 앞니를 핥아가며 눈살을 찌푸렸다.

"잘 기억이 안 나는데…… 키는 컸어. 그래, 검은 머리에 턱수염은 없었어."

'왜?'

미란다는 구두장이를 지나쳐 계단으로 달려내려갔다. 가레스가 왜 식구들을 쫓아버린 거지? 그녀에게 얼마나 중요한 사람들인지 잘 알면서…… 왜, 도대체 왜?

러드게이트로 내달렸다. 가슴속의 고통이 점점 더 날카로워졌다. 칼에 찔린 것처럼 아팠다……. 엄청난 배신감에 그 상처가 더 커졌다.

성문을 통과하여 스트랜드 거리로 달렸다. 사람들의 놀란 시선 따위는 상관없었다. 숨이 차서 흐느끼고 또 고통스러워서 계속 흐느끼며 달릴 뿐이었다.

하코트 장원 정문이 포도주 병을 싣고 온 마차를 받아들이려 활짝 열려 있었다. 미란다는 파수꾼의 외침소리를 무시하고 마당을 가로질렀다. 현관 계단을 올라가 집 안으로 뛰어들었다. 넓은 계단과 복도를 거쳐 하코트 경의 방으로 줄달음쳐 문을 벌컥 열어젖혔다.

가레스는 바지만 입은 채 세면대에 서 있었다. 면도칼을 들고서 거품이 가득한 얼굴을 문 쪽으로 돌렸다.

"맙소사! 뭐 하는 짓이오? 도대체 그런 차림으로 뭐 하는 거요?"

그가 수건으로 얼굴을 닦아냈다.

"당장 나가시오, 미란다."

"왜죠? 왜 그들을 쫓아보냈어요? 당신이 한 짓이죠, 그렇죠? 당신이 내 식구들을 쫓아버린 거죠?"

가레스는 열린 문을 흘깃 쳐다보았다. 성큼성큼 걸어가서 일단 문을 닫은 다음, 부드럽게 입을 열었다.

"내 말 잘 들으시오. 이런 행동은 모든 걸 망가뜨리는 짓이오. 방으로 돌아가서 제대로 옷을 입으시오. 그 다음에 애기합시다."

미란다는 눈물을 글썽이며 고개를 흔들었다.

"당신이 무슨 말을 했는지…… 무슨 짓을 했는지……. 내 식구들을 왜 쫓아보냈는지 알아야겠어요. 지금 당장 알아야겠다구요."

그녀는 고통으로 얼룩진 목소리를 낮추려 애쓰지 않았다. 필사적인 심정으로 가레스가 그녀의 어깨를 잡아 흔들었다.

"제발 조용히 하시오! 공작이 바로 옆방에 있단 말이오. 이러다간 집안 사람 전체가 벌떼처럼 몰려들 거요."

"상관없어요."

그녀가 그의 손에서 벗어나려 몸부림쳤다.

"상관없다구요, 빌어먹을!"

마침내 눈물 한 방울이 주르륵 그녀의 뺨으로 흘러내렸다. 이 남자가 그녀를 배신했다. 그녀가 사랑했던 이 남자가 그녀의 등뒤에서 비수를 꽂았다. 그런데도 그는 지금 자기 계획이 망쳐질 것만을 걱정하고 있다.

그녀가 와락 수건을 낚아채서 쓱쓱 눈물을 닦아냈다. 하염없이 눈물이 쏟아졌다. 그 축축한 수건에서 그의 비누냄새가 났다. 그것이 더욱 그녀를 통곡하게 만들었다.

가레스는 멍하니 그녀를 바라보았다. 분노라면 다룰 수 있었다. 하지만 이렇게 울부짖는 건 미란다답지 않았다. 그 모습을 보는 것이 너무나 고통스러워 당장의 다급한 상황도 잊어버렸다. 그가 그녀를 끌어안고 침대에 내려앉아 다독거렸다.

"제발 울지 마시오."

수건으로 그녀의 젖은 얼굴을 닦아내며 부드럽게 머리채를 쓰다듬었다.

"내 가족이라구요."

미란다는 그의 가슴을 밀어내면서 힘겹게 울음을 삼켰다.

"내 가족과 날 떼어놓는 이유가 뭐예요, 도대체?"

"그게 최선이라고 생각했던 거요. 그들은 당신을 위해 떠난 거요."

그의 목소리에 간절함이 깃들었지만 그것마저도 소용없는 듯했다. 이 상황을 돌려놓아야 했다. 미란다에게 이것이 옳은 일이라는 걸 납득시켜야 했다. 그는 다시 그녀를 끌어안았다. 그녀가 빠져나가려 하자 더 힘껏 감싸안았다.

"우선 내 말을 들어보시오. 당신이 가만 있지 않으면 내가 어떻게 설명할 수 있겠소?"

미란다의 몸부림이 멈췄다. 어차피 그녀의 힘으로는 벗어날 수가 없었다. 이젠 눈물마저 흐르지 않았다. 그저 숨가쁘게 목이 아프고 눈이 따끔거리는 걸 견뎌내며 팽팽하게 당겨진 활시위처럼 미동 없이 있을 뿐이었다.

가레스가 그녀의 입술과 뺨을 어루만졌다. 그녀는 고개를 돌리지도 않았고 반응을 보이지도 않았다.

"내가 그들에게 했던 말은 이렇소. 그들이 이 런던에 남아 있으면 당신이 모드 역할을 해낼 수 없다고 했소. 당신이 마음 내킬 때마다 그들에게 달려갈 수 있고, 그들을 보게 되면 도와주고 싶어할 테니 그로 인해 여기서 해야 할 일에 몰입하기 어려워질 거라고 말했을 뿐이오."

미란다는 그 조용하고 안정된 목소리에 귀 기울였다. 그녀의 머리 위에 그의 숨결이 닿고 그의 손은 계속해서 그녀의 입술과 뺨을 쓰다듬었다. 얇은 옷 사이로 그의 체온이 느껴졌다.

"떠나는 게 당신을 위해 낫다는 걸 거트루드와 버트런드가 이해해 준 거요."

"그들이 직접 결정했다는 거예요?"

처음으로 그녀가 그를 올려다보았다.

가레스는 고개를 끄덕이며 그녀의 눈두덩으로 섬세한 손길을 움직였다.

"내가 상황을 설명해 준 후에 그들이 결정했소."

"하지만 왜 나한테 작별인사도 안 한 거죠? 어디로 간 거예요? 어디로 가야 그들을 다시 만날 수 있겠어요?"

"다 잘 될 거요."

그가 그녀의 얼굴을 들어올리며 속삭였다. 그녀가 또다시 질문하려 입을 벌리는 순간, 그 입술을 그의 입술이 내리눌렀다.

"날 믿기만 하면 되오. 그럼 모든 게 잘 될 거요."

그의 손이 목덜미를 다정하게 어루만지는 동안 미란다의 눈이 스르르 감겼다. 이 능숙한 애무에 그녀의 몸이 굴복하려 들었다. 마음 한구석에서는 그의 설명이 논리적이라고 속삭였지만 다른 한 곳에선 그래도 이건 옳지 않다고 비명을 질러댔다. 이 남자를 믿고 싶었다. 보디스 끈을 풀어가는 이 손길에, 그녀의 입술을 덮는 이 입술에 항복하고 싶었다. 하지만 마음속 깊은 곳에서 까만 상처가 아직도 꿈틀거렸다.

그녀는 고개를 돌리려, 그를 밀어내려 노력했다. 하지만 그의 손이 젖가슴을 감아쥐며 제멋대로 솟아오른 젖꼭지를 손바닥으로 쓸어내렸다. 그녀의 살갗으로 이제 익숙해진 욕망의 전류가 번져나갔다. 그래도 그녀는 저항하려 안간힘썼다. 이 관능적인 공격에서 자신의 상처와 분노와 불신을 보호하려는 것처럼 꼭꼭 입술을 닫아두었다. 하지만 그의 혀가 아무런 강요도 없이 그 달콤함만을 음미하며 그녀의 입술을 탐하고 있었다.

어젯밤 그 길고 외로운 시간을 보내면서 그녀가 원했던 것이 바로 이것이었다. 이제 그녀의 몸이 서서히 이성을 배반하며 굶주린 욕망 외에는 아무것도 인정하려 들지 않았다. 마음속의 반항적인 외침이 희미한 메아리처럼 점점 멀어져갔다.

그것을 감지하자마자 그의 부드러운 키스가 뜨겁게 돌변하면서 그녀의 입술을 벌리기 위해 집요하게 공격해왔다. 서로의 심장박동까지 느낄 수 있을 정도로 그들의 가슴이 찰싹 달라붙었다. 그가 그녀의 몸을 무릎 위로 비스듬하게 돌려앉혔다. 그녀의 엉덩이에 단단하게 부풀어오른 그것이 느껴졌다. 마지막으로 그녀가 다시 그를 밀어내려 했다. 하지만 그의 손이 치마 속으로 들어가 엉덩이를 움켜잡아 힘껏 끌어당겼다. 여전히 혀로는 그녀의 입술을 핥아가면서……

감미로웠다. 그녀의 방어막이 산산이 부서져가고 있었다. 그의 강인함이 그녀에게 평화를 가져다 줄 수 있을 것 같았다. 그 환한 빛으로 캄캄한 상처를 달래줄 수 있을 듯했다.

가레스도 그것을 알아차렸다. 자신의 힘을 받아들이고 싶어하는 그

녀의 욕구를……. 그녀의 살갗이 뜨거웠다. 그녀의 갈망어린 시선이
그의 얼굴에 닿아 있었다. 그는 그녀의 어깨에서 옷자락을 끌어내리며
목덜미의 고동치는 맥박에 입술을 누르고 천천히 젖가슴으로 움직여
갔다. 그 동그란 곡선을 혀로 핥으며 작은 젖꼭지를 빨아들였다. 그녀
의 입에서 낮은 신음이 새어나왔다.

가레스는 그녀의 몸을 뒤로 젖혀 옷가지를 벗겨내 바닥으로 던졌다.
그런 다음 두 손으로 그녀의 허리를 감싸쥐었다.

"날 믿지?"

대답 대신 그녀는 그의 얼굴로 손을 뻗어 부드럽게 뺨을 어루만지
며 그의 각진 턱과 강한 목선을 쓰다듬었다. 그의 눈 속에서, 그리고
목에 솟아오른 힘줄에서 다급한 정열이 적나라하게 드러났다. 하지만
그럼에도 불구하고 자신을 완벽하게 조절하고 있었다……. 그가 그들
둘 다 조절해주고 있었다. 그는 그녀에게 기쁨과 평화를 가져다 줄 수
있으리라……. 그것만은 그를 믿었다.

가레스가 섬세하게 그녀의 몸을 애무해나가며 관능적인 밀어를 속
삭여 주었다. 쾌감이 일어나는 부분들을 정확하게 찾아내어 절묘하게
훑어가며 그녀에게서 원하는 반응을 이끌어냈다. 그녀는 감각의 무아
지경 속으로 빠져들었다. 더 이상 상처와 혼란 속에서 혼자 허우적댈
필요가 없었다. 오직 이 황홀함에 자신의 몸과 마음과 영혼을 내맡기
는 것만이 필요할 뿐이었다.

그녀가 여전히 기쁨의 나락에 빠져 있는 동안, 가레스는 그녀를 침
대 위에 눕혀놓고는 다급하게 바지를 풀어냈다. 그리고는 그녀의 허벅
지 사이에 자리를 잡고 그녀의 다리를 어깨 위로 끌어올리며 두 손으
로 엉덩이를 움켜쥔 채 천천히, 그리고 단호하게 그녀의 몸 속으로 파
고들었다. 더 이상 견딜 수 없을 것 같은 감미로운 고통이 그녀의 몸
속에 가득 들어찼다.

그들은 격렬하게 폭발하는 절정을 함께 맛보았다. 거대한 소용돌이

에 휘말려 하늘로 날아가는 것처럼……. 마침내 그의 몸에 팔다리를 감은 채 미란다의 몸이 나른하게 늘어졌다. 그 환상적인 결합만이 그들의 뇌리에 각인되었다. 가레스도 그녀의 어깨에 머리를 기대고서 묵직하게 늘어졌다.

먼지 날리는 한 줄기 햇살이 가레스의 등을 가로질렀을 때에야 그가 퍼뜩 정신을 차렸다.

"빌어먹을!"

그는 재빨리 몸을 풀어냈다. 그리고는 그녀의 젖은 배에 손을 대고 일어나 앉으며 한탄스레 그녀를 내려다보았다.

"당신 때문에 손님이 있다는 것조차 잊었구려."

목덜미를 문지르며 침대 끝으로 다리를 내렸다.

"당신을 들키지 않고 돌려보낼 방법이 뭐가 있을까?"

그렇게 중얼거리며 그가 서둘러 옷을 갖춰 입기 시작했다.

미란다도 일어나 앉았다. 그의 말 한마디에 마법의 시간이 산산조각 났다. 그녀의 평화도 함께 사라졌다. 그렇게 황홀한 사랑을 나누었는데, 이제 자신을 남몰래 내보내는 방법만을 걱정하다니. 그가 자신을 치유해 주었다고 믿었다……. 그런데 그렇지가 않았다. 아무것도 변한 건 없었다. 그에게는 자신의 야망만이 중요할 뿐이었다. 어떻게 그게 달라질 수 있다고 생각했던 것일까?

예전에 이미 알고 있지 않았던가. 그에게 가장 중요한 건 야망이라는 걸 그 자신이 직접 인정했었는데…… 그 말을 무시해버린 그녀가 바보였다. 그는 아무런 약속도 한 적이 없었다. 그녀를 이용하고 싶어했을 뿐이었다. 그런데 그녀는 몇 번의 육체적 쾌락에 자신의 영혼까지 내주고 말았다.

이 상처를 누구의 탓으로 돌릴 수 있을까, 전적으로 그녀 자신의 책임인걸.

"걱정 마세요, 들키지 않을 테니까요."

미란다가 주황색 드레스를 걸쳐입고 창가로 걸어갔다.

"어디 가는 거요?"

그가 재빨리 따라붙으며 손을 뻗었다.

"나갈 거예요……. 이쪽으로."

그녀의 손가락이 창문 쪽을 가리켰다.

"말도 안 되는 소리 마시오, 귀여운 아가씨."

그가 웃으면서 키스하려는 듯 그녀의 턱을 들어올렸다. 하지만 그의 눈동자는 다른 생각에 잠겨 있었다.

"문으로 나가시오. 내가 복도를 확인해 보겠소."

"이쪽이 더 안전해요."

그녀가 고집스레 중얼거리며 창턱에 다리를 걸쳤다. 칩도 열성적으로 재잘거리며 그녀의 옆으로 폴짝 뛰어올랐다.

"미란다, 이리 돌아오시오!"

하지만 그녀는 이내 종적을 감췄다. 가레스가 창으로 달려갔지만 이미 늦어버렸다.

가레스는 창가에서 방 안으로 되돌아왔다. 옷을 마저 입으면서 미란다의 반응에 대해서 생각해 보았다. 곡예단이 떠났다고 해서 미란다가 이 정도로 심각하게 나올 줄은 예상치 못했었다. 그녀는 현실적이고 합리적인 여자였다. 불편한 일은 웃어넘기고 어떤 상황에든 쉽게 적응하며 장애물이 생겨도 거기서 장점을 찾아내는 그런 여자였다. 그래서 이 일도 조금쯤 마음 아파하다가 받아들이게 될 줄 알았었다, 도버에서 그랬던 것처럼. 그뿐만 아니라 그는 그 일에 자신이 개입되었다는 게 드러날 줄 몰랐다. 구두장이를 염두에 두지 않은 어리석은 실수를 범했다.

하지만 어찌되었든 이제 이 상황이 마무리되기를 바랐다. 그녀를 안심시키고 그녀의 신뢰를 회복한 것이기를 바랐다. 그녀의 슬픔을 지켜본다는 게 견디기 힘들었다. 그녀에게 배신했다는 비난을 듣는 것은 더욱 견딜 수 없었다.

하지만 지금은 이런 생각을 하고 있을 때가 아니었다. 앙리 왕에게
가 봐야 했다. 엉덩이에 검집을 늘어뜨린 다음 그는 사교적인 표정을
만들어내며 아래층으로 내려갔다.

이모겐이 손님들과 같이 식당에 앉아 완벽한 여주인 역할을 해내고
있었다. 어제의 두통에서 벗어난 모양이었다.

"좋은 아침이오, 하코트 경."

앙리가 양고기 조각이 들린 손을 흔들었다.

"오늘 사슴사냥이나 하러 가겠소?"

"원하시는 대로 따르겠습니다, 공작님."

가레스가 고개를 숙여 보이고는 접시들이 잔뜩 놓인 사이드 테이블
로 향했다. 방금 전의 격렬한 행위가 식욕을 자극한 듯 몹시도 배가
고팠다. 그가 접시를 가득 채워 식탁에 자리잡았다.

"몇 시쯤 나가시겠습니까?"

"아무 때나 좋소, 하코트. 당신의 사촌도 사냥할 줄 아오?"

앙리가 양고기를 씹으며 물어보았다.

"모드는 사냥을 그리 즐기지 않습니다."

가레스가 자신의 잔에 맥주를 채웠다.

"아침 식사도 안 하는 거요?"

이번에는 이모겐이 나서서 대답했다.

"아마 늦잠을 잤나봐요. 잠시 자리 비우는 것을 허락하신다면 제가
가서 데려오겠습니다."

미란다는 모드의 옷으로 갈아입는 수밖에 다른 방법이 생각나지 않
았다. 하지만 마음속은 뒤죽박죽 혼란스러웠다. 자신을 믿으라고, 모든
게 잘 될 거라고 했던 하코트 백작의 말을 받아들인 줄 알았다. 그렇
지만 이젠 아니라는 걸 깨달았다……. 아니, 믿을 수 없다고 하는 것
이 옳을 것이다. 그녀는 식구들이 어디로 떠났는지 알고 싶었다. 그들

을 다시 찾을 수 있다는 걸 확인 받고 싶었다. 그런데 가레스는 그 점을 이해하지 못하는 듯했다. 그에게 그런 이해를 구한다는 게 무리인지도 모른다. 어차피 전혀 다른 환경에서 살아왔으니까……. 게다가 하코트 가에는 가족적인 정이라는 게 있는 것 같지도 않았다.

어제 겨우 출발했을 뿐이니 곡예단의 흔적을 뒤쫓는 것은 어렵진 않으리라. 바다를 건너려 한다면 도버항이나 포크스턴항 둘 중 한 곳일 것이다. 일단 그들의 행선지를 알아내면 기다려달라고 연락할 수 있었다. 지체되는 비용은 그녀가 가져가게 될 50로즈노블로 충당할 수 있으리라.

이모겐이 평소처럼 노크 없이 방 안에 쳐들어왔을 때에도 미란다는 깊은 생각에 빠져 있었다.

"아침 식사하러 내려오지 않고 뭐 하는 거냐? 공작님께서 기다리시잖아."

이모겐이 성마르게 재촉했다.

"알았어요."

미란다는 가슴자락 안으로 손수건을 갈무리하고 보석 모자 안에 짧은 머리를 끼워넣었다. 이제부터 또다시 연기를 시작해야 하리라. 연기자의 개인적 상황과 상관없이 공연은 계속되어야 했다.

"가시지요, 마담."

계단을 내려가 홀을 가로지른 다음 식당으로 들어섰다. 신사들에게 우아하게 미소지으며 부드러운 목소리로 인사를 건넸다. 하지만 식욕이 나지 않았으므로, 먹는 것처럼 보이려 애쓰면서 빵과 버터조각만 뒤적거렸다.

"입맛이 없으시오, 레이디 모드?"

앙리가 뱀장어 스튜를 자신의 접시에 듬뿍 퍼담으며 그녀에게 살피는 시선을 던졌다.

미란다가 희미하게 미소지었다. 공작의 입술에 양고기 기름이 번들거리는데도 이상하게 그다지 혐오스러워 보이지 않았다. 그 신체적인 힘을 유지하려면 오히려 왕성한 식욕이 당연할 것 같았다. 그의 몸을 다 담아두지 못하는 듯 그의 어깨와 가슴 위로 더블릿이 팽팽하게 잡아당겨져 있었다. 그는 우아한 궁정의 신하가 아니라, 자신이 말하던 대로 거친 군인이었다. 이런 식당에서 대화하는 것보다 전쟁터를 더 편안해할 것 같은 남자.

"네, 약간요."

"우린 사슴사냥을 하러 갈 계획인데, 당신도 같이 가겠소?"

미란다가 고개를 저었다.

"사냥하고 싶지 않습니다, 공작님."

앙리가 눈살을 찌푸렸다. 집 안에서 빈둥거리는 것이 체질에 맞진 않았어도, 레이디 모드에게 구애하러 온 것인데 그녀 없이 사냥터로 나선다면 그게 무슨 소용이란 말인가.

"저녁 시간에는 또 여왕의 식탁에 참석해야 하는데……."

나이프로 빵조각을 잘라 입으로 가져가며 앙리가 중얼거렸다.

"여왕 폐하를 이곳으로 초대하면 어떨까요?"

가레스가 제안하고 나섰다.

"여왕이 받아들이겠소?"

앙리의 표정이 다소 부드러워졌다.

"아마 기꺼이 응해 주실 겁니다."

가레스의 얼굴에 냉소적인 미소가 번졌다. 손님초대에 들어가는 비용을 다른 사람에게 떠넘길 수 있는 기회를 여왕이 마다할 리 없었다.

"그럼 당장 궁으로 사람을 보내야겠군요."

그가 일어나서 고개 숙인 다음 홀 쪽으로 빠져나갔다.

앙리는 훨씬 유쾌해진 표정으로 레이디 모드를 살펴보았다. 심약해 보이진 않으니 사냥 기술도 익혔을 법한데……. 그의 시선을 알아차린 듯 그녀가 고개를 들어올렸다. 순간 그 아름다운 눈동자가 그의 숨

을 앗아갔다. 그녀가 살짝 미소지어 보이고 나서 마그레 경의 질문에
대답하기 위해 시선을 돌렸다. 그 길고 하얀 목은 또 얼마나 우아하단
말인가. 그녀의 목에 입술을 들이대고 싶은 충동이 일어났다.

하코트 경의 사촌은 초상화에 그려져 있던 그대로였다. 프랑스 왕에
게 흠 잡을 데 없는 신부감이었다. 어젯밤에 들었던 그녀의 웃음소리
가 기억났다. 즐거움과 생기에 가득 차 있던 소리, 굶주린 남자에게 황
홀한 미래를 약속해주던 그 웃음소리…….

그가 미소지으며 꿀 술잔을 집어들었다.

"나에게 더 좋은 생각이 떠올랐소. 사냥은 그만두고, 강으로 나갑시
다. 햇살이 화사하고 강물도 반짝이잖소. 그곳에서 서로에 대해 더 잘
알아봅시다. 어떻게 생각하시오, 하코트?"

방금 식당으로 돌아온 백작에게 앙리가 손을 흔들었다.

"당신 사촌과 강으로 유람을 떠날까 하오. 허락해 주겠소?"

"물론입니다, 공작님."

가레스가 대답했다.

20

"네 자리를 맡아달라고?"

모드가 경악스레 소리쳤다.

"왜? 왜 그러는데?"

"난 할 일이 좀 있어요."

미란다가 모드의 방 안에서 이리저리 걸어다녔다.

"아침에 식구들을 만나러 시내에 갔었어요. 그런데 급하게 짐을 챙겨서 어디론가 떠났다는 거예요. 무슨 문제라도 생긴 게 아닌가 걱정이에요. 어디로 갔는지 알아봐야겠어요."

그녀가 모드에게 되돌아왔다.

"이해해 줄 수 있죠?"

"그래……. 하지만 너 대신 공작님과 외출할 순 없어."

"잠깐 배를 타는 것뿐이에요. 아프다고 핑계를 대면 어디가 아프냐고 다들 물어볼 테니……. 할 수 있을 거예요, 모드."

미란다가 진지하고 강렬하게 모드를 응시했다.

“네 자리를 대신 맡아서 너인 척……. 아니, 나인 척하란 말이야?”

그녀가 웃음을 터트리며 침대에 드러누웠다.

“나더러 지금 나인 척하라는 거로구나!”

미란다도 애써 미소지어 보였다.

“안 될 이유가 없잖아요.”

그녀가 침대 가장자리에 내려앉았다.

“그리고 그 머리는 흘러내리지 않도록 단단히 말아 올려야겠어요.”

모드가 어이없다는 듯 쳐다보았다. 이 일에 동의한 적이 없는데 미란다는 마치 다 결정된 것처럼 굴지 않는가.

“그 사람하고 무슨 말을 하라는 거야?”

“그냥 이런저런 얘기죠. 어려울 거 없어요. 말 많이 안 해도 돼요. 아침 식탁에서 내가 아주 조용했으니까 그 사람도 쾌활하길 기대하진 않을 거예요.”

“하지만 난 남자하고 단둘이 있어 본 적이 없단 말이야.”

모드는 은연중에 이 미친 짓거리에 동의를 표하고 있었다.

“단둘이 있는 게 아니에요. 사공들도 있고, 샤프롱으로 하녀도 한 명 따라갈 거라구요.”

미란다가 모드의 두 손을 붙잡았다.

“해낼 수 있어요, 모드. 이번 기회에 그 공작에 대한 호기심도 채울 수 있구요.”

모드가 잘근잘근 입술을 깨물었다. 두렵기도 했지만 한편으로는 흥분되기도 했다. 그녀의 시선이 방 안을 둘러보았다. 지금껏 편안하고 익숙했던 공간이 갑자기 답답하고 지루하게 느껴졌다. 특별히 위험한 짓을 하는 건 아니었다. 또한 자신의 원래 입장에서 물러나는 것도 아니었다. 미란다의 부탁을 들어주면서 호기심을 만족시키는 것, 그것뿐이었다.

“내가 이 속임수를 잘 해낼 수 있을지 모르겠어.”

"속임수가 아니에요. 내가 가짜고, 당신이 진짜잖아요."

미란다가 지적해 주었다.

모드는 침대에 걸터앉아 자신의 발을 물끄러미 내려다보았다. 그런 다음 결의에 찬 표정으로 고개를 들었다.

"알았어, 해볼게. 지금까지는 한 번도 모험을 해본 적이 없었는걸. 그리고 내가 나서서 널 도와줄 수 있는 거라면, 한 번 해볼게."

그녀가 발딱 일어나 벽장으로 달려갔다.

"뭘 입어야 하지? 선홍색 줄 쳐진 이 옷으로 할까? 어떨 것 같아?"

"좋아요."

모드와 비슷하게 열의를 나타내려 애쓰며 미란다가 대답했다. 하지만 꼭꼭 묻어둔 눈물과 불행의 무게로 가슴이 납덩이처럼 무거웠다. 그런 감정을 모드에게 숨기는 것은 가장 어려운 연기 중의 하나였다.

줄 쳐진 드레스를 입고 보석 모자 밑으로 머리채를 숨긴 다음 모드가 자신의 모습을 거울에 비춰보았다.

"이리 와서 내 옆에 서봐. 우리가 얼마나 비슷한지……. 어머나."

그녀가 손으로 입을 가리며 두 개의 똑같은 영상을 들여다보았다.

"똑같은 옷을 입으면 아무도 우릴 구별하지 못하겠어."

모드의 옆에서 거울을 들여다보던 미란다의 등줄기로도 전율이 흘러내렸다. 남들이 말하는 대로 정말 기이하고 해괴한 일이었다.

"10시에 아래층에서 공작님과 만나기로 돼 있어요."

그 혼란스런 영상에서 돌아서며 그녀가 자신의 손목에 걸린 팔찌를 풀어냈다.

"이 약혼 선물도 차야 할 거예요."

모드의 가녀린 손목에 팔찌를 채워주었다. 모드가 손목을 들어 유심히 살펴보고는 당혹스레 눈살을 찌푸렸다.

"마음에 안 들어. 이걸 차는 게 이상하게 기분이 나빠."

"당신 어머니의 유품이라서 그럴 거예요. 하지만 나도 그걸 차는 게

싫더라구요. 아주 아름답긴 한데…… 특이하기도 하구요."

에메랄드 백조를 살짝 만져보았다.

"이 장식품도 아름다워요. 하지만 이걸로는 이 팔찌의 불길함이 사라지질 않는 것 같아요, 그렇죠?"

"맞아, 그런데 이상하게 익숙한 느낌이야. 그건 또 왜 그럴까?"

"나도 그래요. 정말 이상하죠?"

10시를 알리는 시계 소리와 함께 계단을 내려서는 동안 모드의 몸은 주체할 수 없이 바들거렸다. 미란다와 똑같아 보인다는 걸 확인했으면서도 무릎은 금방이라도 꺾일 듯했고 손바닥이 축축하게 젖어들었다. 그녀의 긴 머리채만이 유일하게 다른 부분이었지만, 강한 강바람에도 버틸 수 있도록 단단하게 모자 속으로 고정시켜 놓았다. 잘못될 일은 아무것도 없었다, 잘못될 만한 일은 전혀 없었다.

그녀는 무의식중에 손목의 팔찌를 만지작거렸다. 불길한 느낌에도 불구하고 거기서 사람들을 마주할 용기를 얻어낼 수 있을 것처럼. 듀포트 부부와 두 명의 프랑스 귀족, 그리고 어젯밤 잠깐 보았던 그 남자, 로이시 공작이 홀에서 기다리고 있었다. 하지만 어제는 그의 몸에서 뿜어져 나오는 신체적인 힘을 알아차리지 못했었다. 그 남자는 어마어마하게 커 보였다. 다른 프랑스 귀족들보다 그다지 키가 큰 것도 아닌데 그녀의 눈에는 엄청나게 커 보였다. 그는 주위 사람들의 대화엔 관심 없다는 듯 손바닥에 장갑을 툭툭 내리치고 있었다. 그 몸짓이 모드의 심장을 철렁 내려앉게 만들었다.

그가 계단 쪽으로 시선을 돌리며 미소지었다.

"아, 드디어 내려오셨구려. 당신을 한시라도 빨리 보고 싶었다오."

재빠르게 계단으로 다가서서 그녀에게 손을 내밀었다.

그녀의 심장이 또다시 철렁 내려앉았지만 공작의 커다란 손에 작은 손을 올려놓으며 수줍게 미소지어 보였다.

“기다리시게 해서 죄송합니다, 공작님.”

“아니, 아니오. 나에게 인내심이 부족한 모양이오. 내가 성마르게 군 거라면 부디 마음에 담아두지 마시오……. 하지만 아주 좋아 보이는구려. 아침에는 약간 피곤해 보이더니 이젠 본래 모습을 되찾은 듯하오.”

모드의 얼굴에 기쁨 어린 미소가 번졌다. 이 남자는 진심으로 즐거워하는 듯했다.

“공작님과 유람하리라는 생각이 최고의 약이었나 봅니다.”

이모겐이 아첨하듯이 미소지었다.

공작이 우스꽝스럽게 눈썹을 들어올리자 모드는 새침한 표정을 유지하기가 힘들어졌다. 미란다가 이 남자를 좋아하는 것도 이상할 게 없었다. 모드가 공작의 팔에 손을 올려놓은 후 그들은 정원을 통과하여 강 쪽으로 갔다. 쪽문을 지났을 때에야 비로소 아무도 따라오지 않는다는 것을 알아차리고서 그녀는 멈칫 하며 뒤돌아보았다.

“뭐가 잘못됐소?”

공작이 거룻배로 올려주기 위해 그녀에게 손을 내밀었다.

“누군가 따라와야 하는데……. 제 샤프롱은 어디 있을까요?”

“아, 그런 사람은 필요 없을 거요. 형식에 얽매이기에는 나의 시간이 너무 짧다오. 당신의 후견인에게 단둘이 있겠노라고 허락을 받아놓았소……. 사실 우리 둘만 있는 것은 아니지만.”

그가 웃으면서 노를 들고 선 사공들 쪽으로 손가락질했다.

모드의 심장이 빠르게 고동쳐댔다. 공작과 단둘이 있게 될 줄은 몰랐다. 사공들이 있다 해도 그들의 존재가 무슨 소용이란 말인가. 그녀가 계속 머뭇거리자, 공작이 웃으면서 그녀의 허리를 감아 안아 배 위로 올려주었다.

“어머나!”

그녀가 작은 비명을 내질렀다. 자신의 입으로 성급한 사내라더니 틀림없는 사실인 모양이었다.

"무척이나 가볍구려."

그가 껄껄 웃음을 터트렸다.

"내가 당신의 정숙함을 확신하기는 하지만 겉으로 보이는 것처럼 새침하고 수줍은 여자는 아니라고 생각하오, 레이디."

모드는 입을 열지 못한 채 난간을 움켜잡았다. 공작이 그녀의 두 손에 한 손을 올려놓았다가 그녀가 재빨리 빼내자 미소지으며 그녀의 옆 난간에 손을 내려놓았다. 그 동안 거룻배가 서서히 움직여 강으로 나아가기 시작했다.

모드는 강으로 나와본 경험이 많지 않았다. 이런저런 병치레에 시달리느라 야외 활동을 접해볼 기회조차 매우 드물었다. 그래서 잠시 공작이 곁에 있다는 것도 잊은 채 눈앞으로 흘러가는 풍경들을 즐겁게 바라보았다. 강둑으로 줄줄이 늘어선 저택들, 세인트폴 성당의 둥그런 지붕, 웨스트민스터 궁, 타워의 거대한 회색 형체, 반역자의 문으로 연결된 타워의 계단들. 그 무시무시한 타워의 격자문으로 들어간 자들 중에서 살아나온 사람은 거의 없다던데.

햇살이 강물 위로 반짝이지만 강바람이 싸늘하게 느껴져 망토를 걸친 것이 내심 다행스러웠다. 강에서 나는 소리들이 그녀의 관심을 끌어당겼다. 배와 배 사이를 오가는 욕설과 고함소리들, 찰싹이는 물소리, 첨벙첨벙 노 젓는 소리……. 배들의 모습도 다양했다. 영광스런 가문이나 여왕 폐하의 종복임을 알리는 깃발들을 펄럭이며 미끄러지는 거룻배들과 밑바닥이 평평한 낚싯배, 사람들을 실어나르는 작은 배들, 시장에 내다 팔 고기와 생선을 잔뜩 실은 나룻배들.

앙리는 눈앞의 풍경 대신 그녀의 옆모습에 시선을 고정시켰다. 바람을 맞아 살짝 홍조를 띤 뺨이나 그 홀린 듯한 표정이 사랑스러웠다.

"대단히 조용하군요, 레이디 모드."

잠시 후에 그가 입을 열었다.

"평소보다 더 관심을 끄는 것이 있소?"

"모든 것이 살아 있어요. 이 세상에 사람이 이렇게 많다는 걸, 할 일이 이렇게나 많다는 걸 미처 깨닫지 못했었답니다."

그 순진한 답변이 그에게는 다소 당혹스러웠다.

"이 강에 수도 없이 나와봤을 거 아니오? 낮 시간에는 언제나 이랬을 텐데."

"물론 그렇지요. 하지만 볼 때마다 매번 새로워 보이는 걸요."

제멋대로 나불거린 입을 탓하며 그녀가 얼른 설명을 덧붙였다. 좀더 신중해야 하리라.

앙리의 얼굴에 미소가 번졌다. 얼마나 매혹적인 소녀란 말인가.

"당신과 함께 있는 것이 즐겁구려."

그가 그녀의 손 위로 다시 손을 올려놓았다. 그녀가 빼내려 하자 이번에는 힘껏 부여잡았다.

"뱃전에 앉아서 얘기합시다. 우린 할 얘기가 많을 거라오."

동의하는 수밖에 달리 방법이 없는 듯했다. 공작에게 여전히 손을 붙잡힌 채로 자리에 앉았을 때, 모드는 이렇게 유쾌하고 기분 좋은 사람과 함께 있는 것이 즐거워지기 시작했다. 뒤쪽의 쿠션에 머리를 기대고서 눈을 감아보았다. 따뜻한 햇살과 부드러운 물소리, 그리고 노를 저을 때마다 흔들리는 뱃전의 움직임을 몸으로 느껴가면서 별다른 저항 없이 공작에게 손을 맡겨놓았다.

앙리는 이 상황에 행복해 하는 자신이 놀라웠다. 이 소녀에게는 그의 마음을 움직이는 달콤함이 있었다. 마르그리트는 항상 씩씩하고 강했다. 그녀가 수많은 애인들에게 육체적인 욕구를 채우는 중간중간 가끔 정신적 교류를 나눈 적도 있었지만 그의 감정만은 언제나 흔들림 없었다. 그런데 이 소녀에게는 마음이 움직일 뿐만 아니라 강한 보호 본능까지 일어났다.

문득 그녀가 잠이 든 것 같아 그녀의 머리를 살짝 자신의 어깨로 기대어보았다. 아무 일도 벌어지지 않았다. 그녀의 모자에서 빠져나온 머리카락이 바람에 나부끼며, 내려뜬 속눈썹이 뽀얀 뺨 위로 초승달을 그렸을 뿐이었다. 그녀의 망토를 바짝 여며주었음에도 그녀는 여전히 잠든 채였다. 그가 엄지손가락으로 그녀의 턱선을 쓸어보았다. 갑자기 그녀의 눈이 번쩍 뜨이며 구름 한 점 없는 하늘처럼 파란 눈동자를 드러냈다. 그녀가 그의 손아귀에서 빠져나와 똑바로 몸을 곧추세웠다.

"뭐 하시는 거예요?"

그녀의 목소리가 다시 비명처럼 터져나왔다.

"그저 당신의 잠든 모습을 지켜보았을 뿐이라오."

그가 미소지으며 대답했다.

모드는 머리카락이 빠져나오지 않았기를 기도하며 모자를 만져보았다. 그리고는 아직 남아 있는 잠기운을 쫓아내려 열심히 눈을 깜박거렸다. 세상에 부끄러운 줄도 모르고 그의 어깨에 기대어 정신없이 잠을 잤다니. 게다가 그 동안 줄곧 그가 자신의 무방비상태를 지켜보았다니…….

"죄송합니다, 무례하게 굴려던 건 아니었어요. 햇살이 너무나 따사로워서 그만…….."

그녀의 말꼬리가 흐려졌다. 잠든 사이에 무언가를 들켜버린 것은 아닐까? 그녀를 유심히 지켜보는 동안 이 남자가 이전의 모습과 다른 점을 찾아냈으면 어쩌지?

"대단히 매력적이었을 뿐 전혀 불쾌하지 않았다오. 하지만 이제 잠에서 깨어났으니, 어젯밤 우리가 끝맺지 못한 얘기를 마저 하고 싶소."

어젯밤? 어젯밤에 미란다와 무슨 얘기를 했던 걸까? 미란다에게 전해들은 바가 전혀 없는데……. 공작은 말없이 모드의 대답을 기다리고 있었다.

"계속해 보세요, 공작님."

그녀가 살짝 고개를 기울이며 중얼거렸다.

"당신이 이 결혼에 반대하지 않는다는 걸 확인하고 싶소. 프랑스 궁으로 들어가는 게 어떤 의미인지는 알고 있소?"

"개신교도만이 그 궁에 어울린다는 걸 알고 있습니다."

그가 고개를 끄덕였다.

"이번 경우에는 그렇소."

그런 다음 다소 씁쓸하게 웃어젖혔다.

"하지만 종교적인 확신이 변할 수밖에 없는 경우도 있다오."

그는 예전의 그 끔찍한 밤을 생각하고 있었다. 개신교를 버리고 가톨릭으로 개종하라며 마르그리트가 애원하던 날 밤. 그의 목에는 처남의 칼이 닿아 있었다. 그 개종으로 그는 생명을 구할 수 있었고 프랑스의 권좌도 물려받았다. 어쩔 수 없는 선택이었다.

모드가 꿀꺽 침을 삼킨 다음 다시 입을 열었다.

"전 저의 종교적인 믿음이 바뀌는 상황을 상상할 수가 없습니다, 공작님."

"아, 당신은 그런 상황에 처할 필요가 절대 없으니 다행이라오."

"가톨릭으로 개종하실 의향이 있으신가요, 로이시 공작님?"

모드가 묘한 시선으로 그를 바라보았다.

그가 다시 씁쓸하게 웃었다.

"파리는 그 정도 가치가 있소."

그의 입술이 냉소적으로 비틀렸다.

"무슨 말씀인지 모르겠어요."

그것은 로이시 공작으로서가 아니라, 프랑스의 권좌를 위해서 무슨 짓이라도 해야 했던 앙리 왕으로서 한 말이었다.

"농담이었소. 하지만 당신에게 개신교적인 신앙이 깊다는 걸 알게 되어 대단히 기쁘오."

모드가 콜록콜록 기침을 하기 시작했다. 지난 몇 년 간 불편한 주제에서 벗어나고 싶을 때나 다른 곳으로 주의를 돌리고 싶을 때마다 사용해왔던 수법이었다. 어깨를 바들거리며 망토 속으로 얼굴을 파묻은 채 그녀의 격한 기침이 계속해서 이어졌다.

"가엾어라, 병이 났구려. 강바람을 쐬지 말아야 했던가보오."

앙리가 걱정스레 바라보고 나서 사공들에게 명령을 내렸다.

"여봐라, 당장 배를 돌려 하코트 장원으로 돌아가자."

거룻배가 장원 쪽으로 방향을 바꾸는 것과 거의 동시에 모드의 기침이 잦아들었다. 그녀가 망토에서 고개를 들어올리며 손수건으로 눈물 젖은 눈가를 닦아냈다.

"괜찮습니다, 공작님."

격렬하게 기침을 해댄 탓에 그녀의 목소리가 쉬어 있었다.

"이따금씩 기침이 터지곤 해요. 하지만 심각할 정도는 아니에요."

"다행이오. 드물게 찾아오는 고통이리라 믿소."

물론 미란다가 이렇게 기침 발작을 일으키는 경우는 없으리라.

"오, 그럼요, 아주 드문 일이에요."

그가 고개를 끄덕이며 그녀의 손을 다시 붙잡았다. 감히 그 손을 빼내지는 못한다 해도 그녀는 뻣뻣하게 앉아 앙리의 질문에 대답을 간단히만 중얼거렸다. 그리고 집에 도착하자마자 그에게 예를 갖추며 작별을 고했다.

"저녁 식사 때 봅시다, 사랑스런 아가씨."

"네, 공작님."

모드는 안전한 자신의 침실을 향해 날아가듯이 계단을 올라갔다.

21

미란다는 런던 브리지 위를 걷고 있었다. 다리 양쪽으로 늘어선 가게마다 리본과 실값을 실랑이하는 여자들로 북적거렸다. 동전을 살피는 상인들, 비좁은 우리에서 꽥꽥대고 있는 닭과 오리들의 값을 흥정하는 남자들, 밧줄로 춤추는 곰을 조정하는 남자와 소년도 있었다.

그녀는 계속 걸음을 재촉해갔다. 곡예단이 항구로 향하고 있다면 템스강 남쪽으로 다리를 건넜을 터였다. 선술집 어딘가에서 그들의 소식을 접할 수 있으리라. 식사하러 잠시 머물렀을 테고, 맥주를 걸치며 주인이나 손님들과 얘기를 나누었을 것이다. 일단 그들이 향하는 항구를 알아내면 그곳으로 배달부를 보낼 생각이었다. 여러 배달부들이 자신들의 행선지를 선전하며 늘어서 있었다. 제대로 값만 쳐주면 곡예단에게 연락하기란 어렵지 않았다. 물론 그 돈은 모드에게 빌려야 하겠지만.

이 결심이 있었기에 그녀는 밀려드는 불행의 조류를 간신히 억누를 수 있었다. 하지만 금방이라도 무너져 버릴 것만 같아 두려웠다. 마음을 다잡으려 아무리 애써보아도 그날 아침의 기억들이 뒤죽박죽 엉켜들었다. 한순간 가레스의 품안에서 근심과 걱정을 모두 잊어버렸다가 그가 매혹적인 테두리 밖의 세상에 대해서 말하는 순간 불신과 의심들이 순식간에 되돌아왔다.

얼마나 순진했던가, 지체 높으신 귀족 나리가 거리의 부랑아에게 진짜 애정을 품을 수 있다고 생각했었다니. 그 남자는 단지 그녀의 도움을 돈으로 샀을 뿐이었다. 그것뿐이다⋯⋯. 세상에서 가장 멍청한 바보라도 그 정도는 알았으리라.

그런데 그녀는 세상의 가장 멍청한 바보보다 더 어리석었다. 다른 가능성이 있을 수 있다고 믿고, 그에게 마음까지 내주고 말았다.

사우스워크의 좁은 거리를 헤쳐나가며 그녀는 크게 웃어젖혔다. 궁정의 귀족 나리를 사랑해버린 자신과 그 어리석음이 경멸스러워 견딜 수가 없었다.

'멍청했던 거야⋯⋯. 멍청했어, 그것뿐이야.'

마침내 필그리미지 스트리트의 선술집에서 곡예단의 소식을 접할 수 있었다. 그들은 놀랍게도 평소처럼 선술집 손님들에게 공연하여 식사값을 대신한 게 아니라 은전을 냈다고 했다. 술집 주인이 작은 개와 절름발이 꼬마, 깃털모자를 쓴 덩치 큰 여자까지 기억하고 있었다. 즐거운 분위기였는지 침울한 분위기였는지는 알 수 없었다. 포크스턴으로 여행중이라는 사실만이 그녀가 알아낸 전부였다.

미란다는 다시 런던 브리지로 되돌아 걸었다. 그 은전이 어디서 났을까? 생각할 수 있는 해답은 한 가지뿐이었지만 너무나 소름이 끼쳤다. 설마 그들이 그녀를 돈에 팔아버린 것일까? 그럴 리는 없었다. 백작이 그들에게 거짓말을 한 것만 아니라면⋯⋯. 그녀가 그들이 떠나주길 바란다는 식으로 말했던 걸까? 미란다가 그들과 어울리고 싶어하지 않노라고, 품위 있는 세상에 들어선 지금 더 이상 예전의 천한 친구들을 만나고 싶어하지 않는다고 한 것일까?

백작은 그 정도로 비열한 사람이었던 것일까? 어쩌면 그들을 부랑아로 감옥에 처넣겠다고 위협했는지도 모른다. 그건 충분히 손쉬운 일이었다. 하루 벌어 하루 먹고사는 곡예단의 미약한 힘은 궁정에 드나드는 백작의 막강한 힘과는 비교가 되지 않았다. 그가 그들에게 위협을 가하고 뇌물을 먹였을 수도 있었다. 거트루드조차도 그 당근과 채찍에 저항할 수 없었으리라. 그들에겐 아무런 힘이 없으니까.

미란다는 울분에 휩싸여 하코트 장원으로 되돌아갔다. 엘리자베스 여왕과 그녀의 수행원들이 거룻배에서 내리는 것을 보고서야 오늘 저녁의 만찬을 기억해냈다.

옆문을 통해 집 안으로 스며들어갔을 때 손님들은 이미 군주에게 경의를 표하기 위해 홀에 몰려 있었고 음악가들의 연주도 시작되었다. 그녀가 뒷계단으로 올라가 위층 복도에 이르렀을 때쯤 모드가 황금빛 데이지를 수놓은 파란 드레스 차림으로 침실에서 나서는 중이었다.

"미란다! 어디 갔다오는 거야? 네가 없다는 걸 누구한테 말할 수도 없고, 여왕님께서는 곧 도착하시게 생겼고, 그래서 식사 시간에도 내가 나가야 할 것 같았어……. 달리 방법이 없잖아."

"근사해 보여요……. 당신이 내려가세요. 난 시간에 맞춰 준비할 수 없어요."

모드가 잠시 머뭇거렸다. 지난 한 시간 동안 초조하고 불안해서 미칠 것 같았다. 미란다가 시간에 맞춰 돌아오길 바라는지, 아니면 늦어지기를 바라는지 자신의 마음을 알 수 없었다. 하지만 이제 상황이 다 해결해 주었다. 미란다가 집시 같은 옷을 벗고 파딩게일과 드레스를 차려입으려면 족히 30분은 걸릴 것이다. 지금 그럴 만한 시간적 여유는 없었다. 그리고 모드는 이것이 바로 자신이 기대했던 상황이라는 걸 충격적으로 알아차렸다.

"서둘러요, 여왕님을 맞으러 가야죠."

"여기 있을 거지? 다른 데 안 갈 거지?"

"오늘밤에는 안 가요……. 어서 가요, 모드."

모드가 치맛자락을 들어올리며 서둘러 종종걸음쳤다. 미란다가 다시 사라져 버리는 것만 아니라면 이 짜릿한 모험을 즐겨도 괜찮으리라. 물론 일시적인 게임일 뿐이지만 왠지 모르게 로이시 공작과 다시 함께 할 시간이 기대되었다.

그녀는 가까스로 때맞춰 홀에 도착했다. 하코트 경의 에스코트를 받으며 여왕이 정원 문으로 들어서는 찰나였다. 심장이 터질 듯 두근거리는 걸 느끼며 모드가 깊숙하게 절을 올렸다.

"아, 레이디 모드."

여왕이 자애로운 미소를 지으며 손을 내밀었다. 모드는 그 하얀 손가락에 키스하고 나서 생전 처음으로 여왕 폐하를 뵙기 위해 몸을 일으켰다. 한순간 현기증이 일어나며 여왕 주위의 수많은 얼굴의 바다만이 눈에 들어올 뿐이었다. 로이시 공작이 재빨리 여왕의 옆자리에서 벗어나 그녀에게 팔을 내밀었다.

"내가 에스코트해 드릴까요, 레이디?"

모드는 혀가 굳어져 버린 듯 아무 말도 못한 채 그저 공작의 소매에 손을 올려놓고 여왕과 백작의 뒤를 따라 식당으로 움직여갔다.

가레스는 마음속의 충격을 간신히 숨기고서 여왕이 먼저 착석하기를 무표정하게 기다렸다. 엘리자베스가 등 높은 의자에 내려앉고 궁녀들이 치맛자락을 정돈해주고 나자 모두들 자신들의 자리를 잡아나갔다. 쟁반을 든 하인들이 테이블 사이로 돌아다니는 동안 여왕의 침실 레이디 하나가 음식들을 조금씩 맛본 다음에 여왕 앞으로 내려놓았다.

가레스가 집사에게 신호를 보내자 아름다운 크리스털 술잔에 황갈색 버건디 포도주가 차례차례 채워졌다. 손님들의 요구에 귀 기울이고 태연하게 고개를 끄덕여 보이는 그의 침착한 외면 밑으로는 폭풍우가 휘몰아치고 있었다.

미란다는 어디 있단 말인가? 처음 보았을 때부터 이 바꿔치기를 알아차렸다. 앙리를 포함한 다른 사람들은 레이디 모드의 다른 점을 알아차리지 못하는 듯했고, 사실 겉으로 보기에는 전혀 다르지 않았다. 하지만 가레스가 두 여자의 차이를 모를 리 없었다.

도대체 미란다는 어디에 있는 것일까?

"다소 산만해 보이오, 경."

여왕이 불쾌한 듯 한마디했다. 가신이 군주와 함께 있으면서 다른 일에 정신을 팔고 있는 것은 용납되지 않았다.

"아닙니다, 폐하."

그가 재빨리 입을 열었다.

"얼마 전 프랑스에서 발견한 작곡가의 작품이 폐하의 마음에 드실지 생각하는 중이었습니다."

군주의 즐거움을 위해 신경 쓰고 있는 것이었다면 그 정도는 허용될 만했다. 여왕이 미소지으며 우아한 손짓으로 허락을 내렸다. 가레스가 시종을 불러 음악가들에게 지시사항을 전달한 다음 눈앞의 일에만 정신을 집중시키기 위해 최선의 노력을 다했다.

영원히 끝나지 않을 듯한 식사 시간 내내 자리에 붙어 있는 것만으로도 그에게는 최선의 노력이었다.

드디어 여왕이 식사 시간이 끝났음을 선포했다.

"이제 춤을 춰볼까요, 하코트 경?"

그녀의 부채가 그의 소매를 찰싹 건드렸다.

가레스가 공손하게 절을 올린 다음 커다란 방으로 여왕을 안내해갔다.

무도회장으로 넓게 정리된 방 안에서 음악의 선율이 흐르며 정원으로 난 문들은 밤공기를 맞아들이기 위해 활짝 열려 있었다.

그가 여왕과 함께 무도회의 첫 곡을 시작했다. 이 한 곡만 참아내고 나면 당장 모드에게 다가가 도대체 무슨 일이 벌어지는 것인지 알아내리라.

모드는 꿈속에 빠져든 기분으로, 아무런 저항 없이 앙리의 손에 이끌려 댄스홀로 나아갔다. 무용교습만 받았을 뿐 남자와 함께 춤춰본 적은 없었지만 한 번의 실수도 없이 경쾌하게 발을 움직였다. 자신의 파트너가 춤에 익숙지 않다는 것을 알아차렸어도 그녀의 즐거움은 줄어들지 않았다.

경쾌한 춤곡이 끝나자 젊은 가신들보다 에너지가 넘치는 여왕이 로이시 공작을 다음 번 파트너로 데려오라고 가레스에게 요구했다.

그가 기다리고 기다리던 순간이었다. 가레스는 민첩하게 모드와 앙리가 서 있는 곳으로 전진해갔다. 미소짓는 모드와 그녀의 손에 입맞추는 앙리를 향해서…….

"가레스, 가레스……. 옛 친구들을 모른 척하지 말게나. 폐하께서 충분히 즐기고 계시잖나. 자네의 손님인 로이시 공작도 그렇고."

가레스가 마지못해 돌아섰다. 킵 로시터가 그에게 손을 흔들며 다가왔다.

"내가 이렇게 우리 군주와 함께 할 수 있도록 초대해 주었잖나."

성마름을 억누르며 가레스가 재치 있게 되받아쳤다.

"나의 평판에 모험을 걸면서까지 말이야. 나에게 얼마나 큰 영광이 전해지든 옛 친구들을 버리진 않는다네."

킵이 교묘하게 미소짓고는 날카로운 눈으로 춤추는 사람들 쪽을 바라보았다. 그런 다음 가레스의 귀에 대고 나지막하게 속삭였다.

"뭔가 일을 꾸미고 있군, 가레스."

가레스가 한쪽 눈썹을 들어올리며 가볍게 되받았다.

"수수께끼 놀이를 하자는 건가?"

"자네가 수수께끼를 만들었잖나, 이 친구야."

킵이 그의 팔을 붙잡았다.

"자네가 나와 상관없는 일이라고 고집한다면 어쩔 수 없겠지. 하지만 저 레이디 모드가 지난 며칠 간 궁에 드나들었던 그 레이디 모드와 다른 것 같은데…… 자넨 뭐라고 대답할 텐가?”

스스로에게 만족스러워하는 듯한 표정이었다.

가레스의 표정이 돌처럼 굳어졌다. 하지만 킵의 말을 부인하려 들지는 않았다. 그 친구가 지나칠 정도로 날카롭다는 것을 알고 있었으니까.

“자네가 상관할 일이 아니네, 킵. 그리고 그 입을 조심해주면 고맙겠네.”

킵이 키득키득 웃어댔다.

“알겠네, 어쨌든 내 생각이 옳다는 걸 확인했으니……. 언젠가 이 일의 진상을 죄다 말해주게나.”

킵의 공모자 같은 미소에 가레스는 미소를 되돌려주지 않았다. 킵이 의심하고 있으며 브라이언과 그 애기를 했다는 건 이모겐에게 들어서 알고 있었다.

킵 혼자라면 그런 대로 믿을 만했다. 하지만 브라이언은 말을 삼가는 타입이 아니었다. 카드로 만든 집이 와르르 무너지는 장면이 눈앞으로 밀려들었다.

친구에게 작별을 고한 후에 그가 다시 앙리와 모드를 향해 계속 나아갔다.

앙리가 미소로 그를 맞아들였다.

“아, 하코트. 우리 일을 어서 마무리를 지어야겠소. 당신 사촌도 이 약혼에 긍정적이라오. 내 말이 맞지 않소, 레이디 모드?”

“네, 공작님.”

모드가 후견인의 시선을 피해 고개를 떨구며 중얼거렸다. 달리 무슨 말을 해야 할지 알 수 없었다. 사실 그녀는 지금 자신이 무슨 말을 하고 있는지도 그리고 제정신인지조차도 알 수 없을 만큼 혼란스러웠다.

“좋은 소식이군요.”

가레스가 덤덤하게 입을 열었다.

“하지만 우선 여왕 폐하께 가 보셔야겠습니다. 다음 곡을 함께 하시
자는군요.”
“아, 엘리자베스가 파트너를 잘못 골랐군.”
앙리가 웃어젖혔다.
“나의 어색한 춤 솜씨를 그녀가 레이디 모드만큼 너그럽게 봐줄 것
같지도 않은데 말이오. 하지만 여왕을 기다리게 할 수야 없지. 잠깐이
나마 당신과 헤어지는 것이 싫구려, 사랑스런 아가씨.”
모드의 얼굴이 빨개졌다. 그녀의 인사를 받은 후 앙리가 여왕을 향
해 성큼성큼 나아갔다.
“바람 좀 쐬겠소, 사촌?”
가레스가 모드에게 팔을 내밀고 정원 문으로 이끌어가며 다급하게
물었다.
“미란다는 어디 있소?”
“알고 계셨어요?”
모드가 놀란 시선을 들어올렸다.
“물론이오. 날 속일 수는 없소. 자, 그녀는 어디에 있소?”
“위층에요. 오늘 밖에 나갈 일이 있다고 해서 제가 유람하는 데 미
란다를 대신해서 나갔었어요. 너무 늦게 돌아오는 바람에 이번에도 어
쩔 수 없이…….”
“하루 종일 당신이 그 역할을 맡았단 말이로군.”
당혹스럽긴 했지만 가레스는 강한 안도감에 사로잡혔다. 그제서야
지난 몇 시간 동안 자신이 얼마나 불안했었는지 알아차렸다.
“지금 방에 있소?”
모드가 고개를 끄덕였다.
“괜찮아 보이던가?”
“모르겠어요. 자기 식구들이 런던을 떠났대요. 그것 때문에 아주 심
란해했어요. 너무 갑작스런 일이었거든요.”

"알고 있소."

그가 험악하게 중얼거렸다.

'그녀를 충분히 안심시키지 못했던 거로군……'

그가 정원을 물끄러미 내다보았다. 저물어 가는 햇살이 잔디를 가로질러 해시계에 긴 그림자를 드리우고 두 명의 소년이 수로까지 이어지는 길에 횃불을 밝히는 중이었다.

모드는 그 옆에서 말없이 기다렸다. 무슨 말을 해야 할지 알 수 없었다. 언제나 이 후견인에게 겁을 냈었는데 어쩐지 지금의 그는 연약하고 불안해 보인다고나 할까. 하지만 하코트 백작에게 그런 단어는 절대 어울리지 않았다.

방 안 뒤쪽에서 이모겐이 당황스레 남편에게 말을 걸었다.

"가레스가 저 아이와 무슨 얘길 하는 거죠? 왜 여왕님 곁에서 보필하지 않는 거죠?"

"사실을 알아냈기 때문인 듯하오."

마일즈의 대답이었다.

"모드를 보는 순간 알아차렸을 거요."

"모드를요? 무슨 말을 하는 거예요?"

마일즈의 얼굴에 놀라움이 나타났다. 이모겐이 그걸 알아차리지 못했단 말인가? 그는 아침부터 모드와 미란다의 차이를 감지했었지만 저녁 식사 시간에서야 확신할 수 있었다.

"그걸 모르겠소, 부인?"

"뭘요?"

두 뺨에 위험스러운 홍조를 떠올리며 이모겐이 다그쳤다.

"이모겐, 하코트 백작이 오늘 저녁에 좀 이상해 보이지 않으시나요?"

레이디 메리의 출현으로 그 대화가 효과적으로 마무리되자, 마일즈는 고개를 숙이며 카드룸으로 물러났다. 이 비밀을 잠시 동안 혼자 간직하는 것도 나쁘지 않았다.

"너무나 걱정스러워요."

메리의 시선이 하코트 경의 움직임을 뒤따랐다. 그가 이제 모드와 같이 방으로 돌아오는 중이었다.

"요즘 뭔가 다른 일에 골몰하시는 것 같아요. 어떻게 생각하세요, 이모겐?"

이모겐은 여전히 마일즈의 수수께끼 같은 말을 생각하고 있었다.

"생각할 일들이 많아서 그런가보죠."

"그분이 저토록 신경 쓰시는 게 모드 때문인가요?"

메리의 목소리에는 두려움마저 깃들었다.

"글쎄, 모르겠군요."

이모겐은 무심하게 대꾸하며 남동생과 사촌에게 시선을 던졌다. 가레스가 이제 막 여왕과의 춤을 끝내고 곧장 되돌아온 앙리에게 모드의 손을 넘겨주고 있었다.

메리는 이제쯤 가레스가 자신에게 다가와 춤 신청을 하리라 기대했다. 그런데 그는 문 쪽으로 성큼성큼 걸어가고 있었다. 그녀가 서둘러 그 뒤를 쫓아갔다.

"하코트 경……."

가레스가 걸음을 멈추고 돌아섰다. 불쾌한 듯 험악하게 굳어진 그 표정에 그녀는 자신도 모르게 움츠러들었다.

"무슨 일이오, 마담?"

매몰차기까지 한 목소리였다.

"오늘 저녁에 저에게 말을 걸어주시지 않았잖아요. 그래서 지금쯤은 약혼녀에게 약간의 시간을 내주실 수 있을 거라 생각했어요."

그녀가 그의 팔에 손을 올렸다.

"미안하오, 하지만 지금은 긴히 처리할 문제가 있다오. 그럼 이만."

그가 빙글 몸을 돌려 뒤도 돌아보지 않고 문으로 빠져나갔다.

　메리는 잠시 머뭇거리다가 다음 순간 단호하게 입술을 앙 다물며
약혼자의 뒤를 따라나섰다.

　"정원에 나가보는 게 어떻겠소, 레이디?"
　앙리가 모드의 손을 팔에 끼워넣었다.
　"춤을 췄더니 열이 나는군. 내가 그리 좋아하는 운동도 아니라오."
　그리고는 대답을 기다리지도 않고 정원 쪽으로 이끌어나갔다. 자신
이 하고자 하는 일에 다른 사람의 동의를 구하는 데 익숙지 않은 사람
같았다.
　모드는 그것에 화가 나기보다 오히려 짜릿한 흥분을 맛보고 있었다.
공작과 함께 있으면 마치 강한 조류에 휘말려 둥둥 떠다니는 기분이었
다.
　향긋한 정원에 들어서자마자 공작이 연못 너머의 으슥한 정자 쪽으
로 향했다. 분수에서 뿜어져나오는 물살이 장밋빛 노을에 닿아 아름다
운 분위기를 더해주었다.
　"처음 런던에 올 때는 약혼녀가 될 여자에게 구애하려는 생각뿐이
었소. 그런데 그 레이디에게 나의 마음을 빼앗겨 버렸다오."
　당혹스러움과 즐거움이 곁들여진 어조였다. 앙리가 그녀의 허리에
한 팔을 감아 자신에게로 돌려세웠다.
　그의 눈동자를 바라보면서 모드의 뱃속 깊은 곳에서 떨림이 생겨나
기 시작했다. 아무런 경험이 없다 해도 그 눈 속의 욕망을 분명하게
알아차릴 수 있었다.
　그의 두 손이 그녀의 얼굴을 감싸자, 그녀는 그의 따뜻한 체온을 느
끼며 그대로 서 있었다. 그가 씨익 미소짓고는 그녀에게 입술을 내렸
다.
　그의 입술이 그녀의 입술 위로 나비의 날갯짓처럼 가볍게 움직여갔
다. 그녀는 어떤 반응을 보여야 할지 모르는 채 당황스런 감각에 빠져

들었다. 그의 체취와 부드럽고 따가운 턱수염의 감촉, 그리고 단호하면서도 유연한 입술을 그저 받아들일 뿐이었다.

이윽고 그가 고개를 들어 미소지어 보였다. 그녀는 경이로운 침묵 속에 젖어 무의식적으로 자신의 입술을 매만졌다. 그 손가락으로 그의 입술도 매만져보았다. 그 후에 진지한 질문이 담긴 시선으로 그를 바라보았다.

"참으로 사랑스럽구려."

그의 목소리가 부드럽게 흘러나왔다.

"앙리 왕과 파리 따윈 다 꺼지라고 하고, 영원히 당신 곁에 남아 구애하고 싶을 정도라오."

"의무를 저버리시면 안 되잖아요."

그가 웃어젖혔다.

"아, 맞는 말이오. 남편의 의무를 일깨워주는 아내라니 더욱 훌륭하오."

그녀의 두 손을 움켜잡고 다시 가볍게 입을 맞췄다.

"다른 무엇보다 당신을 소중히 여길 것이오."

모드의 뇌리에 잠시 수녀원 생활이 스쳤다. 다음 순간 격렬한 반항심과 함께 웃음이 터져 버릴 듯한 환희에 빠져들었다.

'수녀원에 가고 싶지 않아.'

그의 목을 두 팔로 끌어안으며 그녀가 적극적으로 그의 입술을 찾았다.

22

하코트 경이 초록 침실로 들어서자 미란다는 천천히 자리에서 일어나며 힘없이 입을 열었다.

"와주셔서 다행이에요. 여쭤볼 게 있어요.."

"나도 당신이 하루 종일 사라져야 했던 이유를 들어야겠소. 사람이 바뀐 걸 공작이 알아차렸더라면 어쩔 뻔했소?"

지난 몇 시간 동안의 걱정이 분노로 돌변했다.

"그걸 알아차린 사람도 있었단 말이오. 공작에게 들키지 않았던 것이 그야말로 기적이오."

미란다는 어깨를 으쓱이며 상관없다는 듯 손을 내저었다. 그것이 그의 분노를 자극했다.

그가 한 걸음 다가서자 그녀는 한 걸음 뒤로 물러나며 가레스가 그날 아침에 달래주었다고 생각했던 지독한 상처를 고스란히 드러내는 싸늘함으로 그를 바라보았다.

그녀의 침착함이 그의 경각심을 불러일으켰다. 그녀의 시선이나 태도에 극단적인 결의가 깃들어 있었다.

"공작에게 들키지 않았다면 오히려 이 바꿔치기를 감사해야 하지 않겠어요? 이젠 내가 필요 없어졌잖아요. 조만간 모드가 자신의 운명을 받아들이게 될 거잖아요."

"미란다……."

그녀가 격하게 그 말을 잘라냈다.

"내 질문에 대답부터 하세요! 내 식구들한테 돈을 줬나요? 그들을 떠나보내려고 무슨 말을 했죠? 위협한 다음에 뇌물을 먹인 건가요?"

가레스는 뜻밖의 공격에 놀라 대답할 말을 생각해내지 못했다.

"그들에게 돈을 줬나요?"

새하얗게 질린 얼굴에서 그녀의 눈동자만이 활활 타올랐다.

가레스는 더 이상 이 속임수를 끌어갈 수 없다는 걸 깨달았다. 미란다에게 진실을 말하는 것이 아직 너무 이른 듯했지만, 이젠 어쩔 수 없었다.

"그렇소, 당신에게 약속했던 50로즈노블을 주었소."

그가 조용하게 입을 열었다.

"그럴 만한 이유가 있었소. 내 말을 다 듣고 나면 당신도 이해하게 될 거요."

"그들이 그 돈을 받았군요……. 내 몸값을 받았군요."

그녀가 역겨움과 좌절감을 숨기려 빙글 돌아서버렸다.

가레스가 그녀의 어깨를 그러쥐고 돌려 세웠다.

"내 말을 들어보시오, 미란다. 가로채지 말고 끝까지 들어보시오. 그 후에는 당신이 하고 싶은 대로 말해도 좋소, 어떤 질문이든 해도 좋소. 하지만 당신이 생각하는 그런 게 아니라오. 당신을 배신한 사람은 아무도 없소."

그 확신에 찬 눈을 바라보면서도 미란다는 목덜미가 쭈뼛해지고 불길한 예감에 몸이 떨렸다.

그녀가 간수를 바라보는 죄수처럼 말없이 쳐다보는 동안, 그는 단호하게 성 바르톨로메오 축일 밤의 이야기를 털어놓기 시작했다…….

마침내 그의 설명이 끝났다. 방 안에 들리는 소리라고는 커튼고리에 매달려 재잘대는 칩의 목소리뿐이었다.

가레스가 더 이상 그 침묵을 견딜 수 없다고 생각했을 때, 미란다가 무감각한 목소리로 입을 열었다.

"내가 모드의 쌍둥이라는 걸 어떻게 확신할 수 있죠?"

"당신 뒷목덜미에 난 초승달 자국."

설명하던 때와 똑같이 침착하고 단조로운 어조로 그가 대답했다.

"모드에게 그 자국이 있소. 나에게도 당신 어머니에게도 있소. 하코트 가문의 특징이오. 실종된 아기에 대해서 아는 사람은 거의 없소. 그날 밤 너무나 많은 사람이 학살당했기 때문에 10개월 된 아기도 그 속에 묻혀 버렸다오."

또다시 견디기 힘든 침묵이 내려앉았다. 가레스는 극도로 창백한 미란다의 안색과 이상하게 번들거리는 눈동자에 점점 불안해지기 시작했다. 그녀는 그를 쳐다보지도 않았다. 그가 그녀의 턱으로 손을 뻗자 그녀는 마치 뺨이라도 얻어맞는 것처럼 움찔하며 피해 버렸다.

"이게 무슨 의미인지 모르겠소?"

그녀가 지금 들은 진실을 받아들인 걸까? 그녀가 이 진실 속에 함축되어 있는 의미를 다 깨닫지 못한다 해도 놀랍지는 않았다. 어차피 너무 이르다고 생각했으니까.

"당신이 날 이용하고 속였다는 건 알아요. 하지만 그건 당신이 내 가족을 떠나보냈을 때 이미 알고 있었어요."

"그들은 당신 가족이 아니오. 떠나야 한다는 걸 알았기 때문에 떠난 거요. 당신을 버린 게 아니라는 걸 꼭 전해달라고 했소. 그들도 사실을 알고 나서는 더 이상 당신 인생에 끼어들 수 없다는 걸 깨달았던 거요."

　이 정도면 분명히 이해했으리라. 어떻게 이해 못할 수가 있겠는가?
　"그들이 내 인생과 상관없다고 누가 그러던가요?"
　그녀의 눈에 번개 같은 분노가 일어나며 두 뺨이 빨갛게 달아올랐다. 그에게는 너무나 분명한 일이 미란다에게는 그렇지가 못했다.
　"당신이 결정한 거잖아요, 당신이! 그 사람들은 내 가족이에요! 날 소중히 아껴준 사람들이라구요. 난 하코트도 드 알바르도 아니에요. 지금까지와 똑같은 나라구요. 당신이 내 인생에 간섭할 권리는 없어요. 내 생각을 알지도 못하면서 당신 마음대로 내 가족을 쫓아보냈어요, 마치…… 하찮게 처리해도 되는 물건처럼. 당신은 날 배신했어요, 내 신뢰를 저버렸다구요……."
　"제발 그만하시오."
　가레스는 그 끔찍한 폭발을 막아보려 애쓰며 그녀를 끌어안았다.
　"이성적으로 생각해 보시오. 누군지 뻔히 알면서 내가 어떻게 당신을 거리에 내버려둘 수 있었겠소? 나에겐 당신을 원래 가문으로 데려와야 할 책임이 있었단 말이오."
　미란다는 그의 가슴에서 머리를 떼어냈다.
　"아뇨, 당신의 야망을 채울 수 있는 방법이 생각난 거겠죠. 당신은 다른 사람 따윈 신경 쓰지도 않아요."
　가레스가 다시 그녀의 머리를 끌어안고서 다독거렸다.
　"내 야망과 무관하지 않다는 건 인정하겠소. 하지만 그게 당신에게도 좋은 일이오. 생각해 보시오, 미란다. 여기 찾아온 공작은 사실 로이시가 아니오. 프랑스의 앙리 왕이라오. 당신은 이제 곧 프랑스와 나바르의 왕비가 되는 거요."
　"내가 그걸 원하지 않는다면요?"
　그녀가 그의 품에서 빠져나가며 다그쳤다.
　"그런 미래가 혐오스러울 뿐이라면요? 그럼 어쩌실 건가요, 나리?"

"당신은 거리에서 평생을 보낼 운명이 아니오. 당신도 그건 알고 있을 거요."

그는 여전히 이성적으로 그녀를 설득하려 애썼다.

"새로운 인생이 당신 앞에 펼쳐져 있소. 처음엔 당황스럽겠지만, 시간이 지나면 당신의 운명이 여기 놓여 있다는 걸 깨닫게 될 거요."

미란다가 세차게 머리를 흔들었다.

"아니에요. 여긴 내가 있을 곳이 아니에요."

그리고는 싸늘하게 그를 바라보았다.

"하코트 가의 야망을 위해 결혼할 사람은 모드예요. 내가 아니라구요."

지독한 배신감에 치를 떨어가며 그녀가 몸을 돌렸다. 그의 어떤 말로도 그 느낌은 줄어들지 않았다, 오히려 더 지독해졌다. 처음 만났을 때부터 이 남자는 그녀를 자신의 목적을 위한 수단으로밖에 여기지 않았던 것이다. 그녀와 몸을 섞을 때조차도……. 그녀가 귀족 출신이라는 것이 무슨 소용이란 말인가. 그녀는 예전이나 지금이나 똑같은 미란다일 뿐이었다. 몇 마디의 말로 그 사실이 변할 수는 없었다.

"미란다, 달링……."

"그런 식으로 부르지 말아요."

그녀가 거칠게 쏘아붙였다.

"우리 사이에 거짓은 지금까지로도 충분해요. 거기에 또 하나를 덧붙이지 마세요. 나하고 같이 잘 때 무슨 생각을 하셨나요, 나리? 내 마음을 녹여서 당신 뜻대로……."

그런 말은 견딜 수 없었다. 그가 그녀를 와락 끌어안으며 등줄기와 머리카락을 정신없이 어루만졌다. 그 끔찍한 비난이 멈춘다면 무슨 짓이든 할 수 있을 것 같았다.

"미란다! 당신을 안았던 일은 이 일과 아무런 상관이 없소. 전혀 별개의……."

"오늘 아침에는요?"

그녀가 또다시 격하게 몸을 떼어냈다.

"오늘 아침에 나랑 섹스한 건 날 속이고 달래서 복종시킬 목적이 아니었던가요? 그 진실을 견디기가 힘드신 건가요?"

갑자기 그녀의 어깨가 축 늘어졌다.

"난 당신을 사랑했어요."

그 나지막한 목소리가 더 지독한 비난처럼 들렸다.

"미란다……."

"나가세요!"

그녀가 필사적으로 두 귀를 틀어막으며 소리쳤다.

가레스는 그녀의 절망적인 모습을 바라보면서 자신이 이곳에 계속 있으면 그녀가 더 힘들어할 뿐이라는 걸 알았다. 어려움이 있을 줄은 예상했었지만, 이 정도까지 끔찍할 줄은 몰랐다. 무슨 말을 해야 할지, 되돌릴 수 있는 방법이 무엇일지 알지 못한 채로 그가 어색하게 일어났다.

"나중에, 나중에 얘기합시다."

그가 문으로 걸어갔다. 너무나 심란한 상태였으므로 문이 조금 열려 있었다는 것조차 알아차리지 못했다. 그는 조용히 문을 닫고 자신의 침실 쪽으로 방향을 돌렸다. 하지만 지금 그 은신처로 들어갈 수는 없었다. 영국의 여왕이 이 집의 손님으로 와 있었다.

그가 계단 쪽으로 걸어가자 레이디 메리 애버내시가 초록 침실 맞은편의 작은 골방에서 빠져나왔다. 앞쪽의 닫혀진 문을 노려보며 미동도 없이 서 있었다. 엿듣는 자에게 유익한 말은 들리지 않는다는 옛말을 씁쓸하게 되뇌이면서……

'오늘 아침에 나랑 섹스한 게……'

모드가 아닌 그 여자애가 그렇게 말했었다. 가레스의 애인 노릇을 하던 그 여자애가. 가레스가 이 집 안에 애인을 들여놓았다.

'난 당신을 사랑했어요.'

그 여자애가 그렇게 말했었다.

메리는 치밀어오르는 역겨움을 삼키며 목을 감아쥐었다. 하코트가 그녀를 속이고, 자신의 누이를 속이고 여왕까지 속여넘겼다. 이렇게 엄청난 사기극으로…… 그는 도저히 상상할 수도 없는 반역을 저질렀다. 남자들이 창녀를 끌어안고 애인까지 만든다는 것은 알고 있었다. 하지만 그런 남자들조차 아내 혹은 약혼녀와 멀리 떨어진 곳에 그런 여자들을 숨겨놓았다. 또한 감정적으로 섞이지도 않았다. 그저 육체적인 관계일 뿐이었다. 그런데 지금의 이 상황은 달랐다. 그렇게 심란하고 복잡하며 당황스러워하는 가레스의 어조를 들어본 적이 없었다. 그는 진정한 여왕 폐하의 가신으로서 빠져들지 말아야 할 저속한 감정의 늪에 빠져 버린 것이다.

이윽고 그녀가 계단 쪽으로 걸음을 옮겼다. 떠나왔을 때와 마찬가지로 조용하게 무리에 섞이기 위해서.

모드가 미란다의 어두운 침실을 살며시 들여다보았다. 여왕과 수행원들이 로이시 공작과 하코트 백작의 에스코트를 받으며 화이트 홀로 되돌아간 후였다.

"자는 거야, 미란다?"

미란다는 자신의 존재감마저 잃어버릴 정도로 극심한 혼란에 빠져 있었다.

"아뇨."

"어두운 데서 뭐하고 있어?"

모드가 문을 닫으며 방으로 들어섰다. 책상다리를 하고 창턱에 앉은 미란다와 그 무릎에 나른하게 드러누운 칩의 모습이 보였다.

"별을 보고 있었어요."

미란다의 목소리가 어딘지 이상했다. 감기에 걸려 목이 쉰 걸까?

모드는 창가로 걸어가서 고개를 숙이며 칩의 배를 긁어주었다. 양쪽으로 갈라진 머리채 사이로 그녀의 목이 드러나 희미한 초승달 모양을 내보였다.

"오늘 저녁 어땠어요?"

모드가 미란다 옆에 앉으며 잠시 생각을 정리하고 나서 자신의 흥분과 혼란을 숨김없이 털어놓았다.

"그 사람이 나한테 키스했어. 너무너무 이상한 기분이었어. 그리고 아주…… 황홀했어. 원래 그런 느낌이 드는 걸까?"

"그럴 거예요."

"왜 그래?"

모드가 그녀의 두 손을 부여잡았다.

"아주 슬퍼 보여. 무슨 일 있어, 미란다?"

미란다는 무심하게 손을 내저었다.

"그럼 이제 약혼할 마음이 생긴 거예요?"

모드가 고개를 저었다.

"모르겠어, 나에 대해서 알고 있던 모든 게 의심스러워졌어."

미란다는 쓰디쓴 웃음을 터트릴 뻔했다. 얼마나 아이러니한 일인가. 그들 둘 다 하코트 경의 야망에 휘말려 자신의 정체성을 상실해 버렸으니.

"왜 그래, 미란다? 네가 슬퍼하면 나도 슬퍼져. 내가 도와줄 일이 있었으면 좋겠어."

그녀가 칩을 끌어안은 채 바닥으로 훌쩍 내려섰다.

"난 떠날 거예요."

모드의 눈이 휘둥그래졌다.

"이렇게 빨리? 내가 이 역할을 맡아서 그러는 거야? 그래서 더 이상 여기 있을 필요가 없다고 생각하는 거야?"

"이제 내가 여기 있을 필요는 없어요. 하지만 그 이유 때문에 떠나는 건 아니에요. 식구들이 프랑스 행 배를 타기 전에 따라가야 돼요. 약간의 오해가 생겼어요. 내가 돌아가지 않을 거라고 생각하고 있어요."

"떠나지 말아 줘……. 너하고 같이 있고 싶어."

모드는 스스로도 놀라운 듯 천천히 중얼거렸다.

"그럼 당신도 나하고 같이 가요."

무심결에 내뱉은 말이었지만 순간 그 불가능한 일이 가능할 것처럼 느껴지면서 그녀의 생기가 되살아났다.

"마지막으로 우리 함께 모험을 떠나봐요. 나하고 포크스턴으로 가자구요. 그 동안 당신이 진짜 원하는 것을 생각해 보는 거예요. 직접 해답을 찾아봐요. 다시는 이런 기회가 없을 거예요."

미란다를 응시하면서, 모드는 그 눈에서 자신의 모습을 보았다. 그녀의 힘으론 통제할 수 없는 힘에 밀려갔다가 밀려오기만 했던 인생. 후견인에게 반항하면서도 그저 상황에 따라 반응만 했을 뿐, 그녀 자신이 원해서 선택했던 일들은 아니었다. 이번이 자신을 분명하게 볼 수 있는 유일한 기회였다. 자신의 인생에서 원하는 것을 알아낼 수 있는 기회……. 그런 게 없다고 결론 내려진다 해도 최소한 알아볼 기회는 가질 수 있으리라.

"공작님이 이상하게 생각할 거야. 내일 약혼 계약을 매듭짓기로 했는걸."

"다른 사람들이 아프다고 핑계를 대줄 거예요."

모드가 고개를 끄덕였다.

"그 핑계가 먹히긴 할 거야. 하지만 내 사촌들이 많이 화낼 텐데."

"일주일 후에 돌아올 테니 아무 걱정 말라고 메모를 남겨놓으면 돼요. 하코트 나리는 이해할 거예요."

"그렇게 이해할 수 없는 일을 하코트 백작이 어떻게 이해해 주겠어?"

“이해할 거예요.”

미란다가 모드의 손을 부여잡았다.

“새벽에 출발하기로 해요. 수중에 한 푼도 없지만 칩하고 내가 같이 벌게요.”

“돈은 나한테 있어.”

모드가 어리둥절하게 미란다를 바라보았다.

“그런데 내가 왜 이런 짓을 하는 거지?”

“나한테 당신이 필요하니까. 당신 자신을 위해서도 이 일이 필요하니까요.”

이상한 논리였음에도 불구하고 왠지 일리 있는 대답처럼 들렸다. 마치 어지럽게 나열돼 있던 퍼즐 조각들이 깔끔하게 맞춰지는 듯한 느낌이었다.

“로이시 공작은 꽤나 흥미롭더군. 어리석은 사내 같진 않았소.”

“정확하게 보셨습니다, 폐하.”

“그는 파리공격에서 앙리가 이길 거라고 절대적으로 확신하는 것 같더군. 나도 그렇게 확신할 수 있다면 좋겠는데…… 그대의 생각은 어떻소?”

“누구든 자신에게 유리한 쪽으로 생각할 권리가 있을 겁니다.”

여왕이 부채를 접어 손바닥에 탁탁 내리쳤다.

“그대도 그쪽으로 기울었으리라 생각하오, 하코트 경. 그 학살에서 그대의 가문이 피해를 입었으니 앙리가 프랑스의 권좌를 차지한다면 이번 결혼이 하코트 가에게도 행운이 될 거요. 그렇지 않소?”

형식적인 질문일 뿐이었으므로 가레스는 간단히 고개를 숙여보였다.

“난 아직 나바르의 앙리가 프랑스를 차지하는 것이 영국에 어떤 이득을 줄지 확신하지 못하겠소. 그러니 프랑스 궁과 밀접한 자가 내 곁에 있다면 커다란 도움이 될 것이오.”

“저의 가장 우선적인 충성과 의무를 여왕 폐하께 바치겠습니다.”

엘리자베스가 서서히 고개를 끄덕였다.

“난 야망을 가진 자들을 좋아하오. 야망과 권력이란 믿을 만한 동기부여가 되지. 그런 자세가 그대를 잘 다져진 길로 인도해 줄 수 있을 것이오.”

그녀가 불쑥 내실 쪽으로 돌아섰다.

“이만 물러가시오, 경.”

“편안히 주무십시오, 폐하.”

여왕이 사라질 때까지 고개를 숙이고 있다가 그는 안도의 한숨을 내쉬며 몸을 일으켰다. 문 앞의 내관에게 고개를 끄덕여 보이며 조용한 복도로 걸어나갔다. 그 중간쯤에서 갑자기 문 하나가 스르르 열리고 레이디 메리 애버내시가 걸어나와 그의 앞길을 가로막았다. 벽에 매달린 램프의 불빛 속에서 병이 났거나 아니면 공포에 질려 무언가 끔찍한 소식을 전달하려는 듯한 얼굴이 드러났다. 유령처럼 하얀 얼굴에 움직임 없는 눈동자가 박혀 있었다.

“메리?”

그가 발길을 멈췄다.

“무슨 일이오?”

“긴히 드릴 말씀이 있습니다.”

단조롭게 중얼거리며 그녀가 방금 빠져나왔던 방으로 되돌아갔다. 가레스는 당황스레 그 뒤로 따라들어갔다.

“무슨 일이오?”

그가 다시 한 번 물으며, 테이블 위에 놓인 램프에 불을 밝혔다. 그 불빛으로 그녀의 얼굴을 자세히 볼 수 있게 되자 진심으로 걱정스러워졌다.

“병이라도 난 거요, 메리?”

“역겨워요, 당신이 그 여자애와 육체적으로 관련됐더군요.”

그녀의 단조롭던 목소리에 점점 억양이 살아났다.

"당신 사촌이 아닌 '그 여자 말이에요. 당신은 당신 집 안에서 육욕을 채웠어요. 그애와……. 그 여자애는 누구죠?"

가레스는 조심스레 램프를 테이블 위로 내려놓았다. 메리가 그 사실을 어떻게 알았는지 모르지만, 약혼녀의 얼굴을 마주하면서 한없는 안도감에 휩싸였다. 고해성사를 하는 안도감이 바로 이런 것일까.

"그애는 누구죠?"

메리가 다시 다그쳤다. 뺨으로 빨간 기운이 올라오며 그녀의 눈에 강한 분노가 자리잡았다.

"그애를 애인으로 삼으려고 데려온 건가요?"

진실을 말하는 것만이 최선의 방법인 듯했다.

"아니오, 처음엔 그렇지 않았소. 처음 만났을 때 미란다는 곡예단과 같이 여행중이었소."

"부랑아로군요! 틀림없이 도둑일 테구요. 당신이 길거리 창녀와 관계를 가졌단 말이군요!"

메리가 분에 못 이겨 헉헉 숨을 들이켰다.

"미란다는 창녀가 아니오."

가레스가 조용히 대꾸했다. 그러면서도 약혼녀의 격한 반응에 놀라워했다. 언제나 자제력을 잃은 적이 없고, 신중하게 생각한 후에야 비로소 예의바르게 말하고 행동했던 이 여자가 지금 궁지에 몰린 암여우처럼 바락바락 다그쳐대고 있었다.

"그런 계집애를 감싸주는 건가요? 당신은 당신의 누이와 자신의 명예 그리고 날 모욕했어요!"

가레스가 입을 열려고 하자 그녀가 위압적으로 손을 들어올렸다.

"그 계집애가 사랑이라고 말하던가요? 당신은 그걸 뭐라고 말하실 건가요, 하코트 경? 길거리 창녀가 당신을 사랑한다고 하더군요. 내 귀로 똑똑히 들었어요!"

가레스는 이제야 그녀에게 이 정보가 새어나간 경위를 이해할 수 있었다.

"겉으로 보이는 것보다 더 많은 것들이 있소, 메리……."

"하, 다음엔 당신이 그애를 사랑한다고 말하겠군요!"

역겨움이 뚝뚝 떨어지는 어조로 그녀가 가로막았다.

"천박해요! 우리 같은 지위의 사람들은 사랑 따윈 하지 않아요."

메리는 자신과 결혼하기로 예정되어 있던 남자를 노려보았다. 하찮은 도둑, 거리의 창녀와 같이 엉켜 붙어 자신을 타락시켜버린 남자, 용서할 수 없는 죄악을 저지른 남자. 그녀는 애버내시 공작의 딸이었다. 하코트 가보다 결코 못하지 않은 가문의 후손이었다. 더 이상 이런 모욕을 참아낼 이유가 없었다. 아무리 남편이 될 사람이라 해도…….

"우리 약혼은 이제 파기되었어요."

그녀가 싸늘하게 입을 열었다.

가레스는 가늠할 수 없는 시선으로 그녀를 바라보고 나서 형식적으로 대꾸했다.

"당신의 뜻대로 따르겠소, 마담."

메리는 한순간 움직일 수조차 없었다.

하지만 이내 격렬한 혐오감으로 그를 노려보았다.

그런 다음 난폭하게 약혼반지를 빼내어 그에게 집어던졌다……. 그 반지가 방을 가로질러 날아와 그의 오른쪽 관자놀이에 정확하게 명중했다.

가레스가 놀라며 그곳으로 손을 올렸다.

다이아몬드 셋팅에 찢어진 살갗에서 피가 흘러나왔다. 한동안 그들은 서로를 멍하니 바라보았다. 메리 또한 자신의 과격한 행동에 충격을 받은 듯했다. 다음 순간 그녀가 치맛자락을 펄럭이며 빙글 돌아서서 나가버렸다.

가레스는 무의식적으로 발 밑에 떨어져 있는 반지를 주웠다. 손가락

끝으로 상처를 매만지며 자신이 진짜 메리를 알고 있었던 건지 의심스러웠다.

가레스가 거룻배에서 내려섰을 때는 이미 동녘하늘에 태양이 떠오르고 있었다. 평소와 달리 힘없는 걸음걸이로 오솔길을 지나 옆문을 통해 집 안으로 들어갔다. 식당에서는 벌써부터 하인들이 아침 식사를 준비하느라 부산하게 움직여댔다. 그가 뒷계단으로 방향을 돌렸다. 물론 메리가 진실을 직접 여왕에게 말할 수는 없는 위치이므로, 당분간 이 일은 비밀로 남아 있을 수 있겠지만 다음 단계의 계획을 더 충실히 세워야 했다. 그리고 그 전까지는 지독히도 부지런한 앙리와 마주치는 일을 피해야 했다.

초록 침실의 문이 살짝 열려 있는 것을 보고, 그가 걸음을 멈춰 그 안을 들여다보았다. 심장이 빠르게 고동치기 시작했다. 침대가 헝클어져 있고 벽장과 서랍들이 모조리 열려 있었다.

가레스는 소리 없이 자신의 어리석음에 저주를 퍼부었다. 미란다가 떠나리라는 걸 어째서 짐작하지 못했던가. 그저 하룻밤 지나면 괜찮아질 거라고 믿었는데⋯⋯. 그 어리석음의 대가로 이제 그녀가 떠나버렸다.

그가 이 새로운 사건 전개를 이해해보려 애쓰며 멍하니 서 있는 사이, 모드의 방 쪽에서 비명이 터져나왔다. 그는 빙글 몸을 돌렸다. 베르트가 문 앞에 서서 양피지 한 장을 흔들어대며 작살에 꿰인 생선처럼 입만 벙긋거리고 있었다.

"나리⋯⋯."

마침내 그녀의 목소리가 튀어나왔다.

"레이디 모드가⋯⋯."

가레스가 성큼성큼 걸어가 그녀를 방으로 데리고 들어간 다음 문을 닫았다. 한 번 둘러본 것만으로도 상황이 충분하게 이해되었다. 모드의 방은 미란다의 방과 똑같은 모습이었다.

"진정하시오."

그가 늙은 여자에게 한마디 던지고 나서 그 손에 들린 양피지를 낚아챘다. 베르트가 신음과 흐느낌을 뒤섞어가며 의자에 내려앉아 앞치마로 얼굴을 가렸다.

"나의 아가씨가……. 그 순진하던 아가씨가 어떻게 이런 짓을 할 수 있단 말이에요?"

가레스는 그 넋두리를 무시한 채 깔끔하게 쓰여진 글씨를 읽어내려갔다. 미란다의 가족을 찾으러 함께 떠나는 것이니 걱정할 필요 없고 여행에 쓸 경비는 있으며 일주일 후에 돌아올 예정이라는……. 또한 돌아올 때까지 로이시 공작에게는 병이 났다고만 설명하는 것이 현명할 것 같다는 내용들이 간단하게 적혀 있었다.

서체는 모드의 것이었지만 각본은 미란다의 것이다. 적어도 그 점만은 확실했다. 나머지 부분도 짐작하기 어렵지 않았으나 전적으로 확신할 수는 없었다. 모드가 미란다와의 진짜 관계를 알고 있을까? 그런 것 같지는 않았다. 그걸 모르는 상태라면 어째서 같이 달아난 것일까?

쌍둥이. 그것이 유일한 설명이리라. 모드가 진실을 알지 못한다 해도 본능적으로 쌍둥이로서의 유대감을 느꼈던 것이리라.

"가레스, 미란다가 떠났어!"

"압니다, 누이."

그가 놀라지도 않고 흘긋 문 쪽을 쳐다보았다. 미란다의 실종을 여태까지 이모겐이 모르고 있다면 그것이 오히려 놀라운 일이리라.

"왜 떠났을까?"

그의 표정이 무시무시했다.

"무슨 이유가 있었겠지요."

이모겐이 방 안으로 들어서다가 그제야 경악스레 텅 빈 방 안을 둘러보았다.

“모드는? 모드는 어디 갔어?”

“떠났어요!”

베르트가 울부짖었다.

“떠났다고? 어디로?”

“도버나, 포크스턴…… 램스게이트일지도 모르지요.”

가레스가 모드의 편지를 손바닥에 내리쳐가며 중얼거렸다.

“도대체 왜?”

이모겐의 목소리가 위험스럽게 높아졌다.

“다른 곳에서 얘기하기로 하지요. 베르트, 당신은 여기 있으시오. 누가 물어보면 레이디 모드는 아파서 누워 있다고 말하고.”

그가 누이의 팔을 붙잡고 밖으로 나갔다. 초록 침실이 가장 가까웠으므로 그 안으로 들어가 문을 닫았다.

“자, 여기서 조용히 얘기하자구요.”

이모겐이 넋 나간 표정으로 정신없이 부채질을 해댔다.

“이해할 수가 없어. 넌 왜 그렇게 태연한 거니? 모드가 사라졌어, 다른 애도 사라졌고. 앙리가 오늘 아침에 약혼 계약을 매듭짓자고 했잖니. 그런데 신부가 없단 말이야!”

그녀의 목소리가 점점 드높아졌다.

“다소 어색한 상황이긴 하지요.”

가레스의 덤덤한 대꾸에 이모겐이 더욱 신경질을 부렸다.

“그애가 데려간 거지? 그애가 모드를 데려간 거지? 처음부터 이건 잘못된 계획이었어. 난 알고 있었다구. 넌 여자에 대해서 너무 몰라, 가레스. 옛날부터 그랬어.”

이모겐이 이리저리 걸어다녔다.

“왜 내 방식대로 처리하게 놔두지 않았니? 그랬으면 이런 일도 없었을 거잖아.”

“아직 기회는 있어요.”

그가 침대 가장자리에 걸터앉아 입을 열었다.

"모드는 곧 돌아올 거예요. 이미 앙리에게 호감을 갖기 시작했으니까……."

"그애가 언제 앙리를 봤다고 호감이 생기겠어? 그애는……."

"어젯밤에……. 그리고 어제 아침 강에 나갔을 때……."

이모겐의 입이 떡 벌어졌다.

"그럼 마일즈가 말한 게 그거였구나. 어젯밤에 다른 애가 아니라 바로 모드였던 거야."

가레스가 힘없이 고개를 끄덕였다.

"맞아요."

이모겐의 표정이 환하게 밝아졌다.

"다른 애는 제 발로 사라져줬고, 모드는 앙리와 결혼하고…… 완벽해. 모든 게 제대로 됐어."

"그래요, 모든 게 제대로 됐어요."

가레스가 일어나면서 중얼거렸다.

23

"됐소."

프랑스와 나바르의 왕 앙리가 자신의 서명 밑에 밀랍으로 인장을 찍었다. 그가 미소지으며 옆으로 비켜나자 하코트 백작이 그 서류에 서명하고 하코트 가의 문장이 박힌 인장반지로 도장을 찍었다.

"잘 됐소, 이젠 술 한잔 합시다."

앙리가 만족스레 두 손을 비벼댔다. 프랑스측 귀족들이 증인으로서 이 서명 과정을 지켜보았다. 약혼 계약서뿐 아니라 결혼식이 거행되는 날로부터 하코트 백작을 베즐레의 공작으로 임명하며 또한 영국에 거하는 프랑스 최고대사로 임명한다는 증서도 포함되어 있었다.

가레스가 두 개의 손잡이가 달린 성배에 포도주를 채워 앙리에게 건넸다. 앙리가 한쪽으로 한 모금 마신 후에 돌려주자 가레스도 다른 쪽으로 한 모금을 들이켰다. 그리고는 축하의 뜻으로 모든 사람들에게 잔이 돌아갔다. 그제서야 앙리는 하코트의 억지 웃음과 어두운 표정을 알아차렸다.

“무슨 걱정거리가 있소, 하코트?”

가레스가 재빨리 미소지으며 고개 저었다.

“아닙니다, 폐하. 가문에 이보다 더 큰 영광과 기쁨이 어디 있겠습니까.”

“그렇긴 하지.”

그렇게 대답하면서도 앙리는 여전히 당혹스러웠다. 백작의 말에 다소 열의가 부족한 듯했다. 게다가 관자놀이에 난 상처는 또 뭐란 말인가. 하지만 그것은 예의상 물어볼 수 없는 부분이었다. 그가 테이블 위의 장갑을 집어들고 손바닥에 탁탁 내리쳤다.

“이렇게 중요한 날에 레이디 모드가 침상에 누워 있어야 하다니 심히 유감스럽소. 나의 약혼녀와 키스를 나누고 싶었는데.”

그리고는 은근슬쩍 백작에게 시선을 던졌다.

“심각한 병이 아니리라 믿소.”

“물론입니다, 폐하. 이따금씩 겪는 고통일 뿐이지요. 지금 저의 누이가 보살피고 있으니 레이디 듀포트와 직접 얘기해 보시면 안심이 되실 겁니다.”

앙리가 어깨를 으쓱이고는 다시 술잔을 집어들었다.

“여자들만의 시련인 모양이군. 하지만 나에게는 시간이 그다지 많지 않은데 대단히 성가신 일이오.”

술을 한껏 들이키고 나서 그가 조금쯤 풀어진 표정으로 잔을 내려놓았다.

“서퍽 경이 매사냥을 가자고 초대해왔소. 원래는 나의 약혼녀와 시간을 보낼 생각이었지만 그녀가 병상에 있으니 그 초대를 받아들이는 게 나을 듯싶소. 당신도 함께 가겠소, 하코트?”

“유감스럽게도 저는 런던을 떠날 수가 없는 상황입니다. 그럼 오늘 밤 윈저에서 머무실 계획이십니까, 폐하?”

“그렇게 될 것이오. 서퍽이 날 위해서 연회를 베풀겠다는군.”

그가 우스꽝스럽게 얼굴을 찡그리고는 가레스에게 손을 내밀어 힘껏 움켜잡았다.

"내일 봅시다, 경. 내가 돌아왔을 때쯤 레이디 모드가 일어나 있기를 바라겠소."

가레스는 애매하게 대답을 중얼거렸다. 두 소녀와 곡예단을 찾아내도록 사람들을 풀긴 했지만, 여자 두 명쯤은 마차와 사람들 속으로 쉽사리 묻혀버릴 테니 곡예단을 찾는 쪽이 더 수월하리라. 어쨌든 곡예단의 행방을 알아내기만 하면 쌍둥이도 곧 찾아낼 수 있을 것이다.

그는 손님들을 밖으로 안내하여 그들 일행이 정문으로 빠져나가는 걸 지켜보고 나서 집 안으로 되돌아왔다. 그리고는 자신의 응접실로 들어가 문을 닫고 파이프를 집어든 후 와인을 한잔 따른 다음 약혼 계약서를 훑어보았다. 가장 소망했던 야망이 이루어졌음을 의미하는 계약서. 그런데 왜 승리감이나 만족감이 느껴지지 않는 걸까?

파이프를 빨아들이고 포도주를 홀짝이며 다시 한 번 서류를 읽어보았다. 그의 입술이 냉소적으로 뒤틀렸다. 이모겐이 말한 대로 모든 것이 완벽했다. 이제 미란다가 영원히 사라져 주었으니 우연히라도 킵이나 메리에게서 그 말이 새어 나갈까봐 두려워할 필요가 없었다. 모드만 되돌아오면 모든 일이 매끄럽게 진행될 것이다.

그는 그 소중한 문서로 테이블 위를 탁탁 두들겼다. 모든 게 완벽한 거라면, 무슨 이유로 이렇게 끔찍한 기분이 드는 걸까?

피곤했다, 몹시도 피곤했다. 어젯밤을 꼬박 뜬눈으로 세운 데다가 그 전날도 거의 잠을 자지 못했었다. 그가 작은 상자 안으로 서류를 챙겨 넣으려는 순간 문에서 노크소리가 들려왔다.

그의 대답을 듣자마자 이모겐이 방으로 들어섰다. 그의 손에 들린 양피지를 응시하며 그녀의 눈이 반짝거렸다.

"다 됐어?"

"그래요, 다 됐어요."

그의 손에서 서류를 건네받고는 그녀가 탐욕스레 읽어내려갔다.

"베즐레의 공작…… 영국에 거하는 프랑스 최고대사. 가레스, 내가 생각했던 것보다 훨씬 대단해."

그녀가 남편이 서 있는 문 쪽으로 돌아섰다.

"오, 마일즈……. 이것 좀 봐요."

"문이 열려 있길래……. 일이 잘 되었는지도 궁금하고……."

마일즈가 소심하게 중얼거렸다.

"잘 됐어요. 읽어보라구요! 내 동생이 베즐레의 공작이 됐어요."

이모겐이 자랑스럽게 서류를 흔들어댔다.

순종적으로 그 계약서를 읽어본 다음 마일즈가 질문하듯 처남을 바라보았다.

가레스의 입이 힘없이 열렸다.

"모드의 행방에 대해서는 곧 연락이 올 겁니다. 그 후에 출발할 생각입니다. 지금 소란 피우며 나서봤자 이득이 되질 않아요."

"물론 그렇겠지. 하지만…… 미란다는 어쩔 셈인가?"

"그녀는 자기 갈 길을 선택한 겁니다. 어차피 그녀는 언제든 떠날 자유가 있었고 지금이 가장 적절한 시기였어요."

가레스의 어조는 무뚝뚝했다.

"그래, 더 남아 있었으면 오히려 골치 아팠을 거야. 할 일 다하고 떠났으니, 얼마나 잘 된 일이야?"

이모겐이 기분 좋게 떠들어댔다.

"난 마을에 가봐야겠어요. 식사 시간에 맞춰 돌아오지 못할 겁니다."

가레스가 문 쪽으로 걸어나갔다.

말을 타고 런던 브리지를 지나 사우스워크 사창가로 들어섰다. 단한 가지 목적뿐이었다. 흠뻑 취해 여러 창녀들의 품에서 정신을 잃어버리는 것. 그런데 마시면 마실수록, 취하면 취할수록 창녀를 끌어안고 싶은 마음이 사라졌다. 감각이 둔해진 적은 여러 번 있었지만 욕망까지 둔해진 적은 없었는데.

동트기 직전에야 런던 브리지로 다시 말을 달려 야경꾼에게 푼돈을 집어주는 것으로 성문을 통과했다. 안장에서 비틀거리면서 자신이 도둑들에게 얼마나 좋은 먹이감인지를 어렴풋이 알아차렸다. 술에 취해 혼자 말달리는 사내, 검을 들어올릴 힘조차 빠져 버린 사내.

전에도 여러 번 이런 식으로 말을 달린 적이 있었다. 수탉들이 울어댈 즈음 몽롱해진 정신으로 팔다리를 간신히 움직여가며, 단순한 잠만으론 해결할 수 없는 피로감에 절어 집으로 돌아가던 때. 아내가 또 어떤 사내와 어디서 엉켜 있을까 생각하며 텅 빈 침대로 돌아가야 했던 때.

'샬럿, 나의 아내……. 나의 사랑.'

마음과 영혼을 모두 바쳐 샬럿을 사랑했었다.

'정말 나에게 저속한 취향이 ·있는 것일까?'

낄낄 웃어대며 마구간으로 들어서서 거의 떨어지듯이 말 등에서 내려섰다.

저속한 취향. 그래, 그것도 나쁘지 않았다. 오히려 마음에 들었다. 여전히 낄낄거리며 비틀비틀 집으로 향했다.

자신의 발소리가 조용한 집 안에 얼마나 크게 울리는지 알지 못한 채 휘청휘청 계단을 올라가 자신의 침실로 걸어갔다. 발로 걸어차서 방문을 쾅 닫은 다음 옷을 벗기도 귀찮아 부츠만 겨우 집어던진 후에 침대로 고꾸라졌다. 푹신한 깃털 침대에 감싸여 그의 몸은 밑으로밑으로 꺼져들어갔다. 어두운 잠의 그림자가 그를 덮쳐오며 암흑 속에서 샬럿이 손짓해댔다.

'쾅' 하고 울려퍼지는 방문소리에 이모겐은 벌떡 일어나 앉아 어둠을 노려보며 조용히 귀 기울였다. 하지만 모든 것이 다시 조용해졌다. 복도를 비틀비틀 걸어가는 동생의 발소리를 들었을 때 돌이키고 싶지 않은 기억들이 되살아났다. 가레스가 돌아오길 기다리며 몇 시간이고 앉아 있었던 밤이 얼마나 많았던가? 그의 비틀거리는 발소리에 가슴을 졸이며 동생을 파멸시킨 그 여자를 사무치게 증오했던 적이 얼마나 많았던가?

하지만 지금은 무슨 이유란 말인가? 왜 가레스가 그 공포스런 시절로 돌아간 것일까? 모든 일이 완벽하게 돌아가고 있는데…… 도대체 왜? 프랑스에서 돌아온 후로 동생은 원래의 모습을 되찾았다. 다시 한번 강하고 의지력 굳은 남자가 되었다. 그래서 더 이상 악령에 시달리지 않게 된 거라고 감히 믿어보았다.

그런데 흐느적대는 발소리와 방문 닫히는 울림이 그녀에게 예전의 그 힘든 시절을 상기시켰다. 그녀는 이불을 걷어내고 바닥으로 내려섰다. 로브를 걸치며, 정성스레 말아놓은 머리를 유지하기 위해 쓴 머리 덮개를 무의식적으로 매만진 후 조용히 방문을 열었다. 벽에 매달린 램프 불빛이 너울너울 어두운 통로를 비춰주었다.

살금살금 복도를 걸어가 가레스의 방문 앞에 멈춰 섰다. 틈 사이로 귀를 갖다대고 안에서 들리는 소리를 들어보았다. 아무 소리도 들리지 않는다고 다행스러워할 무렵……. 그 소리가 들렸다, 어지러운 목소리와 거친 숨소리가.

전에도 여러 번 그랬던 것처럼 그녀가 방문을 열고 들어가 굳게 문을 닫았다. 가레스의 악몽을 아는 사람은 그녀뿐이었다. 그것이 그들이 함께 나누는 비밀들 중 하나였다.

"샬럿!"

억눌린 비명소리가 터져나왔다. 가레스가 벌떡 일어나 앉아 어둠 속을 노려보았다. 하지만 이모겐은 그가 아직 잠든 상태라는 걸 알고 있었다. 가레스의 얼굴과 셔츠는 온통 땀으로 젖어 있었다.

"가레스…… 정신차려!"

동생의 손을 붙잡아 토닥여주었다.

“정신 차려! 꿈꾸는 거야!”

가레스의 눈동자에 서서히 초점이 잡혀갔지만 꿈의 잔재를 떨쳐버리기까지는 오랜 시간이 걸렸다.

“빌어먹을!”

드디어 그가 누이에게 시선을 돌렸다. 그의 손을 꼭 잡은 채, 어릴 적부터 그의 걸음걸음을 따라다녔던 그 헌신적인 눈동자로 그를 응시하고 있었다.

“빌어먹을.”

그가 다시 중얼거리며 베개 위로 털썩 드러누웠다. 손바닥으로 땀에 젖은 얼굴을 문지르고 나서 천장을 올려다보았다. 술기운이 아직 남아 있다 해도 머리 속은 또렷했다.

‘난 저속한 취향이야.’

갑자기 그가 웃어대기 시작했다. 술에 취했기 때문이 아닌 진실을 알아내고 난 후의 황홀한 웃음이었다.

“가레스, 그만해!”

이모겐이 일그러진 얼굴로 쳐다보았다. 이렇게 이상한 웃음을 어떻게 다뤄야 할지 알 수가 없었다.

“왜 웃는 거야?”

“브랜디 좀 갖다주세요.”

그가 다시 일어나 앉았다.

“놀랄 필요 없어요. 난 아주 말짱해요. 아니, 몇 년만에 처음으로 제 정신을 차린 것 같아요.”

계속해서 웃음이 터져나왔다.

“무슨 말인지 모르겠어.”

이모겐이 브랜디 병을 가져다주었다.

“또 샬럿의 꿈을 꾼 거니?”

“그래요. 하지만 이번이 마지막일 거예요.”

그가 브랜디를 마시지 않고 그대로 내려놓았다.

이모겐은 몹시도 불안하게 동생을 바라보았다. 그 말을 믿을 수가 없었다. 가레스가 정신착란을 일으키는 건지도 모른다는 끔찍한 생각이 스쳤다. 그를 현실로 되돌려 놓으려면 사실을 인정하게 만들어야 하리라. 그녀가 다급하게 말을 쏟아내기 시작했다.

"난 항상 널 보살피고 너의 이익만을 생각했다, 가레스. 샬럿을 어떻게든 해야 한다고 생각했던 것도……."

"그만하세요!"

가레스가 날카롭게 소리쳤지만 그녀에겐 들리지 않는 듯했다.

"꼭 필요한 일이었어. 널 위해서 내가 나서야 했어."

오랫동안 이 진실을 피해왔었다. 그렇지만 이젠 받아들일 때도, 죄책감을 인정할 때도 되었다. 그렇게 하기 전에는 결코 새로운 인생을 세워나갈 수 없으리라.

"너한테 못된 짓만 한 여자였어. 술이나 퍼마시고 아무한테나 가랑이를 벌려대는 그런 여자였다구. 너와 그 가엾은 젊은이를 가지고 놀았어. 너한테 한 그대로 그 젊은이도 그 여자가 파멸시켰어. 창가에 서서 술에 취해 비틀거리더구나. 살짝 밀기만 하면……. 그걸로 끝이었어, 살짝 밀기만 하면."

그녀가 번들거리는 시선을 들어올렸다.

"너한테 좋은 여자가 아니었어. 널 위해서 그랬던 거야, 가레스."

"알아요, 알고 있었어요."

그가 조용히 대꾸했다.

"모든 게…… 모든 게 널 위해서였어, 가레스."

그녀의 목소리가 흐느낌으로 변했다.

"알아요, 나도 누이를 사랑해요. 하지만 앞으로는 그런 짓 하지 마세요."

그가 누이를 품안으로 끌어안았다.

누이의 눈물샘이 마를 때까지 껴안아주고 나서, 그녀를 침실로 데려
가 눕혀주었다. 이번 발작으로 인해 이모겐은 또다시 극심한 고통에
시달리게 되겠지만 그녀의 마음에는 일말의 안도감이 생겼으리라.
　자신의 방으로 돌아오면서 그는 생각에 잠겼다. 이제는 잠들고 싶지
않았다. 술을 마시고 싶지도 않았다. 달콤한 해방감만이 느껴질 뿐이
었다. 아주 오랜만에 아니, 처음으로 자신의 행복이 어디에 있는지를
깨달은 것이다. 또한 그걸 쟁취하기 위해서는 어떤 희생이든 감수해야
한다는 것도…….
　'당신을 사랑했어요.'
　어떡해야 그 과거시제를 현재로 바꾸고, 그 솔직하고 사랑스런 영혼
에게 가한 상처를 용서받을 수 있을까? 그가 깨달은 이 사랑을 그녀가
믿어줄 수 있을까?

24

"그날 밤에 대해서 기억나는 거 있어?"

강둑의 나무둥치에 기대앉은 모드가 사과를 한 입 크게 베어물었다.

"아니."

미란다는 다 먹은 사과씨를 강물로 집어던진 후 그 주위로 번져가는 잔물결을 지켜보았다.

"넌?"

모드가 고개를 흔들었다.

"나도 전혀 기억 안 나. 제일 처음으로 기억나는 건 이모겐과 베르트야. 상서로운 길조로 볼 순 없겠지."

미란다가 쿡쿡 웃음을 터트렸다. 요즈음 드물게만 들을 수 있는 웃음소리였다.

미란다가 벌떡 일어났다.

"출발하자, 해가 중천에 떴어. 오늘밤 안에 애시퍼드에 도착해야 돼."

"애시퍼드까지 어떻게 갈 거야?"

모드가 미란다의 뒤로 서둘러 쫓아갔다. 이틀이나 연습했는데도 미란다의 큰 걸음걸이를 뒤쫓는 것이나, 파딩게일 없이 홀렁홀렁 나풀거리는 치맛자락은 여전히 익숙지가 않았다.

"설마 거기까지 걸어가려는 건 아니겠지?"

미란다가 길 가운데로 뛰어들어 굴러오는 건초 수레에 손을 흔들어 댔다.

"애시퍼드까지 가는 거면 우리 좀 태워주실래요?"

"8킬로미터 정도는 태워줄 수 있지."

수레 위의 사내가 뒤쪽으로 엄지손가락을 가리켰다.

"고맙습니다."

미란다가 냉큼 짐수레 뒤쪽으로 뛰어올라 모드를 끌어올려 주었다. 칩도 그들의 옆으로 올라탔다. 수레 주인이 잠시 원숭이를 노려보다가 어깨를 으쓱하더니 고삐를 흔들어 말을 출발시켰다.

모드가 잘 보관해 두었던 팔찌를 주머니에서 꺼내들었다. 초라한 행색으로 여행하면서 그런 팔찌를 차고 있으면 반갑지 않은 시선들이 쏠릴 것이다. 그녀가 팔찌를 햇살 속으로 들어올렸다.

"이렇게 아름다운데도 이상하게 불길해 보여. 그런 피와 죄악을 다 지켜봐서 그럴지도 몰라. 내 생각이 너무 터무니없는 공상일까?"

미란다가 그 팔찌를 손바닥으로 받아들었다. 터무니없는 생각이긴 해도 그녀 또한 그 팔찌에 몸서리가 쳐지는 걸 부인할 수 없었다. 손가락으로 에메랄드 백조를 매만져보며 자신의 어머니에 대해서 생각해 보았다. 어머니의 처참한 죽음과 그 살인으로부터 생겨난 모든 결과들에 대해서……

괜스레 눈물이 날 것만 같아 서둘러 눈을 깜박였다. 그 끔찍한 사건이 일어나지 않았다면 그녀도 이렇게 방황할 필요가 없었을 텐데. 그녀는 이제 더 이상 어느 곳에도 속해 있지 않았다. 과거의 생활로 돌아갈 수도 태어났던 사회로 돌아갈 수도 없다.

'사랑하는 남자에게 배신당했으니까.'

런던으로 돌아갈 수는 없었다. 하코트 백작과 같은 세상에서 살 자신이 없었다. 마음과 영혼을 다 내주었는데…… 사랑이라는 말뜻도 모르는 남자에게 허공에 떠다니는 먼지처럼 하찮게 취급당했다. 팔찌를 움켜쥔 채로 터지려는 눈물을 꾹꾹 참으려 노력했다. 지독한 비참함이 그녀의 숨을 틀어막는 것 같았다.

모드는 미란다의 손 위로 자신의 손을 올려놓았다. 미란다가 자신의 고통을 나눠주고자 할 때까지 그녀가 할 수 있는 일은 그것뿐이었다.

"어머나, 세상에!"

거트루드가 두 팔을 번쩍 쳐들며 소리쳤다.

칩이 홀쩍 뛰어들어 목을 끌어안자, 그녀가 무심하게 녀석을 토닥여주며 말을 이었다.

"너희 둘…… 아니, 셋. 도대체 어디서 튀어나온 거냐? 하코트 나리가 널 돌봐주겠다고 했는데."

"그 나리가 50로즈노블을 도로 내놓으라고 하게 생겼군."

"입 닥쳐요, 제베디아."

거트루드의 혈색 좋은 얼굴이 험악해졌다.

"제베디아 말에 신경 쓰지 말아라, 아가야. 나리가 너한테 좋은 일이라고…… 틀림없다고 그래서……."

"뭐가 틀림없어요?"

모드가 불쑥 물어보았다. 그리고는 마치 평생을 그렇게 살아온 사람처럼 방파제에 홀쩍 올라앉았다.

"둘이 쌍둥이라는 거."

루크가 대신 대답했다.

"아, 그거."

모드는 눈을 감고 햇살로 얼굴을 들어올렸다. 따뜻한 햇볕을 만끽하는 사이 로비의 흥분한 목소리가 울려퍼졌다.

미란다의 웃음소리가 들리는 순간 모드의 눈이 번쩍 뜨였다. 어제부터 미란다가 너무 조용해서 걱정하던 참이었다. 울진 않았지만 미소짓지도 않고 자신만의 생각에 빠져 버린 듯했다. 그런데 지금은 지저분한 아이를 끌어안고 그 뺨에 입을 맞추며 진심으로 즐거워하고 있었다.

"다시는 안 떠날 거지, 미란다?"

로비가 그녀의 허리에 다리를 감고 올라탄 채 머리카락을 잡아당겼다.

"가면 안 돼!"

"알았어."

이 사람들이 그녀의 가족이었다. 그녀가 있어야 할 곳은 바로 여기였다.

"50로즈노블은 이제 어쩌지?"

또다시 제베디아의 비관적인 목소리였다.

"조용하지 못하겠소?"

라울이 우렁차게 한마디했다.

"미란다 얘기나 들어보자구요."

"별거 없어요. 그냥 간단하게……."

미란다가 입을 열기 시작했다.

"당신이 생각하는 것만큼 간단치가 않다오."

그녀의 뒤쪽에서 낯익은 목소리가 들려왔다.

사람들의 시선이 서서히 돌아가 말고삐를 잡고 선 하코트 백작 쪽으로 향했다.

"거봐, 내가 돈을 돌려 받으러 올 거랬잖아."

제베디아가 자랑스러운 듯 중얼거렸다.

“미안하지만 그 돈에는 관심이 없다오. 단지 이런 방랑생활에 너무 익숙해지기 전에 내 사촌들을 데려가려고 왔소.”

“안녕하세요, 하코트 경.”

“아, 모드로군.”

그가 방파제에 앉은 모드에게 미소를 보냈다.

그녀의 콧잔등에 주근깨가 내려앉았고 뺨에도 발그레한 홍조가 살아나 있었다. 속치마 자락이 지저분한 데다가 체크무늬 무명치마에 털부스러기들이 한줌 달라붙어 있는 모습이 영락없는 거리의 고아소녀였다.

“저…… 제 생각에는…….”

그가 피식 웃으며 가로막았다.

“부디 벌써 이 생활이 좋아졌다는 말은 하지 말아주시오.”

“놀라시겠지만, 의외로 제가 이 쌍둥이하고 공통점이 많은 것 같아요.”

모드가 미란다의 손을 잡아 자신의 곁으로 끌어당겼다.

“그 사실은 오래 전에 알아차렸다오. 하지만 지금은 미란다와 해야 할 얘기가 있소. 한 시간 내로 혼 스트리트의 레드 카커럴에 듀포트 경이 도착할 거요. 루크, 자네가 이 숙녀를 그곳으로 안내해 주겠나.”

미란다는 모드의 손을 꼭 움켜쥔 채로, 창백하게 미동도 없이 서 있었다.

“우리 사이에 더 이상 할 얘기는 없다고 생각합니다, 나리.”

그녀가 모드의 손을 풀어내며 한 걸음 앞으로 나섰다.

“전 맡은 일을 다했어요. 그러니 식구들에게 주신 돈은 우리 돈이에요.”

“물론 그 돈은 그들의 것이오. 드 알바르의 후손을 보살펴주었으니 그보다 훨씬 많이 받을 자격이 있소.”

그가 말고삐를 말뚝에 걸어놓고 그녀에게 다가갔다.

"당신과 조용히 얘기하고 싶소. 하지만 굳이 여기서 해야 한다면 그 것도 상관없소."

그의 손이 부드럽게 그녀의 목덜미를 매만졌다.

"전에 날 사랑했다고 했었지? 그걸 현재형으로 되돌릴 수 있겠소?"

그녀의 발 밑으로 땅이 푹 꺼져 버리는 느낌이었다. 주위에 침묵이 내려앉는 걸 어렴풋이 알아차렸다. 모드의 놀란 시선이 이내 이해한다 는 식으로 바뀌는 것도, 로비의 당혹스런 시선과 루크의 적대적인 시 선도 알아차렸다. 그녀의 목으로 꿀꺽 침이 넘어갔다.

그 침묵을 깨뜨린 것은 모드의 명랑한 목소리였다.

"루크, 나를 레드 카커럴에 데려다 줄래요?"

그리고는 방파제에서 뛰어내렸다.

"하코트 경, 전 그곳에서 듀포트 경을 기다릴게요."

"훌륭하오, 모드."

가레스가 나지막하게 중얼거렸다.

"칩도 내가 데려갈까?"

모드가 미란다에게 화사한 미소를 보냈다.

이제 모든 것이 분명해졌다. 미란다와 백작이 사랑하는 사이라는 것 은 극히 이례적인 일이었지만, 어차피 최근에 일어났던 일들이 죄다 이례적이지 않았던가. 거기다 한가지 덧붙여진다 해도 이상할 게 없었 다.

게다가 이 사건에는 아주 중대한 뜻이 담겨 있기도 했다. 미란다가 그녀의 인생에서 사라지지 않는다는 의미.

"데려가시오."

하코트 경이 대신 대답하자, 거트루드는 눈앞에 펼쳐지는 한 편의 드라마에 넋 나간 표정으로 원숭이를 건네주었다.

"미란다?"

가레스는 이제 이 중대한 질문에 대해 생각할 여지를 주려는 듯 그녀에게서 한 걸음 뒤로 물러났다.

"사람들이 우리가 둘이라는 걸 알게 될 텐데요."

미란다가 입을 열었다.

"그럼 당신 계획이 다 망가질 거예요. 앙리 왕의 분노를 사게 될 거라구요."

"그 일이 아직 나에게 중요할 거라 생각하는 것도 당연하오. 하지만 지금 나에게 진짜 중요한 건 한 가지뿐이오. 미란다, 당신이라오. 이 말을 믿어줄 수 있겠소?"

믿고 싶었다. 필사적으로 믿고 싶었다. 하지만 아직도 가슴의 상처에서 피가 흘러나왔다.

"모르겠어요."

가레스가 주위 사람들의 얼굴을 둘러보았다. 미란다의 행복이 어느 쪽일지 저울질하는 듯 주의 깊은 표정들이었다.

그 순간 거트루드가 앞으로 나섰다.

"정확히 어떤 제안을 하시는 건가요, 나리?"

"빌어먹을!"

드디어 가레스의 인내심이 사라져 버렸다.

"난 지금, 레이디 미란다 드 알바르에게 결혼신청을 하는 중이오."

2미터쯤 걸어가고 있던 모드가 갑자기 한 가지 장애물을 기억해내며 뒤돌아섰다.

"레이디 메리와 약혼한 상태에서 그게 가능한 일인가요?"

"지금은 그런 상태가 아니라오."

"어머나, 어떻게 그렇게 되셨죠? 물론 두 분이 어울린다고 생각한 적은 없지만요."

가레스가 천천히 돌아서자 모드는 장난스레 눈을 깜박이고 나서 손을 흔들며 미끄러지듯이 멀어져갔다.

가레스의 시선이 다시 미란다에게로 향했다. 그녀가 미소짓고 있었다.

"저도 두 분이 어울린다고 생각하진 않았어요, 나리."

이제 그는 평생에 가장 힘든 싸움에서 이겼다는 걸 알았다.

"정확히 보았소, 내 사랑. 다행히도 레이디 메리가 직접 종지부를 찍어주었다오. 여러분…… 우린 이만 실례해야겠소."

미란다의 허리를 감아 안아 말 등으로 올려주고 나서 그가 고삐를 걷어올려 그 뒤로 올라탔다.

"두 시간 후에 레드 카커럴로 와주시면 우리 약혼파티에 참석할 수 있을 것이오."

모드는 루크와 같이 레드 카커럴 술집에 앉아 있었다. 어느 순간 창밖으로 하코트 경이 나타나더니 미란다를 재촉하여 여인숙 계단으로 성큼성큼 올라가는 모습이 보였다.

"어디 가는 거야?"

루크가 의심스레 소리치며 벌떡 일어났다.

"미란다를 더럽히려는 거 아니야?"

모드가 그의 소매를 붙잡아 앉히며 씨익 미소지었다.

"둘 사이에 무슨 일이 있었는지는 몰라도, 최소한 나쁜 일인 것 같진 않아요. 미란다는 자기가 하는 일을 잘 안다구요. 칩, 왜 그래……. 꼭 가봐야겠니? 아이참, 나도 모르겠다."

그녀는 흥분하여 팔딱거리는 원숭이를 더 이상 붙잡지 못하고 놓아주었다. 원숭이가 자기 주인을 찾아 열심히 달려나갔다.

"술 한 잔 더 하고 싶은데……. 돈 있어요, 루크? 나한테도 아직 얼마쯤 남아 있어요."

"날 용서해 줄 수 있겠소?"

가레스의 두 손이 으스러지도록 그녀의 손을 움켜잡았다.

"다시 한 번 날 믿어줄 수 있겠소? 내가 멍청했소."

"사랑해요. 언제나 사랑하고 있었는 걸요."

간단하고 솔직한 미란다의 대답이었다.

칩이 꽥꽥거리며 침대 닫집 위로 뛰어올라갔다.

"나도 미처 깨닫지 못했을 뿐, 줄곧 당신을 사랑하고 있었다오."

가레스가 그녀의 턱과 눈꺼풀, 보드라운 입술을 매만져갔다.

"내 아내가 돼주겠소, 마담?"

"로비를 데려가야 돼요. 그애한테 해줄 일이 아주 많아요. 특수 신발부터 사주고 싶어요."

"당신이 원한다면 당신의 모든 식구들에게 일자리와 거처를 마련해주겠소."

가레스가 그녀의 보디스를 풀어 안쪽으로 손을 움직였다.

"아뇨, 그쪽에서 바라지 않을 거예요. 독립적인 사람들이거든요."

"그렇겠군."

그는 입술을 부비며 그녀를 침대로 끌어내렸다.

"내 아내가 돼주겠소?"

그의 손이 그녀의 허벅지 사이로 찾아들어갔다.

"날 앙리 왕과 결혼시키려는 생각은 버리셨나요, 나리?"

가레스는 대답 없이 손만 움직였다.

그녀의 속살을 열어 살짝살짝 쓰다듬었다. 미란다의 엉덩이가 자신도 모르게 들썩거렸다. 그 환희가 막 결실을 맺으려는 찰나, 그의 손이 떨어져나갔다.

"좋아요, 결혼할게요…… 가레스."

그가 미소지으며 그녀에게 입술을 내렸다.

"더 이상 바보 같은 질문은 말아주시오, 마담."

그녀가 나지막하게 웃음을 터트렸다. 남아 있던 고통과 슬픔도 이제 모두 그 웃음과 함께 사라져갔다.

방 안에서 신음소리가 점점 깊어지는 동안, 칩은 침대 발치의 난간
에 올라서서 겨드랑이에 고개를 파묻은 채 열심히 쫑알거리고 있었다.

   술집으로 들어서자마자 마일즈의 시선이 즉시 모드를 찾아냈다. 초
라한 청년과 같이 있긴 했지만, 그녀의 행색도 그다지 깔끔하진 않아
동료와 아주 잘 어울렸다. 그녀는 마치 갓난아기 때부터 마셔왔던 것
처럼 태연스럽게 백랍 술잔의 술을 들이키고 있었다.
   가레스가 하코트 장원을 떠난 지 몇 시간 후에 그의 연락이 전해졌
었다. 포크스턴의 레드 카커럴로 와서 상황을 지켜봐 달라는 간단한
내용이었다. 대단히 흥미로운 상황이라는 걸 마일즈는 인정해야 했다.
   "모드?"
   "아, 듀포트 경. 하코트 경에게 당신이 오신다는 말씀 들었어요."
   모드가 쾌활하게 미소지었다.
   "여기 루크를 소개해 드릴게요, 미란다의 친구예요. 꿀술 한잔 드실
래요? 아니면 맥주? 우리가 가진 돈이 거의 떨어졌는데, 얼마쯤 갖고
계시겠죠?"
   "맥주."
   마일즈가 종업원에게 손짓해 보인 다음 루크에게 고개를 숙여보이
고 모드의 옆에 자리잡았다.
   "여기 술값 정도는 계산할 수 있을 것 같소."
   그가 주위를 둘러보았다.
   "하지만 당신의 후견인이 계산하러 오지 않겠소?"
   "안 될 것 같아요. 미란다하고 같이 위층에 있거든요."
   "아하."
   마일즈가 술잔을 들어올리며 중얼거렸다.
   "두 사람 결혼할 것 같아요."
   종업원에게 술 한 잔 더 채우라고 손짓하며 모드가 정보를 알려주

었다.

"아하…… 그렇군."

듀포트 경이 다시 중얼거렸다.

"놀랍지 않으시나요?"

"별로. 하지만 똑같은 소녀 둘이 갑자기 나타나는 걸 세상에 어떻게 설명하려는지 진심으로 알고 싶다오."

"우린 쌍둥이예요."

마일즈가 날카롭게 그녀를 바라보았다. 그런 다음 서서히 숨을 토해 냈다.

"아하…… 그렇군."

에필로그

"어떻게 해야 할지 알고들 있겠지?"

"뻔뻔해져야죠."

미란다가 중얼거렸다.

"거짓말해야죠."

모드도 중얼거렸다.

가레스가 피식 웃으며 고개를 끄덕였다.

"잘 알고 있군."

"하지만 우리 계획대로 잘 될까?"

이모겐이 문 앞에 서서 정신없이 부채질을 해대며 다그쳤다.

"미란다의 표현대로 뻔뻔하게 버텨낸다면 무사할 수 있을 것 같소, 부인."

그녀의 뒤로 마일즈의 모습이 나타났다.

"어디 좀 봅시다, 아가씨들."

그가 방으로 들어서자, 가레스는 그 전문가에게 길을 비켜주었다.

"오호, 이렇게 똑같으면서도 다르게 입혀놓으니 얼마나 근사하오? 정말 기막힌 아이디어였소."

마일즈가 자신의 아이디어를 스스로 칭찬하며 만족스럽게 두 여자 주위로 걸어다녔다.

"공주님처럼 보여, 미란다."

로비가 창턱에 앉아서 경이롭게 바라보았다. 예전보다 좀더 통통해지고 명랑해진 모습이었다.

"나도 같이 가면 안 될까?"

"넌 여기서 칩을 돌봐 줘. 하지만 돌아와서 내가 다 얘기해줄게."

그 대답이 마음에 드는 듯 그가 칩과 나눠먹고 있던 건포도 접시로 관심을 돌렸다.

"우리도 한 번 보자, 모드."

미란다가 쌍둥이의 손을 붙잡고 거울 쪽으로 다가섰다. 그들이 나란히 서자 그 효과는 더욱 두드러졌다.

똑같은 디자인의 드레스였지만 미란다는 금실로 수놓고 다이아몬드를 박은 에메랄드빛 드레스였고 모드는 은실로 수놓고 사파이어를 박은 청록색 드레스였다. 똑같은 보석을 박은 주름깃이 우아한 목뒤로 길게 솟아 있었다.

가장 달라보이는 부분은 역시 그들의 머리였다. 둘 다 머리카락을 늘어뜨려 은색과 금색의 리본을 매달았지만, 미란다의 머리가 목 근처에서 찰랑거리는 반면 모드의 머리채는 어깨 밑으로 곱슬곱슬 흘러내렸다.

"잘 될 것 같아."

미란다가 중얼거리다가 불쑥 불안한 듯 가레스에게 시선을 돌렸다.

"잘 되겠죠?"

"어느 누가 의심하겠소?"

가레스가 미소지으며 그녀의 손을 입술로 들어올렸다.

“실종됐던 드 알바르의 쌍둥이가 기적적으로 되돌아온 거라오.”

“하지만 여왕님이나 앙리 왕이 의심한다면…… 당신에게 큰 피해가 생길 거예요.”

“이미 여러 번 말했다시피, 그런 건 문제되지 않는다오.”

“공작이 앙리 왕이라는 건 절대 모르는 척해야 한다.”

이모겐이 짤막하게 속삭였다.

모드와 미란다는 슬쩍 눈짓을 교환했다. 그들이 돌아온 후로 레이디 이모겐에게는 묘한 변화가 생긴 듯했다. 예전처럼 짜증스럽게 잔소리를 늘어놓는 일이 드물어졌다. 그 이유를 알아보려고 하코트 백작에게 몇 번 물어보았어도 항상 별거 아니라는 식의 반응만 받아냈을 뿐이었다.

“이제 출발합시다.”

마일즈가 입을 열었다.

“배가 기다리고 있소. 앙리도 초조해하고 있을 거요.”

“그리니치 홀에서 초조하게 걸어다니는 모습이 연상되는군요.”

가레스가 잠시 웃음을 터트렸다.

“자, 사자우리로 들어가 볼까요, 나의 사촌들?”

모드는 불안과 흥분이 뒤섞인 시선으로 미란다를 바라보았다. 미란다가 그녀의 손을 꼭 잡아주었다.

그들이 방에서 빠져나가자 로비가 말릴 사이도 없이 칩이 훌쩍 창밖으로 뛰쳐나갔다.

“칩! 이리 와!”

로비가 창 밖으로 고개를 빼냈을 때는 이미 인사하듯 한 손을 흔들어 보이며 담쟁이덩굴을 타고 기어가는 중이었다. 자신의 한계를 잘 알고 있었던지라 로비는 체념하고 방으로 돌아앉았다. 그리고는 이 궁궐 같은 집에서 어떤 모험을 시작해볼까 궁리하기 시작했다.

부엌이 제일 적당할 것 같았다. 요리사와 가정부가 그를 예뻐해 주

는 데다가 아까 사과 파이를 굽고 있었던 것이 더더욱 구미를 자극했
다…….

　예상과 달리 나바르의 앙리는 그리니치 홀이 아니라 수로 계단까지
나와서 초조하게 걸어다니고 있었다. 약혼녀의 병세와 하코트 백작의
다급한 볼일 때문에 한동안 여왕의 손님으로 머물고 있었으므로, 레이
디 모드와의 재회를 학수고대하는 중이었다.
　게다가 놀랄 일이 있을 거라는 언질도 들은 바가 있었다.
　두 여자가 하코트 가의 거룻배에서 내려섰을 때, 앙리는 그 다사다
난했던 인생에서 처음으로 말문이 막혀버렸다. 어느 쪽이 내 여자란
말인가? 다음 순간 청록색 드레스 쪽 여자의 손목에 걸린 팔찌를 알아
보았다. 하코트 백작이 미소지으며 모드의 손을 붙잡아 앞으로 이끌어
냈다.
　"보시는 바와 같이 레이디 모드가 이렇게 건강을 회복했습니다. 제
가 급하게 떠나야 했던 이유가…… 바로 모드의 쌍둥이 자매 때문이
었지요. 이쪽이 레이디 미란다 드 알바르입니다."
　미란다가 살짝 미소지으며 예를 갖추었고, 앙리는 여전히 멍한 채로
그녀의 손 위로 고개를 숙였다.
　"매우 놀라셨겠지요, 공작님?"
　이모겐이 자신만만한 어조로 입을 열었다.
　"저희도 모두 놀랐답니다. 엘레나의 쌍둥이 중 하나가 수녀원에서
살고 있었던 거예요. 그 끔찍했던 날 수녀들이 가엾게 버려진 아기를
발견하고……."
　"진정으로 믿기 어려운 일이었습니다, 공작님."
　이모겐의 말이 더 늘어지기 전에 가레스가 부드럽게 잘라냈다.
　"제가 미란다의 소식을 알게 된 건 몇 주일 전이었습니다. 하지만
확신이 서지 않았던지라 좀더 조사해보고 나서 공표하는 편이 낫다고

생각했지요.”

앙리는 여전히 이 현실을 받아들이기가 어려웠다. 똑같은 파란 눈동자가 똑같이 장난스레 반짝이고 있지 않은가.

“여왕도…… 이 일을 모르고 있소?”

“지금으로선 그렇습니다.”

가레스가 사교적으로 미소지었다.

“공작께서 모드를 에스코트해 주시면, 제가 다른 자매를 에스코트하겠습니다. 여왕께서 기다리고 계실 겁니다.”

모드가 앙리의 팔에 손을 끼우고 속눈썹을 파득이며 속삭였다.

“그 동안 뵙고 싶었어요.”

그 솔직한 고백에 앙리의 눈이 즉시 기쁨으로 반짝거렸다.

“나만큼은 아니었을 거라오. 이젠 건강해진 거요?”

“네, 지금처럼 건강하게 느껴진 적이 없을 정도랍니다.”

“이상하게 내가 보기에도 그런 것 같소.”

앙리가 살짝 눈살을 찌푸리며 그녀를 살펴보았다.

“햇볕을 많이 쬐었던 듯하오. 콧잔등에…… 주근깨가 생겼구려. 방 안에서만 지냈을 텐데 어떻게 이런 것이 생겼소?”

“창가에 앉아 있었어요.”

모드가 새침하게 대답했다.

“태양 빛이 건강회복에 좋다는 걸 깨달았거든요. 이 주근깨를 싫어하시는 건 아니겠지요?”

“아니, 아니오. 아주 사랑스럽소…… 약간 놀랐을 뿐이라오.”

모드가 미소지었다.

그들 일행이 궁궐 앞에 펼쳐진 잔디를 향해 타일 길을 걸어갔다. 미란다에게는 이미 낯익은 풍경이라 예전처럼 공포스럽진 않았으나, 그렇다고 마음이 편안할 수는 없었다. 앙리는 이 놀라운 사건을 그나마 유연하게 받아들인 것처럼 보였지만 다른 사람들은 어떻게 반응할까?

그들을 제일 먼저 알아차린 사람은 로시터 형제였다. 브라이언이 그 녀들을 번갈아 쳐다보며 말도 못한 채 입만 뻥긋거렸다. 킵은 자신의 능력을 인정받은 사람처럼 흡족하게 미소지으며 흘깃 가레스를 쳐다 보았다. 가레스가 온화한 미소를 되돌려주었다.

"폐하께서 하코트 백작을 들라 하시오."

"나의 사촌들도 같이 가겠소."

의전관에게 고개를 끄덕여보인 다음, 가레스가 양쪽 팔을 두 여자에 게 내밀었다. 앙리는 마지못해 모드의 손을 놓아준 뒤에 눈살을 찌푸 린 채 그들의 뒷모습을 바라보았다.

그들이 여왕의 접견실로 가는 동안 경악한 시선과 속삭임들이 줄줄 이 따라붙었다. 겉으로 태연스러워 보인다 해도 가레스는 두 자매의 긴장을 느낄 수 있었고, 자신 또한 긴장했음을 알고 있었다. 이번이 가 장 어려운 고비였다. 여왕이 그 이야기를 인정한다면 감히 의심하고 나설 사람은 없으리라. 여러 번 부인하긴 했지만, 이 일은 그에게 중요 했다. 그의 야망이 완전히 사라진 것은 아니었다. 단지 미란다라는 다 른 차원의 야망이 하나 덧붙여졌을 뿐……

엘리자베스는 좀처럼 놀라지 않는 성격이었다. 하지만 하코트 백작 이 레이디 미란다 드 알바르를 소개했을 때 한동안 말없이 쳐다보고만 있었다. 다음 순간 그녀가 의자에서 일어나며 다그쳤다.

"설명해 보시오, 경. 이 일을 이해할 수가 없구려."

"제가 지난 몇 년 간 모드의 쌍둥이 자매에 대해서 수소문을 해왔습 니다."

가레스가 부드럽게 입을 열었다.

"프랑스에 사람을 보내어 여러 정보를 입수하긴 했으나 몇 달 전까 지는 별다른 결실이 없었지요. 그런데 랑그도크의 시토 수녀원에 제가 찾는 그런 여자가 있다는 걸 알게 되었습니다. 최근 프랑스에 체재하 면서 그 내용을 확인해 보았지요. 미란다를 찾아냈을 때의 그 기쁨이란 말로 표현할 수 없을 정도였습니다."

그가 미란다를 앞으로 이끌어냈다.

"틀림없이 실종된 드 알바르의 쌍둥이였답니다."

여왕이 주의 깊게 미란다를 살펴보았다.

"축하할 일이로군, 하코트 경. 신비로울 만큼 닮았다는 건 분명하오. 하지만 어찌 그런 일을 나에게 숨겨오셨소? 내가 이 소녀의 존재조차 몰랐던 이유가 궁금하구려."

그녀의 눈썹이 들려올라가며 눈동자에 번쩍 불꽃이 튀었다. 놀라움을 좋아하지 않는 성격대로 대단히 불쾌해하는 표정이었다.

가레스가 깊숙이 절을 올리며 사과드렸다.

"저의 생각이 짧았습니다, 폐하. 그저 소일 삼아 찾아보았을 뿐 진짜로 성공하게 될 줄은 몰랐습니다. 그 아기가 어머니와 같이 살해되었으리라 짐작했었으니까요."

"그렇군."

여왕이 눈살을 찌푸린 채 미란다를 계속 처다보았다.

"그럼 이 아이에게도 유익한 결혼을 성사시킬 수 있겠구려. 염두에 둔 가문이 있소, 경?"

"아직은 없습니다, 폐하. 수녀원 바깥 세상이 아직 낯설 터이니 새로운 생활에 적응할 시간을 주고 나서 적당한 신랑감을 찾아볼 생각입니다."

"그렇군."

엘리자베스가 입술을 잔뜩 오므리며 불유쾌하게 눈을 번득거렸다.

"그건 그렇고, 레이디 메리 애버내시에게 약혼이 파기되었다는 말을 전해들었소."

가레스가 다시 절을 올렸다.

"유감스럽게도 그리 되었습니다, 폐하. 레이디 메리가 이 결혼을 마땅해하지 않는 듯합니다."

"이상하구려. 그녀의 입장에서는 이렇게 조건 좋은 결합을 찾기가 어려울 텐데."

가레스는 대답하지 않았다. 미란다와 모드도 숨을 죽였다. 그런 다음 여왕이 말했다.

"내가 그녀에게 어울릴 만한 상대를 찾아봐야겠군. 내 곁에서 너무 오래 머물러 있었으니."

그녀가 성마르게 손을 흔들어 보였다. 가레스가 뒷걸음질치기 시작하자 모드와 미란다도 즉시 뒤따라 마침내 안전한 문밖으로 물러나왔다.

가레스가 천천히 숨을 토해냈다.

"다시는 이런 경험을 하고 싶지 않군."

"그래도 잘 된 거죠? 여왕님이 받아들이신 거죠?"

미란다가 물었다.

가레스는 미소지으며 손등으로 그녀의 뺨을 쓰다듬었다.

"그렇다오. 하지만 당신과 내가 결혼한다는 소식을 접하셨을 때는 어떤 반응을 보이실지 상상할 수 없구려."

"로이시 공작이 프랑스의 앙리 왕이라는 걸 알게 되셨을 때도 심각해질 거예요."

모드가 중얼거렸다.

"아, 그 점은 괜찮을 거요. 폐하께선 대단히 실리적인 분이시니 속았다는 불쾌감보다는 그 동맹의 이점을 생각하실 것이오. 게다가 앙리가 변장하여 영국에 들어올 수밖에 없었던 이유도 충분히 이해하실 것이오…… 정원으로 나갑시다. 다소 답답한 기분이 드는군."

전혀 답답한 것 같지 않은 목소리로 그가 웃으며 그들을 재촉해갔다. 그곳에서 앙리가 기다리고 있었다.

"신경 쓰이시는 일이 있으신 것 같군요, 공작님."

미란다가 앙리에게 말을 건넸다.

그는 고개를 흔들어 보이면서도 주의 깊게 두 여자를 살펴보았다.

"단지 당신을 전에 만난 적이 있었을지 궁금해하고 있었소, 레이디 미란다."

미란다가 미소지으며 대답했다.

"그런 적이 있었다면 제가 몰라 뵐 리가 없지요."

"흐음."

그는 여전히 애매한 표정이었다.

"모드, 우리 산책 좀 합시다."

그가 불쑥 모드의 손을 잡으며 성큼성큼 걸어갔다.

우람한 떡갈나무 옆의 어둑한 정자에서 그의 걸음이 멈췄다. 그리고는 모드를 자신에게로 돌려세워 심각하게 쳐다보았다.

"이제 진실을 말해보시오. 처음부터 줄곧 당신이었소?"

모드의 하늘색 눈동자가 흔들림 없이 그의 시선을 마주했다.

"물론이에요. 어떻게 그 사실을 의심하실 수 있으세요?"

"그럼 증명해 보시오."

그의 검은 눈동자에 또 다른 번득임이 일어나기 시작했다.

"이렇게요?"

모드가 그의 얼굴을 감싸고 발끝을 들어올리며 키스했다. 가벼운 키스로 끝낼 생각이었으나, 앙리가 그녀를 와락 끌어안고 뜨거운 혀로 공격해왔다. 작은 한숨소리와 함께 모드의 입술이 사르르 열렸다. 지난번에 경험했던 키스와는 전혀 달랐다. 이번에 앙리는 그녀의 약속과 정열을 요구하고 있었다. 한순간 모드의 뇌리에 베네딕트 수녀원이 스쳐지났다. 지금이 종교적인 인생에 대해 고려해볼 수 있는 마지막 기회이리라.

앙리가 돌벤치에 내려앉으며 그녀를 자신의 무릎 위로 안아들었다. 그의 턱수염에 코를 부비고 그의 체취를 들이키면서 모드는 문득 미란다를 떠올렸다.

‘미란다는 이런 일에 대해서 다 알고 있을 거야, 이런 짜릿함을 알고 있을 거야.’

그녀가 앙리에게 몸을 부비며 반응을 보여주었다. 그의 허벅지 아래쪽에서 무언가 점점 부풀어오르는 느낌이 전해졌다. 그의 살갗이 뜨거워지고 손길도 다급해졌다. 앙리의 손이 그녀의 보디스 안으로 파고들어왔다. 그 손가락의 애무에 그녀의 젖꼭지가 단단하게 솟아올랐다. 마지막으로 모드의 머리에 스친 생각은 자신의 쌍둥이가 혼자서만 이런 기쁨을 오랫동안 간직하고 있었다는 것이었다.

앙리는 끝까지 갈 생각이 아니었다. 그렇지만 모드의 정열적인 반응이 그의 자제력을 무너뜨렸다. 마치 그를 위해서 만들어진 여자처럼 그녀의 몸은 그에게 딱 들어맞았다. 치맛자락과 페티코트 사이로 그들의 몸이 엉겨붙었고, 모드는 고통이라기보다 놀라움으로 비명을 내질렀다. 그 황홀한 리듬에 맞춰 그들의 몸이 들썩거리는 동안, 모드의 손목에서 팔찌가 풀어져나가는 것을 둘 다 알아차리지 못했다.

“앙리 왕이 눈치챘을까요?”

모드가 앙리 왕의 손에 이끌려 사라진 후 미란다가 입을 열었다.

“그럴지도 모르지. 하지만 지금은 그런 생각할 겨를이 없소. 집으로 돌아갑시다.”

“그냥 사라지자구요? 그냥 이렇게요?”

미란다가 놀라는 척 소리쳤다.

“우리 배는 다른 사람들에게 남겨두고 아무 배나 잡아탑시다.”

“하지만 칩이 배에서 기다릴 텐데요.”

“그 녀석이 우릴 찾아내지 못할 거라 생각하오?”

가레스가 짐짓 눈썹을 들어올렸다.

“이젠 그 녀석이 달라붙어 있어도 신경 쓰지 않기로 했소.”

그가 그녀의 손을 잡고 재빠르게 강 쪽으로 걸어가기 시작했다.

“칩도 아마 신경 쓰지 않을 걸요.”
“어서 갑시다! 점점 참기가 힘들어지고 있소.”
미란다가 웃음을 터트리며 성큼성큼 따라나섰다.

으슥한 정자 옆 떡갈나무 가지 사이로 한줄기 달빛이 스며들었다. 그 달빛이 이끼가 덮인 뿌리 사이에 숨은 진주와 에메랄드와 금빛을 은은하게 비춰주었다.

아득한 옛날……

　납작한 냄비 위에 금물이 담겨 있었다. 연금술사가 화로 위로 냄비를 기울여 동그란 관 모양을 만들어냈다. 의자 옆의 물동이에 냄비를 집어넣자, 삼킨 물건을 뱉어내려는 것처럼 물이 치칙 소리내며 부글거렸다. 그 냄비를 끌어올렸을 때에야 비로소 금이 굳어지기 시작했다.
　연금술사가 말랑말랑한 금덩이를 테이블 위로 떨어뜨렸다. 손가락으로 금을 매만져 뱀의 윤곽을 잡고 나서 뾰족한 바늘과 납작한 줄로 뱀의 형태를 새겨나갔다. 그 구불구불한 곡선 안으로 진주를 박아 넣자 살아 있는 금이 보석을 삼켜 감싸안았다.
　금이 굳어버리기 전에 연금술사의 능숙하고도 재빠른 손놀림은 계속되었다. 뱀의 머리와 입을 만든 후에 남겨놓았던 커다랗고 투명하게 반짝이는 진주알을 뱀의 입 속으로 집어넣었다.
　그가 자신의 작품을 살펴보았다. 어느새 낮은 밤으로 넘어가고 이제 굴뚝 구멍으로 저녁 별빛이 스며들었다.
　사랑의 선물……. 영원히 한 여인을 묶어놓을 선물이었다.
　그 황홀경에 빠져 그는 밖에서 들리는 고함소리와 해변가의 비명소리를 듣지 못했다. 집 안으로 불 붙은 나뭇조각이 날아들었을 때에야 비로소 그가 경악하며 밖으로 뛰쳐나갔다. 바이킹들이 마을을 뛰어다니며…… 불길은 하늘까지 치솟아 올랐다. 여자들의 비명소리, 아기들의 울음소리, 죽어가는 자들의 신음소리가 그의 귓전을 가득 메웠다. 다음 순간 도끼가 내려쳐져 그의 생명을 끊어버렸다.

　새벽녘이 되어서야 바이킹들은 여자들과 몇몇 아이들과 쓸모 있는 물건들을 모두 챙겨 떠나갔다. 불길이 잦아들고 마을은 온통 그을음으로 뒤덮였다. 그 잿더미에서 살아남은 것은 진주와 금의 광채뿐이었다.

　파멸의 불길 속에서도 그 팔찌만은 제 모습을 간직한 채 남아 있었다.

<끝>

우 편 엽 서

보내시는 분

우편요금
수취인후납부담

발송유효기간
1999. 3. 1.~2001. 2. 28.

서대문우체국승인
제235호

도서
출판 큰나무

서울특별시 서대문구 충정로 3가 3-95 2층
TEL : (02) 365-1845~6 FAX : (02) 365-1847
e-mail : btreepub@chollian.net
http : // www.bigtreepub.co.kr

120-837

구입해 주셔서 감사합니다.
이 엽서는 좋은 책을 만드는 데 소중한 밑거름으로 활용될 것입니다.

이름: (남·여)	주소: (-)
생년월일:	
직업:	
전화:	
독자회원번호:	e-mail:

■ 구입하신 책명

■ 구입지역 및 서점

■ 구독신문 및 잡지명

■ 좋아하는 작가, 작품

■ 이 책을 구입하게 된 동기
○지은이 이름   ○제목   ○표지   ○신문광고
○출판사 이름   ○주위의 권유   ○신간 안내·서평
○기타

■ 이 책에 대한 소감(내용, 제목, 표지, 편집체재 등)

■ 큰나무에 바라는 말(발간을 희망하는 책 등)